www.polaria.ch

Luca C. Heinrich
Die Zeit der Hochkönige

Erster Teil: Treue
Erstes Buch
Zweites Buch
Drittes Buch
Zweiter Teil: Ehre
Viertes Buch
Fünftes Buch
Sechstes Buch
Dritter Teil: Freiheit
Siebtes Buch
Achtes Buch
Neuntes Buch

Treue – Erstes Buch

Bibliografische Information der Deutschen Nationalbibliothek: Die Deutsche Nationalbibliothek verzeichnet diese Publikation in der Deutschen Nationalbibliografie; detaillierte bibliografische Daten sind im Internet über dnb.dnb.de abrufbar.

Erstauflage
© 2016 Luca Heinrich
Herstellung und Verlag:
BoD – Books on Demand, Norderstedt

ISBN: 978-3-741-28237-9

Die Zeit der Hochkönige

Treue

Erstes Buch

Inhalt

Karten

Areyiticä 7

Koboldien 8

Garland 9

Cammal 10

Erster Prolog

20 Jahre zuvor 13

Zweiter Prolog

Erstes Kapitel - Wiesengrün 20

Zweites Kapitel - Blumensatzung 33

Geschichte

Erstes Kapitel - Schneetag 39

Zweites Kapitel - Winterrat 57

Drittes Kapitel - Winterjagd 67

Viertes Kapitel - Bündnisschnee 92

Fünftes Kapitel - Schneeerbe 105

Sechstes Kapitel - Sonnenmahl 117

Siebtes Kapitel - Eiswaffen 132

Achtes Kapitel - Waldbündnis 143

Neuntes Kapitel - Sonnenfestung 147

Zehntes Kapitel - Frühlingsstreit 157

Elftes Kapitel - Morgenüberraschung 169

Zwölftes Kapitel - Frühlingsfest 180

Dreizehntes Kapitel - Sonnentreffen 194

Vierzehntes Kapitel - Abendauswahl 203

Fünfzehntes Kapitel - Frühlingsabschied 218

Sechzehntes Kapitel - Schattenfallen 226

Siebzehntes Kapitel - Nachtschlacht 251

Achtzehntes Kapitel - Morgenzerstörung 271

Neunzehntes Kapitel - Frühlingsrat 288

Zwanzigstes Kapitel - Sommerschmied 308

Einundzwanzigstes Kapitel - Sommerzeit 325

Zweiundzwanzigstes Kapitel - Sonnenkälte 333

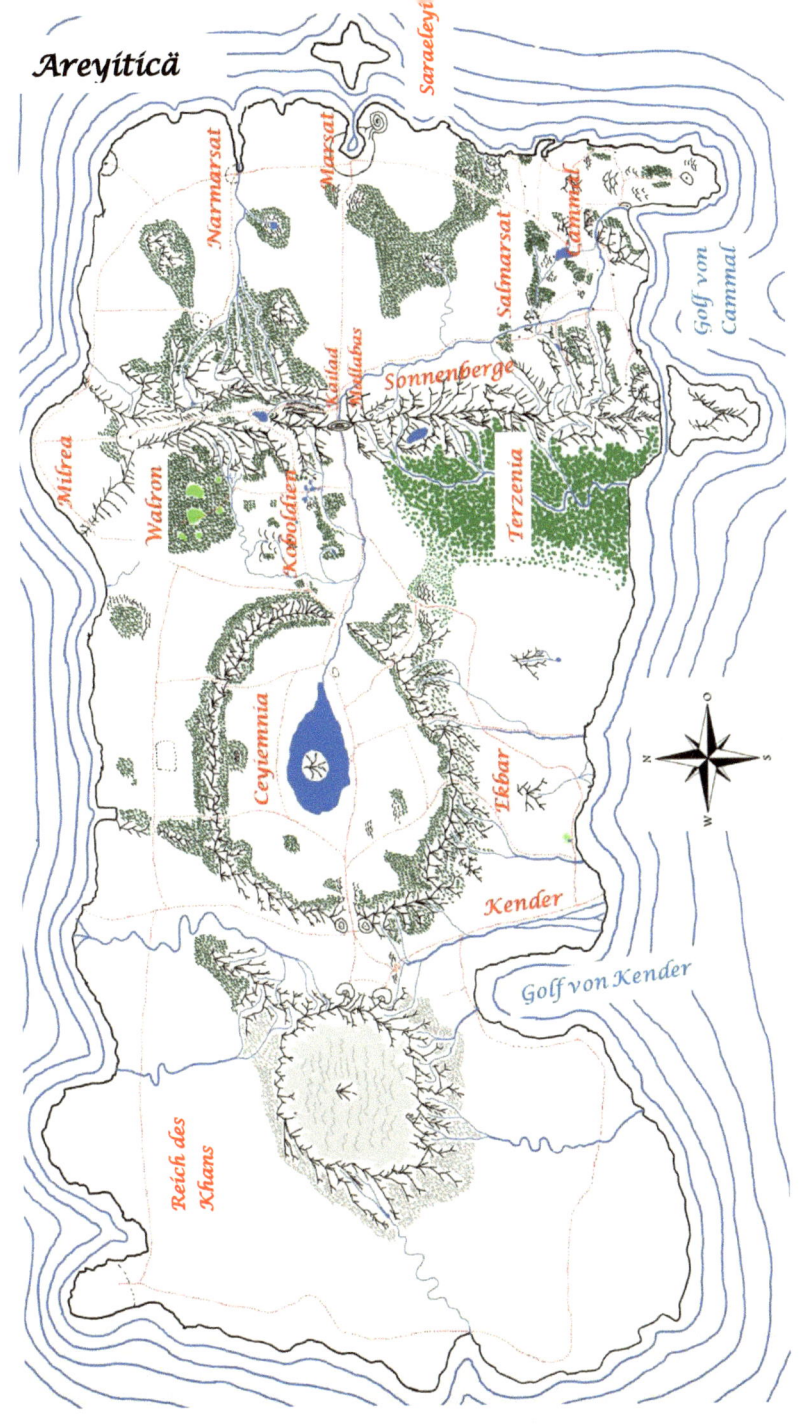

Koboldien

Garland

Cammal

Golf von Cammal

- Waldnam
- Hela
- Kgr. Helrendar
- Brückstadt
- Gft. Garlendburg
- Hügelkamm
- Donnerfall
- Spitzbachtal
- Spitzbach
- Sonnenheim
- Sonnenberge
- Bachtal
- Gar
- Grosser Fluss
- Bachhausen
- Bergbach
- Bergbachtal
- Flusseck
- Bergheim
- Calviera
- Markand
- Gft. Markander
- Meerstadt
- Martenapor

Treue

Erstes Buch

"Jeder Krieg, auch der siegreiche, ist immer ein grosses Unglück für das Land, das ihn führt."
(Otto von Bismarck)

Erster Prolog
20 Jahre zuvor

„Du verlässt uns jetzt also wirklich?", meinte Haldrior, nachdem ihm Arior gesagt hatte, er wolle die Jäger verlassen und nach Gar gehen, um dort eine Arbeit als Schmied anzunehmen.
„Was sind deine Gründe?", fragte Haldrior weiter, während sie gemächlich den alten Pfad dem Wald entlang Richtung Norden schlenderten. Haldrior war der Anführer der Jäger, sein Gesicht war kahlrasiert, sein Haar schwarz wie jenes Ariors und seine prüfenden Augen braun. Er war ein Vetter mütterlicherseits von Arior.
Arior antwortete mit verträumtem Gesicht: „Als ich das letzte Mal in Milrea war, begegnete ich dort Auwalla, einer Gärtnerin aus dem Volk der Eyilreä. Es war Liebe auf den ersten Blick. Ihr Vater willigte ein, als ich mit ihr nach Walron zu den grossen goldenen Gärten gehen wollte, welche Auwalla pflegte. Er entstammt jenen Eyilreä, die einst der Sage nach zur Dunkelsten Stunde auf Saraeleyin landeten, während ihre Mutter den hier bereits anwesenden Eyilreä angehört.

Diese pflegten die endlosen Gärten, bevor sich die Sonnenberge erhoben. Die Pflanzen, die in Walron wachsen, sind so golden wie Auwallas Haar. Leider kann ich nicht mit ihr zusammen sein, wenn ich die ganze Zeit in der Wildnis umherstreife."
Arior war ein ziemlich grosser Mann, sein Haar war schwarz und er sah irgendwie gebeugt aus, obwohl er etwas Edles an sich hatte.
Seine braunen Augen glänzten bei der Erwähnung seiner grossen Liebe. Die Bilder an sie kamen in ihm hoch und er fühlte sich wie benebelt.
„Ich werde meine Kinder in Gar mit ihr aufziehen, wenn ich dann welche haben werde", fuhr Arior mit glücklichem Gesicht fort. Darauf erwiderte Haldrior: „Du kannst dich glücklich schätzen, eine Eyilreä zu heiraten, aber auch wenn du wie wir alle mit einem langen Leben gesegnet bist, wird sie dich mit ihrem, nicht durch Alter endenden Leben überdauern, sofern sie das will und nicht selbst die Erlösung von der Last der Jahre wählt. Ich verstehe jedoch nicht, wieso du mit ihr nicht nach Marsat oder nach Walron gehst. Auf jeden Fall wüsste ich zu gerne, wieso du die alten Sagen über die Dunkelste Stunde glaubst. Doch jedem das Seine."
„Ich habe mir beide Möglichkeiten schon von Anfang an überlegt. Da meine Kinder Menschensöhne sind, will ich nicht nach Walron gehen, dort leben jene Eyilreä, welche lieber der Natur anstatt dem Hohen König der Eyilreä folgen. Was Marsat betrifft, so will ich nicht, dass meine Kinder in einer Geisterstadt aufwachsen. Als ich das letzte Mal dort war, lebten die meisten Einwohner nur noch am Hafen. Im erhöhten Stadtteil gab es einzig die Wachen vor dem Hofe des verschollenen Königs und den Hallen des ebenfalls ver-

schollenen Statthalters. Was das betrifft, könntest du eigentlich dein Erbe antreten, dann würde Marsat vielleicht wieder aufblühen", antwortete Arior hoffnungsvoll.

„Die Zeit wird kommen, da ich mein Erbe antreten werde. Wir werden aber nicht in der Lage sein, Marsat wieder zu bevölkern, unser Volk ist zu klein", meinte Haldrior mit trauriger Miene. Sie gingen schweigend weiter den Waldweg entlang. Die vom nächtlichen Regen nassen Blätter der hohen Nussbäume glänzten in der Morgensonne.

„Wer sind wir schon in dieser Geschichte", meinte Haldrior zu Arior und fuhr fort, „einst durchfuhren grosse Schiffe den Mallabas."

Traurig sah er in die Gegend, als sie auf einer von Moos überwucherten Pflasterstrasse weitergingen, welche parallel zu einem breiten Fluss verlief.

„Nun verwahrlost alles, und die Mauern, welche den Fluss über tausende Jahre im Zaum hielten, beginnen zu zerbröckeln. Sie wurden einst von den Skralgas niedergerissen, um den Handelsverkehr zwischen Peyirisula und der Mallabasfestung zu unterbrechen", klagte Haldrior. Darauf meinte Arior seinerseits: „Das sind die letzten Erinnerungen von Glanz und Glorie unserer Vorväter."

„Einst habe ich noch geglaubt, dass die Eyilreä recht hätten mit ihrer Weissagung, die Zwanzigsten in der Linie würden die Mächtigsten werden, doch trifft das nicht auf unser Volk zu. Wie sollen unsere Söhne aus diesen paar Ruinen das einstige Reich wiedererrichten? Wie sollen sie es mit diesen vereinzelten Jägern bevölkern? Dies ist gar nicht möglich. Sogar die Stadt des Hochkönigs sei vor langer Zeit vom Erdboden verschluckt worden, wird in alten Sagen berichtet", beklagte Haldrior.

„Diesen Hochkönig und seine Stadt hat es vermutlich gar nie gegeben", mit deutlicher Stimme verlieh Arior seinen Worten Nachdruck und fuhr fort, „wahrscheinlich haben unsere Vorfahren diese Geschichten nur erzählt, um die Kinder zu beruhigen, wenn ihre Väter nicht aus den Schlachten zurückkehrten. So kamen diese Erzählungen bis zu uns."
Haldrior gab keine Antwort, denn ihm gefiel der Gedanke nicht, dass diese Geschichten nicht wahr sein sollten, doch musste er annehmen, dass es diese Zeiten wahrscheinlich gar nie gegeben hatte.
Als Arior über die Federn einer seiner Pfeile strich, wollte Haldrior plötzlich ein Wettschiessen mit ihm machen. Haldrior ging zu einem etwa fünfzig Meter entfernten Ahorn und ritzte mit seinem gebogenen, reichlich verzierten Dolch ein grosses Stück Rinde ab. In die nun freie Baumfläche steckte er seinen langen verzierten Dolch. Wer am nächsten an den Dolch traf, hatte gewonnen. Es war das Spiel, welches Arior und sein älterer Gefährte oft spielten, seit sie sich kannten. Haldrior ging zurück zu Arior und legte den ersten Pfeil auf. Um Haldrior zu verunsichern, schwatzte Arior wild auf ihn ein, doch Haldrior liess sich nicht aus der Ruhe bringen. Die gespannte Sehne schnellte nach vorn, und Haldriors Pfeil sirrte durch die Luft. Nicht einmal eine halbe Handbreite vom Dolch entfernt schlug der Pfeil ins Holz.
„Den kannst du kaum übertreffen!", rief Haldrior laut, als er zum Ahorn lief, um seinen Schuss zu begutachten. Ein Reh am Waldrand sah neugierig zu und schnüffelte wachsam nach dem Geruch der beiden seltsamen Gestalten. Er lief zurück zu Arior, welcher bereits seinen ersten Pfeil aufgelegt hatte. Auch Haldrior versuchte seinen Konkurrenten durch wildes Geschwätz abzulenken.

Ariors Pfeil schnellte durch die Luft und drang eine Handbreite entfernt vom Dolch ins Holz des Baumes. Mit spöttischer Miene meinte Haldrior: „Deinen Feind hättest du nicht getötet, und mich besiegen kannst du so auch nicht."
Darauf schoss Haldrior wieder, sein Pfeil drang nun etwas weiter entfernt vom Dolch ins Holz. Arior hatte Pech, sein zweiter Pfeil wurde von einer Windböe davongetragen und traf knapp den Rand der von Haldrior freigelegten Fläche. Haldriors dritter und letzter Pfeil streifte die Federn seines ersten. Die Spitze seines Pfeils drang höchstens einen Daumen breit vom Dolch entfernt ins Holz.
„Nun musst du das Heft des Dolchs treffen, um mich zu überbieten", meinte Haldrior mit siegessicherer Miene. Arior spannte seinen Bogen, er konzentrierte sich nur noch auf seinen Schuss, er musste leicht nach links zielen, um den Wind wettzumachen, welcher erst auf seinen Schuss hin eingesetzt hatte. Der Jäger zog die Sehne noch etwas fester und liess sie dann los. Blitzschnell zischte der frisch gefiederte Pfeil durch die vom Wind verursachte Kurve auf den Baum zu. Anstatt der Klang des splitternden Holzes ertönte ein metallisches Geräusch. Arior hatte tatsächlich genau auf den Dolch getroffen, sein Pfeil war vom harten Eisen abgeprallt und lag nun im kniehohen Gras.
Der enttäuschte Haldrior warf sich auf Arior, und miteinander ringend, kugelten die beiden erwachsenen Männer den leichten Abhang von der Strasse abwärts. Sie rangen weiter im hohen Gras, welches unter ihren Körpern plattgewalzt wurde. Sie beendeten ihre Rangelei erst, als eine alte Bäuerin auf einem Heuwagen, vor welchem ein alter, grauer, fast zusammenbrechender Gaul eingespannt war, daher gefah-

ren kam und mit einem missbilligenden Blick zu ihnen hinabrief: „Ihr solltet euch schämen. Die jungen Männer von heute sind nicht mehr das, was die Männer einst waren."
Der betagte Gaul wieherte so gut er es noch konnte, als würde er seinem Frauchen zustimmen. Der alte, ächzende Wagen entfernte sich langsam, und Arior sah noch, wie die alte Frau ihre Nase rümpfte, wobei sich ihre Stirnfalten noch mehr vertieften. Sie warf stolz ihre weissen Haare in den Nacken und entschwand über alte Strasse. Haldrior brach in schallendes Gelächter aus und meinte: „Wenn diese Dame wüsste, dass ich etwa achtmal so alt bin wie sie und du etwa doppelt oder dreimal so alt bist wie unser geachtetes Mütterchen!"
Sie erhoben sich aus dem Gras und wandten sich dem Ahorn zu, um ihre Pfeile einzusammeln. Auf dem Weg dorthin sagte Arior seinerseits in einem spöttischen Ton: „Wer trifft nun seinen Feind nicht?"
Haldrior reagierte auf diese Bemerkung mit einem verärgerten Schnauben. Sie nahmen ihre Pfeile auf und kehrten auf die alte Pflasterstrasse zurück, welcher sie nun folgten, bis sie um eine Ecke bogen, wo der Mallabas sich in einem breiten Tal quer durch die Sonnenberge schlängelte. Etwa zehn Kilometer vor ihnen erhoben sich hohe Mauern und Türme. Arior flüsterte leise zu sich selbst: „Das ist also die grosse Mallabas Festung!"
Die Gemäuer dieser Festung erstreckten sich quer durch das etwa drei Kilometer breite Tal zu den steilen Felswänden. Von einem in der Mitte stehenden Hof aus hellem, fein gearbeitetem Stein fielen drei halbkreisförmige Mauerbänder auf die obere und die untere Seite des Tals herab. Die Mauern bildeten auf diese Weise drei ovale Mauerringe um die Burg. In der Mitte der ganzen Festung floss der Mallabas, der

Meerfluss, in einem hohen und breiten Tunnel hindurch. Die Mauern, aus hellem Stein gebaut, schimmerten im Sonnenlicht bläulich. Der Hof mit seinen vielen Gebäuden war weit über die Ebene hinweg zu sehen.

Haldrior belehrte Arior: „Diese Festung ist, wie du möglicherweise weisst, einst die Grenze gewesen. Sie wurde nicht einmal während den grossen Skralgaskriegen aufgegeben, als diese dunklen Kreaturen schon fast vor ihren Toren standen. Nur dank dieser Festung konnten sich unsere Männer mit Verstärkung einiger Eyilreä aus Milrea und einigen Kämpfern eines Volkes, dessen Namen ich nicht weiss, ungestört hier sammeln und den Skralgas, welche schon die ersten Steine mit ihren schwarzen Katapulten über die Mauern Marsat geschleudert hatten, in den Rücken fallen. Daraufhin liess der damalige und letzte König einen Ausfall machen, welchen er selbst anführte. So konnten die Skralgas nicht mehr fliehen. Unser Volk siegte, obwohl es wegen seiner mehrfachen Unterzahl schwere Verluste zu beklagen hatte. Auch der König fiel. Seine Frau floh mit ihrem einzigen Sohn und wurde nie mehr gesehen. Möglicherweise ist die königliche Linie zu jener Zeit erloschen. Die Linie der Statthalter wurde ausgesandt, den König zu suchen. Es hiess, sollte der König nicht innerhalb dreier Generationen zurückkehren, würden die Statthalter den Thron Marsats erben. Wir sind nun die zweite Generation, und sollte ich noch einen Sohn oder eine Tochter haben, würden diese den Thron bald altershalber besteigen können."

Zweiter Prolog

Erstes Kapitel - Wiesengrün

Fröhlich ging Jakob Korbflechter über die saftig grüne Wiese hinauf zu seinem Baumhaus, in welchem er wohnte. Hell leuchtete die Messingzahl neun von seiner Eiche, denn er wohnte am Eichenhügelweg neun, einem Weg, der sich von Eiche zu Eiche hinauf und von den Hügeln herunter schlängelte. Das Haus umschlang in etwa fünf Metern Höhe eine Eiche. Eine Rampe führte hinauf zum Haus und eine Strickleiter hing herunter. Nachdem Jakob nach dem Gemüse in seinem Acker gesehen hatte, ging er selbstverständlich die Rampe hinauf, die Leiter wäre für ihn und seinen rundlichen Körper zu anstrengend gewesen. Er öffnete die Tür zu seinem gemütlichen Zuhause. Am Rande seiner Baumhütte hatte er einen Herd mit einem Eisenkamin hingestellt. Der Eisenkamin sorgte dafür, dass der Rauch die Blätter der Eiche nicht erreichte. Auf diesem Herd wollte Jakob nun Tee aufsetzen, doch in keinem seiner Krüge konnte er einen einzigen Tropfen Wasser finden. Er hasste es zwar, aber es war unumgänglich, er musste einen Kessel hinunterlassen in den Teich des Kanals, welcher rauschend an seinem Baum vorbeiführte. Schnaufend zog er ihn mit einer Kurbel hoch, als er plötzlich einen Esel den Dorfweg entlang galoppieren hörte. Jakob stellte seine spitzen Ohren steif und lauschte, denn sie, die Kobolde, hörten gut mit ihren spitzen Lauschern, welche aus ihrem Krausehaar hervorguckten. Sie hörten Geräusche, welche weit entfernt waren, Geräusche, welche die Menschen nicht hören konnten.

Jakob sah nun, wie ein Eselreiter mit der roten Tracht der Grenzwachen auf dem Weg nach Kobelstein zur Tagsatzung war. Die Tracht des Reiters war staubig, und der Esel hinkte am vorderen rechten Bein. Der Reiter musste einer der Feldpöstler sein, denn er hatte die dicke braune Ledertasche dabei, welche alle Feldpöstler in Koboldien trugen. Erst als der Esel am Dorfteich seinen Durst stillte, merkte Jakob, wie ihm der Kessel mit einem lauten Klatscher wieder hinuntergefallen war. Mürrisch zog er ihn wieder herauf und setzte sich seinen Pfefferminztee auf. Für heute hatte er genug vom Körbe flechten, er wollte nur noch auf seiner Terrasse hoch über seiner grünen Wiese sitzen, dazu seinen Tee trinken und von seinem besten Kraut aus der Pfeife seines Urgrossvaters rauchen.

Er hatte sich bereits in seinen Lehnstuhl gesetzt, als er sah, dass der Eselreiter plötzlich von seinem Reittier fiel. Einer seiner Schuhe, er glich mehr einem Strumpf mit Ledersohle, blieb im Steigbügel hängen.

Zuerst wollte Jakob sitzen bleiben und es den Kobolden im Dorf überlassen, sich um den Reiter zu kümmern, doch fiel ihm ein, dass vermutlich alle Bewohner in ihren Blauteichler Baumhäusern sassen und sich von der Hitze der Sommertage erholten.

Als er sah, dass sich der Reiter nicht wieder erhob, entschloss er sich schweren Herzens, die bequeme Seite in sich zu überwinden und dem Reiter zu helfen, schliesslich war es die Pflicht jedes Kobolds, Reisenden ein Dach anzubieten. Rasch nahm er seinen Hut und begab sich die Rampe hinab auf die grüne Wiese. Fast auf jedem der umliegenden Hügel standen ebenfalls Bäume mit Hütten, während sich an einem Teich in

der Mitte der Hügel das kleine Dorf Blauteichen befand, welches sich halbkreisförmig um den an den Teich angrenzenden Platz legte. Er fragte sich, ob niemand ausser ihm den armen Reiter gesehen habe.
Schliesslich kam er beim Mann in der roten Tracht an, der ohnmächtig zu sein schien. Er lag mit dem Gesicht auf den staubigen Pflastersteinen, während ihn sein Esel unablässig mit der feuchten Schnauze anstupste. Der Esel war einer der besten, die Jakob je gesehen hatte. Der Feldpöstler musste ein Eilbote sein, welcher von der Westgrenze bei Grünwald auf dem Weg zur Tagsatzung in Kobelstein unterwegs war. Hastig kehrte Jakob den ohnmächtigen Reiter um. Als dieser immer noch mit geschlossen Augen da lag, machte er sich auf den Weg zum kühlen Teich. Glücklicherweise hatte jemand einen Kessel am Ufer vergessen, welchen Jakob nun füllte. Quakende Frösche sprangen um seine Füsse, doch bekamen sie vom grauhaarigen Kobold keine Beachtung geschenkt. Rasch kehrte Jakob zum Reiter zurück und leerte ihm etwas Wassers über den Kopf, bis dieser prustend aus seiner Ohnmacht aufwachte. Erschrocken sah sich der Reiter um. Zuerst konnte der junge Bote nur die Umrisse eines älteren Kobolds erkennen, welcher über ihn gebeugt war, doch rief er nach einer kurzen Weile freudig aus: „Onkel, was machst du denn hier?"
Nun erkannte Jakob das staubige Gesicht, es war sein Neffe Theophil Korbflechter, der Sohn seines Bruders Theobold Korbflechter.
„Du bist es", antwortete Jakob erfreut, „zum Glück habe ich dich gesehen, komm zu mir nach Hause, dort kannst du dich ausruhen und mir alles erzählen."

„Zuerst muss ich zur Post, Onkel", antwortete Theophil matt, „diese Nachricht muss so schnell wie möglich nach Kobelstein, der Satzungsrat muss sie so schnell wie möglich erhalten."

„Gib mir deine Tasche, Neffe, ich werde sie zur Post bringen und ihnen sagen, sie müssten sie sofort nach Kobelstein bringen", antwortete Jakob nun beruhigend. Er nahm dem Esel den Sattel ab und legte ihn unter Theophils Kopf, welcher sich nun im Schatten seines Esels ausruhte, bis sein Onkel zurückkommen würde.

Jakob rannte schnell zur Poststelle von Blauteichen, einem Steinhaus in der Mitte des Dörfchens. Auf der Veranda sassen der Sheriff und der Poststellenleiter eingenickt über einem Schachspiel. Durch die offene Tür sah man, wie der Schreiberling mit dem Kopf auf seinem Schreibtisch lag und die Postboten friedlich auf den Bänken nebenan schliefen. Zuerst wollte Jakob weder den Poststellenleiter noch den Sheriff wecken, doch nahm er seinen ganzen Mut zusammen und tätschelte dem Poststellenleiter Friedrich Schreiber auf die Schulter. Dieser schreckte hoch und stiess dabei das Schachspiel vom Tischchen, was wiederum den Sheriff Angalbold Schneider aufweckte. Dieser herrschte sein Gegenüber zornig an, bis er sah, dass Friedrich Schreiber vorwurfsvoll zu Jakob blickte.

„Können Sie nicht mal aufpassen, Herr Korbflechter", begann Herr Schreiber, doch hielt er inne, als seine nun beginnende Schimpftirade vom Sheriff unterbrochen wurde, sodass er lieber seinen Mund hielt.

„Lass ihn, Friedrich, er hatte sicher einen Grund, unser Nachmittagsschläfchen zu unterbrechen", meinte der Sheriff. Als Antwort hielt Jakob die Tasche mit der Feldpost hoch und begann: „Diese Tasche kommt von der Grenze, sie muss so

schnell wie möglich nach Kobelstein. Schickt bitte Euren schnellsten Boten, Herr Schreiber, es sei wirklich dringend."
Der Kobold, welcher gerade aufgewacht war, zögerte einen Augenblick, bis der Sheriff ihn aufforderte: „Tut, was Herr Korbflechter sagt, es scheint wirklich wichtig zu sein."
Dann stand der angesprochene Kobold auf, begab sich zur Tür und rief dem eingeschlafenen Schreiberling zu: „Friedrich, sende sofort den schnellsten Postboten nach Kobelstein, gib ihm diese Tasche hier mit!"
Der Schreiberling war Friedrich Schreiber Junior, der Sohn des Poststellenleiters. Dieser weckte sofort einen der Boten, während er sich, noch müde, die Augen rieb. Der Bote gähnte mehrere Male, bis er endlich verstand, was er zu tun hatte. Rasch packte er die Tasche, nahm den Hinterausgang zum Stall und sattelte seinen Esel. Kurz darauf hörte man nur noch das Hufklappern des davongaloppierenden Esels.
Die beiden Schachpartner waren froh, dass sie ihre Partie neu beginnen konnten. Während Jakob die Poststelle verliess, zapften sich beide einen Krug Bier am alten Eichenfass hinter dem Schreibtisch, stopften ihre Pfeifen neu und setzten sich wieder in ihre Schaukelstühle.
Jakob begab sich gleich wieder zu seinem, in der Zwischenzeit eingeschlafenen Neffen. Er weckte ihn und half ihm auf. Wacklig kam Theophil auf die Beine. Sie gingen den Hügel zu Jakobs Haus hinauf, wo der Esel sich das grüne, saftige Gras im Schatten der grossen Eiche schmecken liess. Jakob gab seinem Neffen eine Pfeife und eine Tasse Tee. Dessen blasses Gesicht bekam nun etwas Farbe und sah nach ein paar Keksen wieder munterer aus.
„Nun erzähl!", meinte Jakob, „Was ist passiert? Was ist so dringend?"

„Es war so", begann Theophil zu erzählen, „wir sassen wie immer auf der Veranda des Grenzpostens, wie wir es fast jeden warmen Sommertag tun, denn wer kommt an unseren Grenzen schon vorbei ausser ein paar Säumer und Reisende? Doch war das gestern nicht so. Plötzlich kam eine der Patrouillen auf der Oststrasse herbeigerannt. Verdutzt sahen wir sie an, doch dann schrie einer plötzlich: „Packt eure Armbrüste, eure Dolche und Säbel, setzt eure Helme auf. Es droht Gefahr."
Natürlich hielten wir ihn zuerst für durchgedreht, doch sahen wir eine Schnittwunde an seiner Wange. Wir rannten rasch ins Haus und packten unsere Sachen. Keinen Moment zu früh, denn gerade rannte der Rest der Patrouille auf den Posten zu. Ein paar unserer besten Armbrustschützen postierten sich versteckt auf dem Dach.
Dann kamen sie um die Biegung, dreizehn dunkle Gestalten mit schwarz verbrannter lediger Haut, sie trugen schwarze Rüstungen, und man sah schon von weitem, wie sie ihre gelben Zähne fletschten. Dicht hinter ihnen folgten einige üble Menschengestalten. Sie alle trugen Pfeilbogen, auch diese dunklen Kreaturen. Sie feuerten einen Pfeil nach dem anderen auf die vier übrig gebliebenen Grenzwächter ab. Glücklicherweise traf keiner. Dann sahen sie unseren Posten. Vor Mordlust geifernd kamen sie auf uns zugerannt. Sie sahen nur zehn leicht bewaffnete und leicht gerüstete Kobolde vor sich stehen, die deutlich kleiner waren als sie, doch sahen sie weder die Armbrustschützen noch den Mut in unseren Herzen. Die ersten wurden von Pfeilen getroffen, bevor sie uns erreichten. Die anderen waren von unserer heftigen Gegenwehr so überrascht, dass sie sich nach kurzer Zeit ergaben. Von den dunkeln Kreaturen überlebte keine, doch konnten

wir zwei der Menschen im Posten einsperren und kurz darauf dem Sheriff der Grenzstadt übergeben, welcher die beiden nun sicher verwahrt, bis sie nach Kobelstein gebracht werden.

Dann wurde ich abgesandt, um die Tagsatzung zu benachrichtigen. Ich bin Tag und Nacht ohne Rast geritten, du weisst ja, zu was das geführt hat."

„Das tönt ja fürchterlich!", erwiderte Jakob erschrocken, „Weisst du nicht, was oder wer diese dunklen Gestalten waren?"

„Sie ähneln einzig den alten Sagengestalten, welche unsere Tagsatzungstruppen gemeinsam mit den Hochmenschen bekämpft haben sollen, doch weiss man ja, was man von so alten Sagen halten soll. Ausserdem habe ich noch nie einen dieser Menschen gesehen, welche in Palästen und Festungen gelebt haben sollen, einzig ein paar reisende Händler und ein paar menschliche Banditen habe ich gesehen, die nicht aus der kleinen friedlichen hölzernen Menschenstadt jenseits des Holzwassers kommen."

„Hm", machte Jakob nachdenklich, „vielleicht ist an diesen Sagen mehr dran als du meinst. Vor langer Zeit, als ich noch jünger war als du, habe ich mich etwas in die Welt hinausgewagt, ich bin durch eine grosse Geisterstadt gewandert, einzig ein paar edel aussehende Menschen sah ich dort. Es war eine prächtige Stadt aus hellem Stein. Ich hatte es damals all meinen Freunden erzählt, doch glaubte mir keiner, darum erzähle ich es erst heute wieder. Ich habe diesen Anblick niemals vergessen. Es heisst, es habe noch weit grössere Städte gegeben als jene, die ich damals gesehen habe."

„Das kann schon sein, Onkel", antwortete Theophil, „doch hat mich dein Bruder erzogen, er hat mir solche Dinge immer ausgeredet."

„Tja", machte Jakob verächtlich, „mein Bruder und sein Korbflechter-Grossgeschäft. Ich bin mit meinem Laden hier zufrieden, er jedoch will immer grösser werden. Ich habe gehört, er habe neulich ein Geschäft in Salzbergen gekauft, wo er bereits einzelne Körbe an Händler der Gnome verkauft haben soll."

Darauf meinte Theophil nachdenklich: „Du hast schon recht, er hat das grösste Korbflechtergeschäft in ganz Koboldien, er wird von allen gut bezahlt, von den Gnomen soll er sogar mit Gold entlöhnt werden. Mit ihren groben Händen sind diese Bergarbeiter halt nicht in der Lage, Körbe für ihre Sachen zu flechten, sie können einzig Eisenkessel schmieden, das ist nicht dasselbe."

„Apropos Gnome", meinte nun Jakob, als hätte er einen glanzvollen Einfall, „denkst du, sie würden uns helfen unsere Grenzen zu schützen?"

„Sie würden uns sicherlich ein paar Männer schicken, sollten sie die alten Sagen für wahr halten, schliesslich heisst es dort, diese dunklen Kreaturen wären die ärgsten Feinde der Gnome gewesen."

In der Zwischenzeit schien die Sonne nur noch rötlich über die weit entfernten Sonnenberge im Osten. Die Baumwipfel säuselten im lauen Wind, und von den meisten Baumhäusern sah man grauen Rauch in den rot glühenden Himmel aufsteigen.

Auch Jakob stellte eine Bratpfanne und eine Kanne auf seinen Herd. Nebenan dampfte ein Kochtopf mit Kartoffeln vor sich hin. In der Bratpfanne lagen vier Spiegeleier und in der dampfenden Kanne brodelte ein feiner Grüntee, der beste im ganzen Westen Koboldiens, Grüntee aus dem Flussohblatt, welches an den Hängen der Ufer des Boldenbachs wuchs. Der Boldenbach war einer der grössten Bäche Koboldiens, welcher aus den Sonnenbergen nach Westen floss, dann einen Bogen nach Süden machte und in die Königsflut mündete, wie die Kobolde den grossen Fluss nannten. Der Boldenbach bildete die Nord- und Westgrenze Koboldiens.

Nachdem Jakob auch noch den Fisch gebraten hatte, welchen er am Morgen zuvor im Dorfteich gefangen hatte, trug er das Essen auf den hölzernen Tisch auf dem Balkon. Theophils Esel hatte sich bereits unter ihnen zur Ruhe gelegt und stiess regelmässig schnaubend warme Luft aus seinen Nüstern.

Theophil griff wacker zu, sein Hunger war trotz des Nachmittagstees immer noch riesengross, es schien, als könnte er den Hunger nicht stillen. Die Forelle war aber sehr nahrhaft, und Theophil wurde satt und müde. Jakob holte für sich seine gewöhnliche Pfeife und für seinen Neffen jene, die er vor mehreren Jahren einmal selbst geschnitzt hatte. Gähnend meinte Theophil zu seinem Onkel, während er runde Rauchringe in den Nachthimmel blies: „Wenn ich mal älter bin, will ich ein gemütliches Leben wie du und nicht ein so emsiges wie mein Vater. Er mag ja einen schönen Landsitz mit eigenem Park und Wäldchen haben, doch ist er immer unterwegs und kann sich nicht in einer gemütlichen Baumhütte ausruhen."

„Es ist wirklich ein gemütliches Leben, das ich führe", stimmte Jakob seinem Neffen zu, „doch muss jeder sein eigenes Leben finden, es gibt weder ein richtiges noch ein falsches Leben, solange man sich nicht dem Bösen verschreibt."

Fragend sah Theophil seinen Onkel an, denn den letzten Teil hatte er nicht verstanden, doch wollte er nicht fragen. Lieber genoss er den Wind in seinen schwarzen Locken, der seine

spitzen Ohren bog. Er sah seinen Onkel an, der in die Ferne blickte und meinte: „In Koboldien fragt sich niemand, was jenseits unserer Grenzen ist, mich hingegen nahm es immer Wunder, doch kein Kobold konnte es mir je erzählen."
Kurz darauf hörte Jakob ein leises Schnarchen aus dem Lehnstuhl neben ihm und sah, dass sein Neffe friedlich eingeschlafen war. Leise ging er ins Haus und holte eine Wolldecke aus einem Schrank, mit der er den jungen Kobold zudeckte. Dann, als er wieder ein paar Rauchringe ausgeblasen hatte, schlief auch er friedlich ein. Nebeneinander in ihren Lehnstühlen schliefen sie, bis sie beide von den grellen Strahlen der Morgensonne geweckt wurden.
Der Teich schimmerte silbern, und der Esel stiess ein lautes „Iah, Iah" aus. Gähnend meinte Jakob darauf: „Wie heisst eigentlich dein Esel?"
„Iahrio", antwortete Theophil verschlafen, „es heisst, er heisse ähnlich wie einst ein König der Hochmenschen, da er der beste aller Esel sei."
„Dann kannst du stolz darauf sein", erwiderte Jakob, „dass du ihn reiten darfst, schliesslich glaube ich wirklich, dass man seinesgleichen kaum finden würde. Er ist ein Prachtsesel."
Als hätte Iahrio das verstanden, stiess er wieder seinen Ruf aus, der von einem anderen Esel beantwortet wurde, welcher soeben einen Heuwagen auf das Feld zog.
Ein älterer Kobold sass auf dem Wagen und hielt Pfeife rauchend eine Heugabel in der Hand. Jakob winkte ihm zu und rief: „Guten Morgen, Herr Stellmann!"
Rubold Stellmann winkte zurück und rief seinerseits: „Guten Morgen, Herr Korbflechter!"
Theophil sah verwirrt in die Gegend. Als er merkte, dass alles ruhig war, wandte er sich wieder um.

Nachdem sie gefrühstückt hatten, gingen sie zusammen ins Dorf. Theophil machte sich auf den Weg zur Post, während Jakob zu seinem Laden ging. Theophil schritt in das Postgebäude und sah sich um. Einzig Friedrich Schreiber war auf und fragte den Fremden: „Was wollt Ihr, Herr, wollt ihr etwas verschicken, etwas abholen oder ein Konto eröffnen?"
„Nein", erwiderte Theophil, „nichts von all dem. Ich bin Theophil Korbflechter, der Neffe des alten Jakob. Ihr habt hier gestern meine Tasche abgeschickt, darum bitte ich Euch, mich sofort zu benachrichtigen, sollte heute oder morgen eine Meldung der Tagsatzung eintreffen."
Erst jetzt fiel dem Kobold hinter dem Schreibtisch auf, dass die roten Kleider des Kobolds keine verstaubte Festbekleidung waren, sondern die Tracht der Grenzwachen. Sofort erwiderte der verdutzte Schreiber: „Selbstverständlich werdet Ihr Meldung erhalten, sobald eine hier eintrifft, Herr Korbflechter."
Der Tag verging, doch es traf keine Meldung ein. Auch während der nächsten Nacht, als Theophil wachsam auf dem Balkon seines Onkels sass während dieser schlief, sah er keinen Boten kommen. Unruhig wippte er mit dem Schaukelstuhl auf den knarrenden Fichtenbrettern. Er dachte über alles Mögliche nach, bis ihm die Augen zufielen und er zu schnarchen begann. Erst am nächsten Morgen hörte er von weitem Hufschläge, die so schnell waren, dass es ein Bote sein musste.
Rasch rannte Theophil zur Poststelle, wo der Bote schon fast angekommen war.
Nun sah er, dass es kein Postbote war, sondern einer der Boten der Tagsatzung, welcher ebenfalls ganz in Rot gekleidet war. Auf dem Kopf trug er einen hohen steifen Filzhut. Als der Bote von seinem Esel gestiegen war, erkannte Theophil

seinen langjährigen Freund Gilbert Hofheimer. Hoch erfreut ging Theophil auf Gilbert zu, sie umarmten sich, denn seit langer Zeit hatten sich die beiden nicht mehr gesehen und sie hätten sich nun viel zu erzählen gehabt. Doch dafür blieb den beiden Jugendfreunden keine Zeit.

„Dann bist du auch mal von der Nordgrenze weggekommen", meinte Theophil erfreut zu Gilbert.

„Ja", antwortete der müde Gilbert mit einem matten Lächeln, „auch ich musste mal da weg, es mag ja gemütlich sein, solange nichts läuft, doch waren die Winter kälter denn je und es wurde langweilig, darum habe ich um eine Versetzung nach Kobelstein gebeten. Dein Vater war dabei übrigens sehr behilflich."

Beim letzten Satz grinsten sich beide spitzbübisch an, bis Theophil das Wort ergriff: „Was hat der Tagsatzungsrat beschlossen? Werden sie die Kobolde zur Bereitschaft rufen, um gerüstet zu sein?"

„Das wird möglicherweise noch kommen", antwortete Gilbert mit ernster Miene, „doch hat der Tagsatzungsrat auf den Rat der Gelehrten gehört, welche es für sinnvoll empfanden, die Hochmenschen aufzusuchen, um dem Erscheinen dieser bösen Gestalten auf den Grund zu gehen. Ich wurde hergeschickt, um dir mitzuteilen, dass wir und einige weitere Kobolde nach Osten entsandt werden, dort soll es gemäss den Gelehrten noch einige weise Hochmenschen geben, doch scheint dieses Unternehmen gefahrvoll. Darum lässt dir die Tagsatzung die Wahl, ob du mitkommen willst oder nicht. Sie würde es aber begrüssen, wenn einer derer mitreitet, welche die Kreaturen gesehen haben. Nimmst du an?"

„Selbstverständlich", erwiderte Theophil, „es ist mir eine Ehre, und zudem werde ich auf diese Weise über unsere

Grenzen in die Welt hinauskommen. Ich freue mich ehrlich gesagt jetzt schon darauf."
Theophil machte sich rasch auf den Weg, seinen Onkel zu wecken und ihm die neusten Nachrichten mitzuteilen. Er spürte plötzlich keine Müdigkeit mehr sondern Abenteuerlust, er konnte das tun, worüber er mit seinem Onkel gestern gesprochen hatte, er konnte in die Welt hinaus! Sein Onkel sah ihn besorgt an, als Theophil ihm alles erzählt hatte und meinte nur: „Tu, was du für richtig hältst, denn das ist meistens auch das Richtige. Doch sei gewarnt, in der Welt lauern Gefahren, es ist nicht überall so friedlich wie hier in Koboldien und wie ich es mir für alle wünschen würde."
Nun war sich Theophil etwas unsicher, doch würde sich eine solche Möglichkeit kaum je wieder ergeben.
Er ass noch einige Kekse zum Frühstück, sattelte seinen Esel, nahm seinen Säbel, seine kleine Armbrust und machte sich, nachdem er sich von seinem Onkel verabschiedet hatte, auf den Weg. Laut rief ihm Jakob nach: „Du musst auf jeden Fall zurückkommen, dann will ich alles hören, was du gesehen hast."
„Natürlich werde ich zurückkehren, Onkel, ich werde dir jede Einzelheit erzählen, du wirst alles hören, was ich erlebt habe", rief nun Theophil über seine Schulter zurück.
Freudig sprangen sich die Esel der beiden Boten entgegen, denn auch sie kannten sich. Beide Kobolde fragten sich, was diese Esel wohl im Augenblick dachten.

Zweites Kapitel - Blumensatzung

Rasch machten sie kehrt, nachdem sie Jakob noch ein letztes Mal zugewinkt hatten. Sie mussten schnellstmöglich nach Kobelstein gelangen. Gilbert ritt voran über die Ost-West-Strasse, wie die Strasse von der Westgrenze nach Kobelstein auch genannt wurde. Sie kamen rasch voran, es war noch kühl, und die Gräser schienen saftig in der Sonne, bevor die Mittagshitze kam. Iahrio, Theophils Esel, sah man an, dass er es genoss, wieder schmerzfrei galoppieren zu können. Die blauen Bäche, grünen Hügel und dunkelgrünen Wälder zogen an ihnen vorbei. Ihnen war diese Gegend altbekannt, häufig waren sie hier als Kinder umhergestreift und hatten sich vorgestellt, wie sie wagemutig Abenteuer bestehen würden. Sie sahen nahe der Strasse ihre Lieblingsplätze, auf denen sie einst gespielt hatten.

Ihr erstes Ziel war die Tagsatzung in Kobelstein, welche sie spätestens nach zwei anständigen Tagesritten erreicht haben sollten. Wohin es dann genau gehen würde, wusste keiner. Gilbert meinte nur: „Ich habe gehört, der Weg führe zu einer Festung namens Mallabas, doch habe ich keine Ahnung, wo das ist und wer dort wohnt. Ich nehme an, dass dort ein Menschenfürst in seinem Schloss wohnt."

Theophil antwortete mit einem komischen Laut, der wie „könnte sein" klang, für Gilbert jedoch unverständlich war. Dann und wann sprachen sie wieder miteinander oder schwiegen, sodass einzig das Hufgetrappel der Esel zu hören war. Sie trafen manchen Bauern und grüssten höflich.

Schliesslich wurden sie in ihren Uniformen besonders höflich gegrüsst, noch höflicher, als es für Kobolde üblich war.

Lange ritten sie geradeaus über viele Hügel, über hölzerne Brücken, die über sprudelnde Bäche gespannt waren, und durch grüne Wälder, die den Weg säumten. Der Weg war in gutem Zustand, denn er wurde von den Wegmachern regelmässig gepflegt. Mancherorts, vor allem in der Nähe der Dörfer, war der Weg mit fein gehauenen Steinen gepflastert oder streckenweise auch mit grösseren Steinplatten belegt, wenn der Boden weich oder sumpfig war, und manchmal war es einfach nur eine staubige Strasse, sonst jedoch tadellos. Schon von weitem sahen sie die hohen Bäume von Kobelstein, Fichten, Eichen, Ahorn und weitere Baumarten mit den Baumhäusern. Teilweise lagen gleich fünf Baumhauswohnungen um ein und denselben Baum, und jede befand sich mindestens vier Meter über dem Waldboden.

Nachdem sie den Wald mit den sogenannten Wohnbäumen durchquert hatten, kamen viele kleine Steinhäuser zum Vorschein, welche geordnet in einem Kreis um einen Platz gebaut waren. Die beiden Reiter sahen von der Kuppe über die ganze Stadt, selbst den grossen Platz in der Stadtmitte. Am anderen Ende des Platzes stand ein helles Steingebäude mit vielen Fenstern, das mit bunten Wimpeln und sorgfältigen Schnitzereien geschmückt war. Auf einem Platz weiter links herrschte emsiges Treiben, es war der Marktplatz. Weit über die Häuser hinaus hörte man die Kaufbolde, wie die Kaufleute unter den Kobolden genannt wurden. Sie priesen ihre Ware an oder feilschten um den Preis.

Eine Stadtmauer gab es nicht, da es kaum Diebe, geschweige denn Feinde gab, doch waren da einige Wachposten, schla-

fende allerdings, welche eigentlich dafür hätten sorgen sollen, dass keine jugendlichen Kobolde Waren mitgehen liessen.
Theophil und Gilbert ritten durch einen Bogen zwischen die Häuser hinein. Freundlich wurden sie von allen Seiten her gegrüsst, einige Bürger verbeugten sich sogar ein wenig vor ihnen, während ein paar Kinder gleich damit begannen Ritter zu spielen, als sie die beiden Reiter sahen.

Dann kamen sie auf den Hauptplatz vor der Tagsatzung, dem Regierungsgebäude von ganz Koboldien. Im Bogen des Eingangs standen zwei grossgewachsene Kobolde Wache. Sie waren mit einem regenbogenfarbenen Waffenrock bekleidet und trugen einen hohen Soldatenhut. Stramm standen sie da, eine Hellebarde in der Hand und einen Säbel umgeschnallt.
Beide trugen zwei silberne Streifen auf ihren Schultern. Das war das Zeichen der Wache in den Tagsatzungstruppen Koboldiens.
Als sich die beiden Reiter aus dem Sattel schwangen, kam Theophil ein leicht rundlicher Kobold mit steifem Hut entgegengerannt.
Freudig sprang auch Theophil ihm entgegen und rief ihm zu: „Oberbataillonär Salzmann, es freut mich Euch zu sehen."
Krebold Salzmann war ein Oberbataillonär in den Tagsatzungstruppen, er befehligte das Oberbataillon, welchem fünf Bataillone unterstellt waren.
Als ob es nicht schon kompliziert genug gewesen wäre, setzte sich jedes Bataillon aus fünf Oberpatrouillen zusammen, welche wiederum aus fünf Patrouillen bestanden. Eine Patrouille bestand in der Regel aus elf Mann, einem Patrouillionär und zehn Soldaten, doch waren selten mehr als ein

Zehntel der Kobolde an den Waffen. Sie wurden gut ausgebildet, gingen dann aber wieder ihren eigenen Berufen nach. Salzmann war einer von drei Oberbataillonären, welche nur im Kriegsfall dem Koboldoral, einer Art General unter den Kobolden, unterstanden. Freudig erwiderte Salzmann: „Bin ich froh Euch wohlauf zu sehen, Obereilbote Korbflechter."
Bei dem freudigen Lachen verrutschte Salzmanns Hut mit den zwei goldenen Sonnenblumen, die seinen Rang bezeichneten. Stolz rückte der Kobold seinen Hut wieder über den langen, spitzen Ohren zurecht, welche sich dabei etwas zur Seite bogen. Salzmann begrüsste nun auch Gilbert freudig, doch nicht so erfreut wie Theophil, von dem er gehört hatte, dass dieser, ohne längere Zeit innezuhalten, bis zu seiner Ohnmacht geritten war.

Dann führte er die beiden durch den geschnitzten Eingangsbogen in eine längliche Eingangshalle aus glattem Stein. In der Mitte der Halle befand sich ein längliches Wasserbecken, das in einem blumenverzierten Springbrunnen endete. Überall am Rande der Halle standen Sonnenblumen, das Wappenzeichen Koboldiens. Die hohen Sonnenblumen wurden durch grosse Fenster am Dach beleuchtet.

Zu beiden Seiten führten Türen aus den Säulengängen weg. Am Ende des Saales befand sich ein grosses Portal. Die Eichenflügel waren beschlagen, und wenn man sie verschloss, bildeten sie eine grosse Sonnenblume aus Gold. Theophil dachte, dass innerhalb dieser Tür wohl die Tagsatzung tagen würde.

Die beiden wurden von Salzmann in einen Nebenraum geführt, einen hohen Raum mit vielen Schnitzereien. In der Mitte stand ein langer Tisch unter einem eisernen Kronleuchter mit weissen Bienenwachskerzen, welcher mitten in einer feingearbeiteten Schnitzerei an der Decke hing. Am anderen Ende des Raumes stand ein schwerer, dunkler Ahornschreibtisch, auf welchem eine grosse, goldene Sonnenblume eingelassen war.

Salzmann ging auf den Schreibtisch zu und salutierte vor dem Kobold, der mit dem Rücken zu ihm an seinem Schreibtisch sass.

„Ich hoffe, Ihr bringt mir für einmal gute Nachrichten, Oberbataillonär Salzmann", meinte der Kobold mit sorgenerfüllter Stimme, während er zum Fenster hinaus schaute. Salzmann antwortete nicht gleich, er überlegte, was genau er sagen sollte. Dabei traten die Adern auf seiner breiten Stirn hervor, und seine spitzigen Ohren wackelten nervös unter seinem Hut.

Erst als der Mann am Schreibtisch sich zu ihnen umwandte, fasste er sich wieder.

„Natürlich, natürlich", begann Salzmann hastig und merkte, wie ihm der Schweiss aus den Poren trat, „natürlich, Herr Boldorratsmeister Mühlmann, natürlich habe ich heute einige gute Nachrichten. Der Bote, Theophil Korbflechter, ist eingetroffen, zusammen mit Gilbert Hofheimer. Theophil Korbflechter ist einer jener, welche beim Zwischenfall an der Grenze dabei waren."

Herr Mühlmann stand nun auf und kam auf sie zu. Er war ein älterer Herr, etwas älter als Theophils Onkel Jakob. Der graue, gut gepflegte Backenbart des Mannes fiel Theophil als Erstes auf, bevor er etwas belustigt zusah, wie unter der grünen Weste des Boldorratsmeisters zufrieden sein Bäuchlein auf und ab hüpfte, im Takt zu dessen Schritten. Während nun auch die beiden Boten salutierten, wurden sie von Herrn Mühlmann freundlich begrüsst.

„Ihr müsst mir alles genau erzählen, Herr Korbflechter, so schnell es geht", meinte der rundliche Mann zu Theophil, „setzt Euch doch."
Sie setzten sich an den langen Tisch. Die Holzstühle mit den Lederpolstern gefielen Theophil besonders gut. Mühlmann bat einen der schick gekleideten Angestellten, ihnen Tee und Kekse zu bringen, worauf sie sich diese schmecken liessen. Während sie den Tee aus ihren Tassen schlürften, begann Theophil von den Ereignissen an der Westgrenze zu erzählen. Herr Mühlmann kommentierte meist mit einem „Oh Schande" oder mit dem alten Sprichwort „Da würde ja der alte Bondogart erschrecken".
Als Theophil geendet und sich ein paar Krümel von der Tracht gestrichen hatte, meinte Mühlmann nachdenklich: „Ja, ich denke, wir müssen die Menschen suchen, jene, die in den Sagen unsere grossen Verbündeten gewesen sein sollen. Ich werde Euch beiden acht weitere Boten zur Seite stellen. Ihr beide sollt zusammen mit diesen Boten die alte Festung im Tal der Könige, welches die Sonnenberge durchquert, aufsuchen und die Menschen dort um Rat fragen."
Dann warf Salzmann, der bisher geschwiegen hatte, ein: „Sollten wir nicht auch mehr Kobolde in die Tagsatzungstruppen einberufen, um die Grenze zu schützen? Schliesslich könnte es wiederholt zu solchen Vorkommnissen kommen."
„Ich werde mich darum kümmern", erwiderte Mühlmann immer noch nachdenklich, „die Tagsatzung wird möglicherweise sogar einen Koboldoral bestimmen."
Dabei begannen Salzmanns Augen zu leuchten, denn er hoffte, diesen Posten zu erhalten, schliesslich war er der dienstälteste Oberbataillonär.

Geschichte

Erstes Kapitel - Schneetag

Die Sonne stieg golden über dem verschneiten Garland auf und liess die riesige uralte Ruine auf dem Hügel silbern erstrahlen. Das Städtchen war ruhig und die Luft durch die nächtlichen Schneefälle eiskalt. Ein wunderschöner, jedoch eiskalter Wintertag kündigte sich an. Der Name des Städtchens war Gar, niemand wusste genau, woher der Namen kam. Gar lag an einem Hügel gegenüber dem Ruinenhügel. Dazwischen erstreckte sich eine leicht bewaldete Ebene, und mitten über diese Ebene verlief eine breite Pflasterstrasse, die es schon gab, ehe die Geschichte der Stadt mitten im Königreich von Cammal niedergeschrieben wurde. Gar bestand mehrheitlich aus einfachen Holzhäusern. Nur wenige Häuser besassen Teilbauten aus dem grauen Stein eines Steinbruchs, der sich manche Wegstunde von Gar entfernt befand. Das Fichtenholz stammte mehrheitlich von den bewaldeten Hügeln in der Gegend. Einige wenige Bürger konnten es sich leisten, an ihren Häusern Schnitzereien anzubringen. Die Häuserreihen des Städtchens standen eng beieinander. Um vom Haupttor zu den Seitentoren in den Holzmauern zu gelangen, welche Gar umgaben, musste man zuerst an die oberste Stelle des Orts gehen, um die richtige Strasse zu wählen. Einzig mehrere langgezogene flache Holzhäuser standen ausserhalb der Mauer. In jenen Gebäuden wurden Holz, Stein und viele weitere Dinge verarbeitet und veredelt.

Sie hatten einen grossen Teil zu Gars Wohlstand und Reichtum beigetragen und waren der Stolz des Bürgermeisters, natürlich neben den edlen steinernen Schatzkammern mit ihren grünen Ziegeldächern und ihren prall gefüllten Tresoren. Von der breiten alten Pflasterstrasse, die an Gar vorbeiführte, zweigten weitere gepflegte Strassen ab, während die Wege, welche die Dörfer des gesamten Garlands miteinander verbanden, nicht so sorgfältig instand gehalten wurden. Sie wurden unbefahrbar, sobald starker Regen einsetzte.

Die meisten Familien Gars gehörten verschiedenen Sippen an. Es gab fünf davon, die Herdinger, die Arninger, die Oringer, die Thoringer und die Fredinger. Einige Sippen waren nicht gut aufeinander zu sprechen, Heiraten zwischen den Sippen waren selten. Es gab aber auch Familien, die keiner Sippe angehörten.

Die Strassen waren noch leer, nur über der Bäckerei stieg ein feiner Rauch auf. Einzig die Glocken der Wachablösungen waren zu hören, als der Sohn eines Schmiedes, Larior, erwachte und zum Fenster seines Dachzimmers hinausschaute. Larior war mittelgross für sein Alter, hatte braune Haare und blaugraue Augen. Seine Familie gehörte zu jenen, welche aus keiner Sippe stammten. Er blieb noch eine Weile unter seiner warmen Wolldecke liegen und hörte den Stimmen seines Vaters und seines Bruders zu, die nebenan miteinander sprachen. Das taten sie oft, doch schien das Gespräch der beiden an diesem Tage anders zu verlaufen. Arior, Lariors Vater, sprach hastig, während die Antworten von Lariors Bruder Grindor eher erstaunt klangen.

„Du hast spezielle Talente, „meinte Arior zu seinem älteren Sohn, „du weisst bestimmt schon länger, dass unser Blut jenes der Jäger, des alten Volkes, ist. Ich sehe, dass du bewandert bist in der Staatskunde unserer Stadt und des Reiches, möglicherweise wirst du eines Tages die Stellung deines Chefs übernehmen können und vielleicht irgendwann später an den Hof nach Cammal ziehen und als Berater tätig werden. Dies wäre das Nächstliegende, doch wird sich womöglich bald vieles ändern und jemand unseres Volkes wird dich in seinen Dienst stellen wollen. An diesem Tag, so hoffe ich, wirst du dieses Angebot annehmen, denn es wird ein wichtiger Tag für alle Angehörigen des alten Volkes."

„Was die Jäger betrifft, verstehe ich schon, doch nicht, was dieses Volk erreichen soll", erwiderte Grindor verunsichert.

„Früh genug wirst du das erfahren", erklärte Arior mit seiner tiefen Stimme, „doch wenn die Zeit gekommen ist, denke ich, dass du eine taugliche bedeutsame Stellung einnehmen könntest. Du interessierst dich im Gegensatz zu deinem Bruder mehr für die Zukunft als für die Vergangenheit. Die Angewohnheit, eher daran zu denken, wie es vor Jahrtausenden gewesen ist, als das alte Volk noch in Glanzzeiten lebte, ist in unserem Volk nur zu sehr verbreitet, anstatt vorauszudenken und in Betracht zu ziehen, dass nichts mehr genauso sein wird wie damals, sondern dass es von Neuem aufgebaut werden muss. Das ist alles, was du nun zu wissen brauchst, doch sage deinem Bruder nichts davon. Ebenfalls würde ich sagen, dass du mehr Kopfarbeiter bist, während er in der Entschlossenheit seine Stärke hat. So wird jeder seine Rolle einnehmen können, sofern er das will."

Verwirrt und etwas verärgert hörte Larior zu, bis sie sich schliesslich ins untere Stockwerk begaben und er den Hammer seines Vaters in der Schmiede hörte.

Als Larior die Treppe hinunterging, sah er seinen Vater an der Esse, wie er begann, neue Schwerter für die Stadtwache zu schmieden und die alten zu schleifen. Das Feuer, welches den Stahl aufheizte, liess eine angenehme Wärme durch das

Haus streichen, während draussen der kalte Winter sein Unwesen trieb. Lariors Vater war weit herum für seine Schmiedekunst bekannt, doch er verriet niemandem sein Geheimnis. Er war grösser und anders aussehend als die anderen Männer in der Gegend.
Die Schmiede wurde nur durch eine alte Holztüre vom Wohnraum getrennt, wo Lariors Mutter, Auwalla, schon ein Frühstück zubereitete. Sie war im Vergleich zu den anderen Frauen ebenfalls gross, ihr Haar war blond und ihre Haut bleich. Sie sah in einer gewissen Art den Menschen hier sehr unähnlich. Das Haus war weder besonders gross noch besonders klein, Lariors Familie war eine der wohlhabenderen Handwerkerfamilien in Gar. Das Frühstück war heute üppiger als sonst, denn genau vor sechzehn Jahren, am selben Kalendertag, hatte Larior das Licht der Welt erblickt. Nach dem Morgenessen und den Glückwünschen seiner Mutter, seines Vaters und seines älteren Bruders Grindor, welcher ziemlich gross war, aber von eher schmächtiger Statur, wurde Larior von seinem Vater in den Keller mitgenommen, in welchem eine uralte Kiste stand. Larior hatte die Kiste schon mehrmals gesehen, doch, wenn er seinen Vater danach fragte, bekam er nie eine Antwort. Und jedes Mal, wenn er dann das Gesicht seines Vaters ansah, sah er eine Art Wehmut, als würde sein Vater etwas vermissen oder sich nach etwas sehnen. Nun führte ihn sein Vater zu dieser Kiste.
„Das, was ich dir jetzt zeige, darfst du weder deinem Bruder noch sonst jemandem erzählen", erklärte er, während er das massive Schloss mit einem feingearbeiteten glänzenden Schlüssel öffnete. Er hob den Deckel langsam an, ein merkwürdiger Glanz schimmerte aus der Truhe. Larior sah, dass die alte schäbige Kiste von innen reich verziert war, doch sein

Vater gewährte ihm nur einen kurzen Blick in die Truhe, bevor er den Deckel wieder leise schloss. Larior konnte einzig eine alte Halskette mit einem Birkenblatt als Anhänger und ein Schwert mit schmutzigem Heft in einer Scheide erkennen. Während er darüber nachdachte, was das bedeutete, was sein Vater ihm soeben gezeigt hatte, begann dieser leise zu sprechen: „Irgendwann wird die Truhe dir gehören, hüte sie gut! Auch wenn die Gegenstände darin nicht danach aussehen, sind sie dennoch von grossem Wert."

Darauf war Larior noch verwirrter als zuvor, er konnte nicht mehr anders, er musste seinen Vater fragen: „Was hat das alles zu bedeuten, ich bin noch ganz jung, aber wo kommen wir überhaupt her, wir sehen nicht aus wie die Leute hier?"

„Die Bedeutung vieler Dinge, mein Junge", flüsterte sein Vater, „erfahren wir erst, wenn wir sie erleben. So wirst auch du sie irgendwann verstehen."

„Was werde ich verstehen?", hakte Larior weiter nach. Er bekam als Antwort aber nur ein mageres „Du wirst verstehen", zurück. Larior musste sich damit zufrieden geben, denn er spürte, dass sein Vater das, was er verheimlichte, nicht preisgeben wollte. Vater und Sohn gingen wieder hinauf in den Wohnraum. Sein Vater kehrte bald wieder an seine Arbeit in der Schmiede zurück und Larior ging hinaus auf die Strasse, um für seine Mutter auf dem Markt Einkäufe zu besorgen. Als er zur Tür hinausging, schlug ihm eine Eiseskälte entgegen. Der Junge verschwand gleich wieder im Haus, um seine Jacke aus Bärenfell zu holen. Auf halber Strecke zum Marktplatz fiel ihm ein, dass bei dieser Kälte der Markt in der Markthalle beim Rathaus abgehalten wurde. So konnte er gleich auch Grindor, seinem Bruder, welcher für den Bürgermeister arbeitete, einen Besuch abstatten. Am Eingang zum Rathaus, dem einzigen Haus im Städtchen, das mehrheitlich

aus Stein bestand und grosse Fenster besass, standen Wachen. Die Wachen trugen die Schwerter in ihren Scheiden. Larior vermutete, dass sie von seinem Vater gemacht worden waren. Er selbst wollte auch irgendwann ein Schwert tragen und im Kampf ein Held für Gar werden. In der Hand hielten die Wachen lange Speere, auf dem Kopf trugen sie einfache Eisenhelme und unter dem Stadtwappen auf ihrer Brust, auf welchem eine grüne Waage und ein grünes Schwert auf rotem Hintergrund zu sehen waren, welche die Handels- und Kriegsmacht in der Region symbolisieren sollten, schützten sie dicke Lederhemden vor Kälte und Waffen. Obwohl die Stadt nur knapp zweieinhalbtausend Einwohner zählte und gerade mal ein fünfzig Mann starkes stehendes Heer unterhielt, lobte sich die Stadt militärischer Stärke. Der Bürgermeister prahlte in den anderen Städtchen und Dörfern in der Umgebung damit, dass jeder Mann der Stadt ausgerüstet und kampffähig sei. Durch den Reichtum, welcher durch den im Sommer blühenden Handel angehäuft wurde, und die im Vergleich zu den anderen Städten grosse militärische Stärke, wurde Gar zum Hauptort der freien Städte gewählt. Jeden dritten Monat trafen sich die Bürgermeister dieser Städte in Gar. Da der Jahreswechsel im Königreich Cammal mit dem Krönungsmonat des jeweiligen Königs übereinstimmte und dies unter dem jetzigen König der Monat August war, fand die erste Ratsversammlung des Jahres im August statt und nun im Februar die dritte. Grindor war von Feldengar, dem Bürgermeister von Gar, dazu beauftragt worden, das Protokoll zu führen. Der kleine dickliche Mann herrschte bereits seit vielen Jahren über die kleine Stadt und hatte die Schatzkammern bis zum Bersten gefüllt.
Grindor war nicht gerade glücklich über diesen ersten Besuch seines Bruders bei ihm im Rathaus. Gerade in diesen

Minuten trat der Bürgermeister an den Schreibtisch und kündigte an: „Ruft alle Wachen und Beamten im Rathaus zusammen. Heute trifft ein sehr hoher Gast ein, ein Ritter unseres Königs in Cammal. Ich weiss nicht, was er will, aber der Gunst des Königs zuliebe sollten wir seine Sicherheit gewährleisten und ihn würdig empfangen."

Das bedeutete Mehrarbeit für Grindor, und Larior musste den Besuch beenden. Er ging zur Markthalle, einem langen Holzgebäude. Die Gerüche des geräucherten Fleisches und der frischen Brötchen der Bäcker vermischten sich. Eilig liefen einige Leute hin und her, während die Händler lautstark ihre Sachen anboten. Die Luft in der Halle war stickig, aber von den vielen Leuten etwas erwärmt. Man hörte immer wieder ein paar Münzen an den Boden fallen und kurz darauf stürzten sich Kinder darauf und rannten unter dem Geschrei dessen, der sie verloren hatte, davon, um später wiederzukommen und auf die nächsten Münzen zu warten, die jemand aus Versehen fallen liess. Frisches Gemüse und Obst gab es nicht mehr zu kaufen, einzig ein paar schrumpelige Äpfel vom letzten Herbst wurden noch angepriesen. Vor dem Stand des Bäckers standen einige Jungen in Lariors Alter: Fredgar, der Sohn des Bürgermeisters, welcher zur Sippe der Fredinger, der angesehensten Sippe, gehörte, Philipp, der Sohn des Schreiners, welcher zur Sippe der Aringer gehörte und Gustav, der Sohn des Müllers, welcher ebenfalls ein Aringern war. Sie alle gingen zusammen mit Larior in die Stadtschule, in welcher man nicht mehr als Lesen, Schreiben und jene Dinge lernte, die man für den Handel benötigte. Larior war nicht besonders gut auf sie zu sprechen, denn er war irgendwie anders, nur schon sein Name war ganz anders und sein Aussehen war dem der Jäger hier in der Gegend ähnlich, welche sich den Leuten in Gar nur selten zeigten. Man sagte

sich in der Stadt, dass sich der Waffenschmied gelegentlich mit den Jägern treffe, was der ganzen Familie gegenüber Misstrauen erregte. Larior versuchte den anderen auszuweichen, da er nur schnell die Einkäufe erledigen und dann nach Hause zurückkehren wollte, wo es nicht so eisig kalt war. Viel gab es nicht einzukaufen, nur einen Laib Käse und ein Stück Kalbslende. Die meisten Familien in Gar konnten sich kaum Fleisch leisten, doch Lariors Vater erhielt oft Fleisch von den Jägern. Da Larior heute Geburtstag hatte, gab es ein besonderes Stück Fleisch und auserlesenen Käse.
Larior verliess die Markthalle wieder. Am liebsten wäre ihm ein anderer Käseverkäufer gewesen, denn der, dem er den Laib abgekauft hatte, war ein Geizkragen und obendrein unfreundlich. Der Käser Olaf gehörte zu den Thoringern, der unbeliebtesten Sippe. Der kugelrunde Mann trug einen grauen Geissbart und hatte eine Halbglatze. Der Metzger jedoch war ein freundlicher Mann, obwohl er ein Vetter des Käsers war. Sein Name war Brem, er gehörte zur Sippe der Oringer. Seine Frau Katharina war in der ganzen Stadt als Geschichtenerzählerin bekannt. Lariors Lieblingsgeschichten und Märchen waren jene, die von einem grossen Königreich handelten, welches sich über weite Landschaften erstreckte, mit einem hohen König an der Spitze, welcher für Frieden und Freiheit sorgte.
„Aber es sind halt nur Märchen, vielleicht hat sich die alte Katharina diese wegen der alten Ruine ausgedacht", bedauerte Larior jedes Mal, wenn er über die Märchen nachdachte. Draussen auf der schneebedeckten Strasse lief Larior schnell nach Hause, um der Kälte zu entkommen, welche trotz der schönen Sonne über dem Dorf lag. Zuhause gab er seiner Mutter die Einkäufe und berichtete, dass Grindor wahrscheinlich nicht zum Essen kommen würde, da er die

Rede des Bürgermeisters auf Pergament schreiben müsse. Kurz darauf kam sein Vater aus der Schmiede. Da Lariors Bruder nicht da war, mit welchem er bei jeder Gelegenheit mit einem Holzschwert focht, bat er den Vater, mit ihm zu kämpfen. Sein Vater überraschte ihn, als er sagte: „Ich habe noch stumpfe Eisenschwerter, du bist jetzt sechzehn und ich sehe, wie du immer den Stadtwachen beim Üben zuschaust, es wird Zeit, dass du lernst, mit einem echten Schwert umzugehen."

Lariors Vater blockte die Schläge seines Sohnes mühelos und sprach dabei noch mit seiner Frau, was Larior überraschte, denn er hatte seinen Vater noch nie ein echtes Schwert führen sehen. Sie fochten, bis Larior sich völlig erschöpft auf sein Schwert stützte und sich den Schweiss von der Stirn wischte. „Nicht schlecht fürs erste Mal mit Eisenschwertern", lobte ihn sein Vater, „doch musst du noch viel lernen, denn du bist mehr als du denkst, aber weniger als du bist."

Der letzte Teil des Satzes seines Vaters verwirrte Larior, er konnte sich einfach nicht erklären, was dieser Satz bedeuten sollte. Sein Vater hatte ihm heute schon zum zweiten Mal etwas gesagt, was er nicht verstand. Vielleicht gab es einen Zusammenhang, vielleicht müsste er verstehen, was sein Vater ihm soeben gesagt hatte.

Der Tisch war gedeckt und es roch köstlich aus der Küche, wo die Mutter die Kalbslenden mit Zwiebeln und Bratkartoffeln, zubereitete. Am Tisch war Larior eher schweigsam, er dachte über die Worte seines Vaters nach, er wollte mehrmals fragen, doch wusste er nicht, wie er die Frage formulieren sollte. Nach und nach vergass er durch den feinen Geruch die Worte und er erzählte seiner Mutter und seinem Vater, was er im Rathaus gehört hatte und dass ein Ritter des

Königs aus Cammal eintreffen werde. Larior hatte das Gefühl, als hätte sich die Miene seines Vaters bei der Erwähnung des Namens der Stadt Cammal für einen kurzen Augenblick verdüstert.

Während die Familie noch am Essen war, klopfte es plötzlich an der Haustüre. Auwalla öffnete die Tür. Davor stand ein Junge mit schwarzem Kraushaar, er war etwas jünger als Larior und war ein Laufbursche des Bürgermeisters. Mit hastiger Stimme berichtete er: „Der Bürgermeister verlangt von Euch, dass Ihr bis zum Eintreffen des Ritters aus Cammal die Schwerter zur Kaserne gebracht habt. Ansonsten werde er seine Stadtwache nicht mehr mit Euren Schwertern ausrüsten."

Der Junge eilte nach diesen Worten zurück wie er gekommen war. Wieder hatte Larior das Gefühl, dass sich die Miene seines Vaters beim Wort Cammal verdüsterte. Darauf sagte sein Vater in einem halb befehlenden, halb fragenden Ton zu seinem Sohn: „Ich brauche, obwohl heute dein Geburtstag ist, deine Hilfe in der Schmiede, um die Schwerter fertigzustellen. Dafür werde ich dir ein Geheimnis zum Schmieden der Schwerter verraten."

Vater und Sohn gingen in die Schmiede. Nach zwei Stunden des Hämmerns und Schwitzens in der Hitze der Schmiede, welche nicht einmal durch die offenen Fenster und die kalte Winterluft abkühlte, hatte Larior keine Geduld mehr, er wollte das Geheimnis seines Vaters erfahren, und so fragte er ihn: „Was ist dieses Geheimnis, von dem du mir erzählt hast?"

„Ist dir aufgefallen, dass ich während dem Schmieden immer wieder etwas vor mich hingemurmelt habe?"

Ohne die Antwort abzuwarten, fuhr Lariors Vater fort: „Durch diese Worte soll das Eisen härter werden. Man gibt sich bei uns dieses Geheimnis schon über Generationen weiter, du bist bereits der zwanzigste, der dieses Geheimnis erfährt."

„Und warum erzählst du das alles mir und nicht meinem Bruder, er ist schliesslich der Ältere von uns beiden?", bohrte Larior weiter. Sein Vater zögerte einen Augenblick mit der Antwort: „Das solltest du niemandem erzählen, aber in unserer Familie wurden die Geheimnisse und Besitze immer an den jüngsten Sohn weitergegeben, und da ich sicher bin, dass deine Mutter und ich keine Kinder mehr haben werden, gebe ich dieses Geheimnis an dich weiter. Wahrscheinlich ist es mehr ein Aberglaube, aber ich wende es trotzdem bei jedem Schwert an, das ich schmiede."

Ohne zu überlegen fragte Larior das, was ihm während der ganzen Antwort seines Vaters auf der Zunge gelegen hatte: „Das heisst also, dass ich auch irgendwann das Schwert und die Kette in der Kiste erben werde?"

Wenn die Zeit gekommen ist, wirst du das Schwert und die Kette unserer Familie erben."

„Und wie lauten die Worte?", forschte Larior mit Bezug auf die Frage, wegen welcher sie das Gespräch überhaupt begonnen hatten, „die Worte, welche du immer zum Schmieden murmelst?"

Mit geheimnisvoller leiser Stimme antwortete sein Vater: „Auf keinen Fall darfst du diese Worte jemand anderem als deinem jüngsten Sohn weitergeben. Die Worte sind, Blas dat Agballai de carai harai polaria´."

Die Worte tönten irgendwie mächtig, doch verstand sie Larior nicht und hielt sie für Aberglauben. Er half seinem Vater noch die letzten Schwerter schleifen. Das erste Mal in seinem Leben durfte er schleifen, während sein Vater den Schleifstein drehte.

„Morgen kannst du dir selbst dein eigenes Schwert schmieden. Schliesslich ist es immer gut, ein eigenes Schwert zu haben. Besonders deinem selbstgeschmiedeten kannst du vertrauen, da du es wirklich kennst. Nun brauche ich noch deine Hilfe, um die Schwerter zum Rathaus zu bringen, ich will ja nicht den Bürgermeister verärgern", beim letzten Teil des Satzes hörte man einen etwas spöttischen Ton heraus. Larior und sein Vater trugen die Schwerter hinaus, das Eisen war schwer, und trotz der Lederscheiden drückte es ins Fleisch der beiden Träger. Während Larior und sein Vater die Schwerter auf einen Handkarren luden, begann ein eisiger Wind durch die engen Strassen Gars zu pfeifen und liess die Fensterläden klappern.

Larior half seinem Vater, welcher schon an der Deichsel stand, den Vorderteil des Wagens aufzuheben. Arior schwitzte trotz der Kälte beim Ziehen, denn zuerst ging es bergauf zum Gasthaus „zum Goldenen Fuchs", einem hohen breiten Riegelbau. Danach ging es wieder abwärts in Richtung Rathaus. Beim Abwärtsfahren musste Larior helfen den Karren zu bremsen, indem er ihn hinten zurückhielt. Mehrmals drohte der Karren auf dem vereisten Boden ausser Kontrolle zu geraten und zur Seite hin auszubrechen.

Vor dem Rathaus waren viele Leute eifrig damit beschäftigt, Girlanden aufzuhängen und Banner aufziehen, auf welchen das Wappen des Königs von Cammal zu sehen war, ein goldener Drache auf rotem Grund mit einem grünen Rand. Die Girlanden trugen die drei Farben des Wappens. Ariors Miene verdüsterte sich schon wieder beim Anblick der Banner und Wimpel, welche die Strasse bis zum Haupttor säumten. Selbst entlang der gesamten Holzmauer rund um die Stadt waren Girlanden in den Farben des Königshauses aufgehängt. Nun fragte Larior verwundert, als er einmal mehr den

Gesichtsausdruck seines Vaters sah: „Was ist das Problem am König von Cammal?"

„Nichts", schwindelte Arior hastig zur Antwort.

„Ich sehe ja", hakte Larior weiter, „dass du etwas gegen ihn hast, du schaust jedes Mal grimmig drein, wenn es um die Stadt Cammal oder ihren König geht."

„Das Problem liegt Generationen zurück, das sollte mich eigentlich nicht mehr beschäftigen", antwortete Arior und fuhr fort, „ausserdem ist der König von Cammal Herr über das Land und wir sind seine Untertanen, darum sollte man sich nicht schlecht über den König und seine Ritter äussern."

Bei der alten Holzkaserne luden sie die Schwerter ab. Es war ein Blockhaus, dessen Stämme langsam veralteten, mancher Ziegel war bereits vom Dach gefallen und am Boden zersplittert. Der Hauptmann der Stadtwache trat heraus. Er war ein älterer Herr mit gepflegtem grauem Bart. Sein Name war Bodgar, er gehörte zur Sippe der Fredinger wie der Bürgermeister. Er trug bereits seine Zeremonienuniform, da er den Ritter direkt neben dem Bürgermeister begrüssen würde. Obwohl der Hauptmann viel älter aussah als Arior, wirkte er in gewisser Weise deutlich jünger. Larior schätzte ihn Mitte fünfzig, doch hatte er keine Ahnung, wie alt sein Vater war. Jedes Mal, wenn Arior nach dem Alter gefragt wurde, versuchte dieser das Thema zu wechseln.

Der Hauptmann schaute sich jede einzelne Klinge genau an, sogar jeden frisch geschliffenen Dolch inspizierte er genau, ob keine Dellen darin oder Flecken darauf waren. Larior war inzwischen die Strasse zum Tor gelaufen, um das Ausmass der Festlichkeiten zu sehen.

„Gute Arbeit, Arior, makellos wie immer, ich würde gerne wissen, wie du das jedes Mal hinbekommst, aber das geht mich nichts an", meinte der Hauptmann erfreut, „und hier noch der Lohn für deine saubere Arbeit."

Darauf antwortete Arior: „Danke, Herr Hauptmann. Ich hätte da noch eine Frage, mein Sohn Larior würde sich gern um einen Posten in der Stadtwache bewerben."

„Da liesse sich schon etwas machen. Am Tag der Sommersonnenwende werden alle Jungen, welche Interesse haben an einem Turnier mit dem Schwert, der Lanze und dem Bogen teilnehmen, doch werden pro Jahr nur etwa fünf ausgewählt, denn unsere Stadt hat schliesslich keine Verwendung für ein zu grosses Bataillon und auch kein übriges Geld für Rüstungen, Waffen und den Sold der Soldaten. Aber Larior macht einen guten Eindruck auf mich, und in den Jahren darauf hätte er wieder die Möglichkeit anzutreten. Wir werden sehen", erklärte der Hauptmann.

„Das ist gut", antwortete Arior, „denn Larior will in die Stadtwache und er wird es auch schaffen."

„Aber etwas muss dir gewiss sein, bei einem normalen Bürger wie dir dulde ich es, wenn er sich mit diesen düsteren mysteriösen Jägern trifft, doch werde ich nicht akzeptieren, wenn sich ein Mitglied der Stadtwache mit diesem Gesindel abgibt. So würden die Stadtbewohner das Vertrauen in die Stadtwache verlieren", hängte Bodgar an.

„Diese Jäger sind kein Gesindel, das werdet auch Ihr früh genug noch erkennen. Auf Wiedersehn!", antwortete Arior verärgert, drehte sich um und ging seinen Sohn in der Menge der fleissig schaffenden Arbeiter suchen. Bodgar grüsste nicht zum Abschied, denn ihm waren diese Jäger völlig zuwider. Er hielt sie für zwielichtiges Gesindel und üble Banditen, welche das umliegende Land unsicher machten. Er dachte, die Jäger würden auch zu den Plünderern und Banditen gehören, welche sie einkerkern mussten, doch konnte er noch nie einen Jäger fassen. Jedes Mal, wenn er es versuchte, wurden seine Stadtwachen bewusstlos im Wald gefunden. Manche sagten jedoch auch, die Jäger seien das alte Volk.

Arior musste seinen Sohn mehr als eine Viertelstunde lang suchen, bis er ihn beim Stadttor fand, wo er gerade mit dem Jüngsten der Stadtwache sprach, seinem zwei Jahre älteren Kollegen Hildebrand. Dieser gehörte zur Sippe der Oringer. Hildebrand war etwas kleiner als Larior und hatte ein wildes Gesicht wie die meisten Einwohner Gars, die aus der Gegend stammten. Larior verabschiedete sich von Hildebrand und kehrte mit seinem Vater nach Hause zurück. Das Wetter hatte sich weiter verschlechtert und die ersten Schneeflocken fielen. Es bildete sich ein gefährlicher Flaum auf dem glatten Eis.

Auf dem Weg trafen sie Anastasia, die Nichte des Bürgermeisters. Anastasia war ein hübsches Mädchen aus Lariors Klasse. Sie hatte steinbraune Augen und schwarzes langes Haar. Jedes Mal, wenn Larior sie sah, fühlte er sich anders, sein Vater spürte das schnell, verabschiedete sich und liess die beiden sprechen, denn er verstand seinen Sohn gut.

Anastasia gehörte als Nichte des Bürgermeisters zu den Fredingern, sie war unter den Jungen sehr beliebt, da sie die Schönste in diesem Alter war. Dies war ihr sehr wohl bewusst, und sie hatte schon mehrere Jungen abblitzen lassen. Zudem träumte sie immer davon, dass ein Mann aus adligem Hause sie zur Frau nehmen wolle, zum Beispiel der gutaussehende Sohn des Grafen Jandraer von Meerschlossfels, ein Markgraf, welcher zu den engsten Vertrauten des Königs gehörte. Sein Sohn, Mendrieno, war ein Jahr älter als Anastasia, sie hatte ihn beim letzten Stadtfest kennengelernt, bei welchem der Fürst Ehrengast war und dessen Sohn sie um einen Tanz gebeten hatte. Besonders gefielen ihr seine tiefbraunen Augen und sein schulterlanges schwarzes Haar, welches sie noch einmal so gerne im Wind hätte wehen sehen. Larior gegenüber wollte sie sich nicht überheblich verhalten, da er anders war als die anderen Jungen und sie seine Art mochte. Sie sprachen eine Weile miteinander, wobei Anastasia bemerkte, dass Larior nervös wirkte, aber das störte sie nicht. Schliesslich genoss sie es, wenn sie gemocht wurde. Bald verabschiedete sie sich von Larior und winkte ihm zum Abschied zu.

Als Larior zu Hause ankam, sass sein Vater gerade im Lehnstuhl vor dem Steinkamin und schmunzelte herausfordernd. Larior wusste bereits, was er nun zu hören bekäme. So meinte der Vater dann auch lachend: „Respekt, du hast einen guten Geschmack."

Larior gab keine Antwort und ging in sein Zimmer hinauf. Einige Minuten später kam er wieder herab und sagte zu seinem Vater: „Ich werde der Begrüssung des Ritters und der anderen Bürgermeister beiwohnen, kommst du mit?"

„Ist Anastasia auch dort?", fragte Arior mit einem breiten Grinsen im Gesicht, „Ich werde nicht mitkommen, ich geniesse einen warmen Abend hier."

Larior machte sich auf den unangenehmen Weg zum Haupttor, wobei er enttäuscht sehen musste, dass der Steg über die Dächer nicht begehbar war. Dieser war schon vor Jahren angelegt worden, um den Weg von einer Stadtseite zu anderen zu verkürzen. Inzwischen schneite es nicht mehr, und die Sonne sandte ihre letzten Strahlen auf Gar nieder. Gerade als Larior am Tor ankam, hörte er von weitem Hufgetrappel, vermutlich das der Pferde der Reiter aus Cammal. Auf einem Holzwachturm am Stadttor wurden zusätzlich zu den Alarmglocken auch die Freudenglocken geläutet. Der Bürgermeister stand am Ende der Gasse in der Menschenmenge vor dem Eingang des Rathauses und rief dem Volk zu: „Begrüsst Ritter Haldak aus Cammal, ein Ritter des edlen Königs Urak. Es ist das erste Mal, dass uns ein so hoher Gast besucht und ich bin stolz, dass ich der erste Bürgermeister bin, welcher einen so hohen Gast begrüssen darf."

Der Bürgermeister versuchte das Ganze so zu formulieren, als ob es sein Verdienst wäre, dass der Ritter nach Gar kam. Er musste nach den schlechten Handelsergebnissen im letzten Jahr seinen Ruf wieder aufbessern, und das versuchte er dank des Glücks, dass er im richtigen Augenblick am richtigen Ort war.

Ritter Haldak ritt durch das Tor, gefolgt von mehreren weiteren Männern. Haldak trug eine Eisenrüstung, die in den letzten Sonnenstrahlen silbern glänzte. Darunter trug er ein Kettenhemd und darüber einen roten Umhang, der im Wind flatterte. Sein Gesicht sah gepflegt aus, man sah, dass er aus einer adligen Familie stammte, welche beim König in hoher Gunst stand. Die anderen Männer trugen einen Eisenharnisch über einem dicken Lederhemd. Alle hatten die Helme, welche unverziert und nur zweckmässig waren, vorne auf den Sattel geschnallt. Ihre Schwerter mit den einfachen Heften waren in eine Scheide am Sattel gesteckt. Einzig Haldak hatte einen Helm vor sich, welcher nach oben spitz zulief und Verzierungen auf der Seite trug. Zur einen Seite des Helmes war das Wappen Cammals eingraviert und zur anderen sein Familienwappen, ein Rabe. Das Volk jubelte dem Ritter zu, und er winkte der Menge zu. Er hielt unmittelbar vor der Treppe zum Tor des Rathauses an. Am oberen Ende der Treppe stand bereits der Bürgermeister, um Haldak zu empfangen.

Als Haldak die Treppe hinaufstieg, verbeugte sich der Bürgermeister vor ihm und küsste den Siegelring an der Hand

des Ritters. Alle anderen Bürgermeister der umliegenden Dörfer verbeugten sich der Reihe nach und küssten ebenfalls den Siegelring. Die Bürgermeister, der Ritter und seine Gefolgschaft traten ins Rathaus. Was drinnen besprochen wurde, erfuhr man erst am Ende der dreitägigen Versammlung.
Die Menschenmenge löste sich auf, auch Larior kehrte nach Hause zurück. Einzig die Wachen blieben am Ort, sie bewachten den Eingang des Rathauses mit doppelter Stärke, um Haldak zu zeigen, dass Gar militärisch stark war. Dafür wurde die Wache auf der Mauer vernachlässigt. Zum Nachtessen briet Auwalla Hammelfleisch und dazu gab es frisches Sauerteigbrot.

Zweites Kapitel - Winterrat

Zur selben Zeit begann der Rat nach einem Bankett im Rathaus zu tagen. Grindor war in der Zwischenzeit immer nervöser geworden, er durfte beim Schreiben keinen Fehler machen, vor allem wenn Haldak sprach. Zu seinem Schrecken eröffnete ausgerechnet Ritter Haldak den Rat: „Ich freue mich sehr, dass ich hier so herzlich empfangen worden bin. Der Grund meines Kommens ist leider nicht von froher Natur. Obwohl ich auch hier bin, um neue Handelbeziehungen zu vereinbaren, wurde ich aus einem weit wichtigeren Grund abgesandt. Dörfer jenseits Flusses wurden überfallen, ausgeraubt, abgebrannt und die Dorfbevölkerung brutal ermordet. Bergheim und Bachhausen sind bereits verloren. Meerstadt wird noch mit der Hilfe des Grafen von Markander unter grossen Verlusten gehalten. Bachtal ist umzingelt und kann nur noch über einen langen unterirdischen Tunnel erreicht werden. Es ist nur eine Frage der Zeit, bis unsere Feinde diesen Tunnel finden."

„Entschuldigt, dass ich euch unterbreche, edler Ritter", unterbrach Gars Bürgermeister den Ritter, „das waren sicher die Jäger hier in der Gegend, ich halte sie für Gesindel. Wenn Ihr wollt, werde ich all meine Soldaten losschicken und sie alle vernichten."

„Nein, der König dachte dasselbe. Deshalb schickte er mich und weitere fünfhundert Männer los, um sie beim nächsten Angriff zu überraschen. Es waren aber nicht die Jäger, sondern Kreaturen, die nur in alten Sagen beschrieben werden.

Wir mussten starke Verluste beklagen, als wir versuchten das Dorf Sonnenheim zu retten. Diese dunklen Kreaturen waren uns überlegen und hätten jeden einzelnen von uns getötet und zerhackt. Doch plötzlich schwirrten Pfeile über unsere Köpfe hinweg, sie durchbohrten die harten Rüstungen dieser Kreaturen, welche von unseren Schützen nur mühsam durchdrungen wurden. Wir kehrten uns überrascht um und da standen sie, die Jäger, in ihre dunklen Mäntel gehüllt. Einige legten neue Pfeile auf, andere zogen ihre Schwerter, edlere Schwerter als sie die Ritter Cammals besitzen. Sie waren etwa hundert an der Zahl, ihre Schwerter schnitten den Kreaturen die Kehlen durch. Ich habe ihre Sprache nicht verstanden, doch war sie wohlklingend. Innerhalb kürzester Zeit waren alle Kreaturen getötet. Ich bin überzeugt, dass diese Jäger mehr als ihre Mäntel trugen, denn als eine der Kreaturen mit einem so heftigen Stoss zustach, welcher selbst das härteste Eisen durchbohrt hätte, blieb der Jäger unverletzt und schlug der Kreatur den Kopf ab. Nur eine dieser Kreaturen vermochte den Panzer eines Jägers zu durchbohren. Seine Klinge sah irgendwie anders aus, doch überlebte der Jäger wahrscheinlich, denn er konnte weiterkämpfen. Als die letzten Kreaturen tot oder geflüchtet waren, verschwanden die Jäger genau so geheimnisvoll wie sie gekommen waren. Es schien allerdings, als würden sie ebenfalls Tote und Verletzte davon tragen. Wir verdanken ihnen unser Leben, und trotzdem will der König sie aus dem Reich verbannen. So werden wahrscheinlich noch mehr Dörfer abgebrannt. Aus diesem Grund erbitte und erwarte ich Eure Hilfe, Herren Bürgermeister, ich brauche Männer, um die Dörfer vor diesen grausamen Kreaturen zu schützen, denn irgendwann werdet auch Ihr angegriffen, wenn wir sie nicht zurückdrängen können", gab Haldak auf den Vorschlag des Bürgermeisters zur Antwort.

Darauf wendete Rendar, der Bürgermeister von Brückstadt, ein: „Zuerst müssten sie die alte Steinbrücke über den grossen Fluss überqueren, da dies die einzige gute Brücke über den grossen Fluss ist. Doch werde ich mit der Hilfe meiner tapferen Soldaten, jenen der Dörfer und jenen des Königs von Cammal, die Brücke halten. Wir werden bis zu unserem Tode kämpfen, wenn es sein muss, das sage ich Euch. Noch nie wurde die Brücke ohne unsere Erlaubnis überquert, und so soll es auch bleiben, das könnt Ihr mir glauben. Ich schwöre somit auf mein Leben, dass wir die alte Brücke halten werden. Ihre Tore sind aus alter Zeit und werden nicht von diesen Kreaturen durchbrochen, solange sie von den Brückstädtern verteidigt werden. Zudem könnten wir ja auch die Bevölkerung auf der anderen Seite des Flusses durch die Grafschaft Markander nach Passbrück in die Meerberge bringen, wo sie sich im Falle eines Angriffs über die Hängebrücke, welche über die Schlucht des Grossen Flusses führt, zurückziehen könnten. Die Hängebrücke wäre einfach zu verteidigen und im Notfall leicht zerstörbar. Auf diese Art liessen sich die Kreaturen ohne grosse Verluste auf der anderen Seite des Grossen Flusses halten."

Darauf antwortete Haldak erfreut: „Ich bin froh, treue Kampfesgefährten gefunden zu haben, doch reicht es nicht, wenn wir nur die Dörfer und Städte diesseits des Grossen Flusses schützen, wir sollten auch die verwundbaren Städte jenseits des Flusses beschützen und halten. Ich persönlich würde auch die Bevölkerung über den Fluss zurückziehen und die Brücke verteidigen, doch ist meine Meinung nicht die gefragte, denn nur jene des Königs Urak von Cammal zählt.

Ausserdem ist der Weg nach Passbrück beschwerlich und gefährlich. Auch weiss ich nicht, ob die ganze Bevölkerung in den Bergen untergebracht werden könnte. Die Zerstörung der Hängebrücke halte ich nicht für klug, solange es einen anderen Weg gibt, denn ihr Bau war beschwerlich und hat manchem Mann das Leben gekostet, sie sollte erhalten bleiben. Ich muss wissen, wie viele Soldaten Ihr unserer königlichen Armee zur Verfügung stellen könnt."
„Meine Stadt wird euch die halbe Garnison, das sind fünfhundert Mann, zur Verfügung stellen", stellt Federak fest, der Bürgermeister Nagats, einer Stadt im Süden am Grossen Fluss, welche gerne mit ihrer militärischen Macht protzte, denn die Hälfte aller Männer der Stadt standen für den Kampf bereit und waren gut gerüstet. Jene Soldaten waren zu einem grossen Teil besser ausgerüstet als jene Cammals. Nagat war neben Cammal und Periula die drittgrösste Stadt des Reiches, ihre Einwohnerzahl betrug etwa das Fünffache von Gar, doch entsprach die Zahl der Soldaten dem zwanzigfachen. Bürgermeister Federak selbst war ein Recke, er war mindestens zwei Köpfe grösser als Gars Bürgermeister, trug einen gepflegten, leicht gräulichen Backenbart und schien einst mit Muskeln bepackt gewesen zu sein. Seine grauen Augen schienen jeden zu durchbohren, der es wagte, ihm in die Augen zu sehen. Seine Wangen waren eingefallen, man sah ihm an, dass er in langen harten Jahren viel durchgemacht haben musste.
Dann schloss sich Kandrior an, der Bürgermeister von Altfestungshausen, einer Stadt an der grossen Kreuzung der alten Strasse am Fusse eines Berges, der mit einer alten Festungsruine gekrönt war: „Ich werde euch hundert Männer zur Seite stellen, sie sind die besten weit und breit, sie können sogar schwimmen und sind im Waffengebrauch kaum zu

schlagen. Vor diesen Männern sollen sich die bösen Kreaturen in Acht nehmen, denn diese Männer schrecken nicht einmal vor dem schlimmsten Feind zurück, und wenn sie bis zum Tod kämpfen müssen."

Der Bürgermeister Altfestungshausens, welcher gewisse Ähnlichkeiten mit Grindors Vater hatte, war sauber rasiert und trug das gepflegte Haar kurz. In seinen Augen schien sich ein hohes Alter zu widerspiegeln, welches man ihm sonst aber nicht ansah. Der Bürgermeister übertrieb nicht, seine Soldaten waren in der Tat die Besten weit und breit. Allerdings antwortete Gars Bürgermeister darauf: „Ich habe das Gerücht gehört, dass Eure Soldaten in engem Kontakt zu den Jägern stehen sollen. Ich glaube kaum, dass der König solche Leute in seiner Armee will. Gar hingegen könnte dem König vierzig bereits ausgebildete Männer zur Seite stellen und innerhalb weniger Monate hundertsechzig weitere ausbilden, um das Heer dann mit zweihundert starken und tapferen Männern zu verstärken."

Weitere Bürgermeister meldeten sich. Aus Teichheim, einer Stadt am anderen Ende des Blauen Sees, wurden achtzig, wie es hiess, zielsichere Bogenschützen zur Verfügung gestellt, aus der Stadt Fachwald wurden hundertfünfzig Axtkämpfer versprochen, welche den Gerüchten nach sogar einem wilden Eber den Kopf mit einem einzigen Hieb abschlagen könnten. Dreihundert weitere leicht bewaffnete und nicht gut gerüstete Soldaten versprach der Bürgermeister der Stadt Hügelkamm. Aus der Handelsmetropole Grenheid an der nördlichen Grenze des Königreiches, würden vierhundert unterschiedlich bewaffnete und gerüstete Soldaten kommen, welche ihrem Ruf nach gute Kämpfer waren. Zweihundert Speerträger wurden aus Altstrassburg versprochen, einer Stadt mit einer Burg, welche an der alten Strasse in

Richtung Norden lag. Die Speerträger waren gut ausgebildet, doch besassen nur die wenigsten von ihnen Erfahrung auf dem Schlachtfeld. Zuletzt versprach der Bürgermeister Goldkamms dem Ritter: „Ich werde euch möglicherweise höchstens fünfzig Mann zur Verfügung stellen können. Wir würden Euch jedoch mit Gold und Eisen unterstützen. Ich werde fünf Schmiede mitsenden, welche im Feld für Euch Waffen schmieden können."

Darauf wendete der Bürgermeister Gars ein: „Wir hätten auch einen Schmied in der Stadt, möglicherweise hat er Kontakt zu den Jägern, doch schmiedet er Schwerter, welche den Klingen jener dunklen Kreaturen ebenbürtig oder sogar überlegen sind."

Es herrschte Schweigen, da nun alle über die Truppenstärke nachdachten. Grindor wusste sofort, dass Gars Bürgermeister seinen Vater meinte, denn er war der einzige Schmied in Gar, der sich auf das Waffenschmieden spezialisiert hatte. Grindor bekam Angst um seinen Vater, wenn er ins Feld ziehen würde, denn auch als Schmied würde er vermutlich fallen. Und wer rüstete in dieser Zeit die Wachen von Gar aus, ihre Rüstungen waren schlecht. Durch eine geringere Anzahl Soldaten wäre Gar zudem verwundbar, und Plündertruppen könnten die reich gefüllten Goldkammern Gars ausräumen und die Stadt niederbrennen. Was mit den Plündertruppen diesseits des Grossen Flusses geschehen sollte, wurde hier bisher nicht besprochen, obwohl es bekannt war, dass sie das Land in der Umgebung unsicher machten.

Haldak unterbrach das Schweigen, während es in der Zwischenzeit draussen dunkel geworden und der Saal nur noch von flackerndem Kerzenlicht erhellt war: „Das ist gut. Ihr könnt mir also annähernd zweitausend Mann zur Verfügung stellen. Mit den Truppen Cammals werden wir den Fluss also mit etwa viertausend Mann überschreiten, so können wir das Land zurückerobern und möglicherweise wieder Stützpunkte an den Sonnenbergen errichten, von wo das Übel zu kommen scheint. Allerdings liessen sich mit der Zeit sicherlich unter dem Volk noch einmal so viele kampffähige Männer rekrutieren. Möglicherweise werden auch noch mehrere tausend Soldaten von der Nordgrenze in die Sonnenberge beordert."

Als wieder Schweigen herrschte, nahm Grindor seinen ganzen Mut zusammen. Er wusste, dass das, was er gleich tun würde, seine Karriere im Rathaus gefährden konnte, doch wusste er auch, dass es das Rathaus möglicherweise schon bald nicht mehr geben würde, wenn er jetzt nichts einwendete: „Tut mir leid, ich habe nicht das Recht hier etwas zu sagen, jedoch..."

Er wurde schnell vom erzürnten Bürgermeister Gars unterbrochen: „So ist es, du hast nicht das Recht, hier deine Meinung kund zu tun. Wir werden nach dieser Versammlung miteinander sprechen."

Der Bürgermeister war so erzürnt, dass Grindor wusste, dass er seine Anstellung verlieren würde, wenn das Schicksal ihn nicht mit einem glücklichen Zufall unterstützte.

„Lasst den Jungen ausreden. Schon viele Male wurden die jungen Leute überhört und es kam danach zu Katastrophen, schliesslich sind es auch die Jungen, welche in den Kriegen kämpfen und sterben", unterbrach Haldak den Bürgermeister und rettete damit Grindors Karriere im Rathaus. Gars Bürgermeister forderte Grindor mit einer energischen Handbewegung zum Sprechen auf, welcher dann auch seinen zuvor angefangenen Satz fortsetzte: „Danke, Herr Ritter Haldak. Ich habe mir gedacht, dass man, wenn man fast alle Soldaten an die Front schickt, das Hinterland entblösst und verwundbar macht. Während Eure Armee an der Front kämpft, werden die Dörfer im Hinterland möglicherweise geplündert und gebrandschatzt."

Ein Gemurmel ging durch die Reihen der Bürgermeister, deren Plätze halbkreisförmig um den Stuhl des Ritters aufgestellt waren. Grindor sass hinter Gars Bürgermeister und konnte seine Hand kaum noch bewegen. Die Krähenfeder in seiner Hand war zerzaust und liess seine schweissige Hand mehrmals abrutschen.

Aus dem Gemurmel entstand eine hitzige Diskussion, sodass einige Bürgermeister nicht mehr so viele Soldaten in den Kampf schicken wollten, denn alle hatten Angst um ihr Hab und Gut. Einzig der Bürgermeister von Altfestungshausen sass ruhig auf seinem Platz und schien vom ganzen Treiben kaum Notiz zu nehmen. Plötzlich rief Haldak in das Geschrei der Bürgermeister: „Seid ruhig! Kein Grund zur Sorge, der König wird Ausbildner unter das Volk senden, welches sich dann selbst wird verteidigen können, damit wir stark genug an der Front sind."

Es wurde still im Saal, vielen der Bürgermeister traten die Adern auf der Stirn hervor, sie dachten alle kräftig nach, die Zukunft ihrer Dörfer und Städte war gefährdet und dazu ihre Wiederwahl bei der nächsten Volksversammlung.

Dann stand der Bürgermeister Altfestungshausens auf, er sprach mit ruhiger Stimme: „Es ist wirklich gewagt, was Ihr vorhabt, edler Ritter Haldak, doch bin ich der Meinung, wir sollten diesen Krieg gemeinsam führen und dem König unsere vollständige Unterstützung bieten. Meine Soldaten werde ich auf jeden Fall in den Kampf senden, sie werden alle zurückkehren, und meine Stadt wird sich trotzdem zu verteidigen wissen.

„Ich bin erfreut, das von Euch zu hören, denn der König hat mir gesagt, Ihr würdet möglicherweise die Hilfe verweigern, doch habe ich nie an Eurer Loyalität zum Königshaus gezweifelt und werde es auch nie tun. Ausserdem hat Gelrad, der König des benachbarten Königreichs Salmarsat, mit denselben Kreaturen zu kämpfen und wird uns hoffentlich bei unserem Vorstoss mit mindestens tausend Mann unterstützen", meinte Haldak.

Er fuhr weiter: „Leider werden wir aus dem Königreich Helrendar keine Unterstützung erhalten, denn König Eriak hat einen Boten zu uns geschickt, der berichtete, dass die Hauptstadt Hela bereits in Gefahr sei und er unsere Unterstützung brauche. Wenn wir den Fluss überschreiten, sollte ein Teil unserer Streitmacht Helrendar unterstützen, während der Rest Richtung Westen und Süden ziehen müsste. Ich hoffe zudem, dass Salmarsat einen Teil befreien wird, da Salmarsat selbst kaum von Angriffen betroffen ist."

Es wurde noch eine ganze Weile weiterdiskutiert, und Grindor bekam einen immer stärkeren Krampf im Handgelenk. Schliesslich wurde er durch die Worte des Bürgermeisters erlöst: „Es ist spät, ich denke, wir alle sollten uns zur Ruhe legen. Im Gasthaus zum Goldenen Fuchs ist ein Zimmer für jeden von euch vorbereitet worden. Ihr, Ritter Haldak, erhaltet selbstverständlich das Beste aller Zimmer, der Wirt, sein Name ist Berhald, wird Euch gut bedienen, und wenn Ihr Wünsche habt, wendet Euch an ihn."

Während der von der langen Reise müde Ritter Haldak sich bereits zu Ruhe legte, assen und tranken die Bürgermeister noch lange.

„Wenn sie gewusst hätten, was dieser Krieg bedeutet", meinte Haldak leise zu sich selbst. Er selbst hatte Mühe mit

Einschlafen, Albträume plagten ihn, wie sollte er solch grausame Biester besiegen, sofern das überhaupt möglich war. Er brauchte die Hilfe der Jäger, sie alleine kannten diese Kreaturen, doch wenn er mit ihnen in Kontakt treten würde, würde der König dies als Hochverrat bestrafen, und er würde der Todesstrafe nicht entrinnen können. Er musste auf die Unterstützung des Königssohnes, Prinz Arak von Cammal, hoffen, aber dieser war noch nicht einmal zwanzig Jahre alt. Er war jedoch ein edler Mensch, der nur das Beste für sein Volk wollte, auch wenn er sich gegen seinen Vater stellen müsste. Es war keine kluge Idee, doch war einer dieser edlen Jäger im Kampf gleich stark wie fünf der gewöhnlichen Soldaten aus Cammal. Es gab Gerüchte, dass die meisten der Hofgarde Cammals mit diesen Jägern verwandt waren, so wie ein Grossteil der Bevölkerung von Altfestungshausen. Er brauchte unbedingt die Hilfe dieser Jäger.

Drittes Kapitel - Winterjagd

Die Nacht war dunkel und eiskalt, man sah einzig noch in einzelnen Fenstern Licht, und einige Strassenlaternen flackerten fahl. Ein eisiger Wind blies durch die Strassen und liess einen zusammen mit dem Wolfsgeheul aus den umliegenden Wäldern erschaudern. Die alte Ruine auf dem Hügel war das einzige, das ein wenig des kalten Mondlichts abbekam und in einem fahlen Silber leuchtete. Zu genau dieser Ruine schaute Arior hinauf, in seinem Gesicht spiegelte sich Wehmut, und seine Augen hatten einen seltsamen Glanz, welcher sich wiederum im Fenster seiner Kammer widerspiegelte. Auwalla schlief bereits, Arior sah in ihr friedliches Gesicht und strich ihr die blonden Haare aus der bleichen Stirn, als es plötzlich an der Türe klopfte.

Arior ging hinunter und sprach durch die Tür: „Wer ist hier, und was wollen Sie zu dieser späten Stunde?"

„Mein Name ist Haldak, ich komme um eure Hilfe zu erbitten. Niemand weiss, dass ich Euch aufsuche, niemand darf mich sehen, sonst werde ich wohlmöglich sterben", sprach die Stimme draussen. Bevor Arior die Tür öffnete, umgriff seine Hand das Schwertheft neben dem Kamin und dann öffnete er die Tür. Da stand ein Mann in dunklem Mantel mit Kapuze, er zitterte vor Kälte und seine klammen Hände schlugen die Kapuze zurück. Es war tatsächlich Ritter Haldak, welcher nun zaghaft über die Schwelle trat. Arior bat ihn herein und stellte das Schwert mit einem „Man kann zu dieser Stunde nicht vorsichtig genug sein" an den Kamin.

Haldak ergriff das Wort: „Wahrscheinlich hat Euer Sohn Grindor Euch schon vom Rat erzählt, nun brauche ich Eure Hilfe und jene der Jäger, sie scheinen die einzigen zu sein, welche diese Kreaturen kennen. Helft ihr mir?"

„Grindor hat mir einiges über Euch erzählt und auch, dass Ihr den Jägern gegenüber wohlgesinnt seid. Was die Kreaturen betrifft, so kennt Ihr sicher die Märchen, die die alten Weiber immer wieder erzählen. Darin sind sie sehr genau beschrieben", antwortete Arior.

„Ihr meint also", fragte Haldak überrascht, „dass dies solche Kreaturen sind?"

Darauf antwortete Arior: „Ich meine es nicht nur, es sind sie, ich habe schon mit den Jägern gegen sie gekämpft. Das darf jedoch niemand erfahren und auch sonst nichts, was ich euch erzähle, versprecht Ihr mir das?"

„Auf jeden Fall tu ich das, schliesslich könntet Ihr mich auch verraten", sprach Haldak weiter, „erzählt mir bitte, was Ihr über diese Kreaturen wisst."

„Es gibt so viele von ihnen", Arior stiess einen tiefen Seufzer aus, „in der Sprache der Jäger werden sie Skralgas, Kämpfer des Bösen, genannt. Es gibt ein altes Gedicht über sie, in der Sprache der Jäger lautet es:

Al Ulgar conorai,
ned egbeler
moratene dalarai
iener kelmer

Was in unsere Sprache übersetzt bedeutet:

Für den Kampf gegen das Gute geschaffen,
Monster des Grauens,
wird ihre Mordlust niemals erschlaffen,
in der Zeit des menschlichen Erbauens.

Einst wurden sie von einem bösen Herrscher geschaffen, nur zum Zweck, das Gute zu vernichten. Wenn wir Glück haben, gibt es in den südlichen Sonnenbergen nur wenige tausend. In alten Zeiten gab es Armeen von Hunderttausenden solcher Kreaturen. Hier in dieser Region wurden sie vor etwa zwei Jahrtausenden unter grossen Verlusten des Volkes der Jäger, des alten Volkes, fast vollständig besiegt, nun scheinen sie sich wieder auszubreiten und versuchen nun auch das Volk der normalen Menschen zu vernichten. Ihr solltet Euren König warnen, denn in den Geschichtsbüchern Cammals steht viel über diese Kreaturen geschrieben. Ihr müsst wissen, die Linie des Königs Urak stammt auch vom Volk der Jäger ab, doch hat sich ihr Blut mit dem der normalen Menschen vermischt, und der König will die Vergangenheit vergessen".
Dies sagte Arior mit Wehmut im Gesicht und fuhr fort, „das dürft Ihr ebenfalls niemandem erzählen, denn ich sollte es nicht wissen, da der König versucht, es geheim zu halten. Ich hoffe, er versteht den Ernst der Lage und kämpft mit voller Stärke".
„Das tönt ja grauenvoll, mein Vertrauen in den König ist ebenfalls an einem Tiefpunkt angelangt. Meine Hoffnung beruht auf seinem Sohn Arak. So wie Ihr sprecht, könnte die Mutter Araks aus dem Volk der Jäger gestammt haben, lei-

der ist sie bei Araks Geburt gestorben. Er kann Cammal wieder ins Licht führen und uns den Frieden wiedergeben, doch wird die Sturheit seines Vaters das Königreich noch in den Abgrund treiben", sagte der Ritter. Daraufhin stopfte er sich eine mit Gold verzierte Pfeife und zündete sie an. Er nahm einige Züge und fuhr weiter: „Auch wenn ich das Vertrauen in den König verliere, so kämpfe ich für ihn und sein Königreich, denn dies habe ich geschworen. Darum bitte ich Euch, mich zu den Jägern zu führen, denn ich will sie für diesen Krieg gewinnen."

„Diese Jäger kämpfen nur für den eigenen König und es ist ungewiss, ob es ihn überhaupt noch gibt, er hat seinen Thron und sein Reich verloren. Unter dem Banner des Königs von Cammal werden sie auf keinen Fall kämpfen, denn als die Truppen Cammals vor zweitausend oder mehr Jahren gebraucht worden wären, versagte der damalige König Keliak, welcher als Erster nicht mehr reinblütig vom alten Volk stammte, dem König jenes Volkes die Hilfe, obwohl er ihm zu Treue verpflichtet war", erwiderte Arior dem Ritter, welcher nun erzürnt war und aufgebracht entgegnete: „Wieso kann sich der Hass auf so viele Generation übertragen. Diese Jäger wären töricht, auch sie werden den Kreaturen ausgeliefert sein, wenn wir diesen Kampf nicht gewinnen."

„So viele Generationen sind das gar nicht, denn die Jäger werden alt, sehr alt, bevor sie aus dem Leben gerissen werden. Die Grossväter einiger heutiger Jäger hatten noch in diesem Krieg gekämpft, jenem Krieg, der viel grösser war als dieser hier. Es gab vor mehreren tausend Jahren Kriege, die man sich kaum mehr vorstellen kann, mit Armeen, welche mehrere hundert Mal so viele Soldaten umfassten wie die Eure", antwortete Arior.

Darauf erwiderte Haldak: „Das sind nur Sagen, die man nicht glauben sollte. So grosse Armeen kann es gar nicht gegeben haben, doch will ich selbst mit den Jägern sprechen. Schliesslich müssen sie, da sie auf dem Gebiet Cammals leben, auch für Cammal in den Krieg ziehen. Führt mich zu ihnen."
Arior konnte sich dem Befehl eines Ritters nicht widersetzen, er weckte Auwalla und erzählte ihr schnell die Geschehnisse, daraufhin zog er ein feines Kettenhemd über, welches man unter dem Mantel kaum sah. Unten nahm er seinen dicken Mantel, schnallte ein Schwert um und ergriff einen Bogen mit Köcher, in welchem frische Pfeile mit feinen Federn steckten. Zudem nahm er einen zweiten Bogen und Köcher und gab ihn Haldak, während er sagte: „Wir sollten uns vorsehen, es kann mehrere Stunden dauern, bis wir die Jäger gefunden haben, und möglicherweise werden wir Plündertrupps beggenen, welche auf der Suche nach Lagern der Reisenden umherstreifen."
Darauf antwortete Haldak: „In der Nähe welchen Ortes ist das Lager?"
„Nicht allzu weit von hier in einer zerfallenen Festung des alten Volkes, doch zuerst müssen wir unbemerkt aus der Stadt kommen", entgegnete Arior.
Sie gingen hinaus ins Freie und der Stadtmauer zu. Die hölzerne Mauer war schlecht bewacht, da die meisten Wachen vor dem Goldenen Fuchs standen, wie Haldak erzählte. Er hatte sich nur knapp an ihnen vorbeischleichen können, als er zu Arior kam. Die Absperrbalken waren steif und liessen sich nicht wegschieben. Sie mussten über die Wehrgangstreppe auf die Mauer gelangen, doch im selben Augenblick, als Haldak seinen Fuss auf die unterste Stufe setzte, hörte man von oben eine Stimme rufen: „Wer da?"

Haldak und Arior wichen zurück und drückten sich an die Mauer. Schritte kamen näher, entfernten sich jedoch schnell wieder. Danach huschten Haldak und Arior die Treppe hinauf und sprangen auf der anderen Seite in den tiefen Schnee. Der schwer gerüstete Haldak, welcher seine gesamte Rüstung ausser seinen Helm trug, versank tief im Schnee. Arior, welcher sofort heraus kam, half dem Ritter sich auszugraben. Sie kämpften sich durch die Schneemassen bis zur Strasse, weit genug vom Haupttor entfernt, um von niemandem entdeckt zu werden. Der leichte Schneefall legte eine dünne Schicht Schnee auf die Strasse. Sie marschierten über den feinen Flaum auf den Pflastersteinen. Zwischen einzelnen Wolkenfetzen hindurch sah man das Mondlicht, welches auf dem Schnee gespiegelt wurde und ihnen den Weg auf der Strasse wies. Sie kamen nur langsam voran, da ihnen ein kalter Wind entgegen blies und ihre Glieder klamm vor Kälte waren. Eine Weile marschierten sie müde durch die kalte Winternacht. Arior liess seinen Blick wachsam umherschweifen, während Haldak schlotternd seine Hände rieb.

In der Nähe der Strasse sahen sie plötzlich ein Feuer, Haldak ging in der Auffassung, dass es Reisende waren, schnurstracks auf das Feuer zu. Arior wollte ihn zurückhalten, doch es war zu spät, Haldak war bereits auf die Lichtung getreten. Ein Fuchs huschte davon und ein Mann, der am Feuer sass, sprang auf und zog sein Schwert. Die anderen taten es ihm gleich. Arior legte im Gebüsch einen Pfeil auf, doch dann sah er, dass auch Frauen dabei waren. Sie hatten Zelte aufgebaut, und ihre Wagen mit Waren standen nebenan. Es waren nur Händler und keine Banditen.

Als einer der Männer Haldak das Schwert an die Kehle hielt, sprang Arior aus dem Gebüsch und rief: „Keine Angst, wir sind keine Banditen, wir sind nur Reisende auf dem Weg nach Altfestungshausen, und mein Freund hier hat so kalt, dass er ohne zu überlegen zu diesem Feuer lief. Er hat noch keine grosse Erfahrung, wie man sich hier draussen verhält." Die Leute erschraken zuerst, beruhigten sich jedoch schnell wieder und boten ihnen sogar heisse Karottensuppe an. Haldak schaute Arior mit einem missbilligenden Blick an, da er sehr wohl Erfahrung in dieser Gegend hatte, doch verstand er, dass die Händler nicht wissen durften, dass er ein Ritter aus Cammal war. Nachdem sie ihre Suppenschüsseln leer gegessen hatten, verabschiedeten sie sich und bedankten sich. Nun fühlten sie wieder etwas Wärme in ihren Gliedern. In der Zwischenzeit war auch der beissende Wind abgeflaut und es hatte aufgehört zu schneien. Der Mond liess sein silbernes Licht über die Gegend fliessen, er wirkte zusammen mit den Sternen wie ein Licht, das von einer schwarzen Decke leuchtete.

Sie kamen nun schneller voran, und nach einer halben Stunde standen sie am Fusse eines bewaldeten Hügels, einer der höchsten Erhebungen in der Umgebung. Inmitten der Bäume ragten die Türme einer alten Ruine empor, sie glitzerten weiss im fahlen Mondlicht. Arior und Haldak kämpften sich durch den Schnee von der Strasse bis zum Wald. Am Waldrand stand dichtes Gestrüpp, welches seine Blätter abgeworfen hatte. Der grösste Teil des Waldes bestand aus hohen Rottannen. Da die Tannen dicht standen, war der weiche Waldboden fast schneefrei. Die beiden Wanderer kamen schnell voran und schritten hinauf zur abgelegenen Festung. Der übermüdete Haldak glitt fortwährend auf dem nassen Moos aus, konnte sich aber immer wieder auffangen. Inmitten der Tannen ragten Mauern in die Höhe, sie waren aus säuberlich gehauenem Stein gebaut, doch an vielen Orten

wucherte Efeu die glatten Mauern hoch. Einige Mauern waren zerfallen und die Dächer eingestürzt. Mancherorts lagen grosse runde Steine, die nicht von hier zu sein schienen.
Dort, wo früher vermutlich wohl ein hoher Saal war, wuchsen nun Bäume. Haldak und Arior stiegen über die Steine. Zwischen den zerfallenen Mauern sah man einen weissen Turm aufragen, er war nur wenig höher als die Bäume und hob sich von der Umgebung kaum ab. Aus seinen schmalen Fenstern schien ein flackerndes Licht. Die schwere Eisentüre am Fusse des Turms war mit einem massigen Türklopfer versehen. Es erstaunte Haldak, dass es hier in der Wildnis solch vornehme Tore gab, und er begann selbst an die Erzählungen vom alten Märchenland zu glauben, denn seine Mutter hatte ihm, als er klein war, von einem Land erzählt, in dem man Türme und Häuser aus weissem Stein gebaut hatte und wo die Leute gleichermassen gebildet waren wie auch kriegerisch zu den Besten weit und breit gehörten. In ihren Städten sollen mehrere zehntausend Leute gelebt haben, und es soll eine Stadt gegeben haben, welche uneinnehmbar war, doch konnte Haldak nur glauben, dass vielleicht der Kern der Geschichte wahr war. Er konnte nicht glauben, dass es solche Städte gegeben haben sollte, denn in Cammal wurde ihm beigebracht, dass es keine grössere, wohlhabendere, sicherere, kriegerisch stärkere und mächtigere Stadt gäbe als Cammal.
Arior schlug den eisernen verzierten Türklopfer mehrmals an die Tür. Diese öffnete sich, und die Ankömmlinge blickten mehreren Pfeilen mit Eisenspitzen entgegen. Doch als Arior seine Kapuze zurückschlug, wurden die Bogen gesenkt, und er wurde freudig begrüsst.
Vor ihnen stand Haldrior, der Anführer der Jäger. Sein Gesicht war kahlrasiert, sein Haar schwarz wie jenes Ariors und

seine prüfenden Augen braun. Haldrior war etwas kleiner als Arior, aber breiter, und er schien mehr Erfahrung zu besitzen. Sein Gesicht war durch lange Narben von den Kämpfen mit Plünderern und Skralgas gezeichnet. Er und Arior umarmten sich, denn sie hatten sich schon längere Zeit nicht mehr gesehen.

Haldrior fing in der Sprache der Jäger an zu sprechen: „Gellad, hallo Arior, ich bin überrascht, dich mitten in der Nacht und bei diesen eisigen Temperaturen hier bei uns zu sehen. Wie geht es Auwalla und deinen beiden Söhnen? Ich habe gehört, Grindor soll im Rathaus Karriere gemacht haben, ich hoffe, dein jüngerer Sohn wird nicht auch diese Bahn einschlagen, schliesslich ist er dein Erbe und wir könnten ihn gut gebrauchen!"

Erst nach dieser Fragenflut fragte Haldrior nach dem Mann, der hinter Arior stand, und er fuhr weiter: „Wie ich sehe, hast du Besuch mitgebracht, ist er der Grund, weshalb du hier bist?"

„Ja, das ist er, sein Name ist Haldak", antwortete Arior. Haldak schlug seine Kapuze zurück, Haldriors Miene verfinsterte sich und er fragte Haldak: „Seid Ihr nicht ein Ritter Cammals, welcher versucht hat Sonnenheim zu retten, nicht wahr?"

Darauf antwortete Haldak: „Sehr wohl, in dem Fall wart ihr und Eure Jäger unsere Retter, ich verdanke Euch mein Leben und das vieler meiner Soldaten. Ich bin Ritter Haldak aus Cammal."

„Was wollt Ihr von uns?", fragte ein weiterer Jäger neben Haldrior mit harschem Tonfall. Der Name des Jägers war Friniad, er war noch sehr jung, trug blondes schulterlanges Haar, seine grünen Augen musterten Haldak und er fuhr fort:

„Ich nehme nicht an, dass Euch König Urak gesandt hat, denn es ist allgemein bekannt, dass er den Jägern misstraut."
„Nein", antwortete Haldak, an dessen Haaren sich bereits Eiszapfen gebildet hatten, „wenn er wüsste, dass ich hier bin, wäre mein Leben in Gefahr, doch sein Reich braucht dringend Eure Hilfe."
Aus dem Schatten trat ein alter Mann hervor, er trug seinen Bogen immer noch in der Hand, sein langer grauer Bart reichte ihm bis zur Brust, seine blauen Augen, so schien es Haldak, versuchten ihn zu erstechen, und sein Gesicht war von vielen Narben gezeichnet. Eine derselben zog sich über die Seite seines Halses, über die Backe bis knapp unter sein rechtes Auge hin, welchem sie einen noch bedrohlicheren Eindruck vermittelte. Mit einer tiefen rauen Stimme sprach er: „Ihr seid also aus Cammal und ein Ritter des Königs?"
In seiner Stimme lag ein ironischer Unterton, und seine Augen blickten finster und spöttisch auf Haldak nieder, welcher gut einen halben Kopf kleiner war als der alte Jäger, welcher nun fortfuhr: „Mein Name ist Triar, ich bin der älteste Jäger in diesem Gebiet. Wenn Ihr unsere Hilfe erbitten wollt, werde ich mich zurückziehen, ich werde nicht dieser Ratte auf dem Thron Is..."
Triar wurde von Haldrior unterbrochen, welcher nun wieder das Wort ergriff: „So etwas sollten wir nicht hier unten im kalten Eingang besprechen."
Haldrior führte sie daraufhin eine Wendeltreppe hinauf, welche in der Mitte des Turms nach oben verlief. Während des Aufstiegs sah Haldak viele Jäger an Kaminen in den alten Räumen, hier war also ihr Unterschlupf während diesen eisigen Nächten. Er blickte an den knisternden Feuern vorbei und sah die Fenster, es waren ähnliche Fenster wie jene in

der Festung Cammals, doch wie gelangten diese in eine Ruine mitten in einem verschneiten Wald? Haldak wäre fast gestolpert, als sein Blick an den verschiedenen Gemälden und Skulpturen an den Wänden hängen blieb. Er kannte keine Künstler, welche solch wunderbare Werke vollbringen konnten. Nicht einmal am Königshof gab es diese.

Einige Jäger schauten sich verwundert nach ihnen um, wendeten sich dann jedoch wieder einem eigenartigen Brettspiel zu und zogen an ihren langen säuberlich verzierten Holzpfeifen. Dieses Brettspiel hatte Haldak erst am Hofe gesehen, doch war jenes dort aus Gold gegossen und dieses hier aus einfachem Holz geschnitzt. Während sie spielten, redeten sie in derselben Sprache, in welcher die Jäger in Sonnenheim gesprochen hatten. Die Treppe stieg weiter an, sie gingen an sieben Stockwerken vorbei und gelangten nun ins achte, wo Haldrior eine schwere Eisentür mit einem feinen Schlüssel aufschloss, wie sie kaum mehr geschmiedet werden, geschweige denn die Schlösser dazu.

„Dazu wäre in Cammal wohl kein Schmied und Schlosser in der Lage", dachte sich Haldak.

Im Raum hinter jener Türe waren mehrere Stühle um einen runden Tisch herum aufgestellt, auf welchem bereits mehrere Tassen um einen reichlich verzierten Teekrug standen. Der Krug dampfte, und im russigen Kamin prasselte friedlich ein Feuer vor sich her, während die Kerzen neben den Fenstern und auf dem Tisch im Luftzug, den die Tür beim Öffnen verursacht hatte, leicht flackerten.

Am Rand des Tisches waren feine Zeichnungen eingeschnitzt, und die Stühle aus weissem Holz, von welchem Haldak nicht wusste, woher es kam, waren glattpoliert und trugen einzig an den Spitzen der Lehnen Verzierungen. Auf dem Tisch war eine Landkarte eingraviert, einen kleinen Teil im Südosten der Karte erkannte er als das Gebiet Cammals, aber er konnte die Zeichen nicht lesen, mit welcher die Karte beschriftet war. Neben dem Kamin hing eine weitere Karte. Auf ihr waren nur das Reich Cammals und die nördlich angrenzenden Königreiche Salmarsat und Helrendar zu sehen. Diese Karte war ebenfalls mit jenen seltsamen Zeichen beschriftet. Auf ihr waren immer wieder Punkte entlang der alten Strasse eingezeichnet, welche jedoch nach der Steinbrücke bei Brückstadt seltener wurden, womöglich befanden sich dort Lager. Ein Punkt lag sogar in den Meerbergen in der Nähe von Passbrück. Erst dank den Zeichnungen neben den Punkten fiel Haldak auf, dass sich viele dieser Lager in oder in der Nähe alter unbenutzter Festungen und Ruinen befanden.

Als sie sich an den Tisch setzten, gesellte sich noch ein weiterer Jäger zu ihnen. Wie Haldak während des Gesprächs erfuhr, hiess er Rubair, er stammte aus der Nähe von Waldnam, einer Stadt in der Nähe der Nordgrenze von Helrendar. Rubair war ein grossgewachsener breitschultriger Mann, er trug nicht ganz schulterlanges Haar und hatte sein Gesicht kahlrasiert. Während sie sich gegenseitig musterten, schenkte Friniad ihnen allen eine Tasse des heissen Tees ein. Zuerst sprachen die Jäger in ihrer seltsamen Sprache, als würden sie sich über Haldak unterhalten. Der alte Jäger Triar musterte ihn ständig mit seinem stechenden Blick. Haldak fühlte sich unwohl, in einer gewissen Art kam er sich unter jenen, die in Cammal und den umliegenden Städten als Barbaren bezeichnet wurden, unzivilisiert vor. Ihre Sprache war so wohlklingend, dass er sich kaum wagte sein Anliegen zu unterbreiten. Schliesslich aber ergriff er das Wort: „Tut mir leid, dass ich Euch unterbreche, doch muss ich vor dem Morgengrauen nach Gar zurückgekehrt sein. Ich sollte eigentlich gar nicht hier sein, aber das Königreich Cammal braucht Eure Hilfe."

„Ich glaube kaum, dass Ihr die hiesige Geschichte kennt, sonst würdet Ihr gar nicht auf die Idee kommen, uns um Hilfe für den König von Cammal zu bitten", meinte Haldrior.

„Ich kenne die Geschichte Cammals der letzten fünfhundert Jahre", entgegnete Haldak und fuhr fort, „doch ahne ich, dass es weit ältere Geschehnisse gibt, welche Euren Hass auf den König schüren."

„Sehr wohl gibt es die", brauste Triar auf, doch bevor er mit einer Schimpftirade beginnen konnte, wurde er von Arior unterbrochen.

„Das gehört der Vergangenheit an", begann Arior tiefgründig, „wir haben genug Grund, König Urak unsere Unterstützung zu verweigern, doch wird es kein Krieg gegen die benachbarten Königreiche sein, sondern gegen die Skralgas, welche sich jenseits des Mallabas, dem Grossen Fluss, ausbreiten und versuchen, auf diese Seite des Flusses vorzustossen. Wir sollten Unterstützung leisten, denn irgendwann wird der Tag kommen, an dem wir die Unterstützung Aller gebrauchen, um das zu erschaffen, was einst gewesen ist."

Bei diesen Worten traten Haldrior Tränen in die Augen und er versuchte sie so unauffällig wie möglich wegzuwischen.

Darauf ergriff Rubair das Wort. Seine Stimme tönte hektisch und er wirkte in einer gewissen Weise nervös: „Waldnam wurde vor kurzer Zeit schon mehrmals angegriffen, mein Sohn Radak wäre im Kampf fast ums Leben gekommen. Ich denke nicht, dass der Regent von Waldnam diese Stadt ohne unsere Hilfe verteidigen könnte. Ich habe zudem auch Gerüchte gehört, dass einige Menschen auf der Seite der Skralgas gekämpft haben sollen. Ihr alle hier wisst, was das zu bedeuten hätte."

Darauf fügte Rubair noch einen Satz in der Sprache der Jäger an, welcher die anderen stark zu beunruhigen schien. Das sonst schon bleiche Gesicht von Triar verlor noch seine restliche Farbe, und er musste sich an der Tischkante festklammern, um nicht vom Stuhl zu fallen. Haldrior schien seine Haltung zu verlieren, fasste sich jedoch schnell wieder und zudem schien es, als hätte er einen Entschluss gefasst.
Da Haldak nichts verstanden hatte, fragte er verunsichert und besorgt nach: „Was beunruhigt Euch alle, worüber habt Ihr gesprochen?"
„Mein Sohn Radak hat einen Skralgas getötet, der *sein* Zeichen trug. Mehr kann ich Ihnen nicht sagen", antwortete Rubair. Doch das genügte Haldak nicht, er hakte weiter nach: „Wer ist *er*?"
„Man weiss es nicht genau, ich glaube vieles, halte dies aber für ein Märchen", antwortete Friniad und fuhr fort, „die alten Männer wie Triar erzählten mir einige Geschichten über *ihn*, es schien mir, als würden sie sich wirklich fürchten. Ihr werdet es schon in Märchen gehört haben, die man sich auch in Cammal erzählt, wie ich gehört habe. In eurer Sprache lautet es so:

Ein Menschensohn,
dem Dunkel verfallen,
hat seinen Bruder verraten,
findet am Guten keinen Gefallen.

Ein Menschensohn
dem Bösen verbündet
zum Sklaventreiber verwandelt
dessen Taten unergründet.

Ich glaube vor allem, dass die Geschichten über *ihn* nicht stimmen können, da er vor langer Zeit besiegt und getötet wurde."

Triars Gesicht verzog sich bei diesen Worten vor Wut und er schrie Friniad an: „Wie kannst du es wagen, du bezeichnest jenen als Märchengestalt, der den Anfang unseres Niedergangs eingeläutet hat."

Haldrior konnte Triar nur schwer zurückhalten und schickte ihn dann hinaus. Triar bog sich unter heftigem Murren dem Willen des Anführers der Jäger. Haldrior ergriff darauf selbst das Wort: „Es ist beunruhigend, das zu hören, doch gibt es viele tausende, wahrscheinlich hunderttausende Rüstungen aus alter Zeit, welche mit *seiner* schwarzen Flamme bemalt sind."

Arior meinte daraufhin mit ruhiger Stimme: „Vor allem ist dieses Gedicht nicht ganz wahr, denn dieser Menschensohn war bereits tot, doch konnte *er* dessen Gestalt annehmen und alle täuschen."

Die anderen sahen ihn bei diesen Worten schräg an, doch wagten sie nicht ihm zu widersprechen. Neben ihm klopfte Haldak ungeduldig mit seinen Fingerkuppen an den Tischrand und schliesslich ergriff er das Wort: „Ich will Eure Entscheidung nun hören, folgt Ihr dem Banner Cammals? Bedenkt, dass Ihr Euch vielleicht einen guten Ruf beim König erarbeiten könnt. Ich muss wieder nach Gar zurückkehren, bevor mein Verschwinden entdeckt wird."

Nach einer kurzen Diskussion der Jäger, welche sie in ihrer Sprache führten und von welcher Haldak einzig das Wort Isula immer wieder deutlich heraushörte, teilte ihm Haldrior mit: „Wir haben noch keinen Entschluss gefasst, doch werden wir direkt Boten an den König senden, falls wir ihm folgen werden. Euren Namen, Ritter Haldak, werden wir jedoch unerwähnt lassen, wenn Ihr es wünscht."

„Ich danke Euch für Eure Gastfreundschaft", erwiderte Haldak, während er den letzten Schluck aus seiner Tasse trank, „ich hoffe, Ihr werdet uns in diesen Krieg folgen, denn er wird auch Euch betreffen, sollten wir ihn verlieren. Denn wie Ihr sagtet, streben diese Kreaturen nur den Sieg gegen das Gute an, und für das Gute kämpfen König Urak und Cammal schon seit langem und in vielen Kriegen, doch brauchen wir Eure Unterstützung, um diesen Krieg zu überstehen."

Darauf verliessen sie den Raum. Draussen sass Triar und warf dem Ritter einen kalten Blick zu. Haldrior führte sie die steile Wendeltreppe hinunter zum Ausgang. In der Zwischenzeit waren einige neue Jäger angekommen und andere, die zuvor da gewesen waren, waren gegangen. Nun wusste Haldak: Obwohl man sie selten sieht, sind diese Jäger doch überall. Friniad öffnete die Eisentüre am Fusse des Turms und ein kalter Luftzug zog herein, eine der beiden Fackeln am Eingang wurde gleich ausgelöscht. Die Jäger verabschiedeten sich von Haldak und Arior. Arior und Haldrior wechselten noch einige Worte in der Sprache der Jäger, bevor er und Haldak in die kalte dunkle Nacht hinaustraten und den Rückweg antraten.

Die Nacht war noch kälter geworden und der Wind pfiff durch die Gemäuer der Ruine, welche den alten Turm umgaben. Zu Ariors Freude hatten sich die Wolken in der Zwischenzeit wieder verzogen und der Sternenhimmel erstreckte sich in seiner unendlichen Weite über ihnen, doch schien sich etwas Dunkles darüberzulegen. Obwohl der Mond in silbernem Licht erstrahlte, war der Schnee am

Waldrand irgendwie dunkel. Haldak hatte Mühe, auf dem nassen Moos das Gleichgewicht zu bewahren und fiel immer wieder zu Boden. Als sie zurück auf die Strasse nach Gar kamen, wischte sich Haldak Moosreste ab, die sich bei einem seiner Stürze in den Kleidern verfangen hatten.

Die Strasse war vom Mondlicht erhellt, sodass Arior und Haldak den Weg ohne Mühe fanden. Obwohl alles ruhig schien, lockerte Arior das Schwert in seiner unverzierten Lederscheide und nahm seinen Bogen mit einem aufgelegten Pfeil zur Hand. Haldak tat es ihm gleich, denn es war bekannt, dass die Banditen in dieser Gegend am liebsten bei klarem Mondschein angriffen.

Kaum eine Stunde auf dem Rückweg, der durch einen Durchstich in einem Hügel gehen sollte, flüsterte Arior Haldak zu: „Was meint Ihr, sollten wir diesen Durchstich nicht über die Hügelkuppe umgehen? Es mag uns vielleicht einiges an Zeit kosten, doch hatte ich vorher das Gefühl, dass wir beobachtet werden, und hier wäre es den Banditen ein Leichtes uns zu überfallen."

„Ich wollte gerade den selben Vorschlag machen", erwiderte Haldak unruhig, „denn ich hatte zuvor auch das Gefühl, als ob wir beobachtet würden und kurze Zeit meinte ich, in der Dunkelheit zwei leuchtende Punkte gesehen zu haben, was die Augen eines Banditen gewesen sein könnten."

Sie entschlossen sich, den beschwerlicheren Weg über den Hügel zu gehen. Zuerst ging es nur leicht bergauf, und da der Schnee hart war, konnten sie sich schnell fortbewegen. Bald wurde das Gelände steiler, und in den Verwehungen sanken sie tiefer ein und mussten sich durch die Schneemassen kämpfen.

Im tiefen Schnee waren Spuren von schweren Stiefeln zu sehen, und auf der von der Strasse abgewandten Seite des Hügels brannte ein Feuer. Rund um das Feuer sahen sie vier trinkende Männer. Da der Wind vom Feuer auf den Hügel heraufwehte, hörten Arior und Haldak ihr raues Gelächter und ihr böses Gejohle.

Auf dem Hügel reckten sich noch einzig die verfallenen Grundmauern eines alten Turms in die Höhe. Die Steine waren schneefrei, da sie vom Wind freigeblasen worden waren. Arior und Haldak krochen durch den Schnee, um nicht entdeckt zu werden. Arior hielt seinen Bogen während des Kriechens in der Hand und Haldak sein Schwert, da er nicht besonders gewandt im Umgang mit Pfeil und Bogen war. Beide spähten über den Rand den Abhang zum Durchstich hinunter. Sie sahen tatsächlich, wie sich einige Gestalten hinter den vereinzelten Bäumen neben dem Ausgang des Durchstichs bewegten. Haldak konnte im Dunkel fünf zählen, Arior vermutete jedoch, dass es mehr waren. Haldak erkannte, dass sie mit Pfeil und Bogen bewaffnet waren. Er und Arior wären im Dunkeln von den Pfeilen durchbohrt und getötet worden, hätten sie den Weg durch den Durchstich genommen. Plötzlich erhob sich ein Schatten hinter Haldak. Er schien gerade zuzustechen, als Haldak bemerkte, wie eine Klinge auf seine Kehle zufuhr. Er erschrak und stiess einen Schrei aus. Doch bevor ihn die Klinge erreichte, durchschlug ein Pfeil die Kehle des Angreifers, und der Bandit fiel tot zur Seite. Der Mond erhellte sein wildes totenbleiches Gesicht. Die Sehne von Ariors Bogen zitterte immer noch vom Schuss, der den Banditen getötete hatte. Vorerst dachte Haldak, er sei nun in Sicherheit, doch Arior schrie ihm zu: „Nehmt sofort Euren Bogen!"

Erst jetzt wurde Haldak bewusst, dass sein Schreckensschrei von vorhin die anderen Räuber alarmiert hatte, welche nun den Hügel heraufgeeilt kamen, um zu sehen, was los war. Nun legte auch Haldak einen Pfeil auf. Er sah, wie mehrere Banditen von der Strasse heraufrannten und von der anderen Seite her hörte er, dass wohl auch die Räuber vom Feuer heraufstürmten. Neben sich hörte er die Sehne von Ariors Bogen sirren, und einer der Angreifer ging getroffen zu Boden. Nun schoss auch Haldak, doch verfehlte sein Pfeil einen der Banditen im Halbdunkel. Ein Pfeil schoss dicht an Haldak vorbei, es schien, als wären sie gesehen worden. Arior hatte in der Zwischenzeit mehrere weitere Pfeile abgeschossen, und fast so viele Angreifer gingen zu Boden. Nun hörten sie aber, dass die Banditen vom Feuer her die Hügelkuppe schon fast erreicht hatten. Arior gab Haldak, welcher nun auch einen der Banditen getroffen hatte, das Zeichen zum Rückzug hinter die verfallenen Turmmauern.

Von beiden Seiten erreichten die Banditen nun den Hügel. Haldak und Arior schossen weitere Pfeile ab. Während Ariors Pfeile meistens trafen, verfehlten jene von Haldak ihre Ziele. Die Banditen hatten die Mauern schon fast erreicht, und Pfeile zischten an Arior und Haldak vorbei. Einer davon durchstach Haldaks Mantel, glitt jedoch an seinem Eisenharnisch ab.

Nun sprang Haldak mit einem weiten Sprung über die Mauer und durchbohrte einen der Angreifer. Vor ihm stand nun ein Riese von einem Mann und liess seine eisenbeschlagene Holzkeule auf ihn niedersausen. Haldak wich dem Schlag aus und durchbohrte den Banditen seitlich, doch prallte die Keule des Hünen auf sein Bein und jagte einen tauben Schmerz durch die Knochen des Ritters. Den anderen Angreifer schaltete er mit einem einfachen Schwertstreich aus, doch konnte er sein Bein nach dem Schlag der Keule kaum mehr bewegen. Er drehte sich um und sah, dass Arior alleine gegen vier mit Schwertern bewaffnete Banditen kämpfte. Haldak wollte ihm zu Hilfe eilen, doch war der Schmerz in seinem Bein zu gross, er konnte nicht mehr weitergehen, er musste nun zusehen, wie ein im Kampf unerfahrener Schmied, wie Haldak dachte, sich gegen vier kampferprobte Banditen wehren musste. Mehrmals versuchte er sich aufzuraffen, doch sein Bein hielt seinem Gewicht nicht mehr stand, er kippte in den vom Blut geröteten Schnee.

Einer der Banditen ging zu Boden, als ihn Arior mit einem Schwertstreich niedergestreckt hatte, der so schnell war, dass Haldak ihn kaum gesehen hatte und welchen er Arior niemals zugetraut hätte. Er sah wie Arior mit einer Geschmeidigkeit und Technik kämpfte, welche nur die besten Ritter und Soldaten der Hofgarde Cammals beherrschten. Doch nun durchschnitt eines der Schwerter Ariors Mantel, und Haldak dachte, dass Arior nun dem Tode geweiht wäre, er dachte, sein eigenes Ende wäre gekommen, da er sich mit seinem verletzten Bein nicht gegen drei Banditen hätte behaupten können. Er erwartete, Arior würde zu Boden gehen, dieser zeigte jedoch kein Anzeichen von Schwäche und erschlug einen der überraschten Banditen. Die beiden anderen flohen daraufhin überrascht, als sie sahen, dass ihrem Gegner nichts anzuhaben war. Einer ging zu Boden, nachdem er von einem Pfeil Ariors im Nacken getroffen worden war, der andere hatte das Glück, dass er sich mit einem Sprung über die Hügelkuppe vor einem weiteren Pfeil retten konnte. Er konnte mit knapper Not im naheliegenden Wald entkommen, doch war er der einzige überlebende Bandit.

Arior rannte zu Haldak, erleichtert sah er, dass der Ritter nicht schwer verletzt war und half ihm auf. Haldak hatte immer noch starke Schmerzen im Bein, war aber nicht ernsthaft verletzt. Er bedankte sich verwirrt durch Schmerz und Überraschung bei Arior: „Ich bin Euch unendlich dankbar, unter anderen Umständen würde ich Euch einen Posten in der Hofgarde anbieten. Ihr habt so gut gekämpft wie ich es noch nie gesehen habe, Ihr seid nicht einfach ein Schmied, Ihr seid ein Krieger, erzählt mir, wer Ihr seid."

„Ich bin mehr als ich bin", lautete Ariors rätselhafte Antwort. „Das verstehe ich nicht, doch geht es mich auch nichts an, wer Ihr seid", entgegnete Haldak etwas verwirrt. Dann sah er an der Stelle, wo Arior eigentlich einen tiefen Schnitt haben sollte, etwas Glänzendes hervorleuchten, es sah aus wie ein Kettenhemd. Haldak meinte, es könne sich dabei nur um eines der Hemden handeln, welche in alten Märchen erwähnt wurden und mit Zauberei geschaffen worden sein sollen. Er fragte Arior nach dem Hemd und versuchte sein Misstrauen zu verbergen: „Ich sehe bei Euch ein Kettenhemd, welches nicht den kleinsten Kratzer von diesem Hieb trägt, welcher ein normales Kettenhemd durchschnitten hätte. Woher habt Ihr dieses Hemd und wer hat es geschmiedet?"

„Ich weiss selbst nicht genau, woher dieses Hemd ist, doch ich weiss, dass es nicht viele Hemden solcher Machart im Reiche König Uraks gibt. Man sagt sich, es gäbe ein Volk weit im Norden, welches diese Hemden aus dem Stahl schmiedet, welches ein anderes Volk tief unter den Sonnenbergen schürft, doch weiss ich nicht, wie viel davon wahr ist. Heutzutage weiss man schliesslich nicht mehr, was ein Märchen und was die Wahrheit ist. Vor ein paar Monaten dachtet Ihr, Skralgas seien böse Kreaturen aus alten Märchen, heute wisst Ihr, dass es sie wirklich gibt und dass sie noch grausamer sind, als man sich in den Märchen erzählt", antwortete Arior.

Haldak war vorerst mit der Erklärung zufrieden und erwiderte: „Unsere Armee könnte Waffen gebrauchen, wie Ihr sie habt, vor allem solche Kettenhemden wären von grossem Nutzen, doch glaube ich Euch, dass sie sehr selten sind."

Arior antwortete nicht und säuberte seine Klinge im Schnee vom Blut der Banditen. Daraufhin brachen Arior und Haldak wieder auf und folgten der Strasse nach Gar. In den Ställen einiger Gehöfte sah man bereits fahles Licht leuchten. Meistens standen einige der Gehöfte beieinander, um Banditen ein nicht allzu einfaches Ziel zu bieten, doch gab es auch einsame Häuser und Ställe, welche der ständigen Gefahr von Plünderungen ausgesetzt waren. Mancherorts sah man einen kleinen befestigten Posten der Armee Cammals. Um diese Posten wollte Haldak einen Bogen machen, um nicht erkannt zu werden.

Nachdem sie an einem abgebrannten Weiler vorbeigekommen waren, der vermutlich vor ein paar Tagen geplündert worden war, gingen beide lange Zeit schweigend nebeneinander her, bis Haldak das Schweigen brach: „Mir tun diese Bauern leid, ich würde ihnen gerne helfen, doch lässt es der König nicht zu, er will dem Land keinen falschen Frieden geben. Er will den Menschen zeigen, dass sie sich selbst wehren müssen um zu überleben. Es wundert mich, dass nicht mehr Gehöfte geplündert werden, da sie so schutzlos in der Gegend stehen."

„Diese Frage kann ich Euch beantworten", entgegnete Arior rasch, „denn die Jäger durchstreifen diese Lande auf der Jagd nach Banditen. Einst war es ihr Volk gewesen, welches für

Ruhe und Ordnung gesorgt hatte. Diese Verantwortung wollen sie tragen, obwohl sie wissen, dass sie dafür keine Wertschätzung erhalten. Es ist das alte Volk, welches dafür sorgt, dass den Bauern nicht zu viel Leid geschieht."
„Wenn sie uns in den Krieg folgen, werden sie als Helden gefeiert werden, das verspreche ich", warf Haldak ein, in der Hoffnung, Arior könnte die Jäger überzeugen.
„Die Jäger wollen keine Helden sein, sondern sie wollen die alten Zeiten zurück, jene Zeiten, aus denen alle Festungen in der Gegend stammen, in denen die grosse Strasse von der alten Brücke bis nach Cammal sorglos beschritten werden konnte und in welcher im Hafen Periulas Schiffe anlegten, die grösser waren als die grössten Häuser in der Gegend. Sie machen sich zu viel Hoffnung darauf, dass diese Zeiten zurückkehren werden. Das, was ich Euch jetzt erzähle, darf niemand erfahren, Ihr müsst es mir versprechen", Arior erhielt Haldaks Ehrenwort, und er fuhr fort, „Denn ich bin aus dem Volk der Jäger, dem alten Volk. Ich jedoch habe wie viele andere die Hoffnung verloren und mich darum unters normale Volk gemischt. Einige von uns sind einfache Bauern, andere reiche Kaufleute, doch wissen fast alle, dass sie zu diesem Volk gehören, und sie können sowohl mit dem Schwert wie mit Pfeil und Bogen umgehen."
Haldak dachte über die Worte seines Gefährten nach, er dachte darüber nach, wie vielen Angehörigen des alten Volkes er in seinem Leben schon begegnet war.
Sie gingen schweigend weiter, während der Mond in der Zwischenzeit im Westen hinter Hügeln versunken war und noch vereinzelt Wolkenschwaden an den Sternen vorbeizogen. Später auf dem Weg kamen sie auf ihre Familien zu sprechen. Haldak erfuhr einiges über Ariors Familie. Arior schwärmte von der Schönheit seiner Frau, und Arior wusste

nun, dass Haldak der zehnte Ritter in der Familie war und dass er mit Helen, der Cousine eines anderen Ritters namens Lakalt, verlobt war.

In der Ferne tauchten die Umrisse Gars am Hügel auf. Die alte Festung thronte majestätisch auf dem gegenüberliegenden Hügel. Die Mauern im Innern der Festung wurden von einem Lagerfeuer beleuchtet. Arior wusste, dass es sich um Jäger handelte, welche die Nacht im Schutze der verfallenen Mauern verbrachten.

Nun waren sie bei Gar angelangt und mussten versuchen, unbemerkt in die Stadt zu gelangen. Arior wollte es an jener Stelle wagen, wo die hölzerne Mauer zum Hügel hinlief, denn dort wurde sie schlecht bewacht, und der Anwesenheit Haldaks wegen stampften nur Wachen in grossen Abständen müde an dieser Stelle vorbei. Arior schoss einen Pfeil mit einem Seil, welches er immer bei sich hatte, wenn er die Stadt verliess, über die Mauer und zog sich dann daran hoch. Haldak tat es ihm gleich, das Seil schnitt ihn nicht wie erwartet in die Hände, sondern fühlte sich seidig und weich an, doch darüber wollte sich Haldak keine Gedanken machen. Der Ritter Cammals wollte nur noch die zwei Stunden bis zur Morgendämmerung schlafen. Nachdem er sich von Arior mit den Worten: „Ich danke Euch, dass Ihr Euch für mich Zeit genommen habt, ich werde Euch morgen Nacht über die Geschehnisse des heutigen Tages benachrichtigen. Auf Wiedersehen!" verabschiedet hatte, kehrte er in das Gasthaus zurück. Er schlich sich hinein ohne bemerkt zu werden und ohne nur das leiseste Geräusch zu verursachen. Einige der Wachen waren vom langen Dienst eingeschlafen und bemerkten es nicht einmal, als Haldak einem am Boden liegenden Soldaten, welchen er nicht gesehen hatte, auf ein Bein stand. Schliesslich gelangte Haldak unbemerkt in sein Zimmer. Kaum hatte er seine Rüstung ausgezogen und sich hingelegt, fielen ihm die schweren Lider zu, und er entschwand in eine Traumwelt hinüber, wo ihm die Gesichter der Gefallenen bei Sonnenheim entgegentraten, ebenso die Fratzen der Skralgas, wie sie ihre gelben Greifzähne fletschten.

Viertes Kapitel - Bündnisschnee

Grindor wurde von den Glockenschlägen der morgendlichen Wachablösung geweckt. Es dämmerte erst, der Mond stand noch am Himmel, Grindor wollte sich gerade nochmals umdrehen und weiterschlafen, als ihm einfiel, dass er noch die Dokumente für den Bürgermeister ordnen musste. Er wusch sein Gesicht mit kaltem Wasser, welches in einer Schüssel neben seinem Bett bereitstand und zog sich an. Als er zur Tür seines Zimmers hinaustrat, stolperte er über Lariors Sachen. Grindor mochte vor Müdigkeit gar nicht nachsehen, was es war und regte sich auf, wieso sein Bruder immer seine Habseligkeiten herumliegen lassen musste. Irgendwann würde sich jemand noch verletzen. Er ging die Treppe hinunter in die Küche. Dort schnitt er sich eine Scheibe Brot ab, welche er zerstückelte, diese in eine Schale voll Milch gab und dann auslöffelte. Ohne jede Freude auf die kommende Arbeit schritt er zur Tür. Während er diese öffnete, zog er sich noch seine Jacke über und begab sich mürrisch hinaus in die Kälte. Es schien ein wunderschöner Tag zu werden und, obwohl sich während der Nacht ein feiner Schneeschaum über Gar gelegt hatte, schien es ihm, als würde es wärmer sein als am Vortag.

Müde stapfte er zuerst die Stadt hoch, um sie dann, unnötigerweise, wie er dachte, wieder hinunter zu laufen. Seine Spuren gehörten zu den ersten im Schnee. Einzig die Spuren von einzelnen Männern, welche vermutlich nach einer durchzechten Nacht im Goldenen Fuchs nach Hause zurückgekehrt waren, und die eines Pferdegespanns waren im feinen Schnee zu sehen. Der süssliche Geruch aus den Bäckereien lag über Gar und kitzelte den jungen Schreiber in der Nase.

Die Sonne sendete erste Strahlen über die Stadt und über den Wachtraum der Kaserne. Aus dem Kamin der alten Baute stieg dunkler Rauch auf und senkte sich in der kalten Winterluft auf ihr Dach nieder. Die Wachen vor dem Rathaus standen um ein Feuer, das in einer hohen Eisentonne brannte.

Als Grindor beim Rathaus ankam, öffneten ihm die Wachen die Tür. Zuerst musste er im oberen Stockwerk die zu ordnenden Dokumente auf dem Schreibtisch des Bürgermeisters abholen. Als er in den Arbeitsraum des Bürgermeisters eintrat, erschrak Grindor, denn auf dem Schreibtisch des Bürgermeisters stapelten sich Unmengen von Dokumenten, die er alle bis zum Beginn der Ratssitzung des zweiten Tages sortieren musste. Sollte es ihm nicht gelingen, würde seine Stellung sicherlich in Gefahr sein.

Zu seinem Glück waren die Dokumente schon etwas vorgeordnet, und er brauchte nicht allzu lange für die mühselige Arbeit. Grindor war bereits fertig, als der Bürgermeister mit einem wuchtigen Niesen eintrat. Er schnäuzte kräftig in das farbige Taschentuch aus seiner Westentasche. Der Bürgermeister grüsste Grindor nicht, sondern fuhr ihn in einem wütenden Ton an: „Ich hoffe für dich, dass du alles bereitgemacht hast."

Grindor antwortete seinem Chef unsicher: „Ja, Herr Bürgermeister, es liegt alles bereit."

„Und solltest du heute wieder auf die Idee kommen, dich in unsere Gespräche einzumischen, dann bist du gefeuert, sag ich dir und nicht nur das, ich würde dafür sorgen, dass du aus der Stadt geworfen wirst", schnauzte der Bürgermeister Grindor weiter an.

Grindor fühlte sich plötzlich klein und dem Willen des Bürgermeisters ausgesetzt, welcher ihm heute nicht besonders wohlgesinnt zu sein schien. Er gab dem Bürgermeister die geordneten Dokumente, der diese mit einem immer noch wütenden Blick, aber zufrieden entgegennahm. Grindor fiel ein Stein vom Herzen, als er sah, dass der Bürgermeister mit seiner Arbeit zufrieden war und sich seine Miene aufhellte.

Beide gingen daraufhin nach unten, wobei Grindor dem Dienstmädchen helfen musste, den warmen Tee und den Wein in die Ratskammer zu tragen. Bei dieser Arbeit fühlte er sich erniedrigt, er wollte eine Beamtenkarriere machen, und jetzt musste er Dienstmädchen spielen. Er wusste, dass er das durchstehen musste, um irgendwann vielleicht einmal selbst Bürgermeister zu werden.

Innert kürzester Zeit trafen auch alle anderen Bürgermeister ein, einzig Ritter Haldak war verspätet, sein Haar sah aus, als wäre es nur kurze Zeit gepflegt worden, und seine Augen waren blau unterlaufen. Selbstverständlich wusste niemand im Ratssaal von seiner nächtlichen Begegnung mit Arior, Haldrior und den anderen Jägern.

„Ich, Feldengar, Bürgermeister der Reichsstadt Gar, erkläre den heutigen Rat für eröffnet", begann Gars Bürgermeister laut, so laut, dass der Ritter hochschreckte, nachdem sein Kopf fast auf den Tisch gesunken war. Nun hörte er dem Bürgermeister zu, welcher weitersprach: „Ich hoffe, dass wir heute unsere Gespräche über die kriegerischen Aktivitäten beenden und uns mit den kaufmännischen Angelegenheiten befassen können. Schliesslich brauchen wir einen funktionierenden Handel, um den Krieg des Königs zu finanzieren. Der Krieg muss um des Handels Willen unterstützt werden, denn nur auf diese Weise kann der Handel, welcher den Krieg finanziert, geschützt werden. Ich will damit sagen, dass das Ganze einen Kreislauf bildet, und sollte eines schlecht funktionieren, so wird auch das andere misslingen."

Diesen Schlusssatz seiner kurzen Rede betonte Gars Bürgermeister mit einer wichtigtuerischen Geste, so, als würde er den Krieg verstehen. Darauf erwiderte Federak, der Bürgermeister Nagats, mit höhnischer Miene, bei welcher sich die Narbe auf seiner Stirn bewegte, in ironischem Ton: „Wauh, gut kombiniert, Herr Bürgermeister, an das hatten wir alle selbstverständlich nicht gedacht und wären nicht darauf gekommen, wenn Ihr nicht Euren Beitrag geleistet hättet. Ich weiss, dass Ihr nur am Handel interessiert seid. Wahrscheinlich habt Ihr noch nie ein Schwert in der Hand gehalten, noch nie jemanden getötet und noch nie einen Kameraden in der Schlacht sterben sehen. Ihr könnt so tun, als würdet Ihr etwas davon verstehen, doch ist Krieg Euch völlig fremd."

Zuerst wollte Gars Bürgermeister aufstehen und etwas auf diese Unverschämtheit erwidern, doch liess er es bleiben, als ihn Kandrior, der Bürgermeister Altfestungshausens, mit einem warnenden Blick ansah.

Bis fast zum Mittag besprach die Versammlung die Zahlen der Soldaten und das Risiko, welches sich ergab, wenn man mit Salmarsat in den Krieg zog oder ob es nicht besser wäre, Helrendar dem Fall zu überlassen, um die eigene Position zu stärken und Helrendar nach dem Fall von dessen König Eriak unter Cammal und Salmarsat aufzuteilen. Haldak wollte davon nichts wissen, denn er sah voraus, dass im Falle einer Aufteilung Helrendars ein Konflikt mit Salmarsat entstehen

würde. Ausserdem würde es gefährlich, sollte der Sohn König Gerlads von Salmarsat, Prinz Danrad, die Herrschaft seines Vaters übernehmen. Danrad prahlte schon lange damit, sollte er an die Macht kommen, würde er Cammal erobern. Zudem gab es Gerüchte, er unterstütze die Banditen in Cammal, um das Reich zu schwächen. Währenddessen versuchte Gars Bürgermeister immer wieder, die Versammlung auf kaufmännische Anliegen hinzuweisen. Als sich die Versammlung auch über diesen Punkt einig geworden war und die Mehrheit fand, dass sie keine andere Wahl hätten und ein Bündnis eingehen müssten, um im Krieg gegen diese bösen Kreaturen bestehen zu können, kam Haldak auf einen nächsten Punkt zu sprechen. Mit müder Stimme begann er: „Wir werden den Grossen Fluss problemlos überqueren können, aber wir werden auf der anderen Seite Stützpunkte brauchen, um unsere Stellungen zu halten. Ich schlage vor, dass wir versuchen, die Festungen aus alter Zeit auf Vordermann zu bringen. Die Mauern dieser Festungen sind immer noch stabil, und mit den Steinmetzen, den Schreinern und den Zimmerleuten unseres Reiches sollten wir es schaffen, aus diesen Ruinen nützliche Vorposten zu herzurichten. Allerdings gibt es ein Problem, denn diese Festungen werden seit sehr langer Zeit von den Jägern als Vorposten genutzt, wie ich erfahren habe. Wir müssen sie davon überzeugen, uns in diesem Krieg, zumindest, wenn nicht mit Männern, so doch mit diesen Stützpunktmöglichkeiten zu unterstützen."
„Wieso vertreiben wir die Jäger nicht einfach aus diesen Festungen, und jene, die nicht gehen wollen, werden wir töten?", fragte Gars Bürgermeister. Darauf erwiderte Federak: „Ihr habt wirklich keine Ahnung. Als ich einst mit einem fünfzig Mann starken Trupp versuchte, ein Lager von zehn Jägern

einzunehmen, wurden all meine Männer und auch ich ohnmächtig geschlagen, wir hatten keine Möglichkeit, gegen die Jäger anzukommen, ihre Kriegserfahrung ist zu gross. Wir hatten damals Glück, dass uns die Jäger verschonten und dann flohen, doch werden sie, wenn sie keine Fluchtmöglichkeit haben, möglichst viele von uns töten, und für jeden Krieger dieses Volkes müssten wir mindestens zehn unserer Soldaten opfern. Nein, das dürfen wir nicht, wir brauchen ihre Unterstützung wie Haldak schon sagte, obwohl es König Urak nicht gefallen mag, wir brauchen die Unterstützung der Jäger."

Als dieser Punkt besprochen war, kam die Mehrheit der Versammlung zum Schluss, ein Dokument zu verfassen, welches den König ersuchen sollte, ein Bündnis mit den Jägern einzugehen. Einzig die Bürgermeister von Grenheid, Altstrassburg und selbstverständlich jener von Gar waren gegen dieses Dokument. Denn sie befürchteten, ihre Handelspartner würden ihnen dann nicht mehr vertrauen, und zudem wollten sie nicht beim König in Missgunst fallen. Unter dem Druck der Mehrheit stimmten sie schliesslich ebenfalls dem Dokument zu.

Gars Bürgermeister hoffte, sie würden nun auf die kaufmännischen Dinge zu sprechen kommen, doch Haldak forderte Grindor auf, das Dokument zu verfassen. Er diktierte ihm die Punkte, welche zuerst von den Bürgermeistern abgesegnet werden mussten. Schliesslich brachte Grindor das fein säuberlich mit blauer Tinte geschriebene Dokument zu Haldak, und dieser las es den Anwesenden zur Kontrolle vor.

*An Eure Hoheit
Edler König Urak
von Cammal*

*Nach unserer bisher zweitägigen Beratung kamen wir, die Bürgermeister von Altfestungshausen, Grenheid, Nagat, Altstrassburg, Fachwald, Teichheim, Brückstadt, Goldkamm, Hügelkamm und Gar zu folgendem Schluss:
Trotz Eurem hoheitlichen Misstrauen den Jägern gegenüber haben wir befunden, dass wir deren Unterstützung benötigen, um im Kampf gegen den Feind zu bestehen.
Wir haben herausgefunden, dass die Ruinen, welche wir als geeignete Stützpunkte für unseren Feldzug erachten, sich im Besitze dieser Jäger befinden.
Wir würden sie, falls es Euer hoheitlicher Wille ist, mit Gewalt einnehmen, doch erachten wir das vermutlich folgende Blutbad auf unserer Seite für unnötig, und wir wollen es, sofern es möglich ist, verhindern.
Somit bitten wir Eure Majestät darum, in den Rechten und Pflichten unserer Ämter, diesen dringlichen Vorschlag anzunehmen und Eure Unterhändler zu den Jägern zu schicken, um diese von einem Bündnis zu überzeugen.*

Geschrieben ward dies Dokument a kendram carai harai von Grindor, dem ältesten Sohn Ariors.

Unter den weitsichtigen Augen des von seiner Hoheit geschlagenen Ritters Haldak.

Darunter wurden die Siegel aller Städte angebracht. Grindor fragte sich einmal mehr, was wohl „a kendram carai harai" bedeuten mochte, denn schon früh wurde gelehrt, dass es

Tradition war, diese Worte vor den Namen des Schreiberlings zu setzen.

„Nun", begann Haldak wieder zu sprechen, während er in die Runde schaute und sein Blick am Bürgermeister von Gar hängen blieb, „da unsere Besprechung über die kommenden kriegerischen Aktivitäten abgeschlossen ist, können wir uns dem kaufmännischen Teil widmen. Einigen in dieser Runde mag dies gefallen und zu ihrem Wohl sein."

Gars Bürgermeister versuchte vergeblich, einen erlösenden Seufzer zu unterdrücken, und Federak zog eine höhnische Grimasse.

Den ganzen Nachmittag diskutierte die Versammlung beinahe ohne Unterbruch, Grindor konnte kaum noch die Feder in seiner müden Hand halten. Als Haldak fast zum Anfang bekannt gab, dass die Abgaben an den König erhöht würden, waren einige Bürgermeister nicht einverstanden, doch wurden sie von Haldak mit dem Argument beschwichtigt, dass diese Mehrkosten zur Sicherung und Verbesserung der Handelsrouten verwendet würden. Weitere Punkte waren, wie man zum Beispiel genug Nahrung für die mobilgemachte Armee beschaffen könne. Darauf wies Gars Bürgermeister zu Federaks Belustigung auf den wichtigen Einfluss hin, welcher der Handel auf den Krieg habe.

Nun gaben die Bürgermeister die Handelsergebnisse ihrer Städte im vergangenen Jahr bekannt. Von den vertretenen Städten hatte Gar etwa doppelt so viele Zolleinnahmen wie die Grenzstadt Grenheid. Einzig Cammal hatte höhere, doch auch mehr Ausgaben. Da schlug Gars Bürgermeister auf die grosse Pauke und meinte: „Ich will ja nicht prahlen, aber wir haben einen Gewinn von fünfhundert Goldthalern und zehntausend Silberlingen vorzuweisen, ich erwarte, dass der nächste Sommer noch besser wird, wenn der Handel nicht

unter dem Krieg leidet. Ich wäre bereit, einen Teil des Gewinns an den König abzutreten."
Grindor empfand das schmalzige Gerede des Bürgermeisters unerträglich, er wusste genau, dass der Teil, den der Bürgermeister versprach, sehr klein ausfallen würde und Feldengar zudem darauf hoffte, der König würde kein Geld einfordern. Vermutlich wollte der Bürgermeister das ganze Geld in Gar behalten, um sich mit einer Goldstatue verewigen zu lassen oder etwas in dieser Art. Während Grindor diese Gedanken durch den Kopf gingen, vergass er beinahe, das Protokoll weiter zu führen.
Plötzlich ging die Tür auf und ein Soldat aus Haldaks Gefolge trat ein. Er flüsterte dem Ritter etwas ins Ohr und verschwand wieder aus dem Saal. Darauf antwortete der Ritter auf die fragenden Gesichter, welche ihn nun umgaben: „Soeben wurde mir mitgeteilt, dass der König auch junge Bauern aus dem ganzen Reich in die Armee einziehen will. Ich wurde beauftragt, Euch mitzuteilen, dass Ihr sie bewaffnen sollt, und sollte es Euch nicht gelingen, die gewünschte Anzahl einzuhalten, muss der König auch Unfreiwillige aufbieten. Da er das unter Euren Namen tun werde, sehe er schwarz für Eure Wiederwahl als Bürgermeister, solltet Ihr ihm nicht genug zusätzliche Soldaten liefern."
Ein missmutiges Raunen ging durch die Reihen der Bürgermeister, und mehrere sahen gehässig zum Soldaten, der die Nachricht überbracht hatte.
Die Verhandlungen gingen weiter bis es dunkel wurde und die grossen goldenen Kronleuchter im Ratssaal angezündet werden mussten. Nach dem Ende der Gespräche gingen alle in den Goldenen Fuchs, um am Festgelage teilzunehmen, welches jeweils am Abend vor dem letzten Tag abgehalten wurde.

Viel Bier und Wein verliess die grossen Eichenfässer und die zahlreichen Glasflaschen aus dem Keller des Goldenen Fuchses. Viele Bürgermeister und ihr Gefolge johlten und konnten kaum mehr gerade stehen, einige versuchten auf den Tischen zu tanzen, doch traten sie meistens neben die Kante. Später begann ein Barde auf einer Laute zu spielen und sang dazu ein feierliches Lied. Einzig Ritter Haldak war nur zur Eröffnung des Banketts anwesend, schliesslich war er immer noch sehr müde und wollte sich hinlegen, um anschliessend Arior noch einen Besuch abzustatten. Er wollte sich eine gute Ausgangslage schaffen, sollte der König mit einem Bündnis mit den Jägern einverstanden sein. Vor den Fenstern war es längst dunkel, als der Ritter aufwachte. Von unten hörte er immer noch das Gejohle der inzwischen durch und durch berauschten Bürgermeister. Auch die Schreiber und Angestellten der Bürgermeister waren zum Gelage eingeladen worden, so auch Grindor, welcher sich den Rausch in Bier und Wein nicht gewohnt war. Zum Glück war der Bürgermeister noch stärker berauscht, so konnte er sich gar nicht an Grindors Verhalten erinnern, was diesen mit grosser Wahrscheinlichkeit seine Anstellung gekostet hätte. Es sollte für Ritter Haldak nun einfach sein, sich an den Festteilnehmern vorbei zu schleichen. Er kleidete sich rasch an und warf den Kapuzenmantel über. Bevor er zur Tür hinausging, zog er seine Kapuze bis weit ins Gesicht hinunter, sodass man ihn ohne genauer hinzusehen nicht mehr erkennen konnte. Auf einmal stolperte der Ritter über jemanden, der am Boden lag, doch erschrak er für nichts, der Schreiber aus Nagat lallte etwas und liess seinen Kopf dann wieder auf den Boden sinken. Niemand hatte das Geräusch gehört, denn es wurde von der Festmusik eines Barden und eines Lautenspielers aus dem Garland übertönt. Grindor würde sich am nächsten Tag kaum mehr daran erinnern können, doch hoben die Vorträge der beiden unterhaltsamen Musiker die Stimmung den ganzen Abend lang an:

„Weit herum und überall bekannt
Werden wir die beiden Garlandmusikanten genannt
Die Herren trinken auf uns, die Mädchen liegen uns zu Füssen
So lassen wir sie alle von uns grüssen

Gar, Feldwil, Moordorf, Flusswil und so
Wenn sie uns vernehmen, sind sie alle froh
Was schon lange durchs Land erklang
Ist unser grossartiger Gesang

Ein Hoch auf den König, den Prinzen und die Ritter
Wenn sie nicht wären, wär's für uns bitter
Regiert unsere Stadt der Herr Feldengar
Ist mit unserem Wohlergehen alles klar

Niemand wird es solange wagen
Über sein Leben zu klagen
Wie es ihm gut geht in Gar
Hoch lebe der Herr Bürgermeister Feldengar

Düstere Neuigkeiten aus dem Westen
Da geben wir eine Geschichte zum Besten
Eine Erzählung älter als wir
Doch nehmen wir zuerst noch einen Schluck Bier

Dunkel kommen sie, die einst besiegten
Schlagen gegen das Volk los, das sie schon einst bekriegten
Alt ist die Sage, kaum kennt sie jemand,
doch nun streift erneut das Böse durchs Land

Mordend, gefrässig,
nirgends ansässig
sind sie gekommen
und haben die Dörfer überm Grossen Fluss genommen

Doch lasst uns deswegen nicht flennen
Auch sie müssen mal pennen
Lasst uns diese Zeit feiern
Auch wenn wir dann reiern

Lang soll die Nacht sein
Unsere Sorgen werden klein
Gross die Freude
Dass niemand diese Feier vergeude

Hoch leben jene die uns schützen
Und dafür schreiten wir schwer bewaffnet durch tiefe Pfützen
Kämpfen bis zum Tod
Und schenken uns dafür ihr Brot

Siege erringend
Heldenlieder singend
Hoch leben jene, die uns schützen
Auch wenn die Schwerter blitzen

Nun können wir unsere Kelche heben
Lasst den Schaum in unseren Bärten kleben
Lasst die roten Tropfen auf der Zunge sich ausbreiten
Während wir auf der guten Laune in den Morgen reiten."

Fünftes Kapitel - Schneeerbe

Während Rat gehalten wurde, ging Arior, welcher heute keine dringende Arbeit zu bewältigen hatte, schon früh morgens aus dem Haus und verliess die Stadt. Bei Tag bevorzugte er die Strasse nach Altfestungshausen, sie war leicht abfallend und bei Tageslicht sicher. Er musste heute unbedingt nochmals mit Haldrior sprechen.

Ein feiner Wind wirbelte die Schneeflocken auf und trieb sie sanft auf die gepflasterte Strasse. Er trug weder Schwert noch Pfeil und Bogen, einzig einen Krummdolch hatte er sich unter dem Mantel in den Gürtel gesteckt. Als er bei der alten Festung ankam, stapfte gerade Haldrior mit einem frisch erlegten Hirsch zu ihm und fragte ihn mit einem spöttischen Grinsen: „Was treibt dich schon wieder hierher, hat Auwalla nicht langsam den Verdacht, dass du untreu wirst, wenn du immer weg bist?"

„Nein, sie versteht das schon, sie weiss, dass ich mich hier zu euch in den Wald schleiche, schliesslich bringe ich von meinen Besuchen bei euch immer wieder saftiges Fleisch mit. Das können wir auch gebrauchen. Unsere Jungs essen fast mehr als wir aufbringen können, egal wie viel auf dem Tisch steht", erwiderte Arior lachend.

Darauf entgegnete Haldrior: „Das freut mich, wenn es ihnen schmeckt, vielleicht tritt ja einmal einer der Söhne deinen verlassenen Posten bei uns an."

„Das glaube ich kaum, mein älterer Sohn arbeitet für den Bürgermeister, möglicherweise wird er in Gars Stadtwache ein paar Plündertrupps vertreiben lassen, sollte er, wie ich vermute, in der städtischen Hierarchie weiter aufsteigen. Was Larior betrifft, so wird er, wenn es drauf ankommt, an eurer Seite kämpfen, doch wird er bis dann versuchen, möglichst in der Armee Cammals bei der Hofgarde oder bei den Palastwachen Periulas anzuheuern", entgegnete Arior dem Jäger.

„Ich würde mit dir sowieso gerne etwas besprechen, also ist es gut, dass du hier bist", meinte Haldrior erleichtert und fuhr fort, „lass uns in den Turm gehen!"

Beide gingen zusammen die Wendeltreppe hinauf bis fast zuoberst. Während des Tages war der Turm beinahe menschenleer, einzig einige Jäger schliffen ihre Schwerter und fiederten ihre Pfeile in einem der unteren Zimmer. Sie setzten sich an denselben Tisch wie in der Nacht zuvor und Arior achtete einmal mehr auf die kunstvollen Verzierungen. Haldrior begann daraufhin etwas müde zu sprechen: „Erinnerst du dich noch daran, wie wir vor etwa zwanzig Jahren über unsere Zukunft sprachen, ich wollte gestern nicht darauf zu sprechen kommen, da Haldak nichts über Marsat wissen sollte. Ich werde älter, Arior, ich will mein Erbe nicht mehr antreten, ich bin nicht stark genug dafür. Du weisst nichts davon: Ich habe auch einen Sohn, ich hatte einst auf mein Glück zusammen mit der Tochter eines Adligen gehofft, doch wollte sie nicht mit mir durchbrennen und wurde mit dem Vetter des Königs, dem reichen Kaufmann Rüdiger von Schlossbergen, verheiratet. Auch ihre Mutter stammt aus unserem Volk, und mein Sohn ist somit zum grössten Teil von unserem Blute. Mein Sohn heisst Lakalt, sowie ich es mir gewünscht habe, doch hält Rüdiger Lakalt für seinen eigenen

Sohn. Er ist der zwanzigste meiner Linie, deshalb habe ich lange Zeit gehofft, er könnte Marsat wieder ins Licht führen, doch ist er zurzeit ein Ritter am Hofe Cammals."

Darauf wurde Haldrior von Arior unterbrochen: „Wie wird er erfahren, dass er dein Sohn ist?"

„Durch seine adlige Herkunft und dank seiner engen Freundschaft zu Prinz Arak wurde er zum Ritter in der Hofgarde geschlagen. Möglicherweise bezieht sich die Prophezeiung der Weisen, dass die Zwanzigsten die Mächtigsten würden, darauf, dass er unter Arak zu einem mächtigen Fürsten im Reiche Cammals aufsteigt und nicht, dass er sein Erbe in Marsat antritt. Vielleicht bedeutet diese Weissagung auch gar nichts. Vor kurzer Zeit, als ich und einige weitere Jäger in der Nähe Cammals lagerten, wurde er mit einigen Soldaten ausgeschickt um uns gefangen zu nehmen, doch bemerkten wir sie und lockten sie in einen Hinterhalt im alten Hohlweg, worauf sie sich ohne Widerstand ergaben. Nachdem wir ihnen die Augen verbunden hatten, schob ich Lakalt einen Zettel in seine Schwertscheide, auf den ich zuvor geschrieben hatte, dass ich sein Vater bin und dass er hierher kommen soll. Nun weiss ich nicht, was ich tun soll, sollte er tatsächlich kommen. Kannst du mir als Vater einen Rat geben?", fragte Haldrior.

Bis in die späten Nachmittagsstunden sprachen Haldrior und Arior über diese Angelegenheit. In der Zwischenzeit hatte die Sonne ihren Zenit überschritten und es schien schon fast zu dämmern. Die Winterwolken am Himmel färbten sich allmählich rötlich und liessen den Schnee am Boden feurig glänzen.

Arior wollte Haldrior noch eine Frage stellen, bevor er sich verabschiedete und nach Gar zurückkehrte: „Einige meinen, dass Prinz Arak den Jägern gegenüber ein guter König würde.

Was ist der Grund dafür, schliesslich ist er auch vom Blute der Verräter-Linie?"
Haldriors Blick durchforstete die Umgebung, ehe er antwortete: „Einst wurden meine Eltern von Plünderern überfallen, beide wurden getötet, einzig meine kaum vierjährige Schwester Elgalia und ich überlebten. Elgalia wurde vom Grafen Brenfred zu Garlendburg bei einem Jagdausflug gefunden. Da er und seine Frau kinderlos waren, nahmen sie Elgalia als ihre eigene Tochter auf und zogen sie an ihrem Hofe gross. Obwohl meine Schwester ihre Herkunft kannte, blieb sie in jener Familie. Später hielt der damals junge König um ihre Hand an, und sie wurde mit ihm verheiratet. Zu jener Zeit dachten wir schon, dass Urak meiner Schwester wegen Freundschaft mit den Jägern schliessen würde, doch starb Elgalia bei der Geburt ihres einzigen Sohnes. Arak ist somit erstmals seit langem wieder ein Königserbe in Cammal, welcher zu mehr als der Hälfte von unserem Volke abstammt, da die Statthalterlinie, welche sich selbst zu Königen ernannt hatte, auch noch etwas Blut unseres Volkes in ihren Adern hat. Arak ist mein Neffe und Lakalts Vetter."
Bei diesen Worten füllten sich seine Augen mit Tränen, denn er vermisste seine Schwester so sehr und wünschte sie sich sehnlichst zurück. Arior verabschiedete sich mit Worten des Beileids und der Zusicherung, er würde Haldrior unterstützen, sollte Lakalt vorbeikommen.
Als Arior nach Hause zurückgekehrt war, umarmte er als erstes seine Frau, denn bei Haldriors Worten wurde er einmal mehr daran erinnert, dass er sich glücklich schätzen konnte, eine gesunde und glückliche Familie zu haben. Nachdenklich sah er seiner Frau in die Augen und fühlte sich geborgen in seiner heilen Welt.

Er ging in die Schmiede, er wollte einfach ein Schwert schmieden, ein Schwert, wie es fast nur noch in Walron und Milrea getragen wurde, um seiner Frau damit zu zeigen, dass er es immer noch schätzte, dass Auwalla ihr Volk seinetwegen verlassen hatte. In die leicht gebogene Klinge gravierte er ihre beiden Namen ein.

Da er den Ofen schon einmal eingeheizt hatte, arbeitete er gerade weiter, denn was Grindor erzählt hatte, musste bedeuten, dass die Soldaten Gars bald viele Waffen für einen Krieg brauchen würden. An jenem Abend schmiedete er viele Dolche, Messer und Pfeilspitzen. Heute wollte auf eine gewisse Weise keine Schwerter in der Art der Menschen schmieden, doch würde der König die gebogenen Eyilreä Schwerter zutiefst ablehnen und es würde sein Misstrauen erwecken, denn die einzigen, welche Kontakt zu diesem edlen Volke pflegten, waren die Jäger, und Arior wollte nicht, dass sich herumsprach, dass er vom Volke der Jäger stammte. Das würde nur das Misstrauen seiner Kunden wecken, und er müsste mit seiner Familie aus Gar fortziehen, um anderswo eine neue Existenz aufzubauen.

Nach getaner Arbeit rieb er sich die inzwischen schmerzenden Hände aneinander. Er nahm das Schwert, welches er für Auwalla gefertigt hatte, und übergab es ihr am Tisch, welchen sie schon für das Abendessen gedeckt hatte. Sie nahm es mit Freude und zog ihren Mann an sich heran und gab ihm einen Kuss. Darauf meinte sie spöttisch: „Hast du ein schlechtes Gewissen?"

„Nein", entgegnete Arior, „nur hat mir Haldrior heute eine traurige Geschichte erzählt, ich werde sie dir vor dem Schlafen erzählen."

Kurz darauf stiess auch Larior zu ihnen. Während dem Nachtessen versuchte Larior Dinge über den bevorstehenden Krieg aus seinen Eltern herauszuquetschen. Arior wusste, dass es der Wunsch seines Sohnes war, grosse Taten zu vollbringen, doch wollte er seinen Sohn von dieser Einstellung abbringen und antwortete ihm: „Hoffe besser, dass du niemals in den Krieg ziehen musst, denn dort wirst du von grossem Leid umgeben, einige halten das nicht aus. Man sieht ein Grauen, welches man sich zuvor nicht einmal im Traum hat vorstellen können."

„Wieso weisst du das", erwiderte Larior und fuhr fort, „ich dachte, du hättest noch nie in einem Krieg gekämpft oder eine Schlacht geschlagen. Wie kannst du diese Dinge wissen?"

„Du hast recht, einen Krieg habe ich noch nie gefochten, geschweige denn eine Schlacht geschlagen", versuchte Arior seinen Sohn zu beschwichtigen, doch hatte er dabei ein schlechtes Gewissen, weil er das Gefühl hatte, er habe Larior nicht die Wahrheit gesagt. Er versuchte sein Gewissen damit zu beruhigen, dass ein Krieg oder eine Schlacht relativ seien und die, welche er gefochten hatte, zu klein gewesen seien, um als solche zu zählen.

Larior war nicht zufrieden mit der Antwort seines Vaters, doch fragte er nicht weiter. Während Larior schweigend ass, sprachen Arior und Auwalla fröhlich miteinander über vergangene Tage, als die Sorgen im Reich noch kleiner gewesen waren. Sie erinnerten sich an die Zeit, als sie sich kennengelernt und sich frisch ineinander verliebt hatten, an jene Zeit, als noch so vieles besser gewesen war.

Nach dem Essen verabschiedete sich Larior mit der Begründung vom Tisch, er müsse noch für die Schule vorbereiten, was ihn nicht gerade besonders erfreute. Als er jedoch im Kerzenlicht die wild verstreuten Blätter auf seinem alten

Schreibtisch ordnen wollte, kam er ins Grübeln und unterbrach seine Bemühungen, die Blätter übersichtlich abzulegen. Was hatten die Ereignisse der letzten Tage miteinander zu tun, das Auftauchen des Ritters, die Geheimnistuerei seines Vaters und das Gerücht von bösen Kreaturen? Einige Leute in der Stadt waren bereits der Überzeugung, diese Kreaturen jagten Menschen, um sie dann zu fressen.

Er hörte seine Eltern im unteren Stock sprechen. Sie schienen in einer fremden Sprache zu reden, doch verstand er sie immer besser, je länger er hinhörte. Er konnte sich einfach nicht erklären, weshalb er diese Sprache kennen sollte, wenn er sie doch noch nie gehört hatte. Die Neugierde überstieg seine Müdigkeit immer mehr, bis er schliesslich nicht mehr anders konnte, er verliess sein Bett und schlich sich hinunter. Obwohl ihn seine Eltern nicht sehen konnten, fragte ihn seine Mutter plötzlich: „Kannst du nicht schlafen?"

Erschrocken und mit einem schlechten Gewissen trat Larior hinter der Ecke hervor, hinter welcher er sich zuvor versteckt hatte und sagte zögernd: „Ich habe euch in einer seltsamen Sprache sprechen hören. Ich will euch fragen, was all diese Ereignisse der letzten Tage bedeuten".

Sein Vater forderte Larior auf, sich an den Tisch zu setzen und ihm gut zuzuhören. Arior begann in jener Sprache zu sprechen, in welcher er und Auwalla zuvor gesprochen hatten: „Wir müssen uns sowieso einmal aussprechen. Die Gerüchte sind wahr, dass ich mich immer wieder mit den Jägern treffe. Es ist so, wir, du und ich, gehören zum selben Volk wie die Jäger, sie sind die letzten Nachfahren längst vergangener Tage. Sie sind Helden, obwohl man es nicht weiss. Se sind das alte Volk. Doch die Ereignisse der letzten Tage wurden von einem anderen Volk aus längst vergangenen Tagen bestimmt."

„Dann treffen die Gerüchte über diese grausamen Menschen aus den Bergen zu?", unterbrach Larior seinen Vater ebenfalls in jener wohlklingenden Sprache, obwohl er nicht wusste, woher er sie kannte.

„Das sind keine Menschen", antwortete sein Vater und fuhr fort, „das sind Skralgas, nur geschaffen um das Gute zu vernichten, das werde ich dir erklären, wenn du alt genug bist. Doch ich kann dir heute schon sagen, dass wir den König unterstützen müssen, denn sollten diese düsteren Kreaturen dieses Land erobern, werden sie uns versklaven."

Bei den letzten Worten sah Arior, wie Larior erschauderte, und er beruhigte ihn mit einer zärtlichen Umarmung. Auwalla machte ihm noch einen heissen Tee, welcher ihren Sohn beruhigen sollte, bevor er sich schliesslich ins Bett legte.

Später in der Nacht hörte Larior ein Klopfen an der Haustür, doch war er zu müde um zu hören, wer ihr Haus so spät noch aufsuchte. Allerdings wäre er verwundert gewesen, denn es war wieder Ritter Haldak, dem Arior die Tür öffnete und ihn freundlich hereinbat. Arior nahm ihm den Kapuzenmantel und den Waffengurt ab und brachte beides in die Garderobe. Zuerst stellte er ihm seine Frau Auwalla vor: „Auwalla, das ist Ritter Haldak von Cammal. Haldak, das ist meine Frau Auwalla."

Der Ritter begrüsste Auwalla mit dem höfischen Handkuss und den Worten: „Es ist mir eine Freude Euch kenn zu lernen, Ihr seid noch schöner als ich mir Euch nach der Beschreibung durch Euren Mann vorgestellt habe."

Auwalla setze für die beiden einen heissen Tee auf. Sie wusste wie kalt es draussen sein würde, wenn Haldak wieder ging, denn die Winternacht war klar und kälter als die vorangegangenen. Der Frost zog sich den Fenstern entlang, und die klirrende Kälte liess jeden frieren, der es wagte, seine warme Stube zu verlassen. Arior bot Haldak den Platz am Tisch ihm gegenüber an, allerdings wollte sich Haldak wegen seiner höfischen Erziehung erst setzen, nachdem sich Auwalla gesetzt hatte. Arior konnte ihn jedoch dazu überreden, die höfischen Regeln für die nächsten Stunden zu vernachlässigen und sich wie ein gewöhnlicher Mann zu verhalten.

Haldak wusste nicht, wo er anfangen sollte. Zuerst wollte er mit der Nachricht der Anzahl der Soldaten beginnen, doch entschloss er sich dazu, den Bündnisvorschlag an den König vorzuziehen.

„Ich habe den Bürgermeistern vorgeschlagen, den König dazu aufzufordern, ein Bündnis mit den Jägern einzugehen, doch habe ich meine Zweifel, ob König Urak sich diesen Vorschlag überhaupt überlegt", begann Haldak nachdenklich, während er sein müdes Gesicht in seine Hände stützte.

„Ich weiss", meinte Arior und fuhr fort, „der König ist stolz, möglicherweise zu stolz, um ein Bündnis mit den Jägern zu schliessen. Doch er will seine Macht erhalten und sein Volk schützen, um es treu hinter sich zu wissen. Das könnte unsere Chance sein, den König dazu zu bringen, die weise Entscheidung zu treffen, mit dem alten Volk ein Bündnis zu schliessen."

Darauf antwortete Haldak, der seinen König auf keinen Fall beleidigen wollte: „Ihr habt recht, Arior, der König will sein Volk schützen, doch betrachtet er die Jäger als Bedrohung für sein Volk. Er will niemanden gefährden und das Vertrauen in ihn selbst nicht schwächen."

„Wenn Ihr wüsstet", erklärte Arior nun mit wütender Stimme, „was vor mehr als zweitausend Jahren passiert ist, dann wüsstet Ihr, dass der König die Jäger nicht als Bedrohung für seine Bevölkerung, sondern als Bedrohung für seine Macht erkennt."

Darauf widersprach Haldak mit grimmigem Blick und verärgerter Stimme: „König Urak ist nicht für die alten Geschehnisse verantwortlich, er tut nur, was er für sein Reich am besten hält. Er ist nicht davon besessen, so viel Macht wie nur möglich zu erlangen, sondern seine rechtmässige zu schützen."

„Ihr könnt denken was Ihr wollt, Ritter Haldak, doch sind in unserem Volke seit damals nur zwei bis drei Generationen vergangen und in Ihrem sind es wahrscheinlich beinahe hundert!", erwiderte Arior mit grimmigem Blick, „Wir wissen noch, was damals geschah, während Ihr davon keine Ahnung mehr habt und Eure Gelehrten es bestreiten."

Haldak blieb der Mund offen stehen und er brachte zuerst nicht mehr als ein leises Gestotter heraus, er sah Arior verwirrt an und konnte einiges nicht verstehen.

Kurz darauf fand er seine Fassung wieder: „Ich hielt es immer für eine Sage, mit welcher alte Weiber den Kindern die Langweile vertrieben. Ihnen vertraue ich, doch weiss ich nicht, ob ich glauben soll, dass die Jäger über tausend Jahre alt werden sollen, das kann gar nicht sein, das ist unmöglich."

Dem letzten Teil seines Satzes verlieh er mit einem abschätzigen Blick und einem Schnauben Ausdruck. Es war doch wohl unmöglich, dass Menschen so alt würden, dazu müssten sie von einer Macht, welche es nicht gab, gesegnet worden sein, dachte sich Haldak.

„Glaubt, was Ihr wollt, ich hoffe, dass wir ein Bündnis schliessen können und sich der König auch nach dem Krieg daran hält", entgegnete Arior. Kurz darauf fügte er schliesslich noch mit warnender Stimme hinzu: „Ich glaube nicht, dass die Jäger sich einen zweiten Verrat gefallen lassen würden, eher wird der König tot sein und sein Thron rechtmässig im Besitz des alten Volkes."

Nach dieser Drohung trank Haldak gehässig seinen heissen Tee aus, worauf er von Arior zur Tür begleitet wurde. Beim Hinausgehen fiel dem Ritter ein seltsam geformtes Schwert auf, doch wollte er Arior nicht noch weiter mit Fragen löchern und liess es somit sein. Es war das Schwert, welches Arior für Auwalla geschmiedet hatte. Er verabschiedete sich von Auwalla und Arior und trat durch die Tür hinaus in die kalte Winternacht, wo ihm sogleich klamm vor Kälte wurde und er seinen Mantel noch enger um sich schlang. Sie sahen Haldak in seinen schweren Stiefeln, eingehüllt in seinen Kapuzenmantel, über den frisch gefallenen Schnee hinweg stapfen. Bevor er im Dunkel verschwand, kehrte er sich zu Arior und Auwalla um und winkte den beiden noch einmal zu. Die beiden winkten durch die von Raureif beschlagene Scheibe zurück, bis der Ritter schliesslich im Dunkel der Nacht verschwand. Auwalla und Arior setzten sich nochmals an den Tisch, um den Rest des inzwischen abgekühlten Tees auszutrinken. Während sie tranken, sprachen sie in einer noch wohlklingenderen Sprache als es die Jäger untereinander taten, obwohl es schien, als wären manche Wörter dieselben. Diese Sprache verstand Larior, welcher vom Abschiedsgerede mit Haldak aufgewacht war, trotz längerem Hinhören nicht, wie sehr er sich auch auf den Klang konzentrierte.

Kurz nachdem Haldak das Haus verlassen hatte, hörte man das Poltern und Grölen von Grindor, welcher beim zweiten Versuch durch die Tür hereinschwankte und sogleich an einem Kleiderhaken mächtig den berauschten Kopf anschlug. Auf die Frage von Arior, ob es ihm gut gehe, antwortete er nur mit einem unverständlichen Lallen, welches als Ja oder als Nein empfunden werden konnte. Grindor schlug die Haustür hinter sich zu und warf seinen Mantel nach mehrfachem Versuch, ihn an einem der Haken an der Garderobe aufzuhängen, einfach an den Boden. Er musste sich an beiden Wänden abstützen, um nicht hinzufallen, doch konnte er einen Sturz auch so nicht verhindern. Während er sich die Treppe zu seinem Zimmer hinaufschleppte, musste er sich jede einzelne Stufe hochkämpfen, sodass es Auwalla als ein Wunder empfand, dass Grindor nicht einfach auf der Treppe einschlief. In seinem Zimmer angekommen, versuchte Grindor so gut es ging seine Kleider auszuziehen und sich in sein kaltes Bett zu legen. Ihm war elend und schwindlig, und die Bilder der Ratssitzung und der Feier am Abend danach drehten an der Decke wilde Runden. Dem jungen Schreiber war speiübel und er wünschte sich mehrere Stunden in die Vergangenheit zurück ohne die zahlreichen Krüge Bier und Kelche voller Wein.

Sechstes Kapitel - Sonnenmahl

Am Morgen danach gab es ein böses Erwachen, als Auwalla früh an Grindors Tür klopfte. Zum Glück für ihn, für die Bürgermeister und die anderen Schreiberlinge war das heutige Treffen zwei Stunden später angesetzt worden. Er fühlte sich immer noch schwindlig, er hatte starke Kopfschmerzen, es pochte so sehr in seinem Kopf, dass es sich anfühlte, als würde jemand von innen auf seinen Schädel trommeln. Die Mutter schloss die Tür wieder leise, doch Grindor hatte das Gefühl, als hätte sie die Tür laut zugeschlagen. Er zog sich an. Er musste sich am Treppengeländer halten, um nicht auf den Stufen zu stürzen. Der Weg in die Stube schien ihm eine lange mühselige Wanderung zu sein. Mit dem Gedanken, wie es ihm nur passieren konnte, dass er, Grindor, betrunken war, schwankte er zum Esstisch. Auf jeden Fall hoffte er, dass Larior nicht zu viel davon erfahren hatte und auch nichts davon erfahren würde. Er hatte Glück, denn als er mit nackten Füssen über die kalten Dielen zum Esstisch lief, sass dort noch kein höhnisch grinsendes Gesicht, das ihn schadenfroh verspottete. Essen mochte Grindor nicht, einzig eine Tasse kalte Milch brachte er herunter, obwohl er das Gefühl hatte, als würde ihn die Milch jeden Augenblick wieder verlassen. Allerdings geschah das nicht, sehr zum Gefallen Grindors und Auwallas. Nach seinem sehr spärlichen Frühstück wusch er sich und machte sich auf den Weg in sein Zimmer, um seine warmen Wollsocken zu holen. Nach dem mühsamen Marsch

in die Garderobe zog er seine Stiefel und seinen Mantel an, worauf er das Haus verliess.
Die kalte Winterluft tat ihm gut, sie fühlte sich an, als würde sie seinen Kopf durchlüften und den Trommler hinwegwehen. Auf halbem Weg zum Rathaus strich er sich mit einer Handvoll des frisch gefallenen Schnees durch sein Gesicht, sodass er nun endlich wieder einigermassen klar denken konnte. Als er zuoberst in der Stadt beim Goldenen Fuchs ankam, fragte er sich einmal mehr, wieso diese Stadt so kompliziert gebaut worden war. Er war völlig ausser Atem und fürchtete nun seiner Übelkeit nicht mehr Meister zu werden. Auf dem Weg die Strasse zum Rathaus hinunter verlor er auf dem rutschigen Boden sein bereits geschwächtes Gleichgewicht, doch konnte er sich rücklings auf seinen Ellbogen auffangen. Ihn schmerzten nun die Ellbogen, die ihn vor einer Hirnerschütterung gerettet hatten. Sich die Ellbogen reibend, setzte Grindor seinen Weg vorsichtig fort, bis er endlich ohne weitere Stürze, aber mit schmerzverzerrtem Gesicht, beim Rathaus ankam. Neben den Arbeitsräumen der Schreiber stand noch Süssgebäck vom Vortag. Grindor ass ein Stück des leckeren Apfelkuchens, bevor er sich in das Büro des Bürgermeisters aufmachte, um an seinem eigenen Schreibtisch die Unterlagen zu ordnen. Allerdings war der Bürgermeister schon in seinem Sitzungszimmer nebenan. Grindor dachte bereits, er wäre zu spät, und er hörte auch die Stimme des Bürgermeisters von Grenheid, welcher zusammen mit Gars Bürgermeister heftig diskutierte. Zuerst wollte der junge Schreiberling vom Gespräch nichts mitbekommen, doch als die Buchstaben seiner Handschrift vor seinen Augen verschwammen, konnte er nicht mehr anderes tun als zuhören. Grenheids Bürgermeister schien entrüstet, und Grindor hörte ihn sagen: „Wie soll die Bevölkerung das

überleben, wenn dieser Krieg den kommenden Sommer überdauert? In der Umgebung meiner Stadt sind unzählige Gehöfte und auf all denen wird eine Arbeitskraft fehlen, sollten die Bauern in die Armee eingezogen werden. Die meisten werden möglicherweise nicht zurückkehren, und ihre Angehörigen werden verhungern."

„Ich verstehe auch nicht, wieso wir das Reich nicht einfach in Brückstadt und dem Grossen Fluss entlang verteidigen. Was hat das Gebiet jenseits des Flusses für eine Bedeutung? Warum werden die Leben von Bauern und Handwerkern für den Kampf um das karge Land, welches kaum Ernte bringt, aufs Spiel gesetzt? Ein Streifen Land entlang des Flusses mag ja fruchtbar sein, aber er wird alle Bewohner zu Leichen machen. Von wirtschaftlicher Bedeutung kann dieser Krieg auf keinen Fall sein", unterbrach Bürgermeister Feldengar den Bürgermeister von Grenheid.

„Wir müssen etwas unternehmen, der König darf seine Bevölkerung nicht einfach diesen Bestien vorwerfen", meinte der Bürgermeister von Grenheid.

„Aber was sollen wir unternehmen?", erwiderte Feldengar mit düsterer Stimme, „Ihr habt gehört: Sollten wir nicht nach der Pfeife des Königs tanzen, wird er dafür sorgen, dass wir nicht wiedergewählt werden. Ich werde ihm eher meine Soldaten zur Verfügung stellen als zulassen, dass er die über Jahrzehnte angehäuften Schätze plündert, um einen Krieg zu führen, welcher Gar nicht von Nutzen ist."

„Mir geht es weder um meine Wiederwahl noch um den Wohlstand Grenheids, ich will die Menschen einzig vor den Leiden einer Hungersnot bewahren. Ausserdem werden jene auf den Höfen in den Krieg berufen, welche die einzigen sind, die sich gegen die Plünderer wehren können. Ich war nicht aus dem gleichen Grund wie Ihr gegen ein Bündnis mit den

Jägern. Sie sind es, welche die Bauern vor den gierigen Händen von Banditen bewahren. Wer schützt die wehrlosen Bauern und Händler auf den Strassen, sollten die Jäger in den Krieg ziehen?", erwiderte Grenheids Bürgermeister mit nachdenklichem Gesicht.

Grindor wusste, dass dieses Gespräch nicht für seine Ohren bestimmt war, darum tat er so, als hätte er nichts mitbekommen, als die beiden Bürgermeister in den Arbeitsraum traten. Dennoch sahen ihn die beiden Männer misstrauisch an. Er grüsste sie mit ausdrucksloser Miene und setzte sich wieder an seinen von Blättern und Pergament bedeckten Schreibtisch. Er wusste nicht, wo er anfangen sollte, ob mit den Dokumenten über die Ratssitzung oder mit jenen, die ihn der Bürgermeister über die Jahresbilanz in der Stadtkasse hatte schreiben lassen. Er entschied sich, mit jenen über die Stadtkasse zu beginnen, da diese in der heutigen Ratssitzung gebraucht wurden. In der Zwischenzeit hatten die beiden Bürgermeister das Büro wieder verlassen und ihre Diskussion vermutlich in einem entfernteren Raum fortgesetzt. Grindor konnte gerade noch seinen Federkiel spitzen, bevor die Rathausturmuhr zur elften Stunde schlug und somit die Ratssitzung des dritten und letzten Tages begann. Er rieb sich die schlaftrunkenen Augen und gähnte noch einmal ausgiebig.

Haldak eröffnete die Sitzung mit den Worten: „Willkommen zum letzten Tag unseres Treffens, ich hoffe, Ihr Bürgermeister und Schreiberlinge konntet Euch gut vom gestrigen Abend erholen."

Bei diesen Worten huschte ein kurzes Grinsen über das Gesicht des Ritters, als sein Blick an Grindor hängen blieb, denn er hatte ihn gesehen, als er in den Goldenen Fuchs zurückgekehrt war und beobachtet, wie Grindor spät nach Hause getorkelt war.

„Am dritten Tag der Versammlung werden, wie mir zu Ohren kam, die Geschäftsberichte Eurer Städte verglichen. Es scheint mir schon fast eine Tradition zu sein", fuhr Haldak gut gelaunt fort. Missmutig nahmen die anderen wahr, dass der Ritter scheinbar der einzige war, der noch auf all seine Sinne zurückgreifen konnte. Zuerst wurde Nagats Geschäftsbericht vorgelegt, eine lange Papierrolle mit zahlreichen Zahlen. Er enthielt einen knappen Gewinn, wobei Unmengen an Steuergeldern für die starke Garnison ausgegeben worden waren.

Alle anderen Städte verzeichneten einen leichten Gewinn, bis schliesslich nur noch Gar, Goldkamm und Altfestungshausen ihre Ergebnisse vorlegen mussten.

Als Feldengar an der Reihe war, stand er mit einem breiten Grinsen auf und wies Grindor an, seinen Bericht an die grosse Holztafel zu heften. Mühsam stand dieser auf, öffnete die Rolle und nagelte sie an die Holzwand.

Voller Stolz verkündete Feldengar: „Ich freue mich, Euch mitteilen zu dürfen, dass Gar wiederholt einen Rekordgewinn erwirtschaftet hat, der, wie ich gestern schon erwähnt habe, fünfhundert Goldtaler und zehntausend Silberlinge beträgt. Der zusätzliche Gewinn durch die neuen Verwertungshäuser lässt unser Einkommen in die Höhe schnellen."

Von einem der Stühle tönte es plötzlich in bestimmtem Ton: „Warum unterstützt Ihr mit diesem Geld nicht die königliche Armee?"

Es war Federak, welcher auf diese Gelegenheit gewartet hatte, Gars Bürgermeister diesen Vorschlag zu unterbreiten und nun hämisch grinste. Er wurde von Haldak mit einer energischen Handbewegung unterbrochen, da dieser eine wiederholte Diskussion zwischen diesen beiden Bürgermeistern vermeiden wollte.

Feldengar versuchte Federak nicht zu beachten und fuhr fort: „Eines dieser Häuser ist nur zu Schmiedezwecken gebaut worden. Wenn ihr in den Krieg zieht, könnten wir es für das Schmieden von Waffen einrichten, doch bräuchten wir dazu die nötigen Rohstoffe und Waffenschmiede."

Darauf legte Altfestungshausen seine Ergebnisse vor. Meistens war diese Stadt jene, welche weder Gewinn noch Verlust schrieb, dieses Mal jedoch betrug der Gewinn tausend Goldtaler, was etwa hunderttausend Silberlinge ausmachte. Obwohl das Ergebnis gut war, schauten mehrere Bürgermeister ungläubig in die Runde, denn sie konnten sich die so unterschiedlichen Zahlen von Altfestungshausen nicht erklären. In manchen Gesichtern war Misstrauen zu erkennen und auf Feldengars Stirn trat eine nervös pulsierende Ader hervor. Zum Schluss legte der Bürgermeister von Goldkamm das Ergebnis seiner Stadt vor. Fast das ganze Goldvorkommen des Reiches lag unter den Hügelkämmen bei Goldkamm. Der Gewinn der Stadt war kaum zu beziffern, da die meisten Goldtaler dort gemünzt wurden. Nicht nur Gold schuf den Reichtum jener Stadt, auch andere Metalle wurden in den grossen Minen mit ihren langen, gut ausgeleuchteten Stollen abgebaut. Dort wurden die runden Taler gegossen und mit dem Bildnis des Königs versehen.

Darauf diskutierten die Anwesenden heftig über die Versorgung, wobei Feldengar versuchte, möglichst nur Material und keine Männer liefern zu müssen, da diese teurer waren. Schliesslich wurde beschlossen, wer wie viele Männer und wie viel Material zu Verfügung stellen müsse.

Nach einer langen, langweiligen und mühseligen Abschlussrede von Feldengar, in welcher er die üblichen Förmlichkeiten und Anstandsregeln nicht ausliess, beendete Haldak die Versammlung und fasste zusammen: „Ich bin froh um Eure Unterstützung des Königs und ich erwarte, dass Ihr Eure Versprechen erfüllt. Bis zum Tag, an welchem die Nacht und der Tag genau gleich lang sind, müsst Ihr spätestens gerüstet sein, um Eure ersten Soldaten zu entsenden. Solltet Ihr keine weiteren Informationen Seiner Hoheit erhalten, müssen weitere Männer an der Sommersonnenwende kampfbereit sein. Ihr solltet die Ausbildung schnellstmöglich beginnen, denn in etwas mehr als einem Monat müssen, wie bereits erwähnt, die ersten Soldaten kriegsbereit sein. Ausserdem erwarte ich, dass jede Stadt die Hälfte seiner Waffenschmiede bereithält, um sie zur Materialaufbesserung auf dem Feld zu mobilisieren. Das nicht Erfüllen dieser Forderungen wird als Hochverrat an der Krone bestraft, also würde ich Euch raten, Eure Versprechen einzuhalten. Im Grossen und Ganzen bin ich froh, dass wir in diesen knapp drei Tagen zu einem guten Ergebnis gekommen sind. Damit erkläre ich diesen Rat als abgeschlossen, sofern es keine Einwände gibt."

Es gab keine Einwände, alle Bürgermeister schwiegen und sahen erwartungsvoll zu Gars Bürgermeister. Dieser stand mit gewölbter Brust auf und verkündete: „Das Abschlussbankett wird hier in diesem Saal stattfinden. Während der Umdekorierung werde ich den Herrn Ritter Haldak und sein Gefolge in der Stadt herumführen. Wer will, kann uns folgen. Wer darauf verzichtet, ist von Herrn Berhald herzlich in den Goldenen Fuchs eingeladen. Allerdings kann ich es Ihnen allen nur empfehlen, sich unsere hübsche Stadt einmal anzusehen."

Somit war die Sitzung beendet, und nachdem alle ihre Mäntel angezogen hatten, verliessen sie das warme Rathaus durch die grosse Eichentür am Vordereingang. Diejenigen, welche Gar bereits von einer früheren Stadtführung her kannten, begaben sich in den Goldenen Fuchs, um sich dort einen heissen Rum zu gönnen. Feldengar hatte bei jedem Treffen der Bürgermeister eine Stadtführung angeboten, sodass bereits fast alle Bürgermeister die Stadt gesehen hatten. Trotzdem nahmen einige wieder an der Führung teil. Die anderen wendeten sich der Strasse zu, welche zum Haupttor der Stadt führte. Auf dem Rathausplatz verbeugten sich jeder Mann, jede Frau und auch fast alle Kinder mit einem leichten Knicks vor Haldak, welcher sich diese Hochachtung nach den Treffen mit Arior und den Jägern kaum mehr gewohnt war. An einzelnen Stellen sah man noch einige dunkle Pflastersteine aus dem harten Schnee und dem Eis hervorschauen, welche die einzigen nicht rutschigen Flächen waren. Vorsichtig versuchten alle Edelleute, auf keinen Fall vor den Augen des Volkes zu stürzen. Die Gruppe bestieg die Stadtmauer über eine hölzerne Wendeltreppe in einem der beiden Wehrtürme am Haupttor. Glücklicherweise waren jene Tritte durch das Dach des Turms geschützt und die Stufen deshalb nicht gefroren, sodass alle Bürgermeister und der Ritter mit seinem Gefolge die Mauerkrone ohne Sturz erreichten. Vom Torbogen aus sah man gut über die herrlich weisse Ebene hinüber zum Hügel mit der Ruine. Zuerst führte der Bürgermeister die Gruppe zum Nordende der in einem Halbkreis von Norden nach Süden verlaufenden Holzmauer. Er erklärte ihnen die einzelnen Bereiche der Stadt und wies auch auf die Sippen hin, die ihre eigenen Quartiere hatten mit einer eigenen Bauweise. So waren jene der Thoringer aus massiven Holzbalken gebaut, und in ihren Giebeln kreuzten sich Figuren, während jene der Fredinger ein Fundament aus Stein besassen und darüber zum Teil aus Riegelbauten bestanden oder dann aus Holzbauten mit gezimmerten Wänden. Die grossen Verarbeitungshäuser lagen südlich des Weges, welcher aus der Stadt hinausführte und nur durch eine hölzerne Mauer vom Prunkstück der Stadt, der Schatzkammer, getrennt waren. Die Schatzkammer war ein hohes, steinernes Gebäude mit Giebeldach, welches mit Ziegeln bedeckt war. Auf beiden Seiten des Einganges stiegen Steintürme empor. Niemand ausser dem Bürgermeister und dem Schatzmeister wusste genau, wie viele Schätze in diesem Gebäude eingelagert waren, doch gingen alle davon aus, dass es sagenhaft viele sein mussten. Die mit einem Goldmuster verzierte Eisenpforte wurde von vier der besten Soldaten der Stadtwache bewacht. Weitere acht Soldaten befänden sich im Inneren der Schatzkammer, erklärte der Bürgermeister.

Die Verarbeitungshäuser waren von einem hohen Holzzaun umgeben, und man sah unablässig einen Fünfertrupp Soldaten zwischen und um diese Häuser herum patrouillieren. Der Rest der Stadtwache würde die Mauer bewachen und einige würden in der Stadt patrouillieren, erklärte der Bürgermeister weiter.

Nachdem sie die ganze Mauer abmarschiert hatten, führte der Bürgermeister die Gruppe durch die Stadt. Als Schluss der Stadtführung hatte der Bürgermeister die Besichtigung der Schatzkammer aufgespart, das, worauf alle Bürgermeister, die an der Führung dabei waren, gewartet hatten. Als sie ankamen, befahl der Bürgermeister den Wachen das Tor zu öffnen. Die gesamte Gruppe trat ein in das edle Gebäude, Gars Stolz. Der Eingangsbereich bestand aus einer Halle mit Türen zu allen Seiten. In der Mitte hing ein grosser goldener

Kronleuchter, der Boden war aus weissem und schwarzem Marmor gelegt, in der Mitte war Gars Wappen mit Mosaik eingelassen, die Waage mit dem Schwert, darüber in einem Halbkreis die kleineren Wappen der Sippen. Am Ende der Halle über einer schweren Türe war ein Schild mit der goldenen Inschrift „Schatzmeister" zu sehen. Die Türe öffnete sich soeben, und ein Mann mittleren Alters trat heraus. Er war im Gegensatz zum Bürgermeister von guter Statur und elegant gekleidet. Es sah aus, als hätte er seine braunen Haare mit Wachs geglättet. Seinen Wohlstand sah man ihm an, da er ein Gestell mit geschliffenen Gläsern auf der Nase trug. Einige der Bürgermeister schauten verwundert, denn Brillen waren sehr selten zu sehen, und im ganzen Königreich Cammal gab es nur wenige, welche die Kunst des Brillenmachens beherrschten.
Der Name des Schatzmeisters war Endregar. Er war einer der Sippenlosen, es hiess, seine Familie sei vor langer Zeit von Goldkamm hergezogen. Als er nähertrat, sah man, dass seine grünen Augen durch die Gläser eine seltsame Grösse erhielten.
Er begrüsste die Besucher höfisch mit einem tiefen Knicks: „Seid gegrüsst, Herr Ritter, Euer edles Gefolge und die Herren Bürgermeister. Mein Name ist Endregar, ich bin Gars Schatzmeister und werde Ihnen nun den Stolz unserer Stadt zeigen."
Die Gruppe grüsste zurück, und Haldak entgegnete ebenso höfisch: „Die Freude ist ganz meinerseits, es ist mir eine Ehre, die sagenumwobene Schatzkammer unserer treuen Stadt Gar zu sehen."
Der Schatzmeister zeigte ihnen die einzelnen Kammern hinter den Türen. Vor jeder Tür stand ein Schreibtisch mit einem Angestellten, welcher eifrig mit seiner Feder irgendwelche

Belege und Formulare ausfüllte. Die Schreiber arbeiteten emsig und nahmen die Gäste kaum wahr.

Erst jetzt sahen die meisten, dass gleich neben dem Eingang ein langer Schreibtisch mit mehreren Angestellten stand. Das sei die Kundenbedienung, erklärte Endregar, dort könne jeder Bürger sein Erspartes zur Aufbewahrung abgeben oder es sich zurückholen. Zuerst zeigte er ihnen die vorderen Kammern. Auf jeder Seite des Raumes waren acht davon, im vorderen Teil zu beiden Seiten vier zur Verfügung der Bevölkerung und im hinteren Teil zu beiden Seiten vier zum Gebrauch durch die Stadt, erklärte Endregar der Gruppe. Er führte sie in alle hinein. Darin waren Schliessfächer von unterschiedlicher Grösse zu sehen, jedoch nirgends ein grosser Schatz. Als Federak, der Bürgermeister von Nagat, fragte, wo der Schatz sei, führte Endregar sie in sein Arbeitszimmer und deutete wortlos auf eine von zwei Soldaten bewachte Eisentür mit schwerem Schloss, doch verweigerte er ihnen den Zutritt in die Stadtkammer. Darauf befahl Ritter Haldak: „Ich will sie sehen, im Namen des Königs muss ich wissen, wie viele Schätze Ihr habt, doch verstehe ich, wenn Ihr alle andern zuerst hinausführt."

Diese wurden daraufhin mürrisch von einer der beiden Wachen hinausbegleitet. Währenddessen nahm der Schatzmeister einen schweren Schlüssel aus einem, hinter einem Bild an der Wand, versteckten Fach und steckte ihn in das massive Schloss. Anstatt dass die Tür nun aufgesprungen wäre, öffneten sich zwei weitere Schlüssellöcher. Der Bürgermeister griff an seinen Schlüsselbund und steckte einen Schlüssel in das eine der Löcher, der Schatzmeister tat dasselbe mit seinem Schlüsselbund. Dann drehte Endregar den Hauptschlüssel nochmals im massiven Schloss. Das Quietschen ging durch Mark und Bein, und Haldak erschauderte.

Dieser Schauder löste sich wieder, als sich die Tür öffnete und einer der Wachen bereits die Fackeln in der Kammer angezündet hatte. Grell sah man den Glanz des Goldes, welches zu beiden Seiten eines Ganges in vergitterten Abteilen lag. Es war annähernd so viel Gold wie er nur in den Schatzkammern Cammals gesehen hatte. Haldak ging durch den Gang, der Glanz des Goldes widerspiegelte sich in seinen Augen, und er hatte plötzlich das seltsame Verlangen, all dieses Gold in seinen Besitz zu bringen. Langsam fuhr seine Hand zum Gürtel, wo er sein Schwertheft erwartete, doch hatte er es nicht dabei und konnte sich wieder fassen. Er sah dasselbe Glänzen in den Augen des Schatzmeisters, doch schien es mehr ein trauriges Glänzen als stechende Gier zu sein, die sonst jeden Mann packte, der diese Schätze sah. Zwischen Unmengen an Münzen sah man goldene Kelche und Schmuckstücke hervorschauen. Im hintersten Abteil lagen Reifen, verziert mit Edelsteinen. Haldak brach daraufhin das staunende Schweigen: „Woher habt Ihr all diese Schätze, das ist ja fast so viel wie in den Kerkern weit unter der Festung Cammals liegt."

Der Schatzmeister schrak aus seinen Gedanken hoch und antwortete: „Manches stammt noch aus der alten Festung auf dem anderen Hügel, doch kommen vor allem die Münzen aus Gars Handel. Viele Händler sind nicht selbstständig, sondern arbeiten für unsere Stadt, so erzielen wir die Gewinne nicht nur durch Steuern und Zölle, sondern auch direkt mit unserem eigenen Handel. Einige Dinge sind auch Geschenke, die wir von vergangenen Königen, Grafen und Handelspartnern erhalten haben. Diese Schätze haben sich über viele Jahre angehäuft und werden noch weiter angehäuft werden, wie ich hoffe."

Dass dieser Schatz alt war, wurde Haldak dadurch bestätigt, dass er eine Goldmünze sah, welche das Bildnis des Urgrossvaters des jetzigen Königs trug. Am Gesicht war es nicht zu erkennen, da die Münze nicht fein genug gearbeitet war, doch war der Name König Guldaks auf der Münze eingraviert. Sie musste bereits mehr als hundert Jahre alt sein.

Nachdem Haldak sich noch einige Minuten in der Schatzkammer umgesehen hatte, verliess er sie zusammen mit dem Schatzmeister wieder, und dieser verschloss sie, zusammen mit dem Bürgermeister, sofort, während die beiden Wachen ihre ursprünglichen Positionen einnahmen. Endregar führte Haldak zum Ausgang seines Arbeitszimmers, wo sie vom Rest ihrer Gruppe ungeduldig erwartet wurden. Zuletzt führte der Schatzmeister die ganze Gruppe zum Eingang, wo er sich von jedem Einzelnen verabschiedete. Haldak verabschiedete sich ebenfalls: „Danke, dass Ihr Euch die Zeit genommen habt, mir Eure Schatzkammer zu zeigen."

Als die Bürgermeister bereits weitergingen, kehrte Haldak sich noch einmal um und flüsterte Endregar mit geheimnisvoller Stimme ins Ohr: „Ich werde dem König nur von den Schätzen in den vorderen Kammern berichten, schliesslich gehört ein grosser Teil des Goldes in Eurer versteckten Kammer rechtmässig jemand anderem als dem König."

Verwirrt über die Worte des Ritters schaute Endregar ihm nach, er verstand nicht, was der Ritter gemeint hatte, doch ahnte er, dass diese Aussage auf die Fundstücke aus der Festungsruine bezogen war. Haldak folgte den anderen ins Rathaus.

Der Brauer, ein dicklicher Mann namens Berhart, ein Oringer und Vetter des Wirts Berhald im Goldenen Fuchs, brachte noch ein letztes Fass Bier in den Saal. Seine Brauerei war weit herum bekannt für das gute Weissbier, das er ihnen nun anbot. Die Tafel war reich gedeckt mit Früchten, die auch während dem harten Winter aus den Handelshäfen gebracht wurden. Bier, Wein, Fleisch und vieles mehr stand auf der Tafel zum Wohl der Edelmänner bereit. Nach einer kurzen Ansprache von Gars Bürgermeister begann das Mahl. Die verschiedenen Speisen dufteten weit im Saal, besonders die drei gebratenen Wildschweine liessen den Leuten das Wasser im Mund zusammenlaufen, genauso wie die saftigen Hähnchenkeulen. Die Tafel war so reichhaltig gedeckt, dass die anwesenden Edelmänner und Bürgermeister nach den politischen Strapazen der letzten paar Tage kräftig zuschlagen konnten. Nach einigen Kelchen Wein wurden immer grössere Bissen genommen. Bei diesem Bankett waren die Schreiber nicht eingeladen, und Grindor hörte oben an seinem Schreibtisch, wie die anderen unten mit Musik feierten, während er sich mit Kopfschmerzen über ein Stück Pergament beugen musste und seine Feder unangenehme Kratzgeräusche machte.

Nach dem Essen wurden die Pferde des Ritters und seines Gefolges aus dem Stall geholt und rasch gesattelt. Haldak bedankte sich herzlich für die Gastfreundschaft des Bürgermeisters, worauf dieser antwortete: „Wir fühlen uns stets geehrt, einen solch hohen Gast empfangen zu dürfen. Ich hoffe, dass in den schwierigen Zeiten, welche auf uns zukommen werden, wir uns wiederholt über den Besuch eines solch hohen Gasts freuen können. Ich hoffe, meine Stadt wird Euch und unserem König noch von guten Diensten sein. Der Ritter tauschte mit den anderen Bürgermeistern weitere Förmlichkeiten aus, bevor er mit einem eleganten Schwung sein Pferd bestieg. Unter dem Jubel der wieder anwesenden Menschenmenge ritt er winkend dem Stadttor entgegen. Als

er am Stadttor ankam, sah er Arior hinten in der Menschenmenge stehen. Sie schauten sich tief in die Augen. Beide fühlten sich nach dem Zwischenfall mit den Banditen als Waffenbrüder, doch schienen Ariors Augen etwas anderes auszudrücken, eine Art Abstand gegenüber dem Ritter Cammals.
Haldak ritt nun mit seinen Männern aus der Stadt, während die Menge immer noch laut jubelte. Einer seiner Männer hob die Lanze mit dem Banner Cammals, woraufhin von überall her der Ruf „Lang lebe König Urak, lange lebe Cammal!" erschallte. Der goldene Drache auf dem roten Banner flatterte im kalten Winterwind. Ein zweiter Fahnenträger hob nun auch Haldaks Banner, sodass der Rabe neben dem Drachen in Richtung Cammal flatterte. Kurz darauf reisten auch die Bürgermeister der anderen Städte mit ihrem Gefolge ab. Ihre Kutschen verliessen eine nach der anderen die Stadt, für sie gab es kaum noch Jubel aus dem Volk. Als sich die Blicke von Gars Bürgermeister und jene Federaks von Nagat trafen, konnten beide die Eiseskälte im Blick des anderen spüren, ihre Konkurrenz war selbst unter den Bürgern Gars nicht zu übersehen.

Siebtes Kapitel - Eiswaffen

Verschlafen rieb sich Larior die müden Augen, als er von seiner Mutter geweckt wurde. Seine Begeisterung war am Nullpunkt angelangt, den ganzen Morgen in den kalten Räumen der Schule das Handelswesen zu studieren. Die Schüler konnten nicht wählen, denn sie mussten mindestens von der Sommersonnenwende, wenn sie acht Jahre alt waren, bis zu jener, wenn sie sechzehn waren, die Schule und die Handelsschule besuchen. So wollte die Stadt eine kaufmännische Bevölkerung heranbilden. Seit Jahren, wenn nicht Jahrzehnten, galt dieses Gesetz, und deswegen war Gar zu seinem Wohlstand gelangt.

Larior richtete sich in seinem Bett auf, allerdings hätte er am liebsten weitergeschlafen. Träge trottete er die Treppe hinunter um etwas zu frühstücken. Hastig zog er sich daraufhin an, bevor er seine Schulsachen packte. Nach längerem Suchen fand er auch das letzte Buch im eisenbeschlagenen Ledereinband und schnürte es mit den restlichen Büchern zusammen. Schliesslich verabschiedete er sich von seiner Mutter und verliess, in seine Bärenfelljacke gehüllt, das Haus. Der Boden war durch den grossen Rummel der letzten Tage sehr rutschig geworden, und vielerorts glänzte das Eis in der Morgensonne. Einzig unter den Vordächern der Häuser gab es einzelne schneefreie Flecken, auf denen man sicher gehen konnte. Die Schule stand genau am Hauptplatz gegenüber dem Rathaus, sodass Larior die ganze Stadt hoch und dann die halbe wieder hinunter wandern musste. Im Sommer konnte er über die Holzböden zwischen den Dächern der Häuser gehen, diese lagen jedoch nun tief unter dem Schnee begraben, somit musste Larior den aus seiner Sicht für diese Uhrzeit zu weiten Weg auf sich nehmen. Von weitem hörte er bereits das Läuten der kleinen Glocke im an die Schule angebauten Turm. Der Klang war vielen Kindern und Jugendlichen in Gar zuwider. Er musste sich sputen, um nicht zu spät zu kommen und damit der Gefahr durch die gefürchteten Wurfkastanien des Lehrers ausgesetzt zu sein. Kurz vor der Schule verlor er auf einer Eisfläche den Halt und konnte sich knapp noch auffangen, sodass er nicht zum Gespött seiner Klassenkameraden wurde, welche darauf warteten, bis jemand auf der glatten Fläche stürzte. Seine Bücher allerdings schlitterten ihm davon, und er musste einige Meter weitergehen, um sie wieder zu holen.

Besonders Fredgar hänselte seine Kameraden bei jeder Gelegenheit. Er wusste, dass sich niemand getrauen würde, ihm als Sohn des Bürgermeisters auch nur ein Haar zu krümmen. Sein überhebliches, spöttisches Benehmen war bei allen Jugendlichen in Gar bekannt, denn fast alle hatten es schon zu spüren bekommen.

Immerhin war es in den Zimmern des Gebäudes warm, die dicken Holzwände hielten die Wärme, die von einem prasselnden Kachelofen ausströmte, innerhalb der Räume.

Etwas war an diesem Tag anders, nicht so wie sonst, die Tische waren fort. Als Erster bemerkte es Fredgar, welcher als vorderster Schüler ins Zimmer trat und sogleich fragte: „Wo sind all die Tische hin? Was ist hier los?"

Einige der Jungen erhaschten einen Blick in das Klassenzimmer der Mädchen nebenan: Die Tische standen normal da und die Tische aus dem Zimmer der Knaben waren dort an einer Wand gestapelt.

Im Jungenzimmer waren die Stühle in mehreren Reihen nach hinten angeordnet. Mit Gemurre und Geflüster trat die Klasse in das Zimmer und nahm Platz. Nach wenigen Minuten trat ihr Lehrer ein, ein ehemaliger Händler der Stadt, der nun nebenberuflich zu seinem privaten Handelsunternehmen auch sein Wissen in der Schule weitergab. Sein Name war Olf, einer der Thoringer, er wirkte unruhig und verhielt sich nicht wie sonst, wenn er sich immer als erstes seine Pfeife gestopft hatte. Mit seinen grünen Glubschaugen, welche aus seinem aufgedunsenen Gesicht hervorschauten, blickte der dickliche, eher untersetzte Mann in die Runde und kaute an seinen Fingernägeln. Nach seinem Eintreten hatte er die Türe nicht verschlossen, es schien, als würde er noch jemanden erwarten. Ungeduldig klimperte er mit seinen Fingerknochen an die Wand, aus einem gewissen Grund schien er nervös zu sein. Immer wieder blickte Olf zur Tür und wechselte von einem Fuss auf den anderen.

Von der Treppe herauf hörte man das schwere Stapfen von mehreren Paar Stiefeln. Als Erste traten zwei Stadtwachen durch die Tür, dicht gefolgt von Hauptmann Bodgar, welcher mit düsterer Miene eintrat. Er wurde von Olf gegrüsst und Bodgar grüsste mürrisch zurück. Dann trat er vor die Klasse und begann mit seiner lauten Bassstimme zu sprechen: „Wie ihr alle wahrscheinlich bereits mitbekommen habt, hatte unser Dorf die Ehre, einen Ritter Cammals zu empfangen, was unter anderem das Verdienst unseres Bürgermeisters ist. Da der König unseres Reiches einen Krieg führen muss, um uns alle vor grossem Übel zu bewahren, müssen wir viele Soldaten entsenden, vermutlich fast die Hälfte aller Männer in

Gar. Da unsere Stadt ohne diese Männer ohne Schutz dasteht, sind wir von der Kampffähigkeit der Jungen, welche hoffentlich nicht in den Krieg ziehen müssen, abhängig. Somit hat der Bürgermeister mich dazu beauftragt, euch mitzuteilen, dass ihr euch an allen fünf Schultagen am Nachmittag, anstatt zum Handelsunterricht, zur Kampfausbildung bei der Kaserne einzufinden habt. Es ist nicht ausgeschlossen, dass einige von euch in das königliche Heer eingezogen werden. Jenen, die für den König kämpfen, gebührt grosser Ruhm als Volkssoldaten. Ich erwarte, dass ihr euch alle dieser Herausforderung stellt, es führt kein Weg daran vorbei. Es geht hier um das Schicksal und den Wohlstand unserer Stadt. Viele Banditen sind bestrebt, unsere hart erarbeiteten Schätze für sich zu beanspruchen. Wir werden an der Front und im eigenen Reich kämpfen müssen, um unseren Wohlstand zu bewahren."

Aus dem zuerst langweilig klingenden Ton sprach sich der Hauptmann in einen regelrechten Rausch, schliesslich wollte er die Schüler überzeugen, für diese Sache einzustehen. Die zuerst ebenfalls gelangweilten Jungen bildeten nun Fantasien: Sie als Helden vom Volke bejubelt! Die Euphorie flachte aber bald ab, sobald die jungen, nach Ruhm hungernden Männern auch an die schlechten Seiten dachten. Einige ahnten, dass es ihr Leben kosten könnte, wenn sie dem Ruf folgten.

„Nun", fuhr der Hauptmann fort, „heute Nachmittag werdet ihr um zwei Uhr in der Kaserne erwartet, um Formalitäten zu erledigen und die Masse für eure Ausrüstung aufzunehmen. Damit es bereits klar ist, Sonderwünsche werden keine gewährt."

Nachdem sich der Hauptmann seine dunkle, reichlich verzierte Pfeife aus Eichenholz angezündet hatte, rollte er eine

Karte aus und hängte sie mit zwei Nägeln an die Holzwand neben der Schiefertafel zuvorderst im Zimmer. Auf der Karte sah man das Reich Cammal, nahezu das ganze Reich Helrendar und den südlichen Teil des Reiches Salmarsat. Kunstvoll verziert führte der Grosse Fluss von der oberen linken Ecke der Karte bis fast nach ganz rechts unten, wo er am Anfang der Halbinsel, auf der Cammal lag, in der reichen Hafenstadt Periula ins Meer mündete. Links waren die Sonnenberge zu sehen, welche spitz in den Himmel emporragend gezeichnet waren. Über den Sonnenbergen war eine goldene Sonne gemalt, doch waren am Fusse der Sonnenberge im Nachhinein, vermutlich vor wenigen Tagen, schwarze Kreuze gemalt worden, an mehreren Stellen jenseits des Flusses hingegen goldene und blaue Kreuze. Unter den Namen der verschiedenen Grafschaften und Herzogtümer standen verschiedene Zahlen. Einige Pfeile zogen sich über die grosse Steinbrücke und die Hängebrücke bei Passbrück. Der Hauptmann zog an seiner Pfeife und fuhr fort: „Diese Pfeile stellen unsere Truppenbewegungen dar, die schwarzen Kreuze sind die Stellungen des Feindes."

Nachdem er eine dicke Rauchwolke in die Luft geblasen hatte, sprach er weiter: „Die goldenen Kreuze sind die bereits bestehenden und geplanten befestigten Feldlager der königlichen Armee, zu welcher auch wir gehören werden. Die Zahlen unter den verschiedenen Namen stehen für die Anzahl Männer, die uns zur Verfügung stehen. Ich hoffe, mit eurer und der Hilfe weiterer Männer lässt sich Gars Zahl nahezu verdoppeln. Was die blauen Kreuze bedeuten, wissen nur der König und seine Vertrauten, das geht ansonsten niemanden etwas an. Gibt es noch Fragen zu euren Aufgaben?"

Als Erster rief Fredgar ohne seine Hand zu heben aus der hintersten Reihe: „Werden alle Truppen unserer Stadt von Fredingern geführt, wie ich hoffe?"

Seine Worte tönten mehr nach einem Befehl als nach einer Frage. Alle sahen sich zum Sohn des Bürgermeisters um, vor allem die Thoringer sahen ihn gehässig an.

Der Hauptmann ging nicht auf Fredgars Wortmeldung ein und wiederholte: „Hat jemand noch eine wichtige Frage?"

Niemand mehr wollte etwas fragen, alle hofften nur, dass der Hauptmann den Raum so schnell wie möglich verliess ohne noch weitere Worte zu verlieren. In der Zwischenzeit hatte sich ein dünner Rauchschleier an der Diele des Raumes gebildet. Der Hauptmann zog noch ein letztes Mal an seiner Pfeife und verabschiedete sich anschliessend vom Lehrer, welcher ganz verloren in die Gegend starrte. Als dieser aus seiner Benommenheit hochschreckte und der Hauptmann den Raum verlassen hatte, trat der Lehrer vor die Jungen und entzündete seine Pfeife. Sein Blick liess nichts Gutes verheissen, schadenfroh liess er ihn über seine Schüler schweifen, bevor er endlich anfing zu sprechen: „Ihr habt alle gehört, was unser Herr Hauptmann gesagt hat, doch habe ich vom Bürgermeister den Auftrag erhalten, einige von euch schon früher zu Stadthändlern zu machen, als wir es uns gewohnt sind. Einige werden jedoch auf die Waffenkunst spezialisiert. Bis wir entschieden haben, wer welcher Sparte zugeteilt wird, müsst ihr die Grundausbildung der Stadtwache durchlaufen und ihr dürft keine Defizite im Handelswesen aufweisen, sondern müsst mehr davon verstehen als die Generationen vor euch. Somit hat der Bürgermeister zusammen mit dem Stadtrat und Sippenoberhäuptern beschlossen, erstens, dass die Schule jeden Vormittag eine halbe Stunde früher beginnt und eine halbe Stunde später beendet wird."

Als der dickliche Lehrer diesen Satz mit einem zufriedenen schmalzigen Grinsen beendet hatte, ging ein Murren durch die Reihen, und er hatte Mühe, sie alle wieder zu beruhigen bevor er fortfuhr: „Zweitens wird der bisher freie Tag zu einem normalen Schultag erklärt, genauso wie ihr euch am freien Nachmittag auf dem Kasernenplatz einfinden müsst. Bevor ihr nun reklamiert, lasst euch beruhigen, der Königstag bleibt weiterhin frei. Wir alle müssen Opfer bringen, um unseren Wohlstand zu erhalten.
Mehrere Ausrufe erklangen aus den Reihen der Jungen, sie alle schienen nicht gerade zufrieden zu sein. Als erstes rief Philipp, der Sohn des Schreiners aus: „Mein Vater braucht meine Hilfe in der Schreinerei, und so muss er auch noch am Königstag arbeiten, genauso wie ich, wir müssen auch noch in den Werkstätten unserer Väter helfen. Wann haben wir überhaupt noch einen freien Tag? Plötzlich stand Philipp auf, es wurde ruhig. Fredgar hätte ihm gern zugerufen, er solle sich wieder setzen, er fragte sich, was sein Kamerad dem Gesagten noch beifügen wollte. Mit bestimmter Stimme begehrte er auf: „Unsere Väter sollen in den Krieg ziehen und sterben, wir sollen ihnen folgen und bis dahin jeden Tag von Sonnenaufgang bis Sonnenuntergang schuften, wofür?"
Das Klassenzimmer wurde ruhig, man hörte einzig den Atem der Burschen. Die Stille hielt an, bis Gustav, der Sohn des Müllers, das Schweigen brach und meinte: „Was können wir zehn jungen Männer denn für einen Einfluss auf das Schicksal des Reiches nehmen?"
„Ruhe!", rief der Lehrer, „ihr habt jetzt beide ohne Aufforderung gesprochen, ich erwarte euch, Gustav und Philipp, nach der Stunde bei mir."
Nach den langen Vorträgen über den Krieg hatten die Schüler genug und hofften, der weitere Unterricht des Morgens

würde ausfallen, doch wurden sie bitter enttäuscht. Schläfrig hörten sie ihrem Lehrer zu, immerhin konnten sie ohne die Tische nicht schreiben. Schleppend zog sich die Stunde vor dem Mittag dahin. Die Spannung hielt sich bei den Vorträgen über die Entwicklung der Getreidepreise in Grenzen. Schliesslich beendete Herr Olf die Lektion.

Alle gingen sogleich hinaus, auch Philipp und Gustav, doch die beiden wurden vom Lehrer zurückgeholt. Breitbeinig stellte sich der kleine Mann vor die beiden hin und begann zu sprechen: „Ich werde eure Beiträge nicht kommentieren, doch werdet ihr zur Strafe die Tische wieder aufstellen."

Gustav wollte gerade etwas erwidern, überlegte es sich jedoch anders. Die beiden Jungen schleppten die Tische aus dem Mädchenzimmer, welches inzwischen verlassen war, in ihr eigenes Klassenzimmer zurück. Nach getaner Arbeit gingen beide schweigend hinaus. Am Rathaus vorbeigehend sahen sie gerade, wie die Bürgermeister und der Ritter von ihrem Stadtrundgang zurückkehrten.

Nach dem Mittagessen musste sich Larior bereits wieder auf den Weg zur Kaserne machen. Als er dort ankam, traf er gerade auf Hildebrand, welcher ihn freudig begrüsste: „Hallo Larior. Ich hoffe, du wirst als Soldat und nicht als spiessiger Händler eingestuft. Dort drüben soll es allerdings übel drüber und drunter gehen, so habe ich gehört. Viele Männer starben bereits, selbst der Prinz sei scheinbar nur knapp einem Hinterhalt entkommen."

„Hallo Hildebrand", entgegnete der Sohn des Schmiedes, „ich hoffe ebenfalls, dass ich hier reinkomme und mich für die Überzeugung und nicht für Gras Geld einsetzen kann."

Er war der Letzte seiner Gruppe, welche in der Kaserne ankam. Anwesend waren nicht nur jene aus Lariors Klasse, sondern auch jene, welche ein Jahr älter und jene, die ein und zwei Jahre jünger waren. Drinnen standen alle schon bereit, um stumpfe alte Übungsschwerter zu erhalten. Für jeden gab es zudem einen alten Eisenhelm mit Lederkapuze. Das Leder rieb auf der Haut, weshalb die meisten den Helm wieder abnahmen. Kurz darauf trat Hauptmann Bodgar zu ihnen und zeigte ihnen mit einer hastigen Handbewegung, dass sie ihm folgen sollten. Sie gingen auf den Waffenplatz hinter der Kaserne, ein freigeschaufeltes Übungsgelände, abgeschottet von den meisten Gassen. Auf der linken Seite des von einem hohen Holzzaun umgebenen Platzes standen Übungspuppen, auf der rechten Seite befand sich der Schiessstand. Die lange Bahn des Schiessstandes führte zwischen mehreren Häusern durch bis zu einigen Strohballen mit Holzzielscheiben. In der Mitte waren erhöhte Schilde angebracht, welche zum Erlernen im Umgang mit der Lanze aufgestellt waren. Alles schien zu beunruhigen und nahm den jungen Männern den Mut.

„Stellt euch alle in vier Reihen auf!", rief ihnen der Hauptmann zu.

„Die Jüngsten zuvorderst, die Ältesten zuhinterst", schrie Bodgar weiter und fuhr fort, „ihr werdet nun genau die Bewegungen nachmachen, welche ich euch zeige, keiner tut etwas anderes."

Sie mussten eineinhalb Stunden lang üben, doch kam es ihnen unter dem Gewicht des Schwertes und dem Reiben der Lederkapuze mindestens doppelt so lang vor. Danach mussten sie einer nach dem anderen auf die Übungspuppen einschlagen, keiner von ihnen erkannte einen wirklichen Sinn darin. Trotz der Kälte rann der Schweiss jedem die Stirn herunter und durchnässte ihre Hemden. Als Larior gerade mit dem Kampf gegen die Puppe beginnen wollte, hörte er

den Hauptmann brüllen: „Stell dich richtig hin, niemand kämpft in meiner Truppe anders als alle anderen!"
Dabei kämpfte Ariors Sohn so wie es ihm sein Vater gezeigt hatte, doch schien dieser Stil der Meinung des Hauptmanns zu widersprechen und ihn zu erzürnen.
Wohl oder übel musste Larior den Stil wechseln. Nach diesen strengen Stunden durften sie schliesslich nach Hause gehen. Einige konnten sich kaum noch bewegen und rieben sich die schmerzenden Glieder. Hildebrand sah jedoch, wie Larior trotz der Anstrengung die Kaserne voller Entschlossenheit verliess, im Gegensatz zu vielen anderen, welche den Kopf hängen liessen und sich über die harte Anstrengung beschwerten.
Als der Bursche nach Hause kam, sah ihn seine Mutter sogleich die Treppe hinaufgehen. Sie sah nach, was mit ihm los war und fand ihn bereits schlafend. Sie deckte ihn zärtlich mit der warmen Wolldecke bis zum Hals zu und gab ihm einen Kuss auf die Stirn seines friedlich ruhenden Gesichts.
In den nächsten Tagen kam zum Schwertkampf auch noch das Schiessen hinzu. Viele Pfeile erreichten die weitesten Scheiben nicht einmal oder flogen darüber hinweg. Schliesslich entschloss sich der Hauptmann, neue Scheiben auf halber Strecke aufstellen zu lassen. Nun trafen die Burschen von Tag zu Tag genauer. Sie fühlten sich immer besser, wozu auch der nahende Frühling beitrug. Die Winde wurden wärmer und der schwere Schnee schmolz von den Dächern. Die Kuppe des Hügels der alten Ruine war inzwischen teilweise grün, und erste Krokusse streckten ihre weissen Blüten hervor. Die Bäume am Grünbach liessen ihre ersten Blätter spriessen. Unter diesen Umständen war das harte Training etwas leichter zu ertragen. Doch das Üben mit der Lanze hatten sie noch vor sich, etwas, das ihnen als besonders streng

beschrieben wurde. Nicht nur die Burschen mussten die Waffenkunst erlernen, auch die erwachsenen Männer. Gar rief jeden waffentauglichen Mann auf den Waffenplatz. An verschiedenen Orten der Stadt wurden kleinere Waffenplätze erstellt, auf welchen die Soldaten der Stadtwache den Handwerkern das Waffenhandwerk beibrachten. Zudem wurden einzelne Stadtwachen in die umliegenden Dörfer und Weiler geschickt, um den Bauern beizubringen, wie sie sich verteidigen konnten. Allerdings mussten mehrere Bauern nach Gar kommen, um für den ersten Einsatz im Frühling bereit zu sein und den Volkssoldaten über den Grossen Fluss zu folgen.

Achtes Kapitel - Waldbündnis

Mehrere Wochen nachdem Haldak Gar verlassen hatte, klopfte es an Ariors Tür. Eigentlich erwartete er jemanden der Stadtwache, welcher ihm den Auftrag bringen sollte, neue Schwerter zu schmieden, wie er von Grindor erfahren hatte, doch stand draussen ein grosser Mann mit Kapuze. Arior erkannte den Besucher sofort, es war Haldrior. Der Jäger versuchte vor dem Eintreten so gut wie möglich den braunen Schlamm und den matschigen Frühlingsschnee von seinen Schuhen zu wischen. Die Lederstiefel stellte er neben die Tür, während Arior ihm seinen Mantel abnahm. Sie gingen zusammen an den Esstisch, wo Ariors Frau bereits Tee aufgesetzt hatte. Freudig begrüsste Haldrior Auwalla. Währenddessen bildete sich rund um die Stiefel des Anführers der Jäger eine braune Lache, doch fiel sie niemandem auf.
Arior begann in der Sprache der Jäger zu sprechen: „Was führt dich hier her, geht es um das Bündnis, welches der König den Gerüchten nach eingehen will?"
„Dein Scharfsinn wird immer besser", erwiderte Haldrior mit einem gespielten spöttischen Lachen ebenfalls in der Sprache der Jäger, „es ist wie du sagst, der König will sich mit uns verbünden, um in den alten Festungen jenseits des Flusses Stützpunkte zu errichten. Ausserdem werden wir unsererseits die Jagd auf die Skralgas aufnehmen, schliesslich gehören sie zu unseren schlimmsten Feinden. Zudem wurden

schon wieder Rüstungen, die von *seinen* Schmieden gefertigt worden sind, gefunden."

Den letzten Satz sprach Haldrior beinahe im Flüsterton, und in seinen Augen spiegelte sich Furcht. Es sah dem tapferen Jäger nicht ähnlich, sich vor etwas zu fürchten, doch seine Stimme verriet, dass er vor etwas Angst hatte.

„Habt ihr auch etwas davon, wenn der Krieg gewonnen wird?", unterbrach Arior Haldrior mit seiner Frage.

„Für unser Volk wird es gut sein, der König hat versprochen uns zu akzeptieren und wir sollen grosse Gebiete am Rande der Sonnenberge erhalten", antwortete Haldrior mit einem müden Lächeln.

Daraufhin erwiderte Arior zweifelnd: „Glaubst du wirklich, dass der König sein Versprechen halten wird?"

„Nein", antwortete Haldrior und fuhr fort, „doch können wir möglicherweise unser Volk vereinen und nach Marsat bringen."

„Du willst es jetzt also doch versuchen", meinte Arior, „du willst jetzt also das Erbe der Könige von Marsat antreten?"

„Leider ist es meine Pflicht", erwiderte Haldrior mit müder Stimme, „ich habe mich an die Worte meines Vaters erinnert. Er wollte, dass ich, falls ich den König nicht finden sollte, das Erbe des Statthalters und somit jenes des Königs antrete. Meine Linie ist dazu verpflichtet das Reich zu regieren, bis der König vielleicht irgendwann zurückkehrt oder meine Linie endet. Auf jeden Fall muss unser Volk einen Herrscher bekommen und das obliegt mir."

Arior verneigte sich vor Haldrior und begann zu sprechen: „Al dalar ai afgad en ai droi mai ai meyra, Ich werde dir folgen bis zum Ende oder bis zum Tod."

„Ich mag es nicht, wenn sich jemand vor mir verbeugt, jedoch wurde dieser Schwur seit mehr als zwei Jahrtausenden nicht mehr ausgesprochen. Ich bin froh, dich an meiner Seite zu wissen, denn so weiss ich, dass wir es gemeinsam schaffen können", entgegnete Haldrior zuversichtlich, „nun will ich dir noch mehr über die Verhandlungen mit dem König erzählen."

„Du hast es geschafft, den König, oder soll ich ihn nun Statthalter von Isula nennen, persönlich zu sprechen?", fragte Arior erstaunt und sah seinen alten Freund neugierig an. Haldrior begann breit zu grinsen und beantwortete die Frage: „Ja, das ist es, ich habe ihm gesagt, ich würde nur mit ihm und im Beisein seines Sohnes mit ihm verhandeln. So mussten die beiden Herren Urak und Arak in den alten Wachtturm am Meer bei Peyirisula kommen, um mit mir zu verhandeln. Schliesslich willigte Urak in meine Vorschläge ein, er muss wirklich in Nöten sein. Ich hatte Schwierigkeiten, mit ihm Verhandlungen aufzunehmen, so versuchte ich es ebenfalls mit Arak. Dieser war einfacher zu überzeugen und nicht so stolz wie sein Vater. Das kann ich dir sagen, der junge Arak wird ein viel besserer König sein als Urak, ihm ist das Wohl seines Reiches, seines Volkes und seiner Soldaten wichtiger als sein Stolz. Man merkt, dass sein Blut aus den Adern unseres Volkes stammt und nicht aus jenem der normalen Menschen. Auf diese Art kam schliesslich ein anständiges Bündnis zustande. Bei diesem Bündnis konnte ich des Königs Versprechen einfordern, er würde allen von unserem Blute die Wahl lassen, ob sie mit uns oder mit der königlichen Armee kämpfen wollen. Aus diesem Grunde habe ich ihm einige Namen gegeben, wobei ich die Hofgarde Cammals weggelassen habe. Unter anderem ist dein Name dabei, somit bist du von allen Pflichten befreit, sollte Gar dich in seine Armee einziehen wollen."

Nachdenklich hörte Arior dem rechtmässigen Erben des Statthalters von Marsat zu. Er war froh, dass es zu einem Bündnis gekommen war und froh darüber, Sonderrechte erhalten zu haben. Nun war es möglich, dass der Krieg gewonnen werden konnte, ohne dass gleich ganze Landstriche entvölkert und dafür unzählige Kriegsdenkmäler und Soldatenfriedhöfe entstehen würden. Lange sprachen Haldrior und Arior noch über dieses und jenes, über ihre Jugend und ebenso über Haldriors Sohn Lakalt.

Der Tag verging allmählich und die Sonne sank den Hügelkuppen zu, als sich Haldrior verabschiedete. Erst jetzt fiel ihm auf, was für einen Schmutz seine nassen Stiefel hinterlassen hatten und er entschuldigte sich unzählige Male bei Auwalla dafür, bevor er durch die Tür in den späten Nachmittag hinausschritt.

Neuntes Kapitel - Sonnenfestung

Der Tag, an welchem die ersten Soldaten für den Krieg ausgewählt werden sollten, rückte immer näher. Gars Bürgermeister kündigte an, die Namen jener, welche er entsenden werde, am Tag des Frühlingsfestes bekannt zu geben. Die ganze Stadt wartete gebannt auf jenen Tag. Viele waren etwas ängstlich, denn immer mehr Geschichten und Gerüchte über die Grausamkeit ihres Feindes waren zu hören. Vier Tage vor dem Frühlingsfest gingen die Gerüchte um, dass vierzig der fünfzig Soldaten, welche entsandt werden sollten, Soldaten der Stadtwachen seien. So blieben nur noch zehn Plätze übrig, die besetzt werden mussten. Von Jung bis Alt gaben jene, welche in den Krieg ziehen wollten, auf den Waffenplätzen ihr Bestes, doch gab es auch solche, die sich nicht anstrengten, da sie auf keinen Fall diesen dunklen Kreaturen entgegentreten wollten.

Viele wunderten sich, warum Arior nicht dazu verpflichtet war, an diesen Kampfkunsteinheiten teilzunehmen. Es gab Gerüchte darüber, der Bürgermeister solle ein Schreiben vom königlichen Hofe empfangen haben, dass Arior vom Kampfdienst befreit sei, gerüchteweise hiess es, dass der Schmied jemand ganz Wichtiger sei, doch niemand wusste wieso. So waren im Goldenen Fuchs die verschiedensten Gerüchte zu hören wie dieses von einem der bärtigen Thoringer: „Jeder, der sich dem Feind gegenüberstellt, wird bei lebendigem Leibe zerstückelt und dann gefressen."

„Ich habe gehört, selbst die besten Männer aus Cammal seien bereits den Bestien zum Opfer gefallen", meinte ein anderer. Wieder ein anderer entgegnete: „Ich habe gehört, diese Kreaturen seien mehr Tier als Mensch, und das habe ich von einem gehört, der sie bereits gesehen hat."
Eine Woche vor dem Königstag, dem Tag, an welchem das Dorffest stattfand, weckte Arior seinen jüngeren Sohn. Draussen war es noch dunkel, doch war es dank des Frühlings nicht mehr so kalt wie im vergangenen Winter, einzelne Schwalben waren bereits aus dem Süden zurückgekehrt und nisteten nun unter dem Dach der Schmiede. Über den Hügeln sah man die Dämmerung des neuen Tages, während noch der Halbmond silbern am Himmel stand.
„Komm", flüsterte ihm sein Vater ins Ohr, „komm, ich muss dir etwas zeigen."
Larior wollte sich gerade umdrehen und weiterschlafen und murrte: „Was ist denn?"
Sein Vater warf ihm die Kleider hin, dann verliess er das Zimmer mit leisen Schritten. Ein paar Minuten später kam auch Larior verschlafen aus seinem Zimmer und rieb sich schlaftrunken die Augen. Grindor hatte bereits einen hölzernen Köcher und ein Schwert umgeschnallt, und in der Hand hielt er einen Bogen. Arior brachte Larior ebenfalls einen Köcher mit spitzen Pfeilen, einen Bogen und ein Schwert.
„Was soll das?", fragte Larior seinen Bruder, welcher zur Antwort nur seine Schultern hochzog, um zu zeigen, dass er es ebenfalls nicht wusste, wieso sie so früh geweckt worden waren.
Darauf wandte sich Larior zu seinem Vater um und fragte ihn dasselbe wie soeben seinen Bruder. Arior entgegnete geheimnisvoll mit flüsternder Stimme: „Es ist ja schön und gut, dass ihr euch in der Stadtwache so abmüht, doch nützen

euch diese Kampftechniken nur etwas gegen unausgebildete Plünderer und Banditen. Ich werde euch die Kampfkunst unserer Vorfahren zeigen, etwas, mit dem ihr beide besser sein werdet als alle anderen. Zu dritt verliessen sie das Haus und traten nach draussen. Inzwischen wurden bereits die ersten Hügelspitzen von der warmen Morgensonne beleuchtet. Von der alten Ruine stieg eine feine Rauchfahne auf, welche sich silbern zwischen den zerfallenen Türmen hoch wob. Beim kleineren Stadttor, welches aus der Stadt hinausführte, wurden sie mit grober Stimme angehalten. Aus einem Wachhaus direkt neben der Strasse hörte man eine knappe mürrische Frage: „Absichten?"

Arior antwortete trotz des schroffen Tons des Soldaten im Häuschen höflich: „Meine Söhne sollen zusätzlich noch lernen zu kämpfen, Herr Stadtwache".

Mürrisch trat der Soldat aus dem geheizten Häuschen, öffnete mit einem schweren Eisenschlüssel eine Seitentüre des grossen Stadttors und liess Arior und seine beiden Söhne ziehen. Quietschend fiel sie anschliessend wieder ins Schloss. Nachdenklich schaute ihnen der Wachmann durch ein Guckloch in der Tür nach und dachte sich, wieso jene, die frei hätten, trotzdem mit Pfeil, Bogen und Schwert so früh unterwegs waren.

Schweigend liefen die drei dem glänzenden Hügel der alten Festung entgegen. Die Überreste der Türme strahlten golden und sahen aus, als stünden sie in Flammen. Die über die Nacht gefrorene Schneedecke trug sie, sodass sie nicht einsanken. In ihrem Rücken lag Gar noch verschlafen im Schatten, aus den meisten Kaminen stieg schon Rauch auf, doch war alles noch ruhig.

Als sie auf dem Hügelkamm ankamen, sahen sie zwischen den Trümmern einige Zelte aus Tierhäuten und feinster

Wolle stehen. Inmitten der Zelte loderte ein kleines Feuer, an welchem sich gerade ein paar Männer in der Sonne die Hände wärmten.

Plötzlich rief eine helle Stimme hinter Arior und seinen Söhnen: „U dis erei, pasai erei kendram! Wer seid ihr, nennt eure Namen!"

„Cin dis Arior, sa cin herais Grindor wai Larior. Ich bin Arior, das sind meine Söhne Grindor und Larior", gab Arior ruhig in der Sprache der Jäger zur Antwort, während er sich umdrehte. Gerade noch sah Arior, wie die Männer hinter ihm ihre Waffen senkten. Ebenfalls in der Sprache des alten Volkes sprach der Mann in der Mitte der Gruppe. Grindor hörte nun zum ersten Mal jene wohlklingende Sprache und wunderte sich ebenfalls darüber, dass er sie verstand, ohne jemals zuvor ein Wort davon gehört zu haben.

„Ah, hallo Arior, wer hätte dich denn so früh hier oben erwartet", begann der Jäger und fuhr mit einem gespielten spöttischen Lächeln fort, „du lässt dich also wieder dazu herunter zu uns zu kommen und dich nicht immer nur mit Haldrior zu treffen."

„Es freut mich auch dich zu sehen, Elabrair", erwiderte Arior erfreut, „es stimmt, ich war schon längere Zeit nicht mehr bei euch."

Elabrair war ein grosser Mann, er war von seiner Erfahrung gezeichnet, jedoch keineswegs gebeugt, seine gräulichen Haare waren auf der Seite eher kurz, während er sie auf dem Kopf etwas länger trug. Sein Blick strahlte Sicherheit aus, doch auch einen gewissen Zorn. Er und Arior klopften sich gegenseitig heftig auf die Schulter, sie schienen sich bereits lange Jahre zu kennen.

„Diese Männer hier neben mir sind Trendior, Triars Sohn, den du vermutlich aus der Weissturmfestung kennst. Triar hat mir gesagt, ich solle ein Auge auf Trendior haben, ist schliesslich auch nötig. Der andere ist Greiair, er ist mein Neffe, aber auch er muss noch einiges lernen", stellte Elabrair die beiden jungen Jäger neben ihm vor.

Arior brachte sein Anliegen vor, dass er seinen Söhnen mit Hilfe der anderen Jäger das Kämpfen beibringen wollte.

„Sie müssen es lernen, solange sie noch jung sind, denn sollte sich das Schlimmste bewahrheiten, ist es zu spät es zu lernen", meinte Arior zu Elabrair.

Zwischen den Trümmern gab es an einzelnen Orten Zielscheiben, einfache Holzbretter, doch waren auf ihnen mit Kohle irgendwelche Figuren gezeichnet worden. Auf Grindors Frage, wo die Übungspuppen seien, gab ihm sein Vater kurz und knapp zu Antwort: „Mann gegen Mann."

Erst da bemerkte Grindor, dass sein Schwert nicht geschliffen war und an den Schneiden eine feine weiche Schicht aus etwas Holzartigem angebracht war.

Zuerst zeigten ihnen zwei der Jäger, wie sie ihre Körper halten mussten, ganz anders als bei der Stadtwache. Als Arior während einer Pause Elabrair zum Kampf aufforderte, ging dieser darauf ein. Beide hielten ihre Füsse gerade zum Gegner, ihre Körper hielten sie jedoch abgedreht. So blieben sie einen Augenblick stehen. Dann rannten beide plötzlich tief in den Knien aufeinander los, und mit einer kräftigen Ausdrehung ihres Körpers schlugen sie los. Ihre Schwerter trafen sich in der Luft. Die nun aufgegangene Sonne spiegelte sich in den frisch geschliffenen, jedoch mit jenem komischen Material überzogenen Schwertern. Die strammen Muskeln an ihren Armen spannten die Ärmel ihrer Hemden. Mit Leichtigkeit sprangen beide zurück und nahmen wieder ihre Position ein. Sie versuchten es viele Male, ohne dass der Kampf einen Sieger hervorbrachte. Nun versuchte Elabrair Arior mit einer

Täuschung aus seiner Deckung zu locken. Dieser seinerseits ging auf die Täuschung ein, doch als Elabrair gerade zustossen wollte, erkannte er zu spät, dass Arior seiner Täuschung nur folgte, um dann selbst einen Treffer zu landen. Arior schlug das zustechende Schwert zur Seite und hielt Elabrair mit einem breiten Grinsen seine Klinge an den Hals.

Grindor und Larior sahen dem ganzen Spektakel mit offenem Mund zu, sie hätten ihrem Vater niemals diese Fertigkeiten zugetraut.

„Dass du als Schmied noch diese Fertigkeiten besitzt, wie schaffst du das nur?", wollte Elabrair von seinem Besieger wissen. Darauf antwortete dieser schmunzelnd: „Nur weil ich in der Stadt lebe, heisst das nicht, dass ich kein Jäger mehr bin. Du kannst Haldrior fragen, er und ich haben einiges erlebt, auch während ich in der Stadt lebte. Noch nicht lange ist es her, da geriet ich zusammen mit diesem Haldak aus Cammal in ein Gefecht mit Banditen."

„Nun seid ihr dran", sagte Arior zu seinen Söhnen und fügte lachend hinzu, „sofern ihr eure Mäuler wieder zubekommt." Grindor musste es mit Greiair aufnehmen und Larior mit Trendior, beide sahen eingeschüchtert in die frischen Gesichter der beiden jungen Jäger. Zum Anfang hatten beide keine Chance gegen die erprobten Kämpfer, doch lernte Grindor schnell und konnte seinerseits mehrere Treffer landen. Larior jedoch blieb weiterhin erfolglos, allerdings bekam er mit der Zeit die Körperstellung in den Griff, welche Grindor bei jedem Schlag verlor. Obwohl er kaum einmal von Trendiors Schwert getroffen wurde, landete er keinen einzigen Treffer. Auch nachdem sie die Gegner getauscht hatten, änderte sich nichts. Arior hatte das Gefühl, dass Larior bereits aufgeben wollte und munterte ihn auf durchzuhalten.

Als er zu seinem jüngeren Sohn hintrat, sah er jedoch die Entschlossenheit in dessen Augen spiegeln. So liess Arior seinen Sohn in Ruhe, er erinnerte sich, wie er selbst in seiner Jugend Mühe gehabt hatte das Schwert zu führen. Auch er hatte seine Fähigkeiten mit dem Ehrgeiz erlernt und nicht damit, dass sie ihm angeboren waren.

Als sie immer noch in der nun bereits stark scheinenden Sonne kämpften, stoppte Arior seine verschwitzten Söhne. Vor Eifer tropfte ihnen der Schweiss von den Haaren und floss über ihre Stirn. Vom nun schön lodernden Feuer her wehte der Duft von frisch gebratenem Hirschfleisch. Grindor und Larior liessen sich nicht lange bitten, als ihnen einer der Jäger das zarte Wild anbot. Wie Tiere stürzten sie sich darauf, der strenge Morgen hatte sie hungrig gemacht. Während sie assen, erreichte die Sonne ihren höchsten Stand, und es wurde Mittag. Als sie die saftigen Stücke verspeist hatten, sahen sie, wie ihre Mutter mit frischem Brot die Ruine betrat. Ihr blondes Haar glänzte hell in der Sonne, und sie wurde freudig von allen Jägern begrüsst. Grindor war einmal mehr erstaunt, welch enge Kontakte seine Eltern zu den Jägern pflegten. Allmählich erkannte er, warum. Nach dem Essen verliess Auwalla sie wieder in Richtung Stadt, aus welcher man frohe Stimmen hörte. Die Bürger Gars genossen den schönen Frühlingstag. Ohne den beiden jungen Männern eine Pause zu lassen, holte Elabrair die Bogen zusammen mit einigen spitzen Pfeilen. Erst jetzt fiel Grindor auf, dass diese Bogen aus einem anderen Holz waren als die Langbogen der Stadtwache. Die Bogen hier waren kleiner und in der Mitte nach innen gebogen.

Als erstes legte Arior einen Pfeil auf, und seine Söhne schauten ihm aufmerksam zu, als er ihnen erklärte: „Diese Bogen lassen die Pfeile schneller sausen als die meisten anderen, so

seid besonders vorsichtig. Solltet ihr eine der Scheiben treffen, werden sich die Pfeile tief ins Holz bohren."
Er liess die Sehne los, und der Pfeil surrte durch die Luft. Allerdings hatte sich Arior nicht die nächste Scheibe ausgewählt, sondern jene, die auf der anderen Seite der Festung an einem der zerfallenen Türme befestigt war. Der Pfeil schien zuerst weit daneben zu schwirren, doch trug ihn der Wind in einem Bogen auf die etwa achtzig Meter entfernte Scheibe zu und unter den staunenden Rufen einiger Jäger und jenen von Grindor und Larior traf der Pfeil genau in die Mitte der Scheibe. Erstaunt erkannten sie, wie ihr Vater trotz des Windes und der weiten Distanz den Pfeil genau in die Mitte der Scheibe getroffen hatte, wo dieser nun tief im harten Eichenholz steckte.
Nun legte Grindor einen Pfeil auf und schoss auf die nächstliegende Scheibe, sie hing nicht allzu weit entfernt an einem Balken. Sein Pfeil traf die dreissig Meter entfernte Scheibe knapp am Rand. Trotzdem erntete er Lob von allen Seiten für seinen bemerkenswerten Schuss. Schliesslich erinnerten sich alle an ihre ersten Schiessversuche, welche meistens weit danebengegangen waren, selbst jene der besten Schützen.
Darauf trat Larior an seines Bruders Stelle, legte einen Pfeil auf und liess die Sehne zischen. Sein Schuss schien wenig daneben zu gehen, als der Pfeil von einer Windböe erfasst wurde und mehrere Meter von der Scheibe entfernt mit einem lauten Klirren auf einen Marmorblock aufschlug.
Sie legten einen Pfeil nach dem anderen auf und liessen sie durch die Luft sausen, den Scheiben entgegen. Während Grindors Pfeile im Laufe des Nachmittags immer näher zur Mitte der Scheibe rückten, war es für Larior bereits ein Erfolg, wenn er die Scheibe traf. Die Sonne sank bereits dem

Horizont entgegen, als Arior sie unterbrach: „Ihr habt genug gearbeitet für heute, es war euer erster Tag. Denkt daran, ich will euch nicht quälen, ich will euch einfach nicht verlieren, darum müsst ihr diese Kampftechniken erlernen, um euch verteidigen zu können. Irgendwann wird die Zeit kommen, da eure Generation über das Schicksal unseres Volkes entscheidet."
Der letzte Satz klang so geheimnisvoll, dass Larior einmal mehr darüber rätselte, was sein Vater wohl damit meinte.
Die warmen Strahlen der Sonne hatten den Schnee ein gutes Stück weggetaut, und die gesamte Hügelkuppe war nun frei von der weissen Plage. Arior und Grindor waren bereits auf dem Abstieg und hatten schon fast wieder den Schnee erreicht, als sie bemerkten, dass Larior gar nicht bei ihnen war. Beide hatten gedacht, er würde enttäuscht hinter ihnen her trotten, doch als sie sich umdrehten, sahen sie ihn auf der Hügelkuppe kämpfend mit Trendior. Beide schienen zu lachen und Arior sah, wie sein Sohn endlich einen Treffer an den Bauch von Trendior landete, welcher keuchend zu Boden ging. Trendior erholte er sich schnell und lag nun im frischen Frühlingsgras neben den blühenden Krokussen. Mit lautem Jubel streckte Larior sein Schwert in die Luft wie ein Feldherr nach einer gewonnenen Schlacht. Das Schwert glänzte golden in der untergehenden Sonne. Über Ariors Gesicht huschte ein fröhliches Lachen, als er seinen jüngeren Sohn froh den Hügel herunterrennen sah.
Zu dritt gingen sie müde auf die Stadt zu, welche in diesem Augenblick die untergehende Sonne als Krone trug, denn diese schien noch knapp über dem Hügel, an welchem Gar lag. Das Stadttor war noch offen, als sie es durchqueerten, und der Soldat, welcher vor kurzem wieder seine Schicht an-

getreten hatte, schaute den dreien kopfschüttelnd nach. Zuhause angekommen, rochen die Ankömmlinge bereits den feinen Geschmack einer leckeren Gerstensuppe, welche Auwalla gerade auf dem Herd kochen liess. Ihre Mutter sah, wie Larior und Grindor erschöpft ihre Suppe löffelten, während sie sich munter mit Arior unterhielt. Nach dem Essen verschwanden ihre Söhne in ihren Zimmern, und kurz darauf hörte man nur noch ihren gleichmässigen Atem durch die offenen Zimmertüren. Sie hatten nicht einmal mehr die Energie gehabt diese zu schliessen, und so tat es ihre Mutter, nachdem sie ihren beiden Söhnen zärtlich einen Kuss auf die Stirn gegeben hatte. Bald gingen auch Auwalla und Arior zu Bett und wanderten schlummernd in das Land der Träume hinüber.

Zehntes Kapitel - Frühlingsstreit

Am nächsten Tag hörte man den hellen Klang der Turmglocken des Rathauses durch die frische Morgenluft über Gar erschallen. Grindor war ziemlich missmutig, als er vom Lärm der Glocken geweckt wurde. Er musste nun den ganzen schönen Tag im Rathaus sitzen und Papierkram erledigen. Anstatt den verdienten Feierabend zu geniessen, musste er danach zu allem Übel noch in die Übungseinheit der Stadtwache einrücken und sich dort bis zur kompletten Erschöpfung abrackern. Er rieb sich die Augen, streckte sich, bis seine Wirbel knackten, und gähnte einige Male.
Von draussen drang das Knarren eines Wagens herein, ein störendes Geräusch an dem sonst ruhigen Märzenmorgen. Es war ein ihm sehr bekanntes Knarren, eines, das unverwechselbar war und das er bereits mehrere Male gehört hatte. Er stiess die Vorhänge seines Fensters zur Seite und sah hinaus auf die schneefreie Strasse. Seine Vermutung bestätigte sich, es handelte sich um den alten bärtigen Mann, welcher am grossen Moor in der Nähe des Grossen Flusses wohnte. Niemand wusste, wie er genau hiess, doch nannte Arior ihn immer Maral. Maral schien vom Alter gebeugt, sein langer grauer Bart reichte ihm bis auf die Brust, und sein weisses ungewaschenes Haar hatte er zu einem guten Teil unter einem breitkrempigen Basthut verborgen. Sein alter knarrender Holzwagen wurde von einem müden Gaul gezogen. Der Wagen war vorwiegend mit Nahrungsmitteln bela-

den und einigen Dingen, welche unter einer dicken Wolldecke verborgen waren. Die verwunderten Blicke der Stadtbewohner nahm er nicht wahr und fuhr den Weg hinauf zum Goldenen Fuchs. Mehrere Kinder eilten dem Wagen nach, schliesslich erzählte ihnen der bärtige Mann meist bei seinem grossen Schwarzbier im Goldenen Fuchs einige Märchen. Ging es etwas länger, konnten aus diesem einen Krug auch einige mehr werden.

Grindor verliess sein Zimmer, als er den alten Holzwagen nicht mehr sah. Nachdem er einen Happen gegessen hatte, verliess er das Haus mürrisch in Richtung Rathaus. Endlich konnte er wieder den alten Holzsteg zwischen den Hausdächern benutzen, und er würde nicht wieder so lange gehen müssen, bis er endlich bei der Arbeit ankam. Der Schnee war abgetaut und die Tritte trocken, ansonsten gab es immer wieder jemanden, der zur Belustigung der Anwesenden den Steg in eine Rutschbahn verwandelte.

Am Abend machte er sich nach der Arbeit auf den Weg zur Kaserne. Als er dort ankam, sah er gerade seinen Bruder in einem Streit mit Fredgar, dem Sohn des Bürgermeisters, und mit Philipp, welche beide aus irgendeinem Grund wütend auf Larior zu sein schienen. Irgendetwas schien die Burschen zu entzweien, doch interessierte es den Schreiberling gar nicht. Das einzige, was ihm sauer aufstiess, war die Tatsache, dass sich sein Bruder mit dem Sohn seines Chefs anlegte.

Als er nach den mühsamen Anstrengungen in der Kaserne nach Hause kam, packte er Larior, welcher bereits beim Nachtessen sass, an der Schulter und fuhr ihn an: „Such dir jemand anderen zum Streiten aus und nicht den Sohn des Bürgermeisters. Solltest du noch einmal meine Arbeitsstelle auf diese Art gefährden, werde ich dafür sorgen, dass du es nicht mehr tust!"

„Du könntest mir dankbar sein, wenn du deine armselige Arbeit verlierst", erwiderte Larior in beiläufigem Tonfall.
„Diese Stelle eröffnet mir die Möglichkeit, vielleicht selbst irgendwann Bürger- oder Schatzmeister zu werden", widersprach Grindor erzürnt und verschwand ohne etwas zu essen oder zu trinken in seiner Kammer.
Der nächste Tag war ein durchzogener, Nebelschwanden verhangener Tag, dessen Stimmung das Gemüt jedes Bürgers Gar in trübte. Statt des hellen Glockengeläuts des vorigen Tages hörte man nur das dumpfe Schlagen der Rathausglocke. Schon früh am Morgen fuhren die ersten Wagen in die Stadt, viele brachten Truthähne und andere leckere Dinge, welche für das Frühlingsfest bestimmt waren. Auf dem Platz vor dem Goldenen Fuchs bauten ein paar Männer eifrig eine einfache Holzbühne auf. Philipp half seinem Vater, einem der anwesenden Schreiner, beim Tragen der schweren Balken. Alles lief auf Hochtouren, um das bevorstehende Fest zu einem ganz besonderen zu machen. Links neben der Bühne wurden zwei grosse verzierte Töpfe aufgestellt, gleich neben dem Anschlagsbrett, auf dem Neuigkeiten aus dem ganzen Garland aufgehängt wurden. Der eine Topf war für jene bestimmt, welche sich freiwillig für den Kriegsdienst melden wollten, der andere für jene, die ihn antreten mussten, sollte es nicht genug Freiwillige geben. Jeder Bürger bekam ein Eisentäfelchen mit seinem Namen, welches er in einen dieser Töpfe werfen musste.
Fredgar und Gustav gingen nach der Schule am Morgen mit ihren beiden Namenstäfelchen dorthin, wobei sie warteten, bis die Mädchen vorbeigingen, um dann so zu tun, als wären sie Helden. Also warfen sie ihre Namen in jenen Topf, welcher für die Freiwilligen bestimmt war. Fast im gleichen Augenblick kam Larior über den Platz vor dem Goldenen Fuchs

gelaufen. Er sollte im Gasthaus von einem Mann in einem dunkelbraunen Mantel etwas holen gehen, so hatte es ihm sein Vater aufgetragen. Als er schweigend an den Töpfen vorbeiging, rief ihm Fredgar zu: „Haben wir hier ein feiges Huhn, welches es sich nicht getraut seinen Namen einzuwerfen? Kein Mut mehr vorhanden bei jenen, die einst zu diesen Vagabunden im Wald gehörten?"

Gustav lachte höhnisch und wartete, bis nebenan einige Mädchen kicherten und ihn beeindruckt ansahen. Als Larior unbeirrt weiterging und sie nicht beachtete, rannte ihm Fredgar nach und sprang ihm in den Rücken. Der Sohn des Schmiedes jedoch hatte das erwartet und holte zu einem Haken gegen den in die Luft springenden Fredgar aus. Anstatt Lariors Gesicht auf die Steine zu schlagen, traf ihn nun dessen Faust im Gesicht, und er konnte sich nur noch knapp auf den Beinen halten. Taumelnd schrie er Larior voller Wut ins Gesicht: „Dir werde ich's zeigen! Nun sieh zu, wie es Männer machen, die keine Feiglinge sind!"

Fredgar holte gerade mit der Faust aus, als sich sein gegenüber zur Abwehr bereitmachte. Allerdings wurde Larior plötzlich hart von hinten umklammert, und der Sohn des Bürgermeisters schlug ihm mehrmals ins Gesicht. Gustav hatte sich hinter ihr Opfer geschlichen und umklammerte den jungen Schmied, während er höhnisch lachte. Als Fredgar zum fünften Mal mit voller Wucht in das Gesicht des wehrlosen Larior schlagen wollte, wurde sein Arm kräftig von hinten umgriffen und ihm auf den Rücken gedreht.

Erst jetzt sah Fredgar, dass einige Stadtwachen herbeigeeilt waren. Er wurde aber nicht von einem Mann der Stadtwache festgehalten. Als der Griff etwas lockerte, konnte er sich umdrehen, und er sah in ein düsteres Gesicht, welches unter einer Kapuze verborgen war. Die Augen dieses Gesichts glühten vor Wut, und Fredgar hatte das Gefühl, vom Blick durchbohrt zu werden. Hilfesuchend sah er sich nach Gustav um. Doch dieser war schnell in eine Gasse geflüchtet. Während der Mann im dunklen Mantel Fredgar losliess, kamen die Stadtwachen herbei. Hildebrand war einer von ihnen. Er packte den Burschen, obwohl er der Sohn des Bürgermeisters war und zog ihn mit sich. Allerdings schien sich keiner der Wachen in die Nähe des geheimnisvollen Mannes zu wagen. Zudem versuchte keiner, Larior aufzuhalten, als ihm der Mann im dunklen Mantel ein Zeichen gab, ihm zum Goldenen Fuchs zu folgen. Lariors Strickjacke war blutverschmiert, er blutete aus der Nase, während über seine Wange ein weiteres Rinnsal rann. Hildebrand sah gerade noch, wie der Mann Larior ein Taschentuch gab, womit sich dieser das Gesicht abwischen konnte, bevor sie den Goldenen Fuchs betraten.

„Hast du mich gesucht?", fragte der Mann beim Hineingehen und fuhr fort, „mein Name ist Haldrior, ich bin ein guter Freund deines Vaters."

„Ja", antwortete Larior mit schmerzverzerrtem Gesicht, „mein Vater sagte mir, ich solle Euch ein Dokument bringen."

Nachdem sie hineingegangen waren, bestellte sich Haldrior an der Theke einen Krug Bier und wartete, bis ihm Larior eine Schriftrolle hinstreckte, welche dieser in einer seiner tiefen Manteltaschen verschwinden liess. Sie war mit einem feinen Siegel verschlossen, doch hatte der Junge nicht genau erkennen können, was darauf abgebildet war.

Als er die Rolle erhalten hatte, begann Haldrior: „Du kannst mich ruhig du nennen und nicht „Euch", schliesslich kennen Arior und ich uns schon sehr lange. Ausserdem beruhige dich und denke nicht die ganze Zeit daran, diesem Schuft eine

reinzuhauen. Du kannst jemanden in einem kurzen Zweikampf weniger fertigmachen als wenn du es über längere Zeit tust. Habe nur Geduld."
Larior beruhigte sich langsam und fragte den Jäger: „Was steht eigentlich auf dieser Schriftrolle?"
„Das weiss ich selbst noch nicht und ich werde es dir auch nicht sagen, wenn ich es gelesen habe", entgegnete Haldrior bestimmt.
Larior beliess es bei dem und fragte Haldrior nicht weiter über die Schriftrolle aus. Allerdings wollte er noch so einiges von diesem Jäger wissen und sah ihn neugierig an.
„Wie lange kennst du meinen Vater schon?", lautete die Frage von Ariors Sohn. Darauf antwortete Haldrior in einem geheimnisvollen leisen Ton: „Eine sehr lange Zeit, länger als es sich die Leute hier vorstellen können, doch werde ich dir jetzt nichts Genaueres darüber erzählen."
Der Anführer der Jäger musste lachen, weil Larior eine Grimasse zog, als er nicht mit der geheimnisvollen Antwort zufrieden war. Larior merkte aber, dass er nichts mehr aus Haldrior herausbrachte und gab sich mit der Antwort zufrieden. Haldrior nahm noch den letzten Schluck aus seinem hohen Krug und bezahlte, bevor sie den Goldenen Fuchs in Richtung Schmiede verliessen.
Der Nebel hatte sich aufgelockert, und einzelne Sonnenstrahlen trafen den Brunnen vor dem Goldenen Fuchs. Das unruhige Wasser darin liess die Sonnenstrahlen wild an den Häusern rund herum tanzen. Einige Wachen kamen aus der Kaserne, um ihre Schicht auf dem Aussichtsposten zuoberst auf dem Hügel anzutreten und gingen im Marschschritt an den beiden vorbei, wobei einige misstrauisch und fast ängstlich den Mann in seinem braunen Mantel betrachteten.

Zusammen gingen Haldrior und Larior die Stadt hinunter zur Schmiede, vorbei an den zahlreichen Häusern und Werkstätten. Zuhause angekommen, trat Larior ein und rief seinem Vater zu, welcher in der Schmiede war, doch dieser hörte ihn unter dem Lärm der Hammerschläge nicht. So ging der Junge in die Schmiede. Zuerst schien Arior sich nicht von seiner Arbeit abringen lassen zu wollen, doch änderte er seine Meinung sofort, als er den Namen Haldriors hörte.

„Biete ihm doch schon etwas an, ich muss noch dieses Schwert fertig hämmern, dann komme ich auch zu euch", sagte Arior zu seinem Sohn.

Erst jetzt sah Larior, dass in der Schmiede zwei Reihen Schwerter standen, die vordere so wie jene, die Arior immer für die Stadtwache anfertigte, die hintere jedoch bestand aus dünneren Schwertern, welche leichter zu sein schienen, jedoch mindestens so stabil wie die anderen. Die eleganten Schwerter glänzten hell im Licht des Feuers, während die vorderen nur leicht schimmerten.

Daraufhin begab sich Larior zurück ins Wohnzimmer und bot Haldrior einen Krug Bier an, welchen dieser noch so gerne annahm. Kurz darauf kam auch Arior zu ihnen und setzte sich an den langen Küchentisch. Er und Haldrior begrüssten sich in der Sprache der Jäger, in welcher sie sich dann auch weiterhin unterhielten.

„Wie viele kannst du für uns schmieden?", lautete Haldriors erste Frage, bevor er überhaupt erwähnte, um was es ging.

„Das kommt darauf an, wie viel Stahl du mir aus Dailron bringst", erwiderte Arior mit zweifelnder Miene.

Darauf entgegnete Haldrior bestimmt: „Die Gnome werden uns genug Dailronera liefern, wenn wir gegen die Skralgas in den Krieg ziehen."

Arior sah den Jäger fragend an: „Können wir ebenfalls auf die Unterstützung von König Bosurus zählen? Wird er ebenfalls an unserer Seite in den Krieg ziehen?"

„Der alte Graubart will uns Stahl liefern, doch wird er uns nicht in den Krieg folgen, ehe nicht der König seinen Anspruch auf den Thron von Marsat geltend macht", erklärte Haldrior nachdenklich, „und leider bleibt mir nicht genug Zeit, diese schwierige Aufgabe zu übernehmen, und die Gnome vertrauen einzig und alleine der Linie der Könige, welche bereits erloschen ist. Selbst als Statthalter hätte ich Mühe, ihr Vertrauen zu gewinnen."

„Dann müssen die Menschen von Cammal noch mehr Tapferkeit unter Beweis stellen, doch fürchte ich, dass Urak einige von ihnen in sinnlosen Rückeroberungsversuchen in den Tod schickt", gab Arior zu bedenken.

Daraufhin meinte der alte Jäger: „Wir haben nicht genug Menschen von unserem Volke zur Verfügung, doch können wir uns mit jenen aus den Städten womöglich verstärken und die jungen Handwerker und Bauern vom Schlimmsten bewahren, jene, die nicht wissen, gegen wen sie fern von ihrer Heimat jenseits des Grossen Flusses in der Fremde kämpfen müssen."

„Bist du dir sicher, dass alle deinem Ruf folgen werden, schliesslich gibt es jene wie Triar, welche Cammal und seinen König verabscheuen!", zweifelte Arior die Worte seines alten Freundes an.

Mit einem geheimnisvollen Unterton erwiderte Haldrior jedoch: „Man kann sich niemals sicher sein, doch sind diese Jäger jene, welche die treusten sind, und sie würden in den Tod gehen, sollte ich es ihnen befehlen. Der Hass auf Cammal ist geringer als ihre Treue dem rechtmässigen Erben Marsats gegenüber."

Larior sass ehrfürchtig neben ihnen, er hätte niemals gedacht, dass jener in einen dunkeln Mantel gehüllte Mann aus dem Goldenen Fuchs eine solche Macht besitzen würde, wie er nun hörte. Das Scheinbild eines Landstreichers, doch darunter ein mächtiger Edelmann.
Nach weiterem Wortwechsel verabschiedete sich Haldrior von Arior. Bevor der Jäger das Haus verliess, brachte ihm Arior in einem Tuch zu einem Bündel zusammengebunden jene Schwerter, welche er bereits gefertigt hatte. Zum Abschied rief Haldrior Arior noch zu: „Wahrscheinlich wird der Dailronera Stahl innerhalb der nächsten Wochen gebracht. Sei bereit, wir ziehen in einem Monat zur gleichen Zeit wie die Truppen Cammals in den Krieg und brauchen genug Waffen."
Draussen auf der Strasse rollte gerade ein Wagen vorbei, es war der alte Maral, dessen weissgrauer Bart im Wind flatterte. Sein altes Gesicht schien viele Geschichten gesehen und erlebt zu haben, doch strahlten seine Augen beinahe jugendlichen Übermut aus.
Während Arior kaum erstaunt war, blieb Lariors Mund offen stehen, als er sah, dass Haldrior das Bündel auf Marals Wagen warf und sich dann selbst darauf schwang. Beide winkten vom Wagen aus Arior und Larior noch einmal zu, bevor sie holpernd auf das Tor zufuhren. Klappernd entfernte sich das Fuhrwerk langsam, bis es schliesslich nicht mehr zu sehen war und Arior zusammen mit seinem Sohn wieder ins Haus trat.

In den nächsten Tagen warf Fredgar Larior nur böse Blicke zu, doch traute er sich nicht etwas zu sagen, geschweige denn den Versuch zu unternehmen, ihn wieder zusammenzuschlagen. Fredgar selbst kam nur deshalb um die Hilfsarbeit beim Polieren von Schwertern und Rüstungen herum, weil sein Vater Bürgermeister war und der Hauptmann seine guten Beziehungen zu ihm nicht gefährden wollte. Das grössere Problem war es jedoch für Grindor, der für den Stadtherrn arbeiten musste. Der Bürgermeister liess ihn nun, um die Blossstellung seines Sohnes zu rächen, noch mehr schuften als sonst und schien nie mit der Arbeit seines Schreiberlings zufrieden zu sein.

Die Vorbereitungen für das Frühlingsfest liefen auf Hochtouren, Grindor musste mehrere Reden für den Bürgermeister niederschreiben. Als er hoffte, dass die perfekte Rede endlich zur Zufriedenheit bereitlag, traf zwei Tage vor dem Fest ein Bote aus Cammal ein. Dieser überbrachte dem Bürgermeister ein Schreiben mit einem Brief vom Hofe, den er in die Rede einfügen musste. Es war ein moralisierender Text für eine Rede, mit welcher der König bewirken wollte, dass das Volk hinter dem Krieg stand und nicht auf die Idee käme, sich in jener Zeit, in welcher die Soldaten fernab ihrer Heimat waren, gegen die königliche Autorität aufzulehnen.

Deshalb musste Grindor auf Befehl des Bürgermeisters die gesamte Rede noch an diesem Nachmittag umschreiben. Dafür durfte er die abendliche Übungseinheit in der Kaserne auslassen, dennoch kam er nicht schnell genug mit Schreiben voran. Während der Bürgermeister neben ihm besondere Ausschnitte aus seiner Rede einübte, schrieb Gindor im Kerzenlicht Zeile um Zeile mühsam mit der Schwanenfeder auf das raue Papier. Es schien ihm, als würde er sich nur noch damit beschäftigen, den Kiel eins ums andere Mal in die schwarze Tinte zu tunken, während es draussen vor den gläsernen Fenstern dunkler und allmählich Nacht wurde. Und der Schreiber hatte seine Arbeit immer noch nicht fertig. Der

Bürgermeister war mit seiner Pfeife im Mund eingenickt, während Grindor zum letzten Mal die Feder ins Fässchen tunkte.

Im Licht der brennenden Strassenlaternen karrten einige Wagen durch die Strassen der Stadt und brachten frische Früchte von der Küste. Es hiess, einige dieser Früchte kämen mit Schiffen von jenseits der Sonnenberge aus einem warmen Land.

Endlich, als Grindor schon fast einnickte, war der Bürgermeister mit dem Text zufrieden, sodass Grindor sich müde auf den Heimweg machen konnte. Aus dem Goldenen Fuchs schallte Gelächter von den Stammtischen. Grindor jedoch war zu müde, um sich zu seinen Altersgenossen zu gesellen, die nach den harten Stunden in der Kaserne ein paar Krüge Bier genossen. Als er zuhause ankam, schien niemand mehr wach zu sein, doch hörte er ein Klimpern aus der Schmiede. Aus Angst, ein Dieb könnte in die Schmiede eingedrungen sein, ergriff er das Schwert, welches sein Vater vorsichtshalber immer hinter der Türe stehen hatte. Langsam öffnete er die Tür zur Werkstatt und sah vorsichtig in den dunklen Raum. Dort sah er eine Klinge aufblitzen, die sich aber nicht in seine Richtung bewegte, sondern nur elegant durch die Luft glitt. Daraufhin kehrte sich die Gestalt um, und erst jetzt erkannte Grindor, dass es sein Bruder war. Er atmete erleichtert auf und brüllte seinen Bruder ärgerlich an: „Könntest du das nächste Mal vielleicht eine Kerze anzünden, ich habe dich für einen Einbrecher gehalten. Was machst du eigentlich um diese Uhrzeit hier unten?"

„Ich arbeite an meiner Kampftechnik", gab Larior erschöpft zur Antwort.

Nun fiel Grindor auf, dass das Schwert, das sein jüngerer Bruder in der Hand hielt, weder so aussah, wie jene, welche sein

Vater für die Stadtwache schmiedete, noch so wie jene, welche die Jäger trugen. Die Klinge schien noch dünner zu sein als jene der Schwerter, die für die Jäger bestimmt waren. Das Heft hatte hinten einen runden Knauf, und auf beiden Seiten war es zur Klinge hin gebogen.
„Woher hast du dieses Schwert?", fragte Grindor misstrauisch seinen Bruder.
„Selbst gemacht", erwiderte Larior knapp auf die Frage seines Bruders. Grindor gab seinem Bruder mit dem Hinunterziehen seines Augenlieds das Zeichen, dass er ihm nicht glaubte und meinte: „Guter Witz. Sag ehrlich, woher hast du das? Du hast es doch nicht etwa gestohlen?"
„Mir ist egal, was du denkst", erwiderte Larior verärgert, und beliess es bei diesen Worten, denn er war zu müde um zu streiten.
Beide tranken in der Küche noch eine Tasse Milch, bevor sie in ihren Zimmern verschwanden und sich in ihre Decken kuschelten. Grindor war sogar zu müde, um seinem Bruder noch vorzuhalten, er müsste nun wegen seinem Zwist mit Fredgar härter und länger arbeiten.

Elftes Kapitel - Morgenüberraschung

Der nächste Tag war zum Glück für Larior schulfrei, dafür wurden die letzten Übungseinheiten in der Kaserne abgehalten, um bereit zu sein für das Turnier, welches am Frühlingsfest stattfinden sollte. Natürlich war allen klar, dass die Soldaten der Stadtwache gewinnen würden, doch wollten sie bei den Mädchen am Wettkampftag dennoch Eindruck schinden.
Nach den Übungseinheiten in der Kaserne mussten sie noch Bänke und Tische aufstellen und helfen, die Bierfässer aus dem Keller des Goldenen Fuchses hinaus auf den Platz zu bringen. Eine breite Rampe führte aus dem Keller hinaus auf den Platz und erleichterte es den Burschen, den Malzsaft hinauszurollen. Grindor seinerseits war darum besorgt, die Antworten auf die Einladungen an die Ehrengäste durchzugehen und seinem Chef zu berichten, wer zugesagt hatte. Der Bürgermeister hatte es sich schliesslich zum Ziel gesetzt, möglichst hohe Edelleute aus dem ganzen Reich auf sein Fest zu laden. Eigentlich hatte der Bürgermeister gehofft, dass Ritter Haldak seiner Stadt auch diesmal die Ehre erweisen würde, sie zu besuchen. Doch vom Hofe aus Cammal kam eine Absage, Haldak wäre damit beschäftigt, die Grenzen des Reiches zu verteidigen. Eine weitere Einladung war an die Prinzessin gerichtet, jene Hofdame, die als schönste Frau im ganzen Reich und weit über die Grenzen hinaus galt. Zusagen kamen aus Meerschlossfels von Mendrieno, dem Sohn des

Grafen Jandraer und der Gräfin Mardena. Der Graf selbst sagte ab, da er seine Truppen für den Krieg rüsten müsse. Hingegen berichtete Brenfred, der Graf von Garlendburg, einer Grafschaft direkt nördlich von Gar, er komme zusammen mit seiner Frau. Bei weiteren Antworten war auch eine, welche Grindor ins Stocken kommen liess. Sie trug das Königliche Siegel, den Drachen, eingegraben im Siegelwachs. Grindor rief aufgeregt den Bürgermeister zu sich, welcher beim Anblick zu zittern begann und kaum den Brief öffnen konnte. Er gab ihn Grindor, welcher den Brief laut vorlesen sollte. Dieser begann mit ehrfurchtsvoller Stimme laut vorzulesen:

Sehr geehrter Bürgermeister Feldengar von Gar

Ich, Prinz Arak von Cammal, werde eurem Frühlingsfest im Namen meines Vaters König Urak des Prächtigen von Cammal gerne beiwohnen.
Jedoch bitte ich Euch darum, mein Kommen geheim zu halten, da ich auf meiner Reise keine grösseren Störungen will.
Ich komme, da unser Reich auf Ihre Unterstützung angewiesen ist und Haldak leider des ehrenvollen Kampfes wegen absagen muss.
Ich selbst bin froh, einmal einem frohen Fest beiwohnen zu können, nachdem ich im Krieg so viel Leid gesehen habe.
Ich wäre froh, wenn ich einige Worte an jene richten dürfte, welche in den ruhmreichen Kampf für die Freiheit und Ehre unseres Reiches ziehen werden, sie sollen wissen, dass unserem König ihr Schicksal am Herzen liegt.

Ich werde vermutlich in den frühen Morgenstunden des Königstages eintreffen. Wo ich zuvor lagere, halte ich aus Sicherheitsgründen geheim, auch wenn mich vier Soldaten aus der Hofgarde und fünfundzwanzig weitere Soldaten aus der majestätischen Armee begleiten. Ich will vermeiden, dass ihr Blut durch Plünderer vergossen wird. Wir werden Mäntel tragen und nicht nach höfischen Sitten reisen. Am Fest jedoch werden wir nach höfischem Gebrauch gekleidet sein.

A kendram carai harai geschrieben von Fridol, dem Schreiber seiner Majestät.

Das Gesicht des Bürgermeisters leuchtete vor Stolz und Vorfreude. Sofort sandte er einen Botenjungen aus, um den Hauptmann zu sich kommen zu lassen. Während er wartete, diktierte er Grindor eine Begrüssungsrede, welche dieser mit schmerzendem Handgelenk niederschrieb. Kurz nachdem der Anfang geschrieben war, trat Bodgar mit einem Wachtmeister ein. Der Bürgermeister gab seinem Hauptmann den Brief in die Hand, dessen Augen ebenfalls zu glänzen begannen, doch wurde er sogleich nervös.
Nachdem der Hauptmann den Brief fertig gelesen hatte, begann der Bürgermeister hastig mit ihm zu sprechen und fuchtelte wild mit den Armen.
„Ich erwarte von dir, dass du den ganzen Weg, den der Prinz von der Grenze Garlands bis zu den Toren unserer Stadt zurücklegen muss, sicherst!" befahl der Bürgermeister. Nachdem er sich etwas beruhigt hatte, fuhr er fort: „Nimm deine besten Männer! Auf keinen Fall dürfen der Prinz und sein Gefolge in unserem Gebiet zu Schaden kommen, der König würde die ganze Stadt bestrafen, wenn seinem Erben hier

etwas zustossen sollte. Der Ruf unserer Stadtwache wäre ebenfalls ruiniert und ihr Hauptmann seine Stellung los."
Den letzten Satz sagte er leise, aber mit drohender Stimme.
„Ich werde Euch nicht enttäuschen", entgegnete der Hauptmann kleinlaut, „wenn es sein muss, sorge ich dafür, dass meine Männer ihr Leben dafür geben werden, um jene zu schützen, welche aus Cammal zu uns kommen um uns zu beehren."
Nun flüsterte der Bürgermeister dem Hauptmann etwas Bedrohliches ins Ohr. Grindor konnte einige Worte knapp verstehen: „Das will ich auch hoffen, Bodgar, denn sonst werde ich dich persönlich aus dem Dienst entlassen", hörte Grindor den Bürgermeister mit zischender Stimme befehlen, „und sollte jemand etwas an irgendwelche Banditen verraten, so wird nicht nur der Schuldige wegen Hochverrats angeklagt, sondern vermutlich auch wir. Du weisst, was das heisst. Also bringe den Prinzen sicher nach Gar, um unserer beider Karrieren und Leben zu schützen."
Der Hauptmann verliess den Raum, und der Wachtmeister folgte ihm. Draussen fuhren soeben mehrere Wagen mit frischem Fleisch von einem Gehöft auf der Ebene in Richtung Festplatz.
Nachdem Grindor alle Dokumente fertig geschrieben hatte, liess ihn der Bürgermeister gehen und den schönen Frühlingsabend noch geniessen. Der junge Schreiber entschloss sich, dem Grünbach entlang zum Sonnenweiher zu schlendern, welcher nicht weit von Gar entfernt war. Dort angekommen, lehnte er sich an eine alte Eiche und genoss die letzten Sonnenstrahlen des Tages, während er leise vor sich hin pfiff und müde mit den Fingern auf das massive Holz des alten Baumes trommelte.

Während sein Bruder am Sonnenweiher sass, machte sich Larior, nachdem alle Bänke aufgestellt waren, auf den Weg zur alten Festung auf dem Hügel. Die zerfallenen Türme standen in den letzten goldenen Strahlen des Frühlingtages und glühten regelrecht über der Ebene.

Oben angekommen, wurde er von Trendior freudig begrüsst. Dieser war alleine mit Greiair in der Ruine und hatte gerade einen Bratspiess verdrückt.

Lachend stiess Trendior den Holzschutz über seine Klinge, und Larior zog seine ebenfalls bedeckte Klinge aus der Scheide. Innerhalb kürzester Zeit trafen ihre Schwerter aufeinander, sodass das Klirren in den Mauern der Ruine widerhallte. Trendior war von Lariors Geschwindigkeit überrascht, und als ihm dieser plötzlich das Schwert auf die Seite drückte und ihm seines an die Kehle hielt, gab er verwundert allen Widerstand auf.

„Woher hast du dieses Schwert?", fragte er wie Grindor in der Nacht zuvor. Larior erwiderte daraufhin verwundert: „Selbst gemacht, warum fragen mich das eigentlich alle?"

„Weil ich noch nie ein so dünnes Schwert gesehen habe, welches doch so stabil ist. Ich dachte, unsere Schwerter seien die dünnsten, leichtesten und stabilsten, da ich sie immer nur neben den gewöhnlichen Schwertern gesehen habe, deines jedoch übertrifft alle."

Trendior nahm Lariors Schwert und wirbelte es kräftig in der Luft herum. Erstaunt rief er aus: „Das Schwert ist so leicht, wie hast du das nur geschafft? Ich dachte, dein Vater würde aus dem Dailronera Stahl die dünnstmöglichen Schwerter machen, und jetzt kommst du und machst aus dem gleichen Stahl eines deiner ersten Schwerter noch dünner und leichter als es dein Vater kann, selbst die Ausbalancierung scheint nahezu perfekt zu sein. Verrätst du mir dein Geheimnis?"

„Nein", antwortete Larior harsch, wurde dann jedoch wieder etwas milder, „mein Vater hat mir gesagt, das Geheimnis müsse in der Familie bleiben, und ich werde es auch für mich behalten."

Darauf kämpften beide wieder gegeneinander, bis das Holz an den Schutzstreifen zu splittern begann und sie allmählich kaum mehr ihre müden Schultern bewegen konnten. Lariors Selbsttraining hatte sich gelohnt, nun war er es, welcher mehr Treffer landete. Trendior war ganz verwundert, doch sah er die Entschlossenheit in Lariors Blick, die noch stärker zu sein schien als beim letzten Mal, als sie miteinander gekämpft hatten. Die Zeit verging, und die letzten Sonnenstrahlen verschwanden, bis der Hügel schliesslich ganz im Schatten lag. Müde stützten sie sich auf ihre Schwerter, worauf sich Larior schliesslich verabschiedete und sich voller Stolz auf den Weg zurück in die, nach den Festvorbereitungen ruhig daliegende, Stadt machte.

Die meisten Einwohner ruhten sich aus, da sie am nächsten Tag weit in die Nacht hinein feiern wollten. Larior und Grindor gingen zusammen noch einmal auf den Festplatz und sahen sich den Turnierplatz an. Darauf meinte Grindor fragend zu seinem Bruder: „Wirst du mit deinem selbstgeschmiedeten Schwert antreten?"

Beim letzten Teil seines Satzes verfiel er in einen ironischen Tonfall, denn er glaubte seinem Bruder immer noch nicht, dass er das Schwert selbst gefertigt hatte.

„Natürlich, mit diesem Schwert habe ich grosse Vorteile", gab ihm dieser zur Antwort und sah sich um.

Auf einmal trat von hinten Hildebrand an sie heran und bemerkte zu Larior: „Du darfst nicht mit einem eigenen Schwert kämpfen, du musst ebenso eines aus dem Bestand der Stadtwache nehmen wie ich und alle anderen auch."

Larior wollte gerade etwas erwidern, als Hildebrand ihm zuvorkam und zu erklären begann: „Das steht in den Regeln, die kann man nicht ändern. Jeder muss mit einem Schwert der Stadtwache antreten, es gibt keine Ausnahmen."
Enttäuscht verliess Larior den Platz zusammen mit seinem Bruder, und sie schlenderten nach Hause. Im Schmiedehaus stand bereits eine feine Gemüsesuppe mit gebratenem Speck bereit. Es war das erste Mal seit fast einer Woche, dass sie zu viert am Tisch sassen, da Grindor immer erst sehr spät nach Hause kam, doch heute lachten sie alle zusammen. Grindor erzählte, dass Prinz Arak kommen würde und dass sie diese Nachricht auf keinen Fall weiterverbreiten dürften. Nach dem Abendessen legten sich alle müde ins Bett und hüllten sich in ihre warmen Decken. Obwohl Larior sehr erschöpft war, konnte er nicht schlafen und wälzte sich wild hin und her. Er war nervös wegen des Turniers am nächsten Tag. Obwohl seine Aussichten darauf standen, vermutlich schon in der ersten Runde auszuscheiden, wollte er so weit wie möglich kommen. Besonders hoffte er, er könnte gegen Fredgar antreten und ihn vor den Augen aller besiegen. Schliesslich wurde er endlich ruhig und dachte sich, dass seine Schwertkünste mit seinem eigenen Schwert weit über jenen seiner Konkurrenten lagen. Er war überzeugt, dass er seine Fähigkeiten später bei weit wichtigeren Kämpfen unter Beweis stellen könnte und dieses Turnier für ihn kaum von Bedeutung war, obwohl es das erste Mal war, dass er an einem Wettkampf focht, ausgenommen die Zweikämpfe mit Trendior, Greiair oder seinem Bruder. Zudem wurde er von der Nachricht seines Bruders motiviert, der Prinz würde anwesend sein. Der jüngere Sohn des Schmieds wollte unbedingt so weit kommen, dass sich der Prinz seinen Namen

merken würde. Larior wurde langsam ruhiger, klärte seinen Kopf und schlief dann friedlich ein.

Am frühen Morgen des nächsten Tages wurde die gesamte Stadt von hellem Glockengebimmel aufgeweckt. Obwohl die Stadt noch in der Morgendämmerung lag, befanden sich bereits viele Leute auf der Strasse. Es schien ein wunderschöner Tag zu werden. Die letzten Umrisse des Mondes verschwanden in der Morgendämmerung, und es ging nicht mehr lange bis zum Sonnenaufgang.

Grindor machte sich schon früh auf den Weg ins Rathaus, um die Rede für den Bürgermeister bereit zu legen. Gerade als er an den Wachen vor dem Rathaus vorbeiging, hörte er laute Hufschläge vom Tor herauf donnern. Da waren sie, dreissig Männer, umhüllt mit dunklen Mänteln, hoch auf edlen Streitrössern. Einige waren Recken, bei deren Anblick die Soldaten der Stadtwache zurückwichen und ehrfürchtig erstarrten. Zuerst sah Grindor, wie der Trupp beim Tor aufgehalten wurde, doch trat sogleich Hauptmann Bodgar heran, worauf sich die Männer frei weiter bewegen konnten. Der Bürgermeister trat aus dem Rathaus heraus. Freudig strahlend machte er sich für die Begrüssung des Prinzen und seines Gefolges bereit. Der Trupp kam vor der Treppe des herausgeputzten Rathauses zu stehen.

Als Erster stieg einer der mittleren Reiter vom Pferd. Unter seinem Mantel klimperte ein schweres Kettenhemd. Er war mindestens einen Kopf grösser als Gars Bürgermeister und weit breitschultriger als die Recken der Stadtwache. Unter seiner Kapuze sah man sein braunblondes schulterlanges Haar. Grindor schätzte sein Alter etwa so wie sein eigenes, doch sein Gesicht war bereits von Kämpfen gezeichnet.

Nachdem alle anderen Soldaten ebenfalls von ihren Pferden heruntergestiegen waren, ging der grosse kräftige Recke die

Stufen zum Bürgermeister hinauf. Dieser begrüsste den Mann, welcher inzwischen seine Kapuze zurückgeschlagen hatte und nun breitbeinig vor Feldengar stand.

„Seid gegrüsst, edler Soldat", begann der Bürgermeister mit kraftvoller Stimme zu dem Soldaten vor ihm, „es würde mich freuen, wenn ich persönlich mit seiner Majestät, dem Prinzen von Cammal sprechen könnte."

Darauf antwortete der junge Mann: „Er steht vor Euch, mein Name ist Arak, Prinz von Cammal, Oberbefehlshaber seiner majestätischen Armee und Erbe des Throns."

Der Bürgermeister lief rot an und sah beschämt zu Boden. Er hätte nie gedacht, dass der Prinz noch so jung war, nicht einmal viel älter als sein eigener Sohn. Er hatte sich den Prinzen älter vorgestellt, vielleicht nicht viel, doch mindestens älter als zwanzig. Daraufhin entschuldigte er sich mit unsicherer Stimme: „Tut mir Leid, Eure Hoheit, dass ich Euch nicht erkannt habe. Verzeiht mir bitte."

Immer noch mit beschämter Miene verbog er sich vor Arak mit einem Knicks. Dieser antwortete seinerseits: „Schon gut, Herr Bürgermeister, diese Einschätzung passiert fast jedem, der mich zum ersten Mal sieht, schliesslich bin ich jünger als viele es von mir erwarten."

In der Zwischenzeit waren die Pferde im Stall neben der Kaserne untergebracht worden, erhielten frisches Futter und frisches Wasser. Der Bürgermeister machte sich zusammen mit dem Prinzen und dessen Gefolge auf den Weg hinauf zum Festplatz. Die Mäntel wurden den Soldaten auf dem Weg abgenommen und sicher im Rathaus aufgehoben.

Sie alle trugen einen Eisenharnisch über ihren Kettenhemden. Über ihre Lederstiefel waren massive Beinschienen gebunden. Über alles trugen sie ein rotes Waffenhemd, das auf der Brust den goldenen Drachen, das Wappen des Königs, eingestickt zeigte. Die Rüstungen der vier Hofgardisten sahen etwas anders aus, sie schienen leichter und waren eleganter gefertigt. Bevor sie sich an den Tisch der Ehrengäste gesellten, konnten sie ihre Rüstungen im Goldenen Fuchs ablegen. Nun trugen sie noch ihre Schwerter, da sie weiterhin die Aufgabe hatten, den Prinzen zu schützen. Einige blickten sich immer wieder wachsam um und musterten die ganze Umgebung, dann setzten sie sich an den Tisch der Ehrengäste. Zuoberst an der Tafel wurde der Platz für den Prinzen hergerichtet, der Bürgermeister sass zu seiner Rechten. Die Tafel war reichlich mit Konfitüre, Brot, Milch, Kaffee, Käse, Trockenfleisch und zahlreichen weiteren auserlesenen Speisen und Getränken gedeckt. Neidisch blickten die einfachen Bürger der Stadt zu jenem Tisch hinüber und linsten auf die süssen Früchten, die wohl von weit hergebracht worden waren.

Grindor folgte nach etwa einer halben Stunde den Soldaten und Prinz Arak auf den Festplatz. Dort musste er die Rede des Bürgermeisters auf dem Rednerpult bereitlegen, die Feldengar vortragen wollte, sobald sich alle Bürger eingefunden hatten. Grindor hasste es, wenn er so ausgestellt war und sich nicht verstecken konnte. Viele schauten ihm zu, wie er hastig auf der Bühne die Papiere ordnete, die immer wieder mit dem Wind davon zu flattern drohten. Am Tisch ganz in der Nähe tuschelten einige etwa gleichaltrige Mädchen vermutlich über ihn. Er wurde nervöser, durch seine hastigen Bewegungen und den feinen Luftzug verteilten sich einige Blätter auf der Bühne. Er hatte das Gefühl von überall her beobachtet zu werden und sammelte die verlorenen Blätter schleunigst wieder ein.

So war er erleichtert, als die Ehrengäste eintrafen und die Blicke auf sich lenkten.

Als Grindor seine Arbeit am Rednerpult endlich beendet hatte, gesellte er sich zu den Leuten an den Kampfplätzen. Er sah gerade noch, wie sein Bruder nach seinem ersten Sieg die Hände erhob und jubelte. Als er sich endlich an einen Tisch setzen konnte, gönnte er sich zu seinem Wohlbefinden ein ausgiebiges Frühstück. Neben ihm baute Berhald, der Wirt aus dem Goldenen Fuchs, gerade seinen Stand auf und zapfte die Fässer an. Natürlich durften auch die zahlreichen Weinflaschen von den sonnigen Hängen des Garlands nicht fehlen.

Zwölftes Kapitel - Frühlingsfest

Nun trafen unter dem Schall der hellen Trompeten auch alle anderen Ehrengäste der Reihe nach ein. Zuletzt hörte man klappernd eine edle Kutsche mitten auf den Platz rollen. Auf der Tür war das Wappen von Meerschlossfels eingelassen, ein Schloss auf einem Felsen, welcher aus der tiefblauen See ragte. Die Seiten der Karosse waren mit goldenen Arbeiten verziert und die Rahmen mit Seidenvorhängen geschmückt. Ein Gefolge von etwa fünfzig bewaffneten Männern folgte der Kutsche und stellte sich sogleich vor der Tür auf.
In der Nähe der Kutsche bildeten mehrere Mädchen eine Menschentraube. Kichernd warteten sie darauf, bis Mendrieno endlich ausstieg. Dann kam er, lächelnd und winkend trat er aus der Kutsche. Er trug eine lange Robe aus Pelz, mit Goldfaden zusammengenäht. Der junge Prinz von Meerschlossfels galt als der begehrteste Junggeselle im ganzen Reich und manch ein Mädchen träumte davon, ihn eines Tages heiraten zu dürfen.
Ein Geraune ging durch die Menge, vor allem bei den Mädchen und Damen, die ihn errötend anstarrten. Händeschüttelnd begrüsste er den Bürgermeister und begann mit schmeichelnder Stimme: „Es freut mich hier zu sein. Man sagt, Eure Feste seien die besten weit und breit. Vor allem freue ich mich, dass ich Euer höchster Gast bin, wie Ihr mir geschrieben habt."

Beim letzten Teil zwinkerte er den Mädchen rund um ihn herum zu. Mit einem eleganten Schwung machte er einen freundlichen Knicks.

„Die Freude ist ganz meinerseits", antwortete der Bürgermeister, kam dann allerdings ins Stocken, „ich habe gehört, Ihr wärt einer der gerne feiert, so seid ihr hier genau richtig, jedoch seid ihr nicht mein höchster Gast."

Mendrieno verzog darauf sein Gesicht zu einer Grimasse, fasste sich dann jedoch wieder und sah Feldengar fragend an: „Wer ist es dann, wenn nicht ein edler Fürst aus der wichtigsten Grafschaft des Reiches?"

Statt dem Grafen von Meerschlossfels zu antworten, stieg der Bürgermeister auf die Bühne und sprach mit lauter klarer Stimme zu seinem Volk: „Ich werde Euch nun mitteilen, dass wir einen besonderen Ehrengast begrüssen dürfen. Einen Mann, wie ihn unsere Stadt schon seit Jahren nicht mehr empfangen hat. Einen Mann, der seinen Heldenmut schon tausende Male im Namen des Reiches unter Beweis gestellt hat. Er kommt aus Cammal an unser Fest, bevor er wieder in die Schlacht ziehen wird, um dort für sein Volk zu kämpfen und weitere Heldentaten zu vollbringen. Wir begrüsst seine Majestät, Prinz Arak, Sohn unseres geliebten Königs Urak des Prächtigen von Cammal."

Arak stand auf, um sich dem Volk zu zeigen. Obwohl er fast gleich alt war wie Mendrieno, sah man ihm an, was er schon alles erlebt hatte. Nicht nur seine Narben wiesen darauf hin, sondern auch sein Blick, welcher ruhig und erfahren wirkte. Kühl blickte er über das Volk und hob die Hand zum Gruss.

Mit dem Applaus ging ein Geraune durch die Bänke, so meinte der Metzger zu seiner Frau: „Ich fasse es nicht, unser

Städtchen wird vom Prinzen besucht, das hat etwas zu bedeuten, sage ich dir. Man hört, der Prinz sei einer der besten Kämpfer, die der König habe."

„Das ist schon möglich, jedoch fasse ich es nicht, wie ein Vater seinen Sohn schon in so jungem Alter in den Krieg schickt. Das sollte ein Vater einfach nicht tun", erwiderte Katharina, Brems Frau, auf die Bemerkung ihres Gatten.

Nach dem Morgenessen begannen die ersten Schaukämpfe auf den Kampfplätzen. Larior musste zuerst gegen Gustav antreten. Dieser seinerseits fürchtete sich immer noch vor dem grossen Mann im dunklen Mantel aus der vergangenen Woche. In einem der etwa vierzig kreisrunden Felder traten sie aufeinander zu, die Burschen und Männer, die sich nun um den städtischen Titel duellieren wollten.

Ein ehemaliger Soldat der Stadtwache, welcher auch als Kampfrichter wirkte, gab Gustav und Larior ein Schwert aus dem Bestand der Stadtwache. Larior war immer noch sauer, dass er mit einem dieser schweren Schwerter kämpfen musste und nicht sein eigenes verwenden durfte. Der Kampfrichter gab ihnen das Zeichen zum Beginnen. Schnell trafen die stumpfen Klingen mit lautem Klirren aufeinander, das Sägemehl wurde unter ihren Lederstiefeln aufgewirbelt. Gustav kämpfte in sauberer Manier, wie es in der Stadtwache beigebracht wurde. Larior hingegen stellte sich nach den ersten Schlägen mit seitlich abgedrehtem Körper hin und tat das, was ihm von Trendior beigebracht worden war. Nun begann er tief in den Knien auf Gustav zuzuschreiten, das Schwert liess er in seiner rechten Hand wirbeln. Sein Gegner war völlig überrascht und wich einige Schritte zurück. Mit dem Ausdrehen seines Oberkörpers schlug Larior das Schwert seines Rivalen zur Seite und hielt ihm seines an die Kehle, was ihm den Sieg bringen musste.

Der Kampfrichter beendete den Kampf und erklärte Larior sogleich zum Sieger in diesem Duell. Der Sohn des Schmiedes hob die Hände und jubelte so laut, dass sein Bruder auf ihn aufmerksam wurde, der gerade einigen Blättern nachjagte. Trotz der kurzen Kampfdauer waren die beiden Kontrahenten ziemlich erschöpft und stützten sich auf ihre Schwerter. Gustavs Vater, Rolf der Müller, wollte es nicht wahrhaben, dass sein Sohn bereits in der ersten Runde verloren hatte, und obwohl er bald selbst einen Schaukampf beginnen musste, brüllte er den Kampfrichter an: „Das war kein gerechter Kampf, der Schmiedjunge hat falsch gekämpft! Schliesst ihn aus dem Wettbewerb aus, er hat nicht das Recht weiterzukommen."
Der Kampfrichter seinerseits blieb ruhig und liess sich nicht einschüchtern, aber er flüsterte Larior ins Ohr: „Wenn ich dich wäre, würde ich hier nicht versuchen mit deiner Technik vorzugehen. Vielleicht wird dir ein anderer Kampfrichter das nicht durchgehen lassen und du fliegst früher oder später aus dem Turnier. Ich weiss, es ist nicht gerecht, doch sind die Regeln nun mal so."
Nachdem die gesamte erste Runde beendet war, wurde die Zuteilung für die zweite Runde gemacht. Von den mehr als rund vierhundert Teilnehmern blieb nun noch die Hälfte übrig.
In der zweiten Runde würde Larior auf Darius stossen, einen schmächtigen Jungen, der ein Jahr älter war als er selbst. Darius hatte die zweite Runde nur mit Glück erreicht, denn sein Gegner in der ersten Runde war über die offenen Schnürsenkel gestürzt und hatte sich dabei den Fuss vertreten.
Der Kampfrichter gab das Zeichen zum Start. Darius fuchtelte unbeholfen mit seinem Schwert herum, sodass Larior in der

Art kämpfen konnte, welche die Richter sehen wollten. Dennoch musste er immer wieder einzelne unbeholfene Attacken seines Gegners abwehren und spürte schmerzhaft, wie ihn das stumpfe Schwert seines Widersachers am Handgelenk traf. Er selbst traf schliesslich dessen Schwert, und dieses rutschte Darius aus den Händen. Bevor er es wieder aufheben konnte, hielt ihm Larior das Schwert an die Brust, und Darius wich zurück.

Somit erreichte Larior die dritte Runde, ohne dass es ihm bisher Mühe bereitet hätte. Die dritte Runde war die letzte vor dem Mittag, es kam darauf an, wer unter den besten hundert war. Allerdings wurden auch die Gegner schwieriger. Lariors neues Gegenüber war Olf, der Sohn von Olaf, dem Käser.

Olf war einer jener, welche kurz vor der Aufnahme in die Stadtwache standen und möglicherweise noch im nächsten Monat in den Krieg ziehen musste. Er war mehr als einen Kopf grösser als Larior, mindestens zwei Meter gross und ein Schwergewicht. Sein rundes grimmiges Gesicht sass mit finsterem Blick auf seinen breiten Schultern und starrte dem jungen Schmied in die Augen. Für Larior gab es nur eine Möglichkeit, diesen Schaukampf für sich zu entscheiden, nämlich mit der Kampftechnik, welche er in der alten Festung erlernt hatte.

Beide traten sich gegenüber und funkelten sich mit bösen Augen an. Als der Kampfrichter das Startzeichen gab, schlug Olf sofort los und drängte seinen weit kleineren Gegner in die Defensive. Doch dann änderte dieser seinen Kampfstil und liess den kräftigen Käserjungen verwirrt zögern. Mit der Ausdrehung seines Oberkörpers stiess er Olfs Schwert zur Seite. Dieser war es sich nicht gewohnt, dass ihn jemand frontal attackierte. Larior wollte ihm gerade sein Schwert an die Kehle halten, als der Kampfrichter unterbrach.

„Das ist hier nicht einfach ein Freistilkampf. Da du dich nicht an unsere Kampfart hältst, wirst du disqualifiziert und wirst aus dem Turnier ausgeschlossen", fuhr der Schiedsrichter den kleineren Kämpfer wütend und mit grimmiger Miene an. Larior verliess niedergeschlagen den Ring, während Olf die Arme in die Luft riss und einen Siegesruf ausstiess. Sein Vater Olaf schrie ebenso laut und umarmte seinen Sohn stolz. Larior war der Appetit nach dieser Niederlage vergangen, er wollte zu Trendior in die alte Festung, um sich im nützlichen Schwertkampf zu verbessern. Als er die Stadt hinabschritt, packte ihn auf einmal eine Hand von hinten und zog ihn in eine Gasse neben der Hauptstrasse.

„Ich sah deinen Kampfstil", flüsterte der Mann, welcher ihn an der Schulter ergriffen hatte, drohend, „ich will wissen, wo Haldrior ist, man sagte mir, er sei hier in der Gegend. Möglicherweise sei er bei einem Mann namens Arior. Sie sind beide Jäger, und da dein Stil dem ihren gleicht, vermute ich, dass du sie kennst. Sag es mir!"

Larior fand den Mut noch nicht sich umzukehren, doch entgegnete er: „Ich bin Larior, Ariors Sohn. Möglicherweise ist Haldrior bei ihm in der Schmiede oder sie sind in der alten Festung oben auf dem Hügel. Wer seid Ihr?"

Nun drehte sich der verängstigte Bursche um und sah vor sich einen jungen Mann stehen, kaum so alt wie sein Bruder, er trug das Wappen Cammals auf der Brust. Er musste aus einer Seitengasse getreten sein, sonst wäre er Larior vorher aufgefallen.

„Mein Name ist Lakalt, Ritter seiner Majestät und Hauptmann der Hofgarde", antwortete der Mann mit stechendem Blick. Larior wich erstaunt ein paar Schritte zurück und starrte verwirrt in Lakalts Gesicht, bis er sich endlich wieder fasste.

„Und was wollt ihr von Haldrior?", fragte Larior nun wieder mit einer etwas ruhigeren Stimme.

„Ich will mit ihm sprechen", antwortete Lakalt, „und zwar alleine. Die Angelegenheit, über die ich mit ihm sprechen will, dürfte dir egal sein."

Am Nachmittag wurden die letzten Runden des Turniers ausgefochten. Wie erwartet kämpften zwei Soldaten der Stadtwache um den Sieg. Hildebrand war erst in der zweitletzten Runde ausgeschieden. Das Klirren der Schwerter und der Jubel der versammelten Menschen dröhnten über die Stadt, alle waren sie dort, sodass der Sohn des Schmiedes und der Ritter aus Cammal in Ruhe die Stadt verlassen konnten. Im Hintergrund hörte man, wie die Tanzmusik zu spielen begann und das Volk einstimmte:

„Holder Frühling komme dahin
Winter gehe fern
Nun da ich fröhlich bin
Fühl ich mich wie ein Stern
Oh Frühlingszeit du wunderbare Zeit

Blüht der Krokus
Tun die Blüten spriessen
Gibt mir das Mädchen einen Kuss
Lasst uns diese Zeit geniessen
Oh Frühlingszeit du wunderbare Zeit

Fliesst der Schnee davon
Fliessen die Bäche den Hügel herunter
Ist der Winter verronn
Und's wird wieder bunter
Oh Frühlingszeit du wunderbare Zeit

Holde Sonn
klarer Himmel
Euer Antlitz ist so vollkommn
Wie das reine Fell von einem Schimmel
Oh Frühlingszeit du wunderbare Zeit

Klar die Luft und fein der Wind
Geboren wird das erste Kind
Hoch lebe der König
Wir erhalten die Löhnig
Oh Frühlingzeit du wunderbare Zeit."

Dieses Lied lernte jeder Garländer, sobald er sprechen konnte, und so stimmten alle mit ein und sangen ein Hoch auf den Frühling. Die Bierkrüge wurden gegeneinander gestossen und in einem Zug geleert.

Grindor sass beim Abendessen am Tisch der Bediensteten, als er sah, was seinem Bruder gar nicht gefallen hätte. Mendrieno stand auf, begab sich zum Tische, wo die Mädchen waren, hielt Anastasia die Hand hin und forderte sie zum Tanz auf. Diese erhob sich mit leuchtenden Augen, und so eröffneten die beiden den ersten Tanz. Kurz darauf gesellten sich viele Ehepaare zu ihnen und auch die jungen Burschen mit ihren Mädchen. Grindor seinerseits wollte dennoch auf keinen Fall tanzen und blieb auf seinem Platz sitzen.

Der Schreiber versank tief in seinen Gedanken und schreckte erst wieder hoch, als ein kleiner untersetzter Mann, nur etwas jünger als er, plötzlich zu ihm meinte: „Manchmal beneide ich meinen Herrn. Er bekommt die adlige Herkunft, die Schönheit, die Frauen und die Ehre im Krieg. Und ich, ich bin nur derjenige, welcher ihm beim Ankleiden helfen darf."
„Ehre im Krieg?", entgegnete Grindor erstaunt, „der war doch noch nie im Krieg."
„Doch war er. Ich habe eine Narbe gesehen, welche sich über seinen ganzen Arm zieht. Er erzählt immer von seinen Heldentaten, doch glaube ich, dass er immer von einer grossen Leibgarde umgeben ist", lautete die Antwort auf Grindors Frage.
Darauf fuhr der junge Mann fort, während er sich eine der vielen Sommersprossen in seinem Gesicht rieb: „Mein Name ist Refel, wie ist der Eure?"
„Grindor ist mein Name", erwiderte dieser, doch hörte er dem weiteren Gerede von Refel kaum noch zu. Er war nur auf die Rede des Bürgermeisters und jene des Prinzen gespannt. Allerdings tanzte das Volk immer noch und schien nicht müde zu werden. Während Anastasias Augen leuchteten, tanzte sie mit Mendrieno wild durch die Menge. Überall, wo sie an anderen Mädchen vorbeikamen, erntete Anastasia böse, eifersüchtige Blicke, die dann alle neidisch hin zu dem jungen Grafen wanderten. Dann kam für den Bürgermeister der ersehnte Höhepunkt. Er stand von seinem Platz auf, wischte sich noch einmal mit der Serviette den Mund ab und machte sich auf den Weg zum Rednerpult. Das Volk verliess die Tanzfläche, und die Musik endete.
Mit beiden Händen gebot er dem fröhlichen Volk sich zu setzen. Als Ruhe auf dem Platz eingekehrt war, legte er seine Blätter vor sich auf das Pult. Den Schnauzbart, welchen er

sich für diesen Tag kunstvoll gezwirbelt hatte, zupfte er sich noch ein letztes Mal zurecht. Mit einem Räuspern liess er seinen Blick über die Menge schweifen, um auch auf diese Weise die Aufmerksamkeit auf sich zu lenken. Endlich schien er mit seiner langatmigen Rede beginnen zu wollen.
Als alle erwarteten, der Bürgermeister würde seine Rede noch weiter hinauszögern, begann er nun doch mit seiner tiefen klaren Stimme zu sprechen: „Ich, Bürgermeister Feldengar von Gar, begrüsse Sie alle zu unserem Frühlingsfest. Dem Fest, mit dem der Winter endgültig zu Ende ist und ein wunderschöner Frühling beginnen soll. Ich freue mich, dass das ganze Volk erschienen ist. Ich will auch unsere Ehrengäste nochmals willkommen heissen, allen voran unseren unerwarteten königlichen Besuchern, Prinz Arak von Cammal."
Nun brach wilder Applaus aus, Arak erhob sich und winkte dem Volk zu. Nachdem er sich einmal mehr geräuspert hatte, fuhr der Bürgermeister fort: „Ein weiterer Ehrengast ist Mendrieno, Sohn des Grafen von Meerschlossfels. Es scheint mir, als würde ihm unser Fest gefallen."
Mit einem breiten Schmunzeln sah er zu Mendrieno hin, welcher mit Anastasia auf den Knien am Tisch der Ehrengäste sass. Nun begrüsste der Bürgermeister auch noch die restlichen Ehrengäste: „Beehrt werden wir zudem vom Herrn Grafen und der Frau Gräfin aus Garlendburg. Ausserdem begrüsse ich auch die Soldaten der Hofgarde und der königlichen Armee, welche den Prinzen zu uns begleitet haben."
Die Soldaten erhoben sich ebenfalls. Grindor fiel auf, dass einer der Hofgarde fehlte, jener, der den geschmückten Helm getragen hatte. Es überraschte ihn jedoch, als Arak ihm einen Blick zuwarf, als solle er auf keinen Fall etwas erwähnen, dass einer der seinen nicht anwesend sei. Es schien Grindor,

als würde Arak mit seinem stechenden Blick seine Gedanken lesen können.

Nachdem sich jeder der Ehrengäste erhoben und ein Prost ausgesprochen hatte, setzte der Bürgermeister seine Rede fort. Als er wieder eine Weile geredet hatte, kam er zu einem Teil, welcher viele sehr berührte. Er fuhr mit kräftiger Stimme fort: „Es scheint ein schöner und fruchtbarer Sommer zu werden, doch wird unsere Fröhlichkeit von einem Grauen jenseits des Grossen Flusses getrübt. Der Frieden unserer Stadt wird nicht mehr nur von einfachen Dieben und Barbaren gestört, sondern auch von grauenhaften Monstern, welche von unserem König und seinen Männern bekämpft werden. Sie wehren sich seit langem erfolgreich gegen eine grosse Überzahl. Der König verspricht nun den jungen Männern unserer Stadt ewigen Ruhm zu erhalten, sollten sie ihm in seinem grossartigen Kampf beistehen. Mit der Unterstützung der Bevölkerung könnte schon diesen Sommer ein grosser Sieg errungen werden. Die Bauern unter Euch werden zurück sein, wenn das Korn zum Ernten bereit ist, die Weinreben dick behangen sind und die Äpfel rot leuchten. Nun will ich das Wort an Prinz Arak übergeben, welcher selbst schon im Krieg gekämpft und dort Heldentaten vollbracht hat."

Aus den Reihen der Bauern, welche gezwungen waren in den Krieg zu ziehen, tönten verschiedene Rufe, von einem der Tische rief ein Mann: „Mein Name ist Karl, ich wohne mit meiner Familie in Grünstadel. Es ging uns immer gut, doch künftig werden unsere Frauen das Feld besorgen müssen, während sie auf unsere Rückkehr warten, doch werden wir niemals zurückkehren. Unsere Gebeine werden unter einem Baum irgendwo jenseits des grossen Gewässers vermodern, ohne dass unsere Familien jemals erfahren werden, was mit uns geschehen ist."

Der Bauer wurde sofort von mehreren Stadtwachen ergriffen, doch gab Prinz Arak ihnen ein Zeichen, ihn wieder loszulassen. Fast gleichzeitig rief ein anderer in der Nähe: „Mein Name ist Blendr, ich wohne am Moor in Moorwil, einem kleinen Weiler. Wir wurden mehrmals von Banditen angegriffen, doch wurde unser Weiler immer verteidigt, so will ich helfen, das Reich zu verteidigen und dem König zu helfen und mich auf diese Weise für die Dienste seiner Männer bedanken."

Er erntete laute Zurufe aus der Menge und Applaus vom Tisch der Ehrengäste. Kurz darauf bestieg Arak die Bühne, es wurde ruhig, niemand getraute sich etwas zu sagen, als der Sohn des Königs vor ihnen stand. Er hatte kein Dokument zum Ablesen dabei, dennoch begann er fliessend zu sprechen: „Ich danke Euch, Herr Bürgermeister, für die lobenden Worte. Ich will unseren Kampf nicht nur schönreden. Ihr seid vielleicht Staatsmann, ich jedoch bin Soldat. Es stimmt, wir kämpfen in Unterzahl und mit grossen Mühen, so brauchen wir jede verfügbare Kraft, um unser Reich zu verteidigen. Sollten wir es nicht verteidigen können, so werdet Ihr nie mehr Äpfel oder Trauben ernten, es sei denn, unser Feind befiehlt es Euch. Unsere Armee braucht Helden, Helden, die bereit sind für ihre Familien in den Tod zu gehen, damit diese in Freiheit weiterleben können. Viele Soldaten sind bereits vom König mit Medaillen und Orden ausgezeichnet worden. Ihr könnt zu ihnen gehören und Euch damit von der Menge abheben!"

Mit einem tiefen Knicks übernahm der Bürgermeister wieder das Wort und sprach laut und mit bestimmter Stimme: „Nun werde ich die Ehre haben, jene unter Euch auszulosen, welche bereits in den Krieg ziehen dürfen, um den ehrenhaften Kampf des Reiches auszufechten."

Grindor musste die Töpfe mit den Namen holen. Derjenige mit den Freiwilligen war viel leichter als jener mit den Unfreiwilligen.

Der Bürgermeister fing wieder an zu sprechen, nachdem ihm Grindor die Töpfe auf einen niedrigen Tisch hingestellt hatte: „Es werden alle auf einmal in den Krieg beordert, da der König unsere Unterstützung braucht, zweihundert Mann habe ich ihm versprochen. Die soll er erhalten. Achtzig stehen bereits fest, es sind Soldaten der Stadtwache und Bauern aus dem gesamten Garland. Die restlichen hundertzwanzig Pflichtigen werde ich anhand der Namen in diesen Töpfen auswählen. Es ist keine Schande hier zu bleiben, denn alle, welche die Kämpfer an der Front versorgen, sind ebenso Helden, doch muss ihnen bewusst sein, dass sie niemals in Sagen und Liedern erwähnt werden wie jene, welche sich dem Feind von Angesicht zu Angesicht stellen und mit ihm die Klingen kreuzen."

Bei den letzten Worten wirkte der Bürgermeister auf einmal grösser. Auf Grindor hatten diese Worte jedoch keine grosse Wirkung, denn er hatte sie dem Bürgermeister auf Rat seines Vaters vorgeschlagen. Nun sah man, was diese Worte für eine Wirkung auf das Volk hatten. Viele hatten ein Glänzen in den Augen, während sich in den Augen anderer die Furcht spiegelte. Grindor selbst wusste, dass er nicht in den Krieg ziehen musste, der Bürgermeister brauchte schliesslich einen Handlanger an seiner Seite.

Darauf schien alles für die Zeremonie bereit zu sein, alle wurden still, und ihre Gesichter spiegelten die Spannung in ihren

Herzen. Der Bürgermeister steckte seine Hand ein erstes Mal in den Topf und zog ein Täfelchen heraus.

Dreizehntes Kapitel - Sonnentreffen

Larior ging mit Lakalt geradewegs zur Schmiede, um dort seinen Vater zu suchen. Er klopfte an, doch niemand schien drinnen zu sein. Der Junge ging noch schnell ins Haus, um sich sein Schwert in der abgewetzten Lederscheide zusammen mit dem Holzschutz zu holen, schliesslich hoffte er, Trendior einmal mehr herausfordern zu können. Darauf beschlossen sie zur alten Festung hinaufzugehen, um dort nach Haldrior zu suchen. Der Soldat an der Wache am Tor liess sie sofort passieren, als er sah, dass Lakalt das Wappen Cammals trug und somit einer der Gefolgsleute des Prinzen war, doch musterte er sie argwöhnisch, als sie schnurstracks Richtung Hügel marschierten.

Die Sonne hatte ihren Zenit bereits überschritten, als die beiden jungen Männer den Hügel hinaufstiegen. Lakalt, in edlem Hemd mit silbernen und goldenen Fäden bestickt, während Larior sein einfaches Leinenhemd trug. Sie kamen immer näher zur alten Ruine, und Lakalt wurde immer unruhiger. Trotz der warmen Sonne hatte er Gänsehaut und ihm wurde kalt. Sie überschritten die Kuppe und sahen nun in das Innere der uralten Ruine. Drinnen waren viele Jäger versammelt, sie sassen um ein kleines Feuer und hörten einem der ihren zu. Vor allen Jägern stand Haldrior und berichtete den anderen um ihn herum in der Sprache der Jäger.

„Was ist das für eine Sprache?", fragte Lakalt Larior, fuhr jedoch sogleich fort, noch bevor er eine Antwort bekam: „Warte mal, ich kann diese Sprache verstehen, sie ist so wohlklingend und ich verstehe sie, obwohl ich sie das erste Mal höre."

„Mir ging es ebenso, als ich diese Worte das erste Mal hörte", entgegnete Larior. Neben ihnen standen plötzlich zwei Jäger mit ihren Schwertern, liessen diese jedoch sinken, als sie Ariors Sohn sahen. Einer von ihnen war Trendior, der Larior freudig begrüsste. Er musterte Lakalt fragend, sagte jedoch nichts, denn er erinnerte ihn an jemanden, den er kannte. Der andere blickte abschätzig auf das Wappen auf der Brust des Ritters.

„Wie ist Euer Name und was sind Eure Absichten?", fragte der Jäger neben Trendior wortkarg.

„Mein Name ist Lakalt, und ich würde gerne einen gewissen Haldrior sprechen", erwiderte der Gefragte höflich. Trendior wies sie an, leise zu sein, bevor er sie zu den anderen am Feuer geleitete. Der junge Jäger blickte zu Haldrior, daraufhin wieder zu Lakalt und es schien ihm, als würde ein junger Haldrior vor ihm stehen.

Der Anführer der Jäger sprach zu seinen Gefolgsleuten, als sein Blick am eingetretenen Besucher hängen blieb, an einem jungen Mann, das goldene Wappen Cammals auf der Brust. Sie sahen sich tief in die Augen, er war also gekommen! Viele Jäger folgten seinem Blick. Sie staunten, dass ein Ritter aus Cammal sie besuchte. Sie wendeten ihre Blicke abwechslungsweise dem Ritter und Haldrior zu, und bei einigen ging der Mund immer weiter auf. Die meisten erkannten bald, wen sie vor sich hatten und wem der Besuch galt.

Ein wildes Gemurmel begann, welches Haldrior mit einer energischen Handbewegung beendete. Mit nachdenklichem

Gesicht unterbrach Haldrior seine Rede und meinte zu den Versammelten: „Entschuldigt mich bitte für kurze Zeit. Rubair soll bitte weiterfahren und von den Geschehnissen bei Walnam und in Helrendar berichten."
Unruhig ging er an den Reihen der Jäger vorbei nach hinten zum Ritter aus Cammal. Er schien nervös zu sein, so hatte man den alten Jäger noch nie gesehen. Er liess Lakalt nicht aus den Augen und beachtete die neugierigen Blicke der anderen Anwesenden kaum. Der Jäger gab Lakalt ein Zeichen ihm zu folgen, und die beiden verliessen die Festung. Sie schlenderten schweigend den Hügel zum Wäldchen am Grünbach hinab. Keiner ergriff das Wort, bis Haldrior endlich lächelnd begann: „Solltest du nicht eigentlich beim Prinzen sein?"
„Da sehe ich dich das erste Mal, und du machst mit schon Vorwürfe", erwiderte der Ritter mit einem breiten Lächeln. Der ironische Tonfall beruhigte Haldrior, doch stutzte er gleich, denn Lakalt sprach in der Sprache der Jäger und fuhr nun ernst fort: „Der Prinz gab mir frei, als ich ihm das Schriftstück mit deinem Text zeigte. Er ist nicht wie sein Vater und wird es diesem nicht erzählen."
„Wer hat dir unsere Sprache beigebracht?", wollte Haldrior wissen und fuhr sogleich weiter, „ich hätte sie dich so gern selbst gelehrt. Ich freue mich sehr, dich endlich kennen zu lernen, ich hoffe, du bist mir nicht böse, dass ich es nicht früher getan habe, es sollte zu deinem Besten sein."
„Niemand hat mich die Sprache der Jäger gelehrt", lautete Lakalts überraschende Antwort, „seit ich sie vorher das erste Mal richtig gehört habe, kann ich sie plötzlich verstehen, und es ist, als könnte ich diese Sprache auch sprechen, ohne sie lernen zu müssen. Vielleicht hat es einen Zusammenhang mit dem, was du mir geschrieben hast, es ist, als würde ich

diese Sprache seit meiner Geburt sprechen. Ich freue mich ebenfalls sehr, dich endlich zu treffen, meine Mutter hat mir erzählt, dass du nicht Schuld bist an der schwierigen familiären Situation."
Haldrior konnte sich nach einer Weile wieder fassen, umarmte seinen Sohn und entgegnete nun wieder etwas ruhiger: „Es gibt so viel, was ich dir erzählen muss und was du mir erzählen musst. Es wird dabei nicht nur um unser eigenes Schicksal gehen, sondern auch um das vieler anderer Menschen. Zum Glück haben wir Zeit, denn ich möchte dich erst einmal kennen lernen."
Lakalt schaute seinen Vater wissbegierig an: „Zuerst würde ich gern Genaueres über dich und meine Mutter wissen. Sie wollte mir nichts über dich erzählen, doch als ich ihr anvertraute, was du mir geschrieben hast, versicherte sie mir, du seist ein ehrenvoller Jäger, welcher für die Gerechtigkeit kämpft ohne Anerkennung zu suchen, doch wollte sie mir nicht mehr erzählen."
Bei diesen Worten seines Sohnes spürte Haldrior, wie stolz er wurde und sich ein Lächeln über seine rauen Lippen zog. Da stand er nun vor ihm, sein eigener Sohn, ein grosser Krieger, nur leider im Dienste Cammals.
„Du hast die gleichen himmelblauen Augen wie deine Mutter. Seit ich sie das letzte Mal gesehen habe, geht kein Tag vorbei, ohne dass ich an Elenia denken muss, ich kann ihr wunderschönes Gesicht nicht mehr vergessen, ich sehe sie immer wieder in meinen Träumen vor mir stehen, in einem weissen Kleid auf einer grünen Wiese, als ich sie das erste Mal traf.", entgegnete Haldrior mit leuchtenden Augen, ohne auf Lakalts Frage einzugehen.
Dieser gab sich allerdings nicht zufrieden und hakte weiter: „Stimmt es, dass du und die Jäger die eigentlichen Helden in

unserem Land seid, dass ihr es seid, welche mit grosser Tapferkeit und grossem Zusammenhalt die Barbaren, die Plünderer und diese dunklen Wesen das Fürchten lehren?"

„Ja, das ist wahr", antwortete Haldrior etwas wehmütig, „jeder von uns kämpft für eine gute Sache, und darum verdient er es, in Frieden seine letzte Ruhe zu finden.

Bevor ich dir weiteres über mich berichten werde, erzähle ich dir etwas zu unserer Geschichte. Du musst mir versprechen, dass du gut zuhörst, denn das ist der Grund, warum wir dieses gefährliche Leben führen."

„Das werde ich, schliesslich bin ich mir nun auch sicher, dass du mein Vater bist.", entgegnete Lakalt ergriffen und umarmte seinen leiblichen Vater ein erstes Mal, in dessen sonst so stechenden Augen sich nun weiche Tränen spiegelten.

„Niemand weiss genau wie alt das Reich war", begann Haldrior zu erzählen, „einzig die ältesten Gelehrten von uns kennen die genaue Geschichte, für alle anderen waren die einzigen Hinweise nur Sagen aus alter Zeit. Weit im Norden gibt es einen Ort, er heisst Milrea, bewohnt vom edelsten aller Völker der Eyilreä, sie wissen alles über die Vergangenheit bis hin zu der Zeit, die in den Sagen als die Dunkelste Stunde Eingang fand, doch weigern sie uns Bescheid darüber zu geben. Es sei zu gefährlich für uns, diese Vergangenheit zu erfahren, wir seien noch nicht bereit dazu.

Vor etwa zweitausend Jahren griffen Skralgas das Reich unserer Ahnen an, es war ein glanzvolles Reich. Fast das ganze Land diesseits der Sonnenberge gehörte dazu, alle Festungen, die du hier siehst, wurden über Jahrhunderte und Jahrtausende errichtet. Cammal war nur eine Statthalterschaft, die Statthalterschaft Isula.

Die zahlenmässig weit überlegenen Skralgas kamen durch Stollen in den Sonnenbergen und errichteten in den abgelegenen Tälern ihrerseits Stützpunkte und Festungen. Das Volk, welches in den Sonnenbergen lebt, sind die Gnome. Unter ihnen gab es habgierige Verräter, und diese sorgten dafür, dass die Skralgas die Sonnenberge in grossen Massen durchqueren konnten. Diese Bestien schlugen ihre Lager im Süden auf, sie befestigten sie innerhalb kürzester Zeit und überrannten unsere Festungen, welche nicht gegen so grosse Horden gerüstet waren. Die verräterischen Gnome wurden allerdings von den Skralgas getötet, nachdem sie ihren Zweck erfüllt hatten. König Nirbrior von Marsat, der Siebzehnte seiner Linie, verteidigte das Reich, welches unter seinem Vater die höchste Blüte erreicht hatte. Da Isula die nächstliegende Statthalterschaft war, gab der König seinem Statthalter Keliak den Befehl, mit der gesamten Armee auszurücken, um den Angriff im Süden abzuschlagen. Keliaks Blut war jedoch mit dem der gewöhnlichen Menschen vermischt worden. Er wollte niemandem unterstehen und ein eigenes Königreich errichten. Er liess dem König mitteilen, die Angriffe wären erfolgreich zurückgeschlagen worden. Seine Soldaten aber wussten nichts davon. Diese hätten den König unterstützt, denn sie waren edle Kämpfer des alten Volkes. Einige ihrer Nachfahren bilden heute die Hofgarde. Keliak wollte den König schwächen, um seine eigene Macht zu stärken und möglicherweise sogar den König stürzen. Als die Skralgas in die Statthalterschaft Salmarsat vorgedrungen waren, erkannte der König den Verrat. Auch die Soldaten in Isula, welche unserem Volk angehörten, zogen ohne den Befehl des Statthalters los, um den Feind zu besiegen. Damals war das heutige Cammal eine blühende Handelsstadt mit mehr als hunderttausend Einwohnern ebenso wie Peyirisula, das heutige Periula, die Stadt der Südflotte und der Admiräle. Die Soldaten zogen los, doch Keliak hatte Angst vor der Strafe des Königs und verriet die Soldaten, welche die Möglichkeit gehabt hätten, den Skralgas in den Rücken zu fallen. Sie wurden bei den grossen Wäldern zwischen Altfestungshausen und Grenheid in einen Hinterhalt gelockt. Dennoch besiegten sie alle Skralgas in jenem Hinterhalt, doch überlebte nicht einmal jeder zwanzigste, obwohl jeder dieser fünfundzwanzigtausend Mann starken Streitmacht viele Skralgas erschlagen hatte. Das Böse lässt diese grausamen Kreaturen sich schnell vermehren. Sie kamen in kaum vorstellbaren Scharen durch die Sonnenberge. Die Streitmacht der Skralgas stand bereits vor Salmarsat und vernichtete die ganze Statthalterschaft. Der Name ist das einzige, was übriggeblieben ist, der Name des heutigen Königreiches nördlich von uns. Gleichzeitig marschierte ein grosses Heer der Skralgas entgegen den Absichten von Keliak nach Süden und brandschatzte beinahe die gesamte Statthalterschaft Isula, bis es vor den Toren Periulas, damals Peyirisulas, stand. Periula verteidigte sich erfolgreich, doch konnte die Umgebung nicht beschützt werden. Cammal hingegen verlor die ganze Vorstadt, jenen Teil, der heute vor den hohen Mauern in Trümmern liegt, bevor der Angriff auf die Innenstadt abgeschlagen werden konnte. Ungehindert marschierten die Skralgas daraufhin nach Marsat. Dort wurden die königlichen Truppen aus den nördlichen Statthalterschaften zusammengezogen, während sich die abgeschnittenen Einheiten zusammen mit Gnome, Kobolden und einigen Eyilreá aus Walron bei der alten Mallabas Festung sammelten. Aus Milrea kam währenddessen keine Hilfe, der Hochkönig der Eyilreá war damit beschäftigt, sein eigenes Reich zu verteidigen.

Es heisst, Milrea sei von Skralgas und dunklen Schiffen angegriffen worden.
So standen die Skralgas in zehnfacher Überzahl vor Marsat und belagerten die glanzvolle Stadt. Es heisst, aus der Mallabasfestung seien über eine geheime magische Art Informationen nach Marsat gelangt. Während die Stadt belagert wurde, machte der König unverhofft einen Ausfall. Er ging seinen Männern voran. Die Skralgas stürzten sich auf die königlichen Truppen, doch da flogen plötzlich Pfeile von hinten und von beiden Seiten auf die Skralgas zu. Diese waren eingekesselt. Sie hatten nicht genügend Kämpfer, die Einkesselung zu halten. Kein Skralgas überlebte, doch blieben von unserer Streitmacht nicht mehr viele übrig. Auch der König war gefallen, ebenso fast alle Männer aus den nördlichen Statthalterschaften. Als man daraufhin den Sohn des Königs, welcher noch ein Kleinkind war, krönen wollte, war dieser zusammen mit seiner Mutter und dem engsten Berater verschwunden. Mein Grossvater, dein Urgrossvater, war zu jener Zeit Statthalter von Marsat, ihm fiel die Aufgabe zu, den rechtmässigen König zu suchen. Seither sucht unsere Linie nach seinen Erben, doch ist die Linie der Könige ziemlich sicher erloschen. Nun habe ich das Recht den Thron zu besteigen, bis der König zurückkehrt, was wahrscheinlich nicht mehr geschehen wird. Ich selbst mag diese Bürde jedoch nicht mehr auf mich nehmen, somit wärst du der Erbe Marsats. Der Statthalter von Marsat ist der höchste der Statthalter. Er könnte das Reich wieder unter einem Banner einen und es zusammen mit Narmarsat und Balsat, den beiden nördlichen Statthalterschaften, wiederaufbauen. Das ist es, was ich dir damit erklären wollte."

„Warte mal", unterbrach Lakalt, „du hast gesagt, mein Urgrossvater, doch soll das bereits zweitausend Jahre zurückliegen."
„Darum rede ich auch einerseits von uns und andererseits von den gewöhnlichen Menschen. Unser Volk, das alte Volk, so berichtet die Sage, wurde vor sehr langer Zeit mit der Gunst eines langen Lebens gesegnet", erklärte Haldrior beinahe im Flüsterton. Dann herrschte Schweigen, einzig das Pfeifen der Vögel und die Musik aus der Stadt waren zu hören.
„Wir sollten zurück, du hast heute schon genug erfahren, so wie ich, du brauchst Ruhe", brach der Anführer der Jäger das Schweigen. Daraufhin gingen Vater und Sohn dem Grünbach entlang zum Sonnenweiher, wo sie sich in der warmen Frühlingssonne ausruhten und sich gegenseitig aus ihrem bisherigen Leben erzählten. Nach einer Weile, in der sie sich die warmen Sonnenstrahlen des Frühlings hatten ins Gesicht scheinen lassen, machten sie sich auf den Rückweg. Sie sprachen weiter miteinander über ihre Vergangenheit, doch blickte Haldrior immer nachdenklicher drein.

Vierzehntes Kapitel - Abendauswahl

Grindor musste nun auf die Bühne treten, um die Namen der als Volkssoldaten der königlichen Armee Auserwählten aufzuschreiben. Er war nervös, obwohl er selbst nicht infrage kam, um in den Krieg geschickt zu werden. In seinem Bauch rumorte es, womöglich vertrugen sich die ersten Frühlingsfrüchte von der Küste nicht mit dem Bier, welches er dazu getrunken hatte. Aufmerksam sah er dem Bürgermeister zu, wie dieser das erste Täfelchen aus dem Topf holte. Grindor sah, wie der Bürgermeister erbleichte, als er den Namen las. Sein Mund stand offen und sein Blick war starr auf das kleine glänzende Stück gerichtet. Schliesslich konnte er sich wieder fassen und las der Menge vor: „Unser erster Auserwählter ist Fredgar, Feldengars Sohn aus der Sippe der Fredinger. Er wird den Volkssoldaten der königlichen Armee in den ehrenvollen Kampf gegen den Feind folgen."

Der Bürgermeister konnte es nicht fassen, schliesslich hatte er seinen Sohn mehrmals dazu ermahnt, sein Täfelchen in den Topf der Unfreiwilligen zu werfen. Grindor senkte seine Feder, um den Namen Fredgar, Sohn des Bürgermeisters, aufzuschreiben. Dann las der Bürgermeister weitere Namen aus dem Topf der Freiwilligen vor und zählte auch die Bauern und die Soldaten der Stadtwache auf. Es waren vor allem junge Männer, die meisten zwischen sechzehn und fünfundzwanzig Jahren, die nun den Volkssoldaten der königlichen Armee im Kampf gegen den Feind folgen mussten.

Plötzlich stand wieder ein Bauer auf, nahm einen Apfel vom Tisch, zielte und schoss ihm den Apfel an den Kopf, ihm, dem Prinzen von Cammal. Dazu schrie er wütend: „Ihr schickt uns alle in den Tod, es würde reichen den Grossen Fluss zu halten, ihr wollt uns jedoch mit Euren aufgebauschten Reden dazu bringen, unser Leben einfach so herzugeben, damit Ihr die Eisenminen behalten könnt und Eure Macht gegenüber Salmarsat."

Darauf wurde der Bauer sofort von Soldaten der Stadtwache abgeführt. Zuerst wehrte er sich, gab dann jedoch nach.

„Sollte es jemand wagen", begann der Prinz laut zu sprechen, „dem Ruf der Pflicht unseres Reiches nicht Folge zu leisten, so wird das als Hochverrat geahndet, nicht nur als Hochverrat am König, sondern auch am Reich und an den anderen Soldaten, welche im Kampf auf jeden Kameraden angewiesen sind. Ihr kämpft für die Freiheit, Dörfer wurden niedergebrannt, Frauen und Kinder erbarmungslos geschlachtet. Meine Männer und ich haben unser Leben riskiert. Folgt unserem Beispiel, damit Eure Kinder in Frieden und Wohlstand aufwachsen können. Wir alle müssen zusammenhalten, denn nur so lässt sich unser Feind bezwingen. Ungehorsam jedoch schadet auch Kameraden und Freunden, so will ich hoffen, dass jene, die in den Kampf ziehen werden, es immerhin für ihre Familien und Freunde tun, wenn sie es nicht für den König tun wollen."

Darauf fuhr der Bürgermeister mit vielen weiteren Namen fort. Unter anderen wurde auch Hildebrand aufgerufen. Als er seinen Namen hörte, sah man, wie sein Blick plötzlich stolz und entschlossen war.

Dann kam der Topf mit den Unfreiwilligen. Grindor befürchtete nun, sein Bruder würde auserwählt, um in die Schlacht zu ziehen. Bei jedem einzelnen Namen, den der Bürgermeister aufrief, lief es Grindor kalt den Rücken hinunter. Er fürchtete, dass der Bürgermeister plötzlich sagen würde: „Larior, Ariors Sohn, sippenlos."

Es blieb jedoch aus. Die zweihundert Mann wurden auf die Bühne gerufen, während sich der Himmel in ein sanftes Abendrot kleidete. Mehrere Mütter weinten in der Menge, sie befürchteten, sie würden ihre Söhne nie mehr sehen. Ihre Tränen verdunkelten den feurigen Abendhimmel, als sie sahen, wie ihre Söhne den Treueeid ablegen mussten. Nach dem Eid konnten sich die jungen Männer wieder setzen, die Mienen der Freiwilligen glänzten voll Ruhmesgier, während jene der Unfreiwilligen wie erstarrt waren.

Anschliessend wurden weitere Namen aufgerufen, es waren jene, welche die freigewordenen Posten in der Stadtwache übernehmen sollten. Der Bürgermeister rief auch Larior auf, als dieser gerade auf den Platz gelaufen kam. Lakalt ging neben ihm. Erschrocken sah Larior zur Bühne, als er seinen Namen hörte, doch wurde ihm sogleich klar, dass er nicht für den Krieg ausersehen war. Grindor schaute erstaunt zu seinem Bruder, da dieser in so ehrenvoller Begleitung war.

Nach Larior folgten weitere Namen. Zuletzt kamen die Namen jener, welche die Stadt im Notfall schützen mussten. Unter ihnen war selbst Grindor, welcher sich zutiefst unwohl fühlte, als er seinen eigenen Namen niederschreiben musste.

Zum Schluss dieser Aufzählung erklärte der Bürgermeister: „All jene, die jetzt aufgerufen worden sind, werden ihre Posten in zwei Wochen antreten. Doch lasst uns nun unsere Sorgen vergessen und unser Abendessen geniessen. Bringt die Schweins- und Kalbshaxen, tischt den Käse auf, stecht die Bierfässer an, zieht die Korken der Weinflaschen, lasst uns

nun freudig den neuen Frühling begrüssen, bringe er uns Segen."
Diesen letzten Teil seiner Rede rief er Berhald zu, dem Wirt des Goldenen Fuchses, der die Anweisungen weitergab. Ausserdem rannten auch Wargo, der Wirt zum Blauen Hammer, einem Gasthaus im Handwerksviertel und Guire, der Wirt aus dem Gasthaus zur Silbernen Münze, ein Gasthof, welcher im Handelsviertel bei der Schatzkammer lag, wild umher. Alle Bürger mussten schliesslich ihr Abendessen bekommen, und hungrig waren sie auf jeden Fall.
Lakalt hatte sich wieder an die schön gedeckte Tafel der Ehrengäste gesetzt. Arak warf ihm einen fragenden Blick zu, worauf Lakalt nur kurz nickte. Mendrieno, welcher die beiden misstrauisch beobachtete, wollte gerade den Mund aufmachen, liess es jedoch bleiben.
In der Zwischenzeit stiegen Dichter mit musikalischer Begleitung auf die Bühne. Viele besangen mit ihren Gedichten die Liebe. Während auf der Bühne gespielt wurde, tanzten einige zur einfühlsamen Musik, darunter auch Anastasia und Mendrieno.
Als Alfred, ein Dichter, welcher alleine am Grossen Fluss lebte, ein besonders trauriges Stück spielte, tanzten Mendrieno und Anastasia langsam vor der Bühne. Alfred sang mit seiner sanften tiefen Stimme traurig vor sich hin:

„Kaldund, mächtigen Junggesellens Kraft
Ein wackerer Kriegesmann
Treuer Diener des Königs Herrschaft
Schwert und Harfe liegen ihm ebenso
Alleine reitend übers Land
Scheint die Sonn, strahlt sein Gesicht noch so froh

Der Tag kam, den jeder erwartete
Der Rittersmann sah ihr Angesicht ein erstes Mal
Als der dunkle über ihm aufklarte
Schön war im Licht ihr Antlitz
Ihr Liebreiz umfing ihn schnell
die Jungfrau Belenia traf ihn wie der Blitz

Mit ihr zu kommen er ihr anerbot
Zum Hause ihres Vaters sie kamen,
doch der alte Mann den beiden Liebenden die Liebe verbot
Verzweifelt sie waren
Hilflos sich suchend
Auf einmal war Kaldund sich im Klaren.

Er wollte sie nicht aufgeben
Zu allem war er bereit
Ohne sie wollte er nicht mehr leben
Doch die Pflicht rief ihn in den Krieg
Da erkannte der Alte Kaldunds Ehre
Er gab ihm seine Tochter zum Weib

Vermählen sollten sie sich dürfen, wenn der Held zurückkehre
Überlebend den Krieg, geschlagen den Krieg
Zurückgekehrt voller Ehre
Siegreich war die Schlacht
Der Feind besiegt
Der tapfere Kriegsmann kehrte zurück in jener Nacht.

Feuer loderte, Holz schmorte, Schreie erklangen
So sah der Rückkehrer das Haus
Ihm war angst und bange
Doch nicht um ihn selbst, der er tapfer war
Seine Liebe fürchtete er zu verlieren
Das Gesicht, das so schön und klar

Ihre Augen standen noch offen
Neben dem Leib ihres Vaters lag sie schwach
Kaldund wollte noch hoffen
Ihre Augen fielen zu, deren Licht erlosch
Kaldund verlor sich in Trauer
Als Erinnerung nahm er ihre goldene Brosch

Alleine ohne jedwede Lieb
Strich er durch die Gegend
Er suchte nach dem Dieb
Tot war der Mörder seiner Lieb
Getötet hat ihn der Kriegsmann
Schmerzvoll war ihm das Leben, das ihm noch blieb."

Als es in einer Strophe um die Trennung zweier Liebender ging, küsste sich das Tanzpärchen. Das versetzte Larior, welcher zufällig zu den beiden hinübergeblickt hatte, einen Schlag in den Bauch. Er kehrte sich um und begann ein Gespräch mit Breg, einem seiner Klassenkameraden. Breg war ein schlaksiger Junge mit schwarzem Haar. Er gehörte zu den Oringern. Er war einer der jüngsten, welche für den Krieg ausgelost worden waren, und er schien finsterer Laune zu sein.

„Larior, ich will nicht in den Krieg, ich habe Angst. Ich will hier bleiben und ein friedliches Leben führen, genauso wie meine Vorfahren", sagte Breg traurig.

„Auch, wenn ihr sie nicht sehen werdet", meinte Larior mit ruhiger Stimme, während er Breg seine Hand tröstend auf die Schulter legte, „gibt es jene, welche im Versteckten wandeln. Sie werden euch schützen so gut es geht, wir werden uns wiedersehen."

Darauf antwortete Breg mit trauriger Miene: „Nein, das glaube ich nicht, ich spüre es, ich werde schon bald mein Ende finden. Ich hoffe, es wird nicht schmerzvoll sein. Ich hoffe, ich werde in Erinnerung bleiben."

Darauf wusste Larior nicht, was er erwidern sollte, Bregs traurige Worte hatten ihm in den Sinn gerufen, welches Glück er hatte, nicht mit allen anderen in den Krieg ziehen zu müssen. Dann wurde er jäh von einem Gedicht, welches nun düster über dem Platz erklang, aus seinen Gedanken gerissen.

Dunkel klangen die Worte über die Menge, das Gelächter der vielen angetrunkenen Leute verstummte, als der Dichter mit seinem Gedicht zu den traurigen Klängen einer Harfe zu singen begann:

„Traurig geht der Tag dahin
Die Sonne verlässt uns schon
Müde im Sinn
Denkt der Soldat an seinen kleinen Sohn

Die Nacht bricht herein
Der runde Mond steigt an den Himmel,
Unter dem Sternenzelt steht der Soldat ganz klein
Und hört nur ein leises Gebimmel.

*Dann durchbricht die Ruh
Das Heulen der Wölfe
Sie muht noch ein letztes Mal die sterbende Kuh
Doch es kommt keine Hilfe*

*Alleine in der Finsternis
Steht der Soldat mit seinen Mannen
Doch dort ist das Verhängnis
Irgendwo zwischen den Tannen*

*Vom Dunkel umfangen
Von Bestien umzingelt
Das Schicksal ist ihnen ergangen
Welches sie nun umringelt*

*Verlassen musste er ihn für Ruhm und Ehre
Seinen nun vaterlosen Sohn
Doch dieser wird es wissen
Sein Vater starb mit reinen Gewissen.*

*So wusste sein Sohn
Ruhm und Ehre
Seines Vater für immer währe."*

Einigen Frauen und Kindern kullerten langsam Tränen über die Wangen, sie wussten, das gleiche Schicksal könnte auch ihre Söhne, Brüder oder Väter ereilen. Langsam klangen die letzten Töne der Musik aus.
Neue Bierfässer mussten geholt werden, denn die Menge spülte ihre Trauer mit Bier hinunter, sodass sich die Stimmung bald wieder hob.

Den restlichen Dichtern wurde kaum mehr Aufmerksamkeit geschenkt, lieber widmeten sich die Bürger nun ihren Bierkrügen. Das Bier und der Wein flossen in rauen Mengen, und manch einer war rasch nicht mehr klar bei Sinnen.

Als der Gesang des letzten Dichters verklungen war, setzte die Festmusik mit beschwingten Melodien ein. Die Menge begann fröhlich zu tanzen, wobei da und dort Männer unter dem Nebel des Rausches strauchelten. Taumelnd und ermutigt durch den Rausch forderten einige der jüngeren Männer ein Mädchen zum Tanzen auf.

Grindor hatte versucht, für einmal nüchtern zu bleiben, doch wurde am Tisch der Ehrengäste ein Prost nach dem anderen ausgesprochen, und der Bürgermeister wollte unbedingt, dass sich sein Schreiberling zu ihnen setzte, denn sein Nachwuchsbürgermeister, wie er ihn heute stolz nannte, sollte auf jeden Fall bei ihnen Platz nehmen.

Grindor war sich nur Bier gewöhnt, doch wurde schnell hintereinander Wein ausgeschenkt. Selbst Prinz Arak schien allmählich etwas berauscht zu sein und blickte schräg in die Gegend. Lakalt, welcher daneben sass, erzählte einen Witz nach dem anderen, welche er in Cammal gehört hatte. Jedes Mal brach die Gesellschaft in schallendes Gelächter aus und spülte wieder Wein nach. Die Witze wurden von den nächsten Zuhörern weitererzählt und veränderten sich von Mal zu Mal, bis sie keinen Sinn mehr machten, wenn sie an den entferntesten Tischen angelangt waren, doch lachten immer noch alle darüber.

Grindor nickte nun langsam am Tisch ein und liess seinen vollen Bierkrug fallen. Gars Bürgermeister leerte ihm ein Glas Bier über den Kopf, worauf Grindor wieder hochschreckte. Die Ehrengäste brachen in johlendes Gelächter aus, während Feldengar Grindor zurief: „Du schläfst sonst schon genug bei deiner Arbeit, dann musst du es hier nicht auch noch tun. Feiere solange du feiern kannst."

Darauf brach der Bürgermeister in wildes Gelächter aus und die anderen stimmten ein, auch Grindor begann zu lachen, obwohl er nicht wusste weshalb. Schliesslich stand Mendrieno auf und rief mit johlender Stimme: „Wie immer ist das Fest hier eines der Besten weit und breit. Vor allem anderen habe ich dabei mit dieser wunderschönen Frau hier zusammengefunden."

Er küsste Anastasia, die verlegen lächelte und rot anlief. Dann erhoben alle noch einmal ihre Weinkelche und liessen sie aneinander klirren. Grindor konnte sich nun an nichts mehr erinnern, was noch geschah, einzig, dass ihm ein paar Leute etwas zuriefen, dann riss seine Erinnerung vollständig ab.

Larior sass müde an der Hausecke der Gerberei auf dem Weg zum Seitentor. Es stank immer noch nach dem üblen Geruch des gegerbten Leders, doch machte es ihm nichts aus. Seine traurigen Augen richteten sich auf die leere Wand gegenüber. Er wusste selbst nicht, wieso er sich auf einmal so traurig fühlte, er wusste nicht, ob es daran lag, dass er hatte zusehen müssen, wie Anastasia diesen Gockel bevorzugte oder dass er in der Stadt war anstatt bei den Jägern. Sein Kopf neigte sich auf seine Schulter. Plötzlich hörte er weiche Schritte die Pflasterstrasse herunterkommen. Er sah die Gestalt einer jungen Frau und bemerkte, dass es Anastasia war. „Du glaubst doch nicht wirklich, dass dich dieser Gockel liebt", begann Larior zu sprechen, als sie an ihm vorbeiging, „er ist ein Adliger, und wie ich gehört habe, bevorzugt er es an diese Feste zu kommen, anstatt mit seinen Männern in den Krieg zu ziehen."

„Larior?", erschrak Anastasia überrascht, während sie immer noch das Lächeln trug, welches ihr Mendrieno auf ihr Gesicht gezaubert hatte, „du verstehst das nicht, ausserdem hat er mir gesagt, dass er bereits im Krieg war."
Larior setzte ein leeres Lächeln auf und erwiderte: „Glaub was du willst, doch verbirgt er etwas, was er niemandem preisgibt, das erkenne ich in seinen Augen."
„Du kennst ihn nicht und kannst das nicht beurteilen", fuhr sie ihn an und stolzierte davon.
„Glaub mir, du wirst es noch bereuen", rief ihr Larior nach, doch erhielt er keine Antwort mehr.

Was am Abend des Frühlingsfestes geschah, blieb den meisten nur schleierhaft in Erinnerung, da ausser den Kopfschmerzen kaum mehr etwas im Kopf Platz fand. Zu ihnen gehörte auch Grindor, der müde seine Augen öffnete, sie aber gleich wieder schloss, als die Wolken am blauen Himmel rasch ihre Kreise drehten. Etwas Feuchtes klebte an seiner Wange und jagte ihm Ekel über den Rücken hinunter. Er wollte sich gerade in seinem Bett aufrichten, als er merkte, dass er nicht in seinem kuschligen Bett lag. Er öffnete mühsam seine Augen wieder und versuchte, die Dinge um ihn herum einzuordnen. Es war bereits hell, doch war noch niemand wach ausser einigen Arbeitern. Das einzige was er sah, war ein Teller aus Metall und etwas Fruchtcreme, welche sich zwischen seiner Wange und dem Teller befand. Erschrocken stellte er fest, dass er immer noch auf dem Festplatz war, dann sah er sich um. Auf einigen Bänken und am Boden lagen noch andere schlafend da, die meisten in den unmöglichsten Stellungen. Als sich Grindor die Haare aus dem Gesicht streichen wollte, waren diese ganz klebrig. Da fiel ihm ein, dass ihm der Bürgermeister Bier über den Kopf geschüttet hatte, das nun seine Strähnen verklebte.

„Ob sich dieser noch daran erinnern kann?", fragte sich Grindor mit schmerzendem Kopf.

Er suchte auf dem verschmutzten Tisch vergeblich eine saubere Serviette, um sich das Gesicht abzuwischen. Schliesslich begab er sich schwankend auf den Heimweg in Richtung Schmiede. Schon von weitem hörte er das Hämmern seines Vaters in der Werkstatt, das in seinem Kopf wie schwere Glockenschläge dröhnte. Wahrscheinlich war Arior einer der einzigen, welche am Vorabend nicht zu viel getrunken hatten, denn lange waren er und Auwalla bei den Jägern geblieben, während sie das Gejohle aus der Stadt gehört hatten. Seine Mutter hatte gerade Wäsche, als Grindor hereinkam. Lachend sah sie ihn an und stützte ihn, während er ins Bett taumelte und sofort einschlief.

Larior wurde von Grindors Lärm geweckt, welchen dieser beim Hinaufgehen über die Treppe verursacht hatte, und schaute müde aus dem Zimmer. Auch er hatte Kopfschmerzen, doch nicht besonders starke. Er grinste schadenfroh, als er seinen Bruder sah, wie seine Augen sich immer mehr verdrehten und er kaum noch einen Fuss vor den anderen setzen konnte. Nachdem er sich angezogen hatte, begab sich Larior zu seinem Vater in die Schmiede.

„Wieso arbeitest du heute so früh in der Schmiede?", fragte Larior seinen Vater.

„Ich muss Waffen für Gar und die Jäger schmieden. Gut, dass du gerade hier bist. Ich muss dich etwas fragen", antwortete Arior, bevor er mit der Arbeit fortfuhr, „Ich habe bemerkt, dass etwas Dailronera Stahl verschwunden ist, und da mir Trendior gestern erzählt hat, du hättest dir ein eigenes

Schwer geschmiedet, ahne ich, dass du den Stahl genommen hast."

Zuerst zögerte Larior, bevor er dann stotterte: „Ja, ich habe ihn genommen, ich wollte mir selbst ein Schwert schmieden, ein eigenes."

„Was hast du dir dabei überlegt, mitten in der Nacht ein Feuer zu machen und so viel Holz und Kohle für ein einziges Schwert zu verschwenden? Zeig es mir, ich will sehen, ob es das wert war", schimpfte Arior mit seinem Sohn.

„Entschuldige", sagte Larior leise, bevor er in sein Zimmer ging, um das Schwert zu holen. Er wickelte es dort aus dem Tuch, in welchem er es fein säuberlich verpackt hatte. Der Junge zog es aus der alten Lederscheide, die er in der Schmiede gefunden hatte und sah sein verzerrtes Spiegelbild auf der Klinge. Danach schob er das Schwert sanft in die abgegriffene Scheide zurück. So legte er es in der Schmiede seinem Vater in die Hand. Dieser schaute kritisch auf das Heft und sah dann Larior vorwurfsvoll an, doch klappte sein Kiefer herunter, als er das Schwert aus der Scheide zog. Erstaunt hielt er es in der Hand, dann sah er zu Larior. Arior war sprachlos und starrte auf die bläulich schimmernde Klinge.

„Zeige dieses Schwert niemandem ausser den Jägern und auch diesen nur, wenn es wirklich nötig ist", sagte Arior hastig. Dann ertönte aus Lariors Mund die erwartete Frage: „Wieso?"

„Versprich mir, das zu machen, was ich dir gesagt habe", erwiderte Arior ohne auf die Frage seines Sohnes zu antworten. Larior antwortete darauf in gereiztem Ton: „Ich verspreche es. Jedoch wüsste ich gerne, wieso."

„Das wirst du früh genug selbst herausfinden", antwortete Arior harsch, „ausserdem hast du ohne zu fragen einfach meinen Stahl genommen, dieser Stahl ist sehr wertvoll, doch lasse ich das durchgehen, denn diese Klinge ist ein Meisterwerk. Das Metall, das du genommen hast, stammt aus den Bergen weit im Norden, aus den Minen der Zwerge, geschmolzen durch die Gnome."

Larior hatte es langsam satt, dass sein Vater immer in Geheimnissen redete, sobald ihn etwas interessierte. Unzufrieden verliess Larior die Schmiede und setze sich an den Tisch um zu frühstücken. Er ass Brot, welches er in einer Schale Milch aufgeweicht hatte. Der Junge spürte immer noch das Bier vom Vorabend, konnte jedoch ohne Mühe etwas essen. Nun hörte man auch erste Stimmen von den Strassen, müde Stimmen, doch zufriedene. Erste Wagen verliessen die Stadt wieder mit leeren Körben und Fässern. Man hörte das Hufgetrappel eines Pferdetrupps: Arak und sein Gefolge verliessen soeben die Stadt, nachdem sie vom Bürgermeister mit würdigen Worten und einem Knicks vor Arak verabschiedet worden waren. Für Arak und seine Soldaten war es ein unangenehmer Abschied. Auf sie wartete in wenigen Tagen wieder der Kampf gegen diese Bestien, und sie konnten keine Feste mehr feiern. Lange sahen die Wachen auf der Mauer dem in der Sonne schimmernden Trupp nach, wie er in Richtung Brückstadt ritt.

Einige Leute begannen mit den Aufräumarbeiten und versuchten diese mit möglichst klarem Kopf zu erledigen. Andere führten Gespräche, um ihren Gedächtnissen auf die Sprünge zu helfen und Dinge zu finden, die sie seit letzter Nacht vermissten. Noch andere lagen mit Kopfschmerzen im Bett, so wie Grindor, und schworen sich, nie mehr einen Krug Bier auch nur anzusehen. Alle Menschen in Gar wussten, dass dieses Frühlingsfest das letzte grosse Fest für längere Zeit gewesen war, das spürten sie nun in ihren Köpfen. Sie wussten, dass sie bald nicht mehr so viel zu lachen hatten.

Eine Patrouille der Stadtwache marschierte durch die ganze Stadt, um auch die letzten Leute nach Hause zu bringen. Manch einer der Wachen lächelte schadenfroh, wenn er jemanden sah, den er kannte und der irgendwo in einer Gasse in einem schmutzigen Graben eingeschlafen war.

Der Tag nach dem Frühlingsfest zog sich dahin, Grindor fühlte sich abends kaum besser, und am nächsten Tag musste er arbeiten. Doch das Wichtigste war getan, die Truppen würden bald ausrücken und das Frühlingsfest war vorüber.

Fünfzehntes Kapitel - Frühlingsabschied

In den nächsten beiden Wochen sah man jene, die Gar verlassen mussten, noch viel Zeit mit ihren Familien und Freunden verbringen. Es waren noch vier Tage bis zum Abmarsch, als es an der Türe der Schmiede klopfte. Larior öffnete und sah Hildebrand vor sich stehen.
„Was führt dich hier her?", fragte der Sohn des Schmiedes neugierig.
„Komm bitte mit, ich würde dich gerne etwas fragen", antwortete Hildebrand mit trauriger Miene. Die beiden verliessen Gar durch das Haupttor und schlenderten den Weg dem Grünbach entlang. Das Schneewasser plätscherte fröhlich vor sich hin, während sich die Sonne im milchigen Wasser spiegelte. Sie gingen schweigend fast bis zum Sonnenweiher, als Hildebrand zu sprechen begann: „Es gibt Gerüchte darüber, dass du und dein Vater zum Volke der Jäger gehören, darum will ich dich etwas fragen."
„Was denn?", fragte Larior etwas ungeduldig.
„Werden sie uns unterstützen, wenn wir in Not sind? Schliesslich heisst es, dass sie nahezu unbesiegbar und unsterblich seien", fragte Hildebrand in angsterfülltem Ton.
„Ich weiss nicht, ich denke schon, doch weiss ich nicht viel über sie. Sie wandeln im Verborgenen und treten dort auf, wo Not herrscht. Darum könnte es gut sein, dass sie euch eure Leben retten werden", entgegnete Larior zu Hilde-

brands Genugtuung. Der Stadtwache gab sich mit dieser Antwort zufrieden und sie setzten sich an den Sonnenweiher, wo sie die Strahlen der warmen Nachmittagssonne in vollen Zügen genossen.

Die Sonne neigte sich bereits den Hügeln zu und die Wolken glühten feuerrot, der Brand breitete sich rasend schnell aus, bis der ganze Himmel in Flammen zu stehen schien.

„Morgen wird es wahrscheinlich regnen", bemerkte Hildebrand, um das Schweigen zu brechen.

„Denkst du, dass wir uns wiedersehen werden?", fragte Hildebrand nun Larior ernsthaft. Dieser wurde aus seinen Gedanken gerissen und erwiderte unsicher: „Ich hoffe es, doch weiss ich nicht wo. Vielleicht ergibt es der Zufall, dass ich dir irgendwann folgen muss, dann sehen wir uns vielleicht dort, doch könnte es auch sein, dass alles gut geht und du heil nach Hause zurückkehrst, dann würden wir uns hier wiedersehen."

„Das wäre schön", meinte Hildebrand, welcher von diesem Gedanken aufgeheitert wurde, „dann kann ich dir hier an diesem Platz von meinen Erlebnissen erzählen und du erzählst mir von deinen. Achte allerdings darauf, dass du dich nicht mit den Hohen anlegst, das kommt selten gut raus, ich habe bereits gehört, sie hätten deinen Vater im Auge."

„Werde ich", antwortete Larior ebenfalls mit einem Lachen im Gesicht. Kurz darauf, als ein Wagen mit klimpernder Ladung vorbeifuhr, wurden beide wieder ernst, ihnen wurde in den Sinn gerufen, dass sie eine schlimme Zeit erwartete. Es würde kein Sommer mit Festen und langen Abenden auf den Wiesen geben, wie sie es kannten. Stattdessen stand ein Sommer mit harter Arbeit für die einen und ein dunkler schmerzvoller Sommer für die anderen bevor. Die Sonne war inzwischen zu einem Teil bereits hinter einem Hügel verschwunden, ihr Licht wurde von den dunklen Gedanken der Zukunft getrübt. Im Glanz der letzten Sonnenstrahlen machten sich Hildebrand und Larior auf den Heimweg.

Als sie nach Gar zurückkamen, lag die Stadt im Schatten, man hörte nichts ausser dem Hämmern und Klirren aus einigen Werkstätten. Es war, als hätte sich ein Deckel über die Stadt gelegt. Niemand sprach auf der Strasse ein Wort, alle machten grimmige Gesichter, selbst bei den grossspurigsten Bürgern war die Furcht zu spüren. Hildebrand verabschiedete sich vor seinem Haus von Larior. Darauf ging dieser mit langsamen Schritten in bedrückter Stimmung nach Hause.

Der nächste Tag war neblig und kalt, die Mienen aller Bürger waren düster und traurig. Als Grindor abends von seiner Arbeit zurückkehrte, wollte er noch in den Goldenen Fuchs etwas trinken gehen. Noch während er über die Schwelle schritt, blieb ihm der Mund offen stehen. Ausser dem Wirt waren nur zwei Männer in der Schenke. Sie sassen an einem Tisch beim Kamin und tranken je einen Krug Bier, dazu kaute jeder etwas Käse. Berhald trocknete soeben ein paar Gläser ab, als ihn Grindor fragte: „Wo sind alle Leute?"

„Weiss nicht", antwortete Berhald knapp und mürrisch, man sah ihm an, dass er sich über die fehlende Kundschaft ärgerte. Seine Miene heiterte sich erst etwas auf, als Grindor ein Bier bestellte. Dieser blieb jedoch nicht lange in der Schenke, trank das Bier und ging schnell nach Hause. Es war eisig kalt, und der Nebel wurde von einem pfeifenden Wind durch die Gassen getrieben. Grindor zog den Kragen seiner Jacke bis fast zur Nase hoch und kämpfte sich gegen den Wind nach Hause, wo er müde und durchfroren ankam.

Die nächsten beiden Tage brachten zum Leidwesen der Garer kein besseres Wetter. Zum ständigen Nebel kam nun auch noch Nieselregen hinzu, welcher nicht aufhören wollte. Auf der Strasse waren kaum mehr Leute zu sehen, alle hielten sich in ihren Häusern und Werkstätten auf. Auch als Larior im Auftrag seiner Mutter in der Markthalle einkaufte, sah er kaum jemanden, nicht einmal alle Stände waren besetzt.

Dann kam der Tag des Abmarsches, jener Tag, an dem die Söhne Gars in den Krieg ziehen mussten, um das Reich zu verteidigen und Ruhm und Ehre zu erlangen. Jene, welche für den Krieg bestimmt worden waren, hatten sich in der Kaserne eingefunden, während die Menge draussen wartete, um sie feierlich zu verabschieden. Der Tag war noch trüber als die vorangegangenen. Der Nebel lichtete sich zwar langsam, doch zogen am Horizont schwere dunkle Wolken auf, die drohend näherkamen. Der Nieselregen hatte immerhin für ein paar Stunden ausgesetzt, als würde er den jungen Männern eine Schonfrist gewähren. Einigen Frauen liefen die Tränen über die Wangen hinunter, es waren Frauen und Mütter derer, welche losziehen mussten. Die Väter und Brüder versuchten tapfer dreinzuschauen, doch war der Abschied zu schmerzhaft, als dass es jemanden unberührt gelassen hätte. Die Kinder weinten ebenfalls wie auch alle anderen, sie alle hatten Angst um ihre Söhne, Brüder, Männer oder Väter.

Larior stand zusammen mit seinem Bruder bei der Kaserne und beobachtete den Abmarsch. Beide waren beauftragt worden, in der Uniform der Stadtwache am Ausgang der Kaserne Wache zu halten. Larior hatte sich immer gedacht, er würde sich freuen, wenn er das erste Mal die Uniform der Stadtwache tragen würde, doch war ihm nun unwohl zu Mute und er hätte sich am liebsten übergeben. Die Soldaten

kamen nun aus der Kaserne, geordnet in Reih und Glied. Einige versuchten gefühllose Gesichter zu zeigen, was in einer schrägen Grimasse endete. Die meisten jedoch schauten traurig drein. Einigen kullerten dicke Tränen über die Wangen und tropften auf ihre Kleidung. Mit schweren Rucksäcken bepackt, marschierten sie auf das Stadttor zu. Oberwachtmeister Grifeld, ein Fredinger, führte die Truppe an, ihm folgten fünf weitere Wachtmeister, ihre Namen waren Heigar, ein Thoringer, Klaus, ein Oringer, Mifred, ein Fredinger, Glen, ein Aringer und Fred, nochmals ein Fredinger. Ihnen folgten die Lanzenträger. Die Herdinger waren erzürnt, sie waren vielleicht die kleinste Sippe, doch hätten sie trotzdem das Recht auf einen Wachtmeister gehabt, so dachten sie jedenfalls, zudem kamen drei der sechs Offiziere aus dem Hause der Fredinger. Die Lanzenträger trugen an ihren Lanzen ein Banner mit Gars Wappen, und an ihren Gürteln hing ein Kurzschwert. Nach den Reihen der Lanzenträger marschierten Schwertkämpfer, die als die besten weit und breit galten. Von ihnen gab es am meisten, denn die Lehrmeister Gars verstanden sich auf den Schwertkampf besonders gut. Sie besassen ein längeres Schwert als die Lanzenträger und auf ihrem Rücken trugen sie einen schweren Rundschild mit einer massiven Eisenkappe. Als Letzte kamen die Bogenschützen. Über ihrem Rucksack trugen sie einen Köcher mit vielen Pfeilen, daneben einen Langbogen aus Eibenholz. Sie waren ausserdem mit einem Kurzschwert bewaffnet.
Die Menge warf vor den Truppen die ersten Frühlingsblumen auf die gepflasterte Strasse, über die hinweg die Soldaten nun Reihe um Reihe die Stadt verliessen.
„Manche von ihnen werden wir nie wieder sehen", meinte Brem traurig zu seiner Frau. Diese antwortete schluchzend:

„Rolf darf uns einfach nicht genommen werden, er ist noch zu jung."

Brem streichelte sanft den Rücken seiner Frau, während ihr zweiter Sohn Johnni mit finsterer Miene schweigend neben ihnen stand.

Kurz nachdem die Soldaten die Stadt verlassen hatten, begann es wieder zu regnen. Ein stärkerer Regen als in den letzten Tagen und umso unangenehmer. Die Menschen gingen wieder zurück in ihre Werkstätten, wo sie versuchten, ihre Gedanken auf ihre Aufgaben zu richten. Die Bauern, welche ihre Verwandten ein letztes Mal hatten sehen wollen, machten sich auf den Heimweg in ihre Dörfer.

Unter ihnen sah Grindor auch den alten Mann mit dem grauweissen Haar, welchen sein Vater Maral nannte. Er fragte sich, ob Maral auch einen Sohn habe, welcher in den Krieg ziehen musste, doch wollte er seinen Vater nicht darauf ansprechen.

Viele Einwohner wurden nun dazu einberufen, in den Werkstätten vor der Stadt an Massenanfertigungen zu arbeiten, da viele der jungen Arbeiter soeben die Stadt im Heer verlassen hatten. So war die Stadt tagsüber fast leer. Sie sah im Nebel noch trostloser aus als in den vorangegangenen Tagen. Keine Freude war rund herum zu spüren, kaum einmal schallte ein Lachen durch die Strassen. Selbst alte Frauen mussten nun Leinenhemden weben, schweres Leder nähen und viele weitere Arbeiten ausführen. Arior war der einzige Schmied der Stadt, welcher in seiner eigenen Werkstatt arbeiten durfte, und er wurde deswegen beneidet.

Obwohl in den Manufakturen vor der Stadt emsig gearbeitet wurde, stieg auch Rauch über den grossen Werkstätten innerhalb der Stadtmauer auf, wo ebenfalls Schmiede Stahl bearbeiteten. Viele Wagen karrten Stahl aus den Mienen

Goldkamms heran. Grindor bemerkte, wie der Bürgermeister bei der Arbeit immer wieder gedankenverloren aus dem milchigen Fenster blickte, hin zur Strasse in Richtung Brückstadt. Grindor ahnte, dass er Angst um seinen Sohn hatte, denn er war manchmal sehr gereizt, doch behandelte er Grindor besser denn je.

Grindor hatte Tag für Tag weniger Arbeit. Der gewaltige Papierkram, welchen er sonst immer zu bewältigen hatte, blieb aus, der Bürgermeister erhielt kaum noch Briefe. Zudem kamen noch keine Meldungen aus dem Krieg. Erst am fünften Tag nachdem die Soldaten Gar verlassen hatten, kam ein Eilbote aus Brückstadt, welcher dem Bürgermeister persönlich mitteilte, dass die Truppen in Brückstadt angekommen waren, wo sie einen Tag Pause hatten, bevor sie verschiedenen Bataillonen zugeteilt wurden und weitermarschieren mussten. Einen einzigen ernsthaften Zwischenfall habe es bis dahin gegeben. Ein Trupp Plünderer hätte sie angegriffen. Doch aus einer Deckung heraus seien die Banditen plötzlich von Pfeilen getroffen worden, und ausser einem Schnitt durch den Dolch eines fliehenden Banditen sei kein Soldat verletzt worden.

Der Bürgermeister fragte sofort voller Sorge: „Wer war dieser verwundete Soldat?"

Grindor hörte Angst in seiner Stimme, er dachte wahrscheinlich, es wäre sein Sohn gewesen.

„Sein Name ist Breg", antwortete der Bote zur Beruhigung des Bürgermeisters.

„An seiner Stelle hätte Larior sein können", sagte sich Grindor daraufhin beunruhigt. Er war unheimlich froh, dass Larior nicht auch bei jenen war, welche Gar verlassen hatten. Er schaute nun zum Fenster hinaus. Zu seiner Ernüchterung zogen immer noch Nebelschwaden vorbei und es schien, als würde das Wetter die Gefühle des Volkes widerspiegeln. Als Grindor sich auf den Heimweg machte, traf er Larior, welcher gerade von seiner Wache am Haupttor kam. Zusammen gingen sie noch in den Goldenen Fuchs, beiden drückte die trostlose Stimmung aufs Gemüt. Immerhin waren ein paar Männer dort im fast verlassen wirkenden Gasthaus. Vereinzelt sah man Menschen, welche durch die Strassen nach Hause gingen. Allerdings schien niemand guten Mutes zu sein, und alle blickten mürrisch drein.

Am nächsten Tag hatte sich der Nebel verzogen, und man sah hin und wieder die Sonne durch die Wolken scheinen. Larior sass zusammen mit Philipp im Wachposten am Stadttor und spielte Karten mit ihm. Es herrschte kaum Verkehr am Tor, nur einzelne Wagen rollten hindurch. Nichts geschah, was die beiden Wachen aufgeschreckt hätte.

Sechzehntes Kapitel - Schattenfallen

Tag für Tag kamen weniger Händler, nur das Nötigste wurde gebracht. Der Marktplatz und die Markthalle waren nahezu leer. Zahlreiche Fuhrleute hielten in Gar nur zum Übernachten an, um dann nach Brückstadt weiter zu fahren. Einzig ein grosser Wagen, welcher von vier Maultieren gezogen wurde, verliess wöchentlich den Hof zwischen den grossen Werkstätten. Jedes Mal fuhr ein Wagen nach Sonnenuntergang los. Begleitet von zehn Männern der Stadtwache, fuhr er dann ebenfalls in Richtung Brückstadt.
Lange Zeit kamen kaum Meldungen nach Gar, bis eines Tages ein Bote auf seinem Pferd daher sprengte. Larior auf der Wache hörte das Hufgetrappel schon von weitem. Der Reiter trug das rote Hemd mit dem Wappen Cammals, er spornte seinen Schimmel mit Leibeskräften an. Als Philipp ihn anhielt, sagte er: „Mein Name ist Kilak, ich muss Euren Bürgermeister sprechen, sofort!"
Zuerst wollte Philipp den Reiter noch weiter ausfragen, doch gab ihm Larior ein Zeichen, dass er ihn passieren lassen solle. Grindor kam gerade von seiner Mittagspause zurück, als der Reiter beim Rathaus eintraf.
„Wo ist der Bürgermeister?", rief ihm der Bote hastig zu.
„Ich melde Euch sofort bei ihm an, wenn Ihr wollt", antwortete Grindor hastig. Er führte den Reiter sogleich zum Büro des Bürgermeisters. Dieser sass tief gebeugt an seinem Schreibtisch und hatte seine Stirn in Falten gelegt. Als er den

Boten sah, wurde sein Blick leer, und anstatt ihn höflich zu begrüssen, fragte er mit tonloser Stimme: „Ich ahne, was Ihr mir sagen werdet. Wer ist gefallen, welche Garländer werden nicht mehr ins Garland zurückkehren?"

Der Bote antwortete darauf mit mitfühlender Stimme: „Ein hundert Mann starker Trupp, bestehend aus den Soldaten Gars und Garlendburgs unter dem Befehl eines Marschalls des Grafen von Garlendburg, war auf dem Weg nach Sonnenheim, um dort die Gefallenen und Verwundeten zu ersetzen. Viele weitere sollten ihnen einen Tag später folgen. Der Trupp kam jedoch vor fünf Tagen nicht weit vom Donnerfall in ein heftiges Unwetter. Einer der Überlebenden hat mir berichtet, sie hätten nichts mehr gesehen, und der Tag sei zur Nacht geworden. Plötzlich hätten sie einen Schrei gehört und dann seien die dunklen Kreaturen einfach dagestanden. Der Schrei kam von einem der Wachen, welche niedergestochen worden sei. Einer nach dem anderen des Trupps wurde niedergemetzelt, es waren nur fünfzig der bösen Kreaturen, doch voller Mordlust und mit dem Überraschungsmoment und der Dunkelheit auf ihrer Seite. Einer der Soldaten, sein Name war Rolf, hat mir vom Überfall berichtet."

Grindor wusste sofort, dass mit Rolf Brem und Katarinas Sohn gemeint war, dieser war gerade mal zwei Jahre älter als Grindor. Daraufhin fuhr der Bote fort: „Er hat mir also erzählt und ich zitiere „Nach dem Schrei war ein riesiges Chaos, wir konnten uns nicht ordnen, innert kürzester Zeit war mehr als die Hälfte von uns tot oder verwundet, während der Feind nur einzelne Verluste zu beklagen hatte. Wir wären alle draufgegangen, wären da nicht plötzlich fünf Männer in braunen Mänteln gewesen. Sie legten einen Pfeil nach dem anderen auf, keiner der Pfeile verfehlte sein Ziel. Als die

grauenvollen Kreaturen auf sie zustürmten, zogen sie ihre glänzenden Schwerter, eine Kreatur nach der anderen fiel. Mit jeder toten Kreatur schienen sich die Wolken immer mehr zu verflüchtigen und die Sonnenstrahlen den blutdurchtränkten Boden zu erhellen. Man hatte das Gefühl, die fünf Männer seien unverwundbar, ihre Kampfkraft war scheinbar übermenschlich. Schliesslich ergriffen unsere Feinde die Flucht, doch schlich sich eine dieser hinterlistigen Kreaturen um das Schlachtfeld herum und schnitt einem unserer Retter die Kehle durch. Daraufhin wurde die Bestie von allen anderen vier aufgespiesst. Nun sahen wir im Licht das ganze Blutbad zwischen den Kadavern der Kreaturen, und wir hörten einige von uns noch stöhnen. Wir machten uns sofort auf die Suche nach Überlebenden, doch gab es davon nicht viele. Die Männer in den braunen Mänteln hatten nun ihre Kapuzen zurückgeschlagen. Sie halfen uns, die Verwundeten so gut es ging zu versorgen. Danach setzten wir unseren Weg bis nach Sonnenheim fort, wo wir auf das Nachrücken des anderen Trupps warteten, bevor wir durch die schlammigen Wege nach Brückstadt zurückkehrten, wo die Verwundeten nun untergebracht sind. Die vier seltsamen Männer verliessen uns in Sonnenheim. Ihren Gefallenen nahmen sie mit, sie wechselten sich beim Tragen ab und machten niemals den Anschein ihn zurücklassen zu wollen. Manche sagen, es wären Jäger gewesen, doch schienen sie mit diesen nicht besonders viel zu tun zu haben. Jemand behauptete, gehört zu haben, diese Männer kämen aus den Bergen im Norden aus einer verborgenen Stadt."
Das alles hat mir dieser Rolf in Brückstadt erzählt, er selbst hatte eine üble Wunde am Arm und ich weiss nicht, ob er den Arm je wieder normal gebrauchen kann."

„Nennt mir ihre Namen, die der Gefallenen", fuhr der Bürgermeister den Boten gereizt und voller Furcht an. Darauf entschuldigte er sich für seinen Tonfall und fügte hinzu: „War mein Sohn auch dabei? Sein Name ist Fredgar."

Der Bote las die Liste durch und antwortete dann zur Beruhigung des Bürgermeisters: „Nein, hier steht kein Fredgar unter den Toten oder Verwundeten."

Dem Bürgermeister wurde nun leichter zu Mute, bevor er den Boten weiter ausfragte: „Wie viele Gefallenen waren es denn, und wie viele kamen aus dem Garland?"

Der Bote berichtete darauf mit trauriger Stimme: „Als ich Brückstadt verliess, waren es neununddreissig, doch sind es fast noch einmal so viele Verwundete und einige von ihnen sind möglicherweise bereits ihren Verletzungen erlegen. Sechsundzwanzig Gefallene, wurde mir gesagt, wären aus dem Garland, allerdings seien nur die wenigsten von ihnen aus Gar selbst, sondern aus den umliegenden Dörfern. Unter den Toten ist auch der Marschall aus Garlendburg, er sei als Erster von einem Pfeil durchbohrt worden."

Grindor dachte nun niedergeschlagen daran, wie es für die armen Bauernfamilien sein musste, vom Tode ihrer Angehörigen zu erfahren und mit dem Wissen leben zu müssen, dass ihre geliebten Söhne und Männer nie wieder zurückkehren würden. Der Bürgermeister bedankte sich beim Boten und schickte eine Wache, diesen in den Goldenen Fuchs zu führen, wo er auf Stadtkosten bewirtet werden sollte.

Als der Bote das Rathaus verlassen hatte, diktierte der Bürgermeister Grindor einen Text, welchen dieser sechsundzwanzigfach niederschreiben musste. Es war ein in Cammal verfasster Text, welcher allen Familien, welche einen Verwandten verloren hatten, zugestellt werden musste. Grindor wurde es beim Schreiben übel zu Mute. Er dachte, wie sich die Betroffenen beim Lesen dieser Nachricht wohl fühlen müssten. Mit matter Stimme begann der Bürgermeister die Zeilen vorzulesen.

Sehr geehrte Witwe Granika

Niemand kann den Verlust ersetzen, den Ihr erlitten habt.
So hoffe ich Euch etwas Trost spenden zu können, indem ich Euch mitteile, dass Euer Sohn in Ruhm und Ehre starb.
Ihm gebührt nicht endender Ruhm für seine Tapferkeit und seine Kampfkraft.
Durch Hinterlist verlor Ihr glorreicher Sohn durch den Feind sein Leben.
Ihr Sohn konnte mit seinem Tod das Leben vieler anderer bewahren.
Zudem war sein Tod nicht vergeblich, denn nur so kann die Freiheit unseres Reiches verteidigt werden, Ehre gebührt ihm und seiner Familie, Ehre für alle Zeit, die Cammal dauert.

In Hochachtung
Ihr Bürgermeister Feldengar
im Namen des Königs Urak von Cammal
A kendram carai harai

Beim Schreiben spürte Grindor, wie ihm eine Träne über die Wange hinunterlief, er wusste, dass es für ihn nun zum Alltag gehören würde, solche Briefe zu schreiben, und jedes Mal könnte es einen seiner Freunde treffen. Erst jetzt bemerkte er, wie eingefallen das Gesicht des Bürgermeisters war und wie sehr sein Chef abgenommen hatte.
Als er beim letzten Brief angelangt war, erschrak er, und seine Hand begann zu zittern. Es war Filp, einer seiner

Freunde, mit welchen er jeweils den Abend vor dem Königstag im Goldenen Fuchs bei einigen Bechern Bier genossen hatte. Er kannte seine Eltern sehr gut und wusste, dass es ihnen das Herz brechen würde, da Filps älterer Bruder auch im Krieg war und sie nicht wussten, ob sie, wenn alles so trostlos enden sollte, künftig kinderlos wären. Filps Vater Grefried war Gerber und arbeitete zurzeit in den grossen Werkstätten vor Gar. Er war immer stolz auf seine Söhne gewesen und immer zuversichtlich, dass beide zurückkehren würden.

Draussen wurde es wieder dunkler, die Sonne vermochte nun die Wolken gar nicht mehr zu durchbrechen, bevor sie unterging. Kein Abendrot durchgleiste den Himmel, keine Freude erstrahlte. Ein pfeifender Wind zog nun wieder durch Gar und rüttelte an den Fensterläden. Einige Nebelfetzen flogen vom grossen Moor heran und hüllten Gar in einen gespenstischen Schleier.

Als Grindor das Rathaus verliess, war es seltsam kalt, kälter als es sonst zu dieser Zeit im Frühjahr war. Kurz meinte er, er hätte eine Schneeflocke fallen sehen, und er irrte sich nicht. Als er zu Hause ankam, lag bereits eine dünne Schneeschicht auf der Pflasterstrasse. Die weissen Flocken waren unangenehm nass und wurden sofort von Grindors Schuhen aufgesogen.

Traurig berichtete er seinen Eltern, was der Bote dem Bürgermeister berichtet hatte. Larior kam später hinzu, und Grindor erzählte es ihm schweren Mutes noch einmal.

Am nächsten Morgen lag eine dünne Schneedecke über Gar, und die Sonne liess sich noch immer nicht blicken. Als Larior in die Kaserne kam, um sich für seine Wache bereit zu machen, waren dort mehr Soldaten als gewöhnlich, zudem stand Hauptmann Bodgar dort. Der rundliche Hauptmann

hielt mehrere Briefe in der Hand. Sein Gesicht hatte seine Härte verloren und sein stechender Blick schien verschwunden zu sein, stattdessen umfing ihn Trauer. Betrübt musterte er seine Männer, bevor er möglichst laut zu sprechen begann: „Hier habe ich Briefe, sie sollen zu den angeschriebenen Familien gebracht werden. Es sind die Schreiben, welche ihnen vom Tode ihrer Angehörigen berichten, ihr müsst einfühlsame Worte finden. Ich weiss, dass das nicht leicht ist, doch ist es unsere Pflicht, ihre ehrenvolle Trauer zu lindern. Mit euch, Grendgar, aus dem Hause der Thoringer, Frederik, aus dem Hause der Fredinger und Pedro, aus dem Hause der Herdinger würde ich gerne alleine reden."
Dabei sah er die drei Soldaten aus der Stadtwache mitfühlend an. Larior wusste von seinem Bruder, dass sie alle einen Bruder verloren hatten, doch wussten sie selbst es noch nicht.
Die Hälfte aller Soldaten, welche sich in der Kaserne befanden, musste nun einen solchen Trauerbrief überbringen, alle an den verschiedensten Orten im ganzen Garland, auf Bauerhöfen und auch in Dörfern. Als es keine Freiwilligen gab, wählte Bodgar sechsundzwanzig aus, die seinen Auftrag ausführen mussten.
Larior hoffte, nicht zu ihnen zu gehören, doch wurde er damit beauftragt, mit einem Brief nach Moordorf zu gehen. Ihm graute jetzt schon davor, die zwei Wegstunden in der Eiseskälte zuerst hin und dann wieder zurück zu wandern. Immerhin begleitete ihn ein weiterer Soldat, Darweil, ein Herdinger, der ebenfalls mit einer Todesnachricht Moordorf aufsuchen musste. Mehrere weitere würden auch ein Stück weit diesen Weg nehmen zu Gehöften und Weilern in der Nähe von Moordorf, um die Trauernachricht zu überbringen.

Sie marschierten alle zusammen mit düsteren Mienen los. Die Wolken hatten sich etwas aufgelockert, manche Sonnenstrahlen trafen die Strasse vor Gar und schmolzen den Schnee von den Pflastersteinen. Allerdings entschwand dieser Lichtblick nach kurzer Zeit wieder hinter den grauen Fetzen, die über Gar zogen.
Der Weg nach Moordorf war schlammig, und die Soldaten sanken mit ihren Lederstiefeln bei jedem Schritt knöcheltief in den kalten Schlamm. Larior lief die Nase, während sie auf dem Weg kaum vorwärts kamen.
„Auf diese Art dauert die Wanderung etwa doppelt so lange", nörgelte Darweil mürrisch.
Nach etwa Dreiviertelstunden wählten vier Männer den Weg nach Feldwil, während der Rest weitermarschierte. Immer wieder bogen weitere Männer ab und begaben sich zu den Weilern an den Hügeln. Allen wurde immer mulmiger zu Mute, schliesslich waren sie die Boten des Todes, jene, die Nachricht eines toten Geliebten überbringen mussten.
Der Schnee war inzwischen vollständig geschmolzen, doch war nun alles feucht, und sie kamen immer schlechter voran. Bei der Kreuzung zum Steinbruch sanken einige so weit in den Sog des Schlammes, dass sie die Hilfe anderer benötigten um weiterzukommen. Immerhin waren nun wieder blaue Flecken am Himmel zu sehen, dennoch war ihre Laune auf dem Tiefpunkt angelangt, und sie wünschten sich zurück nach Gar in ihre warmen Stuben.
Darweil und Larior gingen den Weg nach Moordorf weiter, während andere den Weg über den rutschigen Holzsteg durch das Moor, welches Moordorf den Namen gegeben hatte, fortsetzten.
Larior war noch nie zuvor in Moordorf gewesen, er war überhaupt noch nie weit von Gar weggekommen. Moordorf war

ein kleines Dorf mit kaum dreissig Häusern, fast alle aus einfachem Rundholz von den Hügeln, nur einige wenige hatten ein steinernes Erdgeschoss. Besonders auffällig war ein Haus, das auf Steinsäulen direkt im Moor stand und nur über einen Steg erreichbar war. Über dem Kamin stieg bläulicher Rauch auf, der dann und wann seine Farbe etwas zu ändern schien.

Die Häuser umgaben einen gepflasterten Dorfplatz mit einem Brunnen in der Mitte. In der Ferne hätte man das silberne Band des Grossen Flusses gesehen, hätten da nicht die dicken Nebelschwaden über dem Moor gehangen. Als sie zwischen die Häuser traten, wurden sie misstrauisch gemustert. Darweil war unwohl zu Mute, während Larior neugierig zum Haus im Moor hinschaute.

Sie beschlossen, beiden Familien die Briefe zu zweit zu überbringen. Zuerst begaben sie sich zu einem Holzhaus am Rande des Dorfes. Der Türrahmen schien über die Jahre in Schieflage gekommen zu sein, ebenso wie der Kamin. Auf dem Dach fehlten mehrere Schindeln, ansonsten war das Haus gut gepflegt. Hinter dem Haus war ein grosser Kartoffelacker zu sehen.

Larior klopfte dreimal mit seinen Knöcheln an die Tür. Sie mussten einige Augenblicke warten, bis ihnen eine mollige Frau in Kochschürze aufmachte. Sie begrüsste die beiden mit einem Knicks und fragte: „Seid gegrüsst. Was führt Soldaten aus Gar zu uns?"

„Seid gegrüsst. Wir müssen Ihnen diesen Brief hier überbringen", antwortete Darweil.

„Tut mir leid", antwortete die Frau, „aber ich kann nicht lesen. Mein Mann konnte es, doch ist er vor zwei Jahren gestorben und mein Sohn ist, wie Ihr hoffentlich wisst, in die Armee eingezogen worden und kämpft im ehrenvollen Krieg des Königs. Meine beiden anderen Söhne sind ebenfalls nicht hier. Einer ist im Steinbruch und der andere hilft gerade dem Schmied, da dessen Sohn ebenfalls für Ruhm und Ehre kämpft."

Darweil las ihr darauf die traurige Nachricht mit mitfühlender Stimme vor. Die Frau umklammerte nun den schiefen Türrahmen mit ihren bleichen Fingern. Ihr Gesicht hatte jegliche Farbe verloren, und die Falten auf ihrer Stirn schienen sich tiefer und tiefer zu graben. Darweil hielt ihren anderen Arm, damit sie nicht umfiel. Nun bekam ihr Gesicht wieder Farbe, und dicke Tränen flossen über ihre Wangen hinunter. Darweil versuchte sie zu trösten, fand jedoch nicht die richtigen Worte. Als er die Frau hilflos anschaute, begann Larior ihn zu unterstützen und meinte auch etwas hilflos: „Mit seinem Opfer hat er vielen anderen dasselbe Leid erspart, welches Ihnen nun zugefügt worden ist. Er ist ein ruhmreicher Mann und wird nun in Frieden bei seinem Vater ruhen."

Bei diesen Worten beruhigte sie sich und entgegnete: „Ich hoffe, ich werde meinen Mann und meinen Sohn nach meinem Tode wiedersehen. Ich hoffe, wir werden irgendwann wieder vereint sein."

„Das werdet Ihr bestimmt", pflichtete Darweil berührt bei.

Dann fing die Frau plötzlich an in einem komischen Tonfall zu sprechen, ihre Stimme klang rauchig: „Ihr beide mögt noch jung sein, doch steht einem von euch ein grosses Schicksal bevor, glaubt mir. Eine Zeit wird kommen, der niemand von uns entrinnen kann, es sei denn durch den Tod."

Larior und Darweil schauten sich verwundert an, sie wussten beide nicht, was das zu bedeuten hatte, sie verzichteten allerdings darauf, der Frau weitere Fragen zu stellen.

Die beiden Stadtwachen verabschiedeten sich nun höflich. Die Frau war wieder wie zuvor und nicht mehr in ihrem träumenden Zustand wie noch vor wenigen Minuten. Als Abschied fanden sie nur die Worte: „Auf Wiedersehen, Witwe Grerika, wir wünschen Ihnen alles Gute und viel Kraft, diese schwere Zeit zu überstehen."

Die beiden gingen nun zu einem Haus am Dorfplatz. Es war ein alter Riegelbau mit einem Erdgeschoss aus massivem Stein, ein Haus der besseren Sorte in Moordorf. Aus dem Kamin stieg schwarzer Rauch, und am Eingang hing ein Schild mit Hammer und Amboss.

Es war die Schmiede, die einzige in dieser Gegend, selbst die Leute aus Feldwil kamen nach Moordorf, wenn sie neue Gegenstände aus Metall brauchten. Als sie dort ankamen, trat gerade ein Junge etwa in Lariors Alter aus dem Gebäude und entfernte sich. Er sah der Frau, bei welcher sie zuvor waren, sehr ähnlich, und so ahnte Darweil, dass es ihr Sohn war.

Larior klopfte mit einem schweren Eisenklopfer in der Form eines Eberkopfes an die Holztür. Zuerst öffnete niemand, doch hörten sie bald die schweren Schritte eines Mannes. Die Tür ging auf, und vor ihnen stand der Schmied, ein wackerer Mann mit breiten Schultern und einem ungepflegten Bart, er trug seine Schmiedeschürze und dicke Lederhandschuhe.

„Was wollt ihr beide denn?", fragte er mürrisch. Erst dann sah er, dass sie von Gars Stadtwache waren, beliess es jedoch bei seinen unfreundlichen Worten.

„Wir kommen im Auftrag des Bürgermeisters von Gar und des Garlands", antwortete Larior vorsichtig, „wir müssen Ihnen diesen Brief hier übergeben, es geht um Ihren Sohn, Herr Derik."

„Wie sind eure Namen?", wollte der Schmied daraufhin mit forscher Stimme wissen.

„Mein Name ist Larior, Sohn Ariors, eines Schmiedes aus Gar, ich bin Soldat in Gars Stadtwache", entgegnete Larior freundlich. Bevor Darweil antworten konnte, fragte der Schmied Larior weiter: „Und welcher eurer berühmten überheblichen Sippen entstammst du?"

„Keiner", antwortete Larior, „erst mein Vater ist nach Gar gezogen."

„Und du, wer bist du?", fuhr er Darweil an. Dieser antwortete nun etwas schüchtern: „Mein Name ist Darweil, Sohn Derwins, aus der Sippe der Herdinger. Ich bin ebenfalls Soldat in der Stadtwache."

„Immerhin aus einer anständigen Sippe, oh ja, ich kenne einige Herdinger, alles anständige Leute", erwiderte der Schmied. Darauf musste Darweil lächeln und antwortete: „Oh ja, leider sind wir die kleinste Sippe in Gar."

Nun hellte sich Deriks Gesicht etwas auf: „Und was wollt ihr beide nun genau von mir?"

„Wir müssen Ihnen diesen Brief hier zustellen", antwortete Larior langsam.

Derik nahm ihm hastig den Brief aus der Hand, brach das Siegel auf und riss das Schreiben aus dem Umschlag, den er zu Boden gleiten liess. Er begann zu lesen, und seine Hände zitterten mehr und mehr. Als sein Gesicht immer bleicher wurde, fing Darweil an zu sprechen: „Er starb um das Leben anderer zu schützen, er ist ein Held und wird uns immer als solcher in Erinnerung bleiben."

Der Schmied schaute mit wutverzerrtem Gesicht vom Schreiben auf und begann zu schreien: „Eure schönen Worte bringen ihn auch nicht zurück. Schert euch weg, bevor ihr ihm folgt! Von wegen, ihr werdet euch an ihn erinnern, er war

nur eine Spielfigur des Wichtigtuers aus Cammal, ebenso wie Tausende andere."
Darweil und Larior begannen zu rennen, während der Schmied ihnen mit einem Hammer nachrannte und weiter schrie: „Ich werde den zur Verantwortung ziehen, der die Schuld an diesem Krieg trägt. Auch wenn es der König persönlich ist, werde ich mich rächen. Er schickt unsere Söhne in den Krieg, um die verlorenen Dörfer der unfähigen Bauern über dem Fluss zu verteidigen! Die sind selbst schuld an ihrem Verderben! Er würde besser solche Spiesser wie Euch schicken, um die es nicht schade wäre, die sowieso keine echten Männer sind, oh ja, das sollte dieser unfähige König tun."
Dann rannten Darweil und Larior aus Hörweite, sahen jedoch, wie Derik immer noch wutentbrannt mit seinem Hammer auf den Boden polterte.
Nun gingen sie etwas langsamer, Larior hörte die letzten Worte des Schmiedes in seinem Kopf widerhallen, vielleicht hatte der Schmied ja Recht, vielleicht waren sie beide keine richtigen Männer, schliesslich waren sie nicht jene, die täglich schwere körperliche Arbeit verrichteten, höchstens dann, wenn der Vater Hilfe brauchte.
Der Weg war nun wieder trockener, und sie kamen schneller voran als auf dem Hinweg. Darweil schien dasselbe zu denken wie sein Kamerad, so gingen sie lange Zeit schweigend nebeneinander her. Sie schreckten erst wieder aus ihren Gedanken hoch, als ihnen eine Stimme zurief: „Darweil, Larior, wartet!"
Es war Godrik, ein Kamerad aus der Stadtwache, ein Aringer, Sohn eines Schatzmannes. Godrik kam gerade aus Feldwil, wo er einer Familie die Unglücksnachricht vom Tod ihres Sohnes überbracht hatte.

Sie unterhielten sich über die Gespräche, die sie geführt hatten. Dabei wurde Godrik übel, denn ihm war es noch schlimmer ergangen als den beiden anderen. Der Familienvater war schwer krank, die Mutter auch schon alt und ihr Sohn nun tot, einzig die beiden Töchter blieben der Familie noch, doch diese würden es nun schwer haben.
„Wie lange wird es noch gehen, bis wir auch in den Krieg müssen?", fragte sich Godrik laut. Darweil antwortete beunruhigt: „Ich hoffe, der Bürgermeister hält sein Versprechen und schickt keine weiteren Truppen."
„Er muss es tun, wenn er vom König den Befehl erhält", entgegnete Larior, „dann wird er uns schicken, dem Bürgermeister ist sein Posten wichtiger als das Wohl seiner Bürger, das einzige was er will, ist Bürgermeister zu bleiben und die Schatzkammern weiter zu füllen, wofür der Krieg ein schnelles Ende finden muss. Zudem müssen die dunklen Wesen besiegt werden, sonst kommen sie irgendwann über den Grossen Fluss zu uns herüber."
Darauf antworteten die anderen nichts mehr, sie gingen alle zusammen schweigend weiter. Als sie auf die grosse alte Strasse kamen und es nur noch ein kurzer Weg bis Gar war, ritt ein Kavallerietrupp aus Cammal vorbei. Die Lanzen trugen Wimpel und Banner, die eisernen Rüstungen glänzten in der Sonne, welche die Wolken durchbrach. Nur einer der hinteren Reiter hob die Hand, um die drei Soldaten zu grüssen, alle anderen ritten mit versteinerten Mienen an ihnen vorbei. Einigen Reitern wehte das Haar unter den Helmen hervor, hinaus auf die glänzenden Harnische.
Die drei Boten schauten den Reitern voller Ehrfurcht nach, dann schauten sie an sich selbst herunter und fanden ihre Rüstungen plötzlich sonderbar und lächerlich. Bis zum Tor sprachen sie wild über diese Reiter mit ihren glänzenden

Rüstungen. Am Tor angekommen, wartete dort zu ihrem Missfallen bereits Hauptmann Bodgar. Einer nach dem anderen mussten sie zu ihm gehen und berichten, wie alles abgelaufen war. Es schien ihnen, als würden sie verhört.
Als er hörte, was Darweil und Larior beim Schmied widerfahren war, war er ausser sich. Darweil dachte zuerst, dass es an ihnen läge, doch zog der Hauptmann kurz darauf wild über den Schmied Derik her: „Dieses Landpack hat jegliche Dankbarkeit verloren. Sie erhalten Schutz und in der Not alles, was sie brauchen, doch wenn sie einen Dienst erweisen sollten, jammern sie wie wild. Das wird ein schlimmes Ende nehmen, sollten sie etwas gegen Gar unternehmen."
Beide, Larior wie Darweil, verschwiegen, dass die alte Witwe Grerika plötzlich einem von ihnen das Schicksal vorhergesagt hatte. Die beiden Stadtwachen dachten die nächsten Tage darüber nach, was das zu bedeuten hätte und wen von ihnen sie wohl gemeint hatte. Beide hofften es für sich, doch äusserten sie ihre Zweifel daran, als sie vier Tage später am Tor Wache hielten.
„Was soll jemand aus Gar schon erreichen, was ein grosses Schicksal wäre", meinte Darweil, während er die Würfel warf, welche als Vier und Fünf auf den Tisch fielen.
„Keine Ahnung, was sie gemeint haben könnte", stimmte Larior seinem Kameraden zu, während er zwei Vierer auf den Tisch warf und mit der Faust auf den Tisch schlug. Larior sah gerade seinen Bruder aus dem Rathaus treten. Grindor kam mit müder Miene geradewegs auf das Tor zu. Larior rief ihm zu: „Schon nichts mehr zu tun im Rathaus? Wo gehst du hin?"
„Auf den Hügel, ich ruhe mich auf den warmen Steinen der Ruine etwas aus", antwortete Grindor mit einem Augenzwinkern.

Larior wusste sofort, dass er Greiair aufsuchte. Die beiden verstanden sich ziemlich gut. Als Grindor bereits einige Meter entfernt war, rief ihm Larior nach: „Ich werde vielleicht auch noch hinaufkommen, wenn die Sonne dann noch scheint."

Es war der erste schöne Tag seit langem, der Wind aus dem Süden trug warme Luft über die Hügel und die Vögel pfiffen, wie sie es seit langem nicht mehr getan hatten. Plötzlich rief Darweil Larior zu: „Da kommt ein Reiter, ein Bote Cammals!" Tatsächlich nahte ein Reiter, es war derselbe Bote, welcher die Unglücksnachrichten einige Tage zuvor überbracht hatte. Darweil führte ihn sofort zum Rathaus. Grindor kam sogleich zurückgerannt, er wollte unbedingt die Neuigkeiten aus erster Hand erfahren. Der Bürgermeister trat soeben aus dem Rathaus, denn auch er wollte die Sonne noch etwas geniessen. Er grüsste den Boten höflich, obwohl man ihm anmerkte, dass er wieder schlimme Nachrichten erwartete und somit nicht froh über die Ankunft des Reiters war.

„Wie viele sind es diesmal?", fragte der Bürgermeister mit trüber Stimme.

„Keiner aus Gar oder dem Garland und auch sonst nur wenige. Ich habe eine sehr erfreuliche Botschaft", antwortete Kilak, der Bote, mit einem breiten Lachen.

„Und die wäre?", wollte der Bürgermeister sogleich wissen.

„Unsere Truppen konnten in ihrem ehrenvollen Kampf bei Sonnenheim die Bestien weit zurückdrängen. Zudem wurde die Grafschaft Markander vollständig befreit, und die königliche Armee treibt unsere Feinde zum Bergbachtal zurück. Die Städte Meerstadt und Bergheim sind nach langer Belagerung wieder frei."

„Das sind sehr wohl erfreuliche Nachrichten", antwortete der Bürgermeister, welchen Grindor das erste Mal seit langem wieder lächeln sah. Dann aber fuhr der Bote fort: „Allerdings braucht die Armee mehr Nahrungsmittel als erwartet. Deswegen erwartet seine königliche Hoheit, dass Ihr mehr Nahrung bei den Bauern einziehst und diese nach Brückstadt bringt. Es muss schnell gehen, sonst könnten wir wieder an Boden verlieren."

Nun sah ihn der Bürgermeister schockiert an und erwiderte: „Der König wird bekommen, was er wünscht, doch wird es das Landvolk aufbringen müssen."

„Er wird Euch dankbar sein", antwortete der Bote, bevor er sich verabschiedete.

Darauf gab der Bürgermeister Grindor den Befehl, Briefe an alle Landmänner in den Dörfern zu schreiben, um die Befehle weiterzuleiten. Grindor marschierte sogleich in das Vorzimmer, tauchte seine Feder in das Tintenfass und begann mit seiner säuberlichen Schrift zu schreiben. Es wurde langsam Zeit, dass neues Papier geliefert wurde. Grindor hatte kaum mehr Blätter des gelblichen Papiers. Der Bürgermeister diktierte, und Grindor schwang die Spitze der Feder über das Blatt.

Herr Landmann

Ich Feldengar, Bürgermeister von Gar und dem Garland, stelle diese Statute aus.
Jeder Hof hat nun das Doppelte an Nahrungsmitteln abzugeben als bisher.
Diesen Entschluss fasse ich auf Grund einer Verfügung unseres Königs, Urak des Prächtigen von Cammal.

Die Nahrungsmittel werden für den Kampf für Wohlstand und Sicherheit unseres Reiches benötigt. Ehrenvoll geschieht der Kampf dank des Volkes, doch brauchen Cammals Söhne Essen, um den ruhmreichen Kampf zu führen.
Solltet Ihr diesem Befehl nicht Folge leisten, so werde ich Euch Eures Amtes entheben.
Hochverrat wird denen vorgeworfen, die dem Befehl nicht Folge leisten, denn der Feind wird auch sie verschlingen.

Der Bürgermeister von Gar
Geschrieben ward dies Dokument a kendram carai harai von Grindor, Ariors Sohn.

Bei den Worten, die er niederschrieb, empfand Grindor plötzlich Mitleid mit den Bauern, doch ahnte er auch, dass sie dieses Statut nicht einfach akzeptieren würden. Nachdem er denselben Brief für jedes Dorf im gesamten Garland geschrieben hatte, schmerzte ihn das Handgelenk wieder. Allerdings war das ein kleines Problem im Vergleich zu den Strapazen, welche die Soldaten jenseits des Flusses durchmachen mussten.

Als Hauptmann Bodgar am nächsten Tag erneut Leute auswählte, welche diese Briefe in die Dörfer zu bringen hatten, war Larior froh, dass er diesmal nicht wieder einen langen mühsamen Marsch antreten musste, um dann beschimpft zu werden. Stattdessen musste er aussergewöhnlich lange Wache halten, da viele Kameraden fort waren. Er hielt sie wieder zusammen mit Darweil, wobei das Spannendste des ganzen Tages ein Gespräch mit einer alten Frau war, welche unbedingt wissen wollte, ob sie in Gar nun bezahlen müsse, um in die Stadt zu gelangen. Abends begab sich Larior auf die

Wiese, welche leicht schräg von der Ruine zur Strasse hin abfiel. Die ersten Gräser leuchteten bereits in der Abendsonne, während das alte braune Gras aus dem letzten Jahr langsam vom frischen Grün verschluckt wurde. Löwenzahn bedeckte golden den Hang und tauchte den Hügel in ein saftiges Gelb. Larior fielen bereits die Augen zu, während er die Wärme der Sonne auf seinem Gesicht spürte. Doch plötzlich schreckte er hoch und drehte sich hastig um.

„Du wirst immer wachsamer", sagte die Stimme ihm gegenüber. Larior sah zuerst nicht, wer es war, weil sich seine Augen noch nicht wieder an das grelle Sonnenlicht gewöhnt hatten. Doch bald erkannte er sein Gegenüber. Freudig rief er: „Trendior! Du hast mich erschreckt."

„Das war ja auch mein Ziel", antwortete Trendior lachend, „hast du Lust auf einen Schwertkampf?"

„Klar!", antwortete Larior erfreut, „doch habe ich mein Schwert nicht bei mir."

Daraufhin folgte er Trendior zur alten Ruine. Dort angekommen, warf Trendior Larior ein Schwert mit geschützten Schneiden zu und rief: „Ohne dein federleichtes Schwert werde ich dich wohl noch schlagen können!"

Beide rannten locker aufeinander zu, bevor sie tief in die Knie gingen. Kurz darauf ertönte der dumpfe Klang des Holzes an den Schneiden, welche nun aufeinander prallten. Einige Splitter lösten sich und fielen zu Boden. Sie kämpften eine Weile, und als Trendior bemerkte, dass Larior nicht mehr so einfach zu bezwingen war, wurde er verbissener, er schlug mit voller Wucht und drängte Larior, welcher nun damit beschäftigt war, alle Schläge abzufangen und dabei den Halt nicht zu verlieren, in die Defensive. Lange sah man die beiden Gestalten auf der Hügelkuppe miteinander kämpfen.

Einige Jäger sahen ihnen belustigt zu. Doch plötzlich stolperte Larior über einen Stein, so dass er hinfiel und Trendior sich über ihn beugen konnte und sich seines Sieges bereits sicher war. Als Trendior ihm gerade das Schwert an die Kehle halten wollte, schlug Larior es weg und zog mit seinem Fuss denjenigen von Trendior weg, so dass nun Trendior den Halt verlor und ihm beim Abfangen des Sturzes sein Schwert entglitt. Als er sich wieder aufrappelte, hielt ihm Larior das Schwert an die Brust und frohlockte: „Besiegt!"

Trendior schien nun wütend, nahm sein Schwert und tat so, als würde er Larior zu einem neuen Kampf auffordern, doch liess er sein Schwert dann lachend sinken und meinte: „Genug für heute. Du machst enorme Fortschritte, langsam beherrschst du den Kampf mit dem Schwert. Zu Beginn hatte ich noch gedacht, du würdest es niemals lernen, doch habe ich mich da wohl geirrt."

„Wie man sich täuschen kann", entgegnete Larior lachend.

Trendior schlug ihm anerkennend auf die Schulter und sagte: „Allerdings wirst du mich im Bogenschiessen noch nicht übertreffen, so starke Fortschritte wirst du dort nicht gemacht haben, noch bin ich einer der besten in der Sonnenfestung."

Sie gingen zusammen in die Ruinen, wo einige Bogen an der Wand lehnten. Trendior nahm je einen für Larior und für sich und holte für jeden fünf Pfeile.

„Siehst du diese Scheibe dort?", fragte Trendior, „auf diese werden wir nun schiessen."

Er zeigte dabei auf eine Scheibe, welche etwa vierzig Schritt entfernt war und legte als erster an. Sein Pfeil flog genau auf die Mitte zu, wurde dann jedoch noch von einem Windstoss, welcher durch eine Mauerspalte hereingedrungen war, leicht zur Seite getragen und traf die Scheibe vier Finger breit von der Mitte entfernt. Lariors Pfeil wurde auch von einem Windstoss abgelenkt und traf die Korkscheibe am Rande, etwa acht Finger breit von der Mitte entfernt. Trendiors Pfeile trafen nun ganz in die Nähe der Mitte, während sich Lariors Pfeile auch der Mitte näherten, jedoch nicht näher als fünf Fingerbreiten. Im ersten Augenblick ärgerte sich Larior über den Wind, doch beruhigte er sich schnell wieder. Die beiden wiederholten ihren Wettkampf einige Male, dennoch gelang es Larior nie, Trendior zu besiegen. Trotz seiner Niederlage war Larior zufrieden, seine Pfeile kamen nun endlich immer näher zum Ziel. Bald, so hoffte er, wäre er im Bogenschiessen besser als sein Bruder.

Trendior riss ihn mit einer Frage aus seinen Gedanken: „Hast du Lust, eine Weile mit mir auf die Jagd zu kommen? Es wird dir gut tun, auch einmal in die Wildnis zu kommen."

„Ja, bis die Stadttore schliessen, komme ich mit", antwortete Larior schnell.

„Ich kann dir jedoch nicht versprechen, dass wir irgendetwas treffen", fuhr Trendior mit ernster Miene fort, „viele Tiere sind nur in der Dunkelheit unterwegs, doch können wir unser Glück auch einmal am helllichten Tag versuchen. Zudem bräuchten wir viel mehr Zeit, doch lass uns sehen."

Beide packten einen Bogen und einen Köcher voller Pfeile auf den Rücken. Rasch begaben sie sich auf der gegenüberliegenden Seite von Gar in den Wald. Unter den Bäumen war es schattig und kühl. Ahorne, Buchen und Eschen trugen bereits grüne Blätter, und einige Bäume und Sträucher begannen zu blühen. Am Waldrand mussten sie zuerst das wild wuchernde Gehölz durchdringen, doch bald lichtete sich das Unterholz, je weiter sie in den Wald hineinkamen. Plötzlich knackte es im Gebüsch, und Larior schreckte hoch. Mit angelegten Pfeilen drehten sich beide um. Allerdings sahen sie zu ihrer Enttäuschung gerade mal einen Vogel davonflattern. Wenig später rief Larior Trendior zu: „Da ist doch gar nichts!" In diesem Augenblick sah er, dass Trendior bereits einen Pfeil aufgelegt hatte. Durch seinen Ruf aufgeschreckt, rannte ein Reh davon. Larior sah nur noch den weissen Spiegel und Trendiors Pfeil, welcher das Reh nur um Fingerbreite verfehlte.

„Wenn du mehr Geduld hättest", sagte Trendior verärgert, „würde ich heute frischen Rehrücken geniessen, doch daraus wird kaum etwas."

„Tut mir leid", antwortete Larior kleinlaut.

„Entschuldige dich nie, sagt Elabrair immer zu mir", entgegnete Trendior, „denn nur schwache Menschen entschuldigen sich für ihre Fehler."

„Das werde ich mir merken", antwortete Larior ernst, bevor er sich zusammen mit Trendior auf den Rückweg machte. Als sie aus dem Wald herauskamen, trafen die letzten Sonnenstrahlen die Spitzen der verfallenen Türme der alten Ruine und färbten diese in gespenstisches Gold. Zusammen stiegen sie den steilen Abhang hinauf bis zu den äussersten Steinen. Beide schwiegen, bis Larior Trendior fragte: „Warst du schon im Krieg jenseits des grossen Flusses?"

Trendior antwortete rasch: „Nein, zum Glück noch nicht, doch kämpfe ich hier Tag für Tag gegen Banditen diesseits des Flusses. Sie werden immer dreister, da die Burgen entlang der Strassen wegen des Krieges immer schlechter besetzt sind."

„Hast du schon einmal jemanden getötet?", wollte Larior weiter wissen.

„Ja", antwortete Trendior, „doch ist es nichts, was ich jemandem wünschen würde. Aber ich hatte kaum eine andere Wahl. Bei meinem ersten Mal waren es Banditen. Sie hatten einen Hof nicht weit von hier überfallen. Wären wir nicht zur Stelle gewesen, hätten sie ohne zu zögern den Hof abgebrannt und die Bauernfamilie umgebracht. Ein Bandit setzte dem Bauern einen langen Dolch an den Hals, ein anderer hielt eine Fackel in der Hand, mit welcher er gerade das Stroh anzünden wollte. Elabrair traf jenen mit dem Dolch mit einem Pfeil in den Rücken, ich schlich mich an jenen mit der Fackel heran und dann schnitt ich ihm -."

Trendior stockte, das ganze Geschehen durchzog noch einmal seine Gedanken, bevor er sich endlich wieder fassen konnte und weitersprach: „Ich schnitt ihm die Kehle durch, überall war Blut, doch konnte ich die Fackel auslöschen, bevor das Stroh brannte. Mehrere weitere Banditen kamen auf uns zugestürmt, allerdings flohen sie, als sie sahen, dass die ersten beiden von ihnen gefallen waren. Später kamen noch weitere Tote dazu, das erste Mal ist aber das grausamste, auch wenn der Bandit den Tod verdient hatte."

Larior schwieg, er wusste nicht, was er sagen sollte. Ihm war es nicht recht, dass er Trendior an diese Sache erinnert hatte, doch konnte er es nun nicht mehr ändern.

Als sich Larior verabschieden wollte, meinte Trendior noch: „Irgendwann wirst auch du in diese Lage kommen, dann darfst du nicht zögern, denn es ist das Gesetz der Natur, „entweder du oder ich", sobald es zu einem Kampf kommt. Der, der zögert, wird fallen, während der andere überlebt."

Darauf verabschiedeten sie sich, und Larior machte sich auf den Weg nach Gar. Er versank schnell in seine Gedanken, in seinem Kopf widerhallten Trendiors Worte „Entweder du oder ich" und „Der, der zögert, wird fallen, während der andere überlebt".

Der Mond stieg bereits hinter den Hügeln auf, und die ersten Sterne begannen im Osten zu flackern. Als er zuhause ankam, fiel seiner Mutter auf, dass er seltsam ruhig war. Larior schwieg fast den ganzen Abend, er hatte ein Gefühl, dass der Tag, an dem er zum ersten Mal jemanden umbringen müsste, um selbst zu überleben, nicht mehr weit sei. Nach dem Essen trat er auf die Strasse hinaus und genoss die Ruhe. Nichts Lebendiges war da ausser einer Katze, die ihm zart um die Beine strich. Er sah in die Sterne und dachte nach, als plötzlich sein Vater an ihn herantrat.
„Komm mit", sagte er zu Larior, „ich will dir etwas sagen, komm mit mir!"
Larior folgte seinem Vater schweigend, neugierig, was dieser ihm zeigen wollte, doch fragte er ihn nicht danach, da er sowieso keine Antwort erwartete. Zusammen gingen sie schweigend zum kleineren Tor, die Wachen liessen sie trotz der Dunkelheit passieren, da Larior ein Kamerad in der Stadtwache war. Ausserdem war es nichts Aussergewöhnliches, dass Arior die Stadt bei Nacht verliess. Langsam schlenderten sie den Hügel hinauf, ein milder Wind strich den beiden durch das Haar. Oben angekommen, setzten sie sich auf die Steine der Ruine. Sie waren noch warm vom sonnigen Tag. Der Mond beschien die leere Ruine sanft in silbernem Licht. Die Jäger schienen fort zu sein auf der Jagd nach Wild oder nach Banditen. Arior schwieg noch eine Zeit lang, und Larior wollte das Schweigen nicht brechen. Der Mond stieg am nächtlichen Himmel immer höher, bis Arior zu sprechen begann: „Siehe in die Sterne, sie sind nicht nur Lichter am Himmel, man sagt sich, sie seien die Seelen der Könige und deren Gefolgschaft aus längst vergangener Zeit und deren Erben. Man sagt, sie würden allen Erben den Weg ihrer Bestim-

mung weisen. Es seien nicht nur Seelen der Menschenkönige, sondern auch jene vieler anderer Völker, welche für das Gute leben. Nicht nur Könige finden ihren Platz unter den glühenden Sternen, nein, auch andere, jene, die für das Gute kämpfen, erfahren diese Ehre. Alles Seelen von Wesen mit gutem Herzen, abgeneigt dem Bösen."
Larior hörte ihm schweigend zu, irgendwie dachte er sich, könnte das die Wahrheit sein, wie sollten diese Sterne denn sonst nach da oben gekommen sein. Müde lehnte er sich an die Schulter seines Vaters und nickte langsam ein. Arior strich seinem Sohn zärtlich durchs Haar und sah mit wässrigen Augen in die Sterne. Später begaben sie sich wieder zurück zur Stadt, Larior stolperte mehrmals, da er immer wieder in das Sternenzelt blickte. Die Vorstellung, es seien Seelen guter Wesen, gefiel ihm. Zuhause legte er sich sogleich ins Bett. Er hatte die Befürchtung, Trendiors Geschichte würde ihm Albträume bescheren. Um sich abzulenken, dachte er an die Worte seines Vaters und schlief bald tief und fest ein.

Siebzehntes Kapitel - Nachtschlacht

Die Wache einige Tage später schien genauso langweilig zu werden wie jene am Vortag. Sie wurde es anfänglich auch, doch kam bei der Wachablösung plötzlich ein Reiter die Strasse herangaloppiert, sein Haar wehte hinter ihm her, und im Gesicht hatte er eine blutende Wunde. Er hielt sich krampfhaft an seinem Pferd fest, seine Hände waren voller Dreck und Blut. Sein Kettenhemd war zerrissen und hing unnütze an seinem gebeugten Leib herunter. Er ritt durch das Tor ohne die Wachen zu beachten und sprang erst vor dem Rathaus von seinem Pferd. Er wäre fast auf die Pflastersteine gefallen, doch konnte er sich noch halten und rannte dir Treppe hinauf. Die Wachen hielten ihn nicht auf, da er das Wappen Cammals trug. Er schrie nur laut: „Ich muss den Bürgermeister sprechen! Sofort, es eilt!"

Ein Schreiber wies ihm den Weg zum Arbeitszimmer des Bürgermeisters. Grindor schrieb gerade an einem Dokument, als die Eichentür aufgerissen wurde. Der Soldat stürmte herein, blieb keuchend vor dem Bürgermeister stehen, schnappte nach Luft und begann hastig zu sprechen: „Mein Name ist Gfalak, ich komme aus Norford, bin Offizier und Bote dort. Wir wurden von wütenden Bauern überfallen, ich glaube, ihnen haben sich einige Banditen angeschlossen. Wir hatten zu wenige Männer, da die meisten im Krieg sind, wir waren machtlos. Zudem haben sich noch weitere Männer dem Aufstand angeschlossen, möglicherweise Söldner. Ich bin zusammen mit den meisten anderen geflohen, nachdem sie die Palisade in Brand gesteckt hatten. Einige Bewohner von Norford wollten sie noch daran hindern, unseren Stützpunkt anzuzünden, jedoch erfolglos. Von Banditen abgefeuert, vermute ich, flogen uns Pfeile nach. Einer streifte mich an der Wange. Wir teilten uns, einige ritten Richtung Brückstadt, da es heisst, Prinz Arak sei auf dem Weg nach Cammal, er und seine Männer könnten Hilfe leisten. Ich habe Rufen entnommen, wenn sich die Wut dieser heimtückischen Verräter nicht lege, würden sie nach Gar kommen, es würden sich ihnen immer mehr Kämpfer anschliessen."

„Wieso?", fragte der Bürgermeister entsetzt, „wieso greifen sie uns an, wir haben ihnen doch nichts angetan. Ist es ihnen nicht genug, dass wir ausserhalb schon Krieg haben, brauchen sie es auch noch hier in der Heimat?"

„Einige haben sich über Verschiedenes beklagt", japste Gfalak hastig, „sie schrien, dass sie all ihre Vorräte abgeben müssten, dass ihre Söhne im Kampf für andere sterben würden und dass der König und seine Männer sie verraten hätten. Macht Euch bereit, sie werden nach Gar kommen, und sie werden mit Unmengen von Banditen hier ankommen, welche es auf das Gold in Gars Schatzkammern abgesehen haben. Sie werden kommen. Bald! Spätestens morgen zur Morgendämmerung. Sie werden kommen, wenn Gar noch schläft. Die Banditen nützen die Not des Landvolkes schamlos aus und hetzen es gegen Euch auf."

Der Bürgermeister erwiderte verärgert: „Dann werden wir ihnen mit der gesamten Stadtwache entgegentreten, bevor sie hier ankommen. Sie werden sich ergeben müssen."

„Versteht Ihr denn nicht", erwiderte Gfalak mit wütendem Gesicht, „das sind nicht mehr nur Bauern, die zur Besinnung kommen müssten. Das sind Banditen, viele Banditen. Eure

Stadtwache würde abgeschlachtet. Ihr müsst Gar darauf vorbereiten, dass ein Angriff bevorsteht, Ihr müsst Euch bereithalten, Ihr müsst kämpfen, bis Unterstützung eintreffen wird, doch müsst Ihr das hinter Euren Mauern tun, sonst werdet Ihr weit in Unterzahl sein."

Der Bürgermeister schaute schweigend zum Fenster hinaus, tiefer wurden die Sorgenfalten auf seiner Stirn. Grindor schien es, als würde er in Gedanken mit sich selbst ringen, seine Gesichtszüge zuckten, während Gfalak hinter ihm nervös von einem Bein aufs andere trat. Endlich drehte sich der Bürgermeister um und rief Grindor zu: „Sorge dafür, dass sich die Bürger bereithalten, die Beamten sollen alle benachrichtigen. Lass die Alarmglocken schlagen. Gar muss zu den Waffen!"

Grindor führte den Befehl augenblicklich aus, er ging zur Tür hinaus und schrie so laut ins Rathaus, dass es alle hörten, er rief lauter, als er es je zuvor getan hatte: „Rüstet die Stadt, läutet die Alarmglocken, Gar soll sich bereithalten. Das ist ein Befehl des Bürgermeisters. Eile ist geboten, die Zeit ist knapp, wir müssen handeln. Ruft die Bürger zu den Waffen!"

Hastig begannen Beamte und Wachen aus dem Rathaus hinaus zu stürmen. Die Alarmglocken wurden geläutet und dröhnten laut und eindringlich über die ganze Stadt. Sie widerhallten in den Gemäuern und liessen die Bürger erschaudern. Als Grindor aus dem Rathaus hinaustrat, sah er, wie die Menschen hastig die Arbeitshäuser vor der Stadt verliessen und sich eilends auf den Weg zu Kaserne machten. Die Männer der Stadtwache rannten durch die Stadt, unter ihnen auch Larior. Er musste mit der Nachricht zuerst zum Goldenen Fuchs eilen und sogleich zur Kaserne zurückkehren, um Bogen und Pfeile zu verteilen.

Als Arior den Alarm hörte, schreckte er von seiner Arbeit auf und sah erstaunt auf die von Geschrei erfüllte Strasse hinaus. Schnell rannte er in Richtung Rathaus, er wollte zu Grindor, um in Erfahrung zu bringen, was los sei. Dieser kam im selben Augenblick herausgeeilt.

„Was ist los?", fragte er seinen älteren Sohn.

„Es gibt einen Aufstand, welcher von Banditen unterstützt wird, wir werden bald angegriffen", antwortete Grindor etwas verängstigt.

„Hol dir in der Schmiede eines der Schwerter für die Jäger und gehe dann in den Keller, dort liegen in der neueren Kiste mehrere Kettenhemden von enormer Stärke, sage Larior, er solle sich auch eines holen, wenn du ihn siehst, zudem soll er sein eigenes Schwert nehmen," befahl Arior seinem Sohn. Grindor war ganz verwirrt und eilte zusammen mit seinem Vater zur Schmiede. Auf dem Weg dorthin sahen sie Larior, der gerade auf dem Weg zum kleineren Tor war. Arior winkte ihn zu sich heran und sagte ihm dasselbe wie Grindor. Nun gingen sie alle drei nebeneinander, Arior in der Mitte, zu beiden Seiten seine Söhne. Er war stolz auf sie, er fühlte sich sicher zwischen ihnen.

Zuhause wurden Grindor und Larior einmal mehr überrascht, da stand sie, ihre Mutter Auwalla, ihr Haar hatte sie zu einem Zopf geflochten, sie trug eines der feinen Kettenhemden, von welchen Arior gesprochen hatte, darüber ein ganz normales Kleid. An ihrer Hüfte hing das Schwert, das Arior für sie geschmiedet hatte.

Grindor brachte ein knappes „Wauh" heraus, während Larior sich immer noch nicht gefasst hatte. So hatte er seine Mutter noch nie gesehen, sie sah majestätisch aus. Er wurde erst vom erneuten Klang der Alarmglocken hochgeschreckt. Er, sein Bruder und sein Vater eilten in den Keller. Die neuere

Kiste war bereits geöffnet, so dass Larior sah, dass der Schlüssel für die alte Truhe unter den Kettenhemden lag. Grindor nahm sich als erstes eines, er wollte es gerade über sein Leinenhemd anziehen, als ihn sein Vater davon abhielt und erklärte: „Trage es auf der Haut, es wird dich nicht reiben."

Grindor machte, was ihm sein Vater geraten hatte und zog sein Hemd aus. Das Kettenhemd legte sich kühl auf seinen Körper, es fühlte sich an, als würde es sich an ihn anpassen, zudem war es erstaunlich leicht, nicht zu vergleichen mit jenen, die sie unter der Uniform der Stadtwache trugen.

Auch Larior war überrascht, denn sie konnten ihre Leinenhemden sogar über ihre Kettenhemden tragen. Auch Arior zog sein Kettenhemd über, sein Gesicht sah seltsam aus, es sah älter aus denn je, er schien sich Sorgen zu machen. Zu dritt marschierten sie wieder nach oben zu Auwalla. Larior und Grindor verliessen das Haus und machten sich auf den Weg zu ihrem Posten an der Mauer. Der Abschied von seinem Vater war Grindor diesmal traurig vorgekommen, er hatte ein ungutes Gefühl.

„Wir können uns unser Schicksal nicht aussuchen, das was wir aussuchen können, ist das, was wir daraus machen", hallten Ariors Abschiedsworte in Grindors Gedanken immer und immer wieder im Kopf nach. Er war schon fast an der Mauer angekommen, als er durch erneute Glockenschläge hochschreckte. Grindor begab sich auf die Mauer zu den Bogenschützen, während sich Larior rasch den Schwertkämpfern hinter dem Haupttor anschloss.

Die Sonne war in der Zwischenzeit schon fast untergegangen, ein Nebelschleier verhüllte ihre letzten Strahlen über der Ebene. Viele Fackeln wurden angezündet, die Schatten schwebten und tänzelten an den Wänden. Die Wachtmeister

und Hauptmann Bodgar marschierten über die Mauern und riefen den Menschen Worte zur Hebung ihres Kampfgeistes zu. Fast ganz Gar war auf den Beinen, niemand konnte seine Furcht verbergen. Wer nicht an der Mauer war, der errichtete Strassensperren oder verschanzte sich in seinem Haus. Die Bierfässer wurden unter Berhalds Protest aus dem Keller des Goldenen Fuchses geholt und als Strassensperre aufgerichtet. Die Vorbereitungen gingen rasch voran, bis alles bereitstand. Schliesslich wurde es still. Man hörte einzig aus den Häusern das Weinen von Kindern und die tröstenden Worte ihrer Mütter. Aus der Ferne vernahm man Schreie und Rufe, es schien, als würde die Zeit stillstehen. Dann sah man sie, eine Flut aus Fackeln wälzte sich auf Gar zu. Die Lichter breiteten sich über die gesamte Strasse aus, die Meute kam immer näher. Immer näher kam sie, bis sie sich schliesslich in einem Halbkreis ausser Bogenschussweite um Gar verteilte. Allen voran ging ein Bauer, er war grossgewachsen und hielt eine Heugabel mit langen Spitzen in der Hand. Er blieb vor dem Haupttor stehen und schrie hinauf: „Ich will den Bürgermeister sprechen, er soll sofort herauskommen." Kurz darauf erschien Feldengar auf der Palisade und antwortete: „Was wollt Ihr? Verschwindet!"
„Unsere Söhne nahmt Ihr, um des Königs Gunst zu erlangen. Unsere Ernte verlangt Ihr, um den König zufriedenzustellen. Einen guten Ruf erlangt Ihr auf dem Rücken des armen Landvolkes, während Ihr alles dafür tut, dass es nur Eurer Stadt und Euch gut geht. Wir wollen, dass Ihr als Bürgermeister abtretet, unsere Söhne zurückruft und uns Eure Schatzkammer überlasst", rief der Bauer zum Bürgermeister hoch, woraufhin dieser antwortete: „Lasst uns eine friedliche Lösung finden. Es ist besser für Euch und für uns."

„Daran bin ich sehr interessiert", rief der Bauer triumphierend. Doch dann trat hinter ihm ein vermummter Mann hervor und rief mit zischender Stimme: „Glaubt diesem Bürgermeister nicht. Er wird euch alle gefangen nehmen lassen und euch vermutlich hängen. Ich zeige euch, was man mit so einem Grossmaul machen muss."
Er zog überraschend einen Pfeil aus seinem Köcher, riss einem Handwerker neben ihm den Bogen aus der Hand und schoss den Pfeil auf den Bürgermeister. Dieser brach sofort zusammen, der Pfeil hatte ihn in die Brust getroffen. Daraufhin wurde alles still, keine Glocke und keine Trompete erschallte mehr, nichts als das Zirpen der Grillen und das Atmen der Leute war noch zu hören. Es fiel allen auf, dass der Schütze einer der Banditen sein musste, doch feuerten plötzlich viele weitere aus dem wütenden Mob ihre Pfeile auf die Stadtmauer ab.
Als Antwort schrie Bodgar augenblicklich: „Pfeile los!"
Pfeile flogen nun auf die Palisade zu und von ihr weg. Auf beiden Seiten trafen einige Pfeile, die Angreifer rückten immer näher heran. Im ganzen Durcheinander schlichen sich einige der Angreifer an die Palisade heran und entzündeten mit ihren Fackeln das trockene Gras. Es ging nicht lange, bis die ersten Flammen an der Palisade hochzüngelten und das Holz ergriffen. Zu spät bemerkten es die Verteidiger der hölzernen Wand, sie hatten erst Wasser zur Stelle, als die Stämme bereits lichterloh in Flammen standen. Die ersten Bogenschützen sprangen von der Brüstung oder drängten sich die Treppen hinunter. Die Gefallenen auf der Mauer fielen den Flammen zum Opfer, niemand hatte noch den Mut, sie von dort fortzutragen. Währenddessen begaben sich mehrere kräftige Bauern unter dem Schutz von Fassdeckeln mit einem beschlagenen Baumstamm zum Tor. Die Pfeile der

Verteidiger blieben in den Latten der Fassdeckel stecken, und die Steine prallten einfach ab. Dann kam der erste Schlag, Larior und die anderen, welche hinter der Mauer standen, stemmten sich heftig gegen das Tor. Es schien, als könnten sie das Tor halten, bis plötzlich einige Bretter herausbrachen. Pfeile kamen durch die Lücken hereingeschwirrt. Einer der Pfeile flog direkt auf Larior zu, der bereits daran dachte, es würde sein Ende sein. Der Pfeil traf seinen Arm, durchbohrte das dicke Lederhemd, zerfetzte das feine Leinenhemd und zerbarst dann, es schien, als wäre er einfach von diesem feinen, leichten Kettenhemd abgeglitten. Dann kamen sie, der wütende Mob drang in die Stadt ein, voller Wut und ohne Vernunft. Larior sah Darweil neben sich, dieser blutete am Arm und verzerrte sein Gesicht vor Schmerz. Die beiden flüchteten zusammen hinter die nächste Strassensperre, wo sie sich zum Schutz vor den Pfeilen niederkauerten. Grindor konnte gerade noch über ein Fass springen und sich neben Larior ducken, bevor ein Pfeil knapp über seinen Kopf hinwegzischte. Diejenigen unter ihnen, die noch Bogen und Pfeile hatten, folgten gleichzeitig dem Kommando eines Wachtmeisters und schossen eine Salve Pfeile ab. Einige der Angreifer fielen, doch die anderen rannten ohne Zögern weiter. Die Verteidiger schossen Pfeile oder warfen Dolche und Messer. Eine Stadtwache neben Grindor ging mit einem Schmerzensschrei nieder. Ein Pfeil hatte seinen Leib durchbohrt. Grindor versuchte seinem Kameraden zu helfen, doch schloss dieser die Augen bald ein letztes Mal. Sie standen nicht mehr vielen Angreifern gegenüber. Diese hatten sich verteilt, einige waren auf dem Weg zur Schatzkammer, andere legten Brände an den Häusern. Viele Frauen flohen mit ihren Kindern die Stadt hinauf. Allerdings waren hinter den Fässern und den Brettern auch nicht mehr viele Verteidiger. Sie sprangen auf, doch sahen sie unter den Angreifern kaum Bauern mit Heugabeln oder Knüppeln. Sie sahen fast nur blanke Schwerter mit scharfen Klingen. Die Verteidiger standen nicht unerfahrenen Bauern und Handwerkern gegenüber, sondern skrupellosen Banditen, welche vor nichts zurückschreckten. Diese sprangen jetzt über die Fässer und griffen Larior, Grindor, Darweil und deren Kameraden an. Einer holte zum Streich gegen Larior aus, doch dieser begab sich nun in die Position, welche ihm die Jäger beigebracht hatten. Grindor neben ihm verhielt sich ebenso. Sie wichen allen Stichen aus. Dann, als Larior fast vom Streich eines Banditen erwischt worden war, sah Grindor, wie Larior dem nun deckungslos dastehenden Banditen das Schwert in die Brust rammte. Er sah, wie Larior zurückwich, doch sein Schwert war nicht blutig, als er es herauszog, es glänzte weiterhin und begann im Licht des Feuers zu schimmern, das Blut des Feindes schien es nicht zu beschmutzen, sondern verschwand von der Klinge. Grindor selbst konnte nun knapp einem Schwertstoss ausweichen, er selbst aber traf den Angreifer tödlich. Mehrere Männer neben ihnen waren den Banditen unterlegen, waren tot oder versuchten sich kriechend und entwaffnet in Sicherheit zu bringen. Darweil konnte sich selbst kaum mehr gegen die Schläge eines Angreifers schützen, er lag rücklings auf dem Boden und versuchte mit seinem Schwert eine Deckung zu schaffen. Die dunkle Gestalt über ihm holte gerade zum Stich aus, als sie zusammenbrach. Larior stand nun vor Darweil und hielt ihm seine linke Hand hin, mit welcher er seinen Kameraden hochzog, während er mit seiner Rechten das Schwert aus dem Rücken des Banditen zog. Sie hatten ihre Angreifer geschlagen, doch nun sahen sie, dass eine grössere

Horde auf sie zukam. Grindor rief ihnen sofort zu: „Flieht, flieht hinter die nächste Sperre, dort sind noch Soldaten!"
Nur noch zu fünft floh diese Gruppe, auf der Flucht sahen sie weitere Menschen aus Gar, welche ihnen nun in Richtung des Goldenen Fuchses folgten. Larior rannte zuhinterst und versuchte mit einem Fassdeckel die heranschwirrenden Pfeile abzuwehren. Grindor sah zu seinem Schrecken, wie plötzlich ein brennender Balken auf seinen Bruder herabstürzte. Larior konnte im letzten Augenblick ausweichen, doch war ihm nun der Fluchtweg abgeschnitten. Schnell bog er zum Holzsteg ab, welcher über die Dächer der Häuser führte. Grindor sah seinen Bruder nur noch in der Gasse verschwinden, gefolgt von mehreren Halunken. Er selbst rannte nun weiter die Stadt hinauf und blickte auf seine Klinge. Auch diese war frei von Blut und schimmerte immer mehr. Er begab sich hinter die nächste Strassensperre. Ein Gefühl überkam ihn, das ihm bisher fremd gewesen war. Er hatte einen Menschen getötet, einfach ein Leben ausgelöscht. Hinter der Strassensperre traf er auf Johnni, welcher ihn schnell hinunterzog und ihn dabei vor einem weiteren spitzen Pfeil in Sicherheit brachte. Grindor erschrak, als er sich nun hinter der nächsten Strassensperre befand. Direkt neben ihm lag Michael, ein ehemaliger Klassenkamerad und nun Kamerad in der Stadtwache. Er war einer der Oringer, sehr beliebt bei allen, einer der nettesten Menschen, welche er je getroffen hatte, und jetzt lag er einfach so da. Sein Gesicht war totenbleich und in seiner Brust steckte ein Pfeil mit zerzausten Federn. Seine Glieder waren verrenkt von ihm gestreckt und seine Kleidung blutdurchtränkt und zerrissen.
Voller Wut nahm er einen Pfeil aus Michaels Köcher und hielt ihn ins Feuer, dann drehte er sich um und erkannte, dass sich

die Banditen einen Weg durch die brennenden Trümmer gebahnt hatten und nun auf sie zukamen. Grindor feuerte den brennenden Pfeil ab, dieser schwirrte durch die Luft und traf sein Ziel, gefolgt von weiteren Pfeilen. Alle anderen, die sich hinter der Strassensperre verbarrikadiert hatten, erhielten nun neuen Mut durch Grindors Tapferkeit. Neue Entschlossenheit leuchtete aus ihren Augen. Nun schossen sie die restlichen Pfeile in Richtung Feind, so dass einer nach dem anderen fiel. Die entfernteren Banditen liessen sich allerdings nicht zurückwerfen, mit der Unterstützung der aufständischen Bauern kamen sie immer näher. Nun hatten die Verteidiger hinter der Strassensperre keine Pfeile mehr und blickten hilflos auf ihre schartigen Schwerter. Ein Wachtmeister, welcher sich unter ihnen befand, schrie: „Rückzug, Rückzug, zum Goldenen Fuchs, dort gibt es neue Pfeile, rennt!"

Er brachte diese Worte noch heraus, bevor ihn ein Pfeil in den Rücken traf und er mit einem schmerzerfüllten Stöhnen niederging. Alle Verteidiger hinter der brennenden Strassensperre folgten seinem Befehl und rannten weiter nach oben zum Gasthaus. Es waren bei weitem nicht mehr so viele wie zuvor hinter den Fässern.

Larior war inzwischen die Holztreppe zum Steg hinauf gerannt. Hinter ihm hatte der Steg schon Feuer gefangen. Als er kurz darauf wieder zurückblickte, sah er, wie zwei Angreifer durch das Feuer auf ihn zukamen. Der eine schoss einen Pfeil auf ihn, doch dann hob Larior seine Hand und schrie laut mit einer seltsamen Stimme, ohne zu wissen, was er tat: „Giraiem kin!"

Der Pfeil verglühte noch in der Luft, und die beiden Gestalten schraken zurück, doch fassten sie sich wieder und rannten, der eine mit erhobenem Schwert, der andere mit erhobenem Morgenstern auf Larior zu. Er konnte beide Schläge abfangen, allerdings traf ihn, während er den Schwertträger tödlich traf, der Schlag des Morgensterns. Larior wurde niedergeworfen, kehrte sich dann aber auf den Rücken und fing den erneuten Schlag des Morgensterns ab. Dieser Schlag hätte sein Ende sein können, doch die Kette des Morgensterns hatte sich um Lariors Schwert gewickelt. Während sein Gegner versuchte, seine Waffe vom Schwert zu lösen, dachte Larior an Trendiors Worte. Im ersten Augenblick hatte er fast ein wenig Mitleid, doch nun wollte er handeln, wie Trendior es ihm empfohlen hatte. Er stach zu, und sein Gegner fiel, er keuchte auf, ehe ihn seine Kräfte verliessen, sankt dann auf die Knie und kippte zur Seite weg. Zuerst blieb Larior geschockt stehen, doch dann sah er, wie der Steg hinter ihm brannte und in sich zusammenzustürzen begann. Er rannte so schnell er konnte, um dem Feuer zu entfliehen und stieg in die Strasse hinab, die vom Nebentor herkam. Dort, wo das Tor sein sollte, war nur noch eine grosse Lücke, einzig zahlreiche Trümmer erinnerten an die einstige Mauer. Mehrere Bauern waren daran, die Palisade niederzureissen, während Gars Soldaten sich verzweifelt von Strassensperre zu Strassensperre zurückzogen. Dann sah Larior seinen Vater rennen, er rannte die Stadt hinauf, jeder Pfeil, der ihn zu treffen schien, verglühte. Plötzlich schoss Arior einen Pfeil in Lariors Richtung. Dieser wollte, wie schon zuvor, den Pfeil verglühen lassen, doch konnte er es nicht. Denn der Pfeil seines Vaters galt einem Feind in Lariors Rücken. Der Pfeil flog dicht an Lariors Hand vorbei, dann hörte er hinter sich einen Schrei. Der Pfeil hatte eine Maske durchbohrt, unter welcher einer der Angreifer sein Gesicht verborgen hielt, ein Mann, der weder Aufständischer noch Bandit zu sein schien. Er

musste Larior über den Steg gefolgt sein, während dieser um sein Leben gerannt war. Dankbar hielt Larior seinen Daumen hoch, als sein Vater zu ihm hinschaute.
Nun zog sich die ganze Stadt auf den Platz vor dem Goldenen Fuchs zurück. Dort sah Larior auch seine Mutter mit einem Bogen in der Hand neben Grindor stehen. Er war froh, dass es ihnen allen gut ging. Die Angreifer schienen zurückgeschlagen zu sein, es näherte sich nur noch ein Trupp vom Haupttor her. Doch dann hörten die Bürger Gars aus der Strasse zum Nebentor seltsame Stimmen, die mehr wie ein zischendes Grunzen klangen. Grausame Stimmen waren es, die Wörter sprachen, die niemand verstand.
Zuvorderst gingen einige Männer mit dunkelglänzenden Panzern und silbernen Gesichtsmasken. Mit ihren Schilden wehrten sie alle Pfeile ab, die auf sie zugeflogen kamen. Plötzlich bückten sie sich, und aus einer Horde vieler dunkler Gestalten hinter ihnen kam ein Pfeilhagel geschossen. Arior warf sich nieder und riss seine Familie mit hinunter. Der Gerber Garik, ein Aringer, wurde von einem Pfeil getroffen und sank neben Arior zu Boden. Die Pfeilfedern waren schwarz, genauso wie das Holz und das Eisen an der Spitze. Arior schrie über den Platz: „Skralgas!"
Die Leute erschraken, sie erkannten, dass es diese grausamen Kreaturen waren, von denen sie bis anhin nur gehört hatten. Unter lautem Geschrei rannten sie in die Häuser, welche noch nicht brannten. Arior richtete sich auf, schoss einen Pfeil und sah, wie er eine dieser düsteren Kreaturen traf und sie niederriss. Die anderen dieser Kreaturen kümmerten sich nicht darum, sondern sprangen einfach über den Leib des Gefallenen hinweg. Nun waren auch die verbliebenen Aufständischen wieder dazu ermutigt, sich erneut ge-

gen Gar zu stemmen. Sie kamen über die Trümmer der Palisade und machten sich auf den Weg in Richtung Schatzkammer. Grindor rannte zum Wachposten oberhalb der Stadt, um die Lage besser überblicken zu können. Vor lauter Rauch sah er kaum etwas, es schien ihm nur, dass einige wenige Männer versuchten ihre Tore zu beschützen, doch waren sie weit in der Unterzahl. Plötzlich hörte er den hellen Klang eines Hornes aus der Dunkelheit klingen, ein Horn, das unmöglich von den Aufständischen geblasen werden konnte. Es schien wie ein Zeichen der Hoffnung zu sein, ein kleiner Lichtblick in der Dunkelheit, der den Qualm durchstiess. Plötzlich preschten Reiter zur Schatzkammer vor und überritten alle, die ihnen im Weg standen. Ihre Umhänge, rot wie das Feuer, wehten ihnen hinterher. Neben ihrem Anführer ritt ein Herold, der immer wieder ins Horn blies und dazu das Banner Cammals schwenkte. Kurz darauf ertönte aus der Strasse zum Nebentor ein weiterer Ton eines Horns, noch viel heller, als würde er die Nacht durchdringen und das Dunkel vertreiben. Als Grindor sich plötzlich wieder sicher fühlte, kam ein Pfeil auf den Schreiber zugeschwirrt. Er wurde von seinem Kettenhemd aufgefangen, doch war der Schuss so hart, dass es ihm den Atem verschlug und er wild nach Luft schnappend ohnmächtig zusammenbrach. Das letzte, was er spürte, war der dumpfe Schlag, als sein Kopf auf dem harten Holzboden aufschlug.

Unten auf dem Platz vor dem Goldenen Fuchs suchte Arior eine bessere Stellung. Er hiess Larior, ihm schnell in eine Seitengasse zu folgen. Auwalla konnte er nirgends sehen. Arior rannte durch die Gasse. Wie er sich an einem Balken hochzog, sah er die maskierten Männer in die Gasse stürmen. Arior focht mit ihnen, mehrere gingen zu Boden, doch dann musste Larior mit ansehen, wie sein Vater von einem der schwarzen Pfeile ins Bein getroffen wurde und auf die Knie sank. Mit schmerzverzerrtem Gesicht zog Arior den Schaft aus der Wunde und liess ihn klirrend auf das Pflaster fallen. Larior rannte zu seinem Vater, er konnte einige der Angreifer von seinem Vater fernhalten und auch einige niederstrecken, doch dann traf ihn ein Schlag an der Schläfe, und er fiel eine Treppe hinunter vor einen Kellereingang. Er hatte kein Gefühl mehr für seinen Körper, er sah nur noch aus dem Winkel, wie sein Vater sein Schwert verlor und wehrlos den wütenden Angreifern ausgesetzt war.

Einer der maskierten Männer schritt auf Arior zu und schrie ihn an: „Wo ist das blaue Schwert? Wer ist des Hochkönigs Erbe? Wo ist er? Sag`s mir Jäger."

Arior begann höhnisch und hohl zu lachen: „Hat *er* euch geschickt? *Er* ist ein Verräter. Wie hat *er* es geschafft, wieder ins Leben zurückzukommen?"

„Antworte auf meine Frage! Sonst werde ich dich umbringen", schrie der maskierte Mann, welcher Larior irgendwie bekannt vorkam.

„Wie wird *er* reagieren, wenn ihr *ihm* weder den Namen noch das Schwert bringt? Wird *er* euch noch quälen, bevor *er* euch tötet? Vielleicht werdet ihr ja zu Wolfsfutter, denn die Linie ist erloschen und das blaue Schwert verblasst, ihr werdet nicht etwas finden, das es nicht mehr gibt", antwortete Arior und lachte noch lauter.

„Auch *er* bekommt Befehle, *er* wird uns nichts tun. Das blaue Schwert muss gefunden werden, und das alte Volk wird bis auf das letzte Kind untergehen", nun war es der maskierte Mann, der lachte und Arior, der plötzlich ruhig wurde.

Der Schmied flüsterte nur noch: „Das ist nicht möglich. Ihr könnt *ihn* nicht gesehen haben, ihr wärt wahnsinnig."

Nun wurde auch der maskierte Mann wieder still und sagte leise und bedrohlich: *„Ak Gledkor enzke weldidek Monorka ek lakse, kargles, kengles pak Skargol."*
Die Luft schien zu erstarren, und die Menschen von Gar wurden von einer unvorstellbaren Furcht ergriffen, einer Furcht, die selbst der Tod nicht hervorrufen konnte. Die Kälte, die nun über der Stadt lag, schien ihnen das Blut in den Adern gefrieren zu lassen. Nun schien Arior vor Schreck zu erstarren. Er wurde sprachlos und seine Hände begannen zu zittern. Larior verstand kein Wort dieser Sprache, doch blies nun ein eisiger Wind über Gar und wehte den Rauch fort.
Dann schrie Arior zum Himmel hinauf: *„Ain keni melair soi cablaie carai harai polaria wai milrea haleiar areyiticä wai raies keni."*
Der kalte Wind verzog sich, das Feuer auf den Dächern loderte noch einmal, als lehnte es sich im Todeskampf kurz auf, bevor es erlosch. Larior sah, wie ein anderer maskierter Mann gerade zu ihm herüberblickte, als ein Balken niederfiel und ihn vor den Blicken schützte. Alles wurde still, als würde eine unheimliche Macht den ganzen Kampflärm erdrücken. Aber dann, als er wieder Hoffnung gefunden hatte, hörte Larior, wie der maskierte Mann laut schrie, sodass seine Worte über die ganze Stadt schallten und die Stille durchbrachen: „Srlgas! Stirb!"
Das Klirren eines Schwertes ertönte und das Keuchen seines Vaters, ehe wieder Stille eintrat. Nach einer kurzen Ruhepause hörte Larior seinen Vater nach einem Stöhnen auflachen und sagen: „Ich mag jetzt sterben, jedoch wirst du es auch noch, durch die Hand des Hochkönigs."
Dann durchzuckten plötzlich Blitze und helle Lichter die Gasse, ein lauter Knall war zu hören, gefolgt von den luftzerreissenden Schreien der maskierten Männer. Larior sah, wie

mehrere dunkle Gestalten durch die Luft gewirbelt wurden und stöhnend niederfielen, einer wurde in hohem Bogen in ein brennendes Haus geschleudert. Nun begann das Gefühl für seinen Körper zurückzukehren, langsam konnte Larior seine Finger wieder bewegen, und er tastete nach seinem Schwertheft. Er packte es, sprang auf, überquerte den Balken und eilte hin zu seinem Vater. Aus einer Gasse rannte plötzlich ein alter Mann mit braunem Mantel und silbern glänzendem Bart und beugte sich über seinen Vater. In diesem Augenblick trat der dunkle maskierte Mann, der seinen Vater zu erpressen versucht und tödlich verletzt hatte, mit erhobenem Schwert auf sie zu. Larior wollte den über seinen Vater gebeugten alten Mann warnen, doch dann stellte er sich selber vor den Mörder seines Vaters und schlug diesem das Schwert aus der Hand. Bevor er jedoch zum entscheidenden Streich ausholen konnte, huschte die dunkle Gestalt an ihm vorbei. Er packte sie an den Beinen und riss sie nieder. Der Dunkle riss ein zweites kürzeres Schwert aus der Scheide, doch konnte Larior seinen Streich abwehren. Dann holte Larior seinerseits aus, allerdings konnte der Gegner so weit zurückweichen, dass er nur einen langen Schnitt quer über die Brust davon trug, mitten durch eine Tätowierung, die unter dem zerschnittenen Lederschutz zum Vorschein kam. Larior vermochte aber nur einen Teil derselben zu erkennen, denn aus dem Schnitt lief Blut über die kantigen Buchstaben. Eine andere Tätowierung schien eine schwarze Flamme darzustellen. Erschrocken sah die Gestalt an sich hinunter und eilte daraufhin aus der Gasse hinaus, ohne noch einmal zurückzublicken. Nun rannte Larior verzweifelt hin zu seinem Vater. Der weisshaarige Mann wich zur Seite, sodass Larior sich über seinen Vater beugen konnte. Daraufhin begann Arior mit stockender Stimme in der Sprache des alten Volkes zu seinem Sohn zu sprechen: „Hole alles aus der alten Truhe im Keller, das Schwert, das dort liegt, die alte Kette und das feine Kettenhemd."

„Verlass mich nicht, Vater!", flüsterte Larior, während ihm die Tränen die Wangen hinunter kullerten.

„Ich werde dich niemals verlassen, doch werde ich nicht hier bei dir sein, ich werde aus den Sternen über dich wachen. Geh mit Maral!", entgegnete Arior keuchend.

„Kilä! Nein!", schrie nun Larior durch die Nacht, so laut, dass es weithin durch die Strassen und Gassen hallte.

„Ich werde immer bei dir sein, mein Sohn", Ariors Augen schlossen sich, dann fügte er noch mit schwacher Stimme hinzu, „Ziehe das Schwert erst, wenn du dem Schrecken, dem Grauen, der Furcht, dem wahren Bösen, kälter als der Tod, gegenüberstehst."

Bei diesen Worten spürte Larior, wie sein Vater von der Lebenskraft verlassen wurde, seine Lider sich nicht mehr öffneten und für immer geschlossen bleiben würden. Die Tränen rannen über Lariors Wangen und tropften auf das verkohlte Pflaster. Der Junge blickte hilflos auf seinen Vater hinunter, der immer langsamer atmete.

„Verlass mich nicht, bitte, verlass mich nicht Vater!", weinte Larior an der Seite seines Vaters, doch der Atem seines Vaters endete und das letzte Leben in ihm erlosch. Er hielt dessen Hand fest und wollte sie nicht mehr loslassen. Mit schmerzverzerrtem Gesicht stand er auf, obwohl es ihm widerstrebte, von der Seite seines Vaters zu weichen. Er sah den weisshaarigen Mann neben ihm an, er wusste nun, dass es Maral war.

Maral sah in Lariors Augen nun ein Lodern, einen unzähmbaren Willen und eine Wut, wie sie selbst der alte Mann nur selten gesehen hatte. Larior ergriff sein Schwert und rannte los, aus der Gasse hinaus. Maral folgte ihm mit einem seltsamen Gesichtsausdruck. Auf dem Platz vor dem Goldenen Fuchs standen die Soldaten Cammals, eingekreist von Skralgas. Es schien keinen Ausweg mehr für sie zu geben, doch immer noch wehrten sie mit letzten Kräften die zahlreichen Angriffe ihrer Gegner ab. Unter den Eingeschlossenen war Lakalt. Dieser sah zwei Gestalten aus einer Gasse gerannt kommen, die vordere der beiden schrie auf einmal in einer für die Ritter unverständlichen Sprache, die an jene der Jäger erinnerte: „Carbelän dfin Scalgias!"

Die Skralgas wirkten verwirrt durch jene Worte, da sie nicht erwartet hatten, diese Sprache hier zu hören, doch liessen sie sich davon nicht lange beeindrucken.

Lakalt sah von der Strasse her weitere Skralgas mit erhobenen Schwertern auf sie zukommen, er sah keine Hoffnung mehr. Doch neben ihm rief Prinz Arak: „Kämpft, Männer, für ein ehrenvolles Ende. Für Cammal, für Gar, für die Freiheit, Männer!"

Die Eingekesselten rannten mit gezückten Schwertern auf die nächsten grausamen Kreaturen los. Als sie mit ihnen im Kampf waren, sahen sie, dass die beiden aus dem Hintergrund herbeieilenden Gestalten nicht gekommen waren, um sie umzubringen, sondern um ihnen in diesem schier hoffnungslosen Kampf beizustehen. Arak hatte gerade einen Feind niedergestreckt, doch wie er zurückschaute, kam ein Schwert auf ihn zu, er sah die grausame Fratze einer bösen Kreatur, die ihre gelben Zähne leckte und die blutbefleckten Lippen und ein wüstes Lachen ausstiess, einem Zischen ähnlich. Doch dann flog die Fratze vom enthaupteten Körper weg, weit über den Platz. Larior erschien dort, wo zuvor noch die Fratze gewesen war, diese grausame Fratze, von der ihm Lakalt am Frühlingsfest erzählt hatte. Arak wollte sich gerade bedanken, als Larior dem nächsten Skralgas das Schwert in den Leib trieb und wütend zu lachen begann. Larior sah Trendior, seinen Freund und Lehrmeister, zusammen mit dem alten Mann in Mitten der hämisch grunzenden Kreaturen fechten, doch schien Larior keine Verzweiflung ins Gesicht geschrieben, nur blanker Hass war zu sehen, als er einem weiteren Skralgas den Kopf von dessen den Körper trennte und sein Schwert im Licht der Flammen zu leuchten begann. Ein Skralgas nach dem anderen fiel, von überall her kamen nun Gegner der Skralgas und stachen auf die verhassten Kreaturen ein. Mittendrin kämpften fünf Krieger, die weder zu den Jägern noch zu den Soldaten Gars gehörten. Flink zischten ihre Klingen durch die Luft, es sah beinahe so aus, als würden sie tanzen. Das schwarze Blut der Skralgas tränkte den Platz und floss durch die Ritzen des Pflasters langsam die Stadt hinunter zu den Trümmern der Mauer. Die Jäger fielen den Monstern in den Rücken und liessen ihre Schwerter, gefertigt vom gefallenen Schmied, hoch und niedersausen. Innerhalb kürzester Zeit waren alle Skralgas besiegt und pflasterten den Platz mit ihren schwarzen Leibern. Die maskierten Männer, von denen einer Arior getötet hatte, waren allerdings nirgends mehr zu sehen, einzig jene, die tot in der Gasse lagen.

Achtzehntes Kapitel - Morgenzerstörung

In der Zwischenzeit begann die Sonne aufzugehen, der Rauch über der Stadt erschien nun in traurig rotem Glanz. Als auch die letzten Feinde besiegt waren, kamen die Bürger scheu und ängstlich aus den von den Kämpfen verschonten Häusern. Langsam erloschen die letzten Brände in den zusammengestürzten Häusern. Larior suchte seine Mutter, konnte sie aber nirgends finden. Allerdings erblickte er seinen Bruder, dieser richtete sich nach seiner Ohnmacht soeben im Wachposten oberhalb der Stadt auf. Grindor stand noch ziemlich wackelig auf den Beinen, als Larior rasch auf ihn zu kam. Maral folgte ihm in kurzer Entfernung. Die beiden Brüder umarmten sich, sie waren glücklich darüber, dass sie noch lebten.
„Wo ist unsere Mutter?", fragte Larior seinen Bruder verzweifelt. Dieser schüttelte traurig den Kopf und antwortete: „Das letzte Mal als ich sie gesehen habe, ist sie verwundet in dieses Haus dort gerannt."
Larior folgte Grindors Blick und sah die verkohlten Überreste der alten Gerberei, niemand konnte dort drinnen überlebt haben. Darauf fragte Grindor mit furchterfülltem Gesicht: „Wo ist unser Vater?"
Larior zeigte in die Richtung der Gasse, in welcher Arior gefallen war und schüttelte ebenfalls nur den Kopf. Von dort kamen nun viele Jäger herausgeschritten. Zwei trugen eine Art Bahre, auf der Arior lag, die Hände auf der Brust über seinem Schwert zusammengefaltet. Auch fünf Männer, die

trotz ihrer ähnlichen Kleidung nicht zu den Jägern zu gehören schienen, schritten neben der Bahre her. Sie trugen zu beiden Seiten ein Schwert und auf dem Rücken neben dem Bogen noch eine Armbrust, auch trugen sie Helme, was die Jäger nur selten taten, Helme, auf denen eine Art Vierzackstern aus weissem Stein in rotem Rubin eingearbeitet war. Neben diesem Zeichen war ein Birkenblatt eingraviert, das einem Schwert glich, gearbeitet aus Gold wie die Ränder des Blattes. In den freien Rest des Blattes waren gleissende Saphire eingelassen.

Die Brüder sahen um sich, Gar war verwüstet, kaum mehr ein Haus stand, nicht einmal mehr die Schmiede, in welcher sie aufgewachsen waren. Vor der abgebrannten Kaserne waren einige Bauern an einen Pfahl gefesselt. Sie wurden von vier Soldaten der Truppe aus Cammal bewacht, die versuchten, die wütenden Bürger von ihnen fernzuhalten. Grindor rannte an die Bahre seines Vaters, während Larior bei Maral zurückblieb. Für ihn waren die letzten Worte seines Vaters der traurige Abschied gewesen.

Nach der Rückkehr Grindors packte Maral Larior an der Schulter und sagte: „Wir beide müssen nun gehen, schnell, wir müssen es unbemerkt tun."

Darauf sah Grindor seinen Bruder und den alten Mann fragend und verzweifelt an. Larior erklärte nur kurz: „Unser Vater wollte es so, es sei das Beste für mich."

Weinend umarmten sich die beiden Brüder, und Grindor sagte abschliessend zu seinem Bruder: „Geh deines Weges, unser Vater wird ihn wohl richtig voraussehen. Maral kannst du sicher vertrauen. Lebe wohl und lass wieder von dir hören!"

Er winkte Larior zum Abschied, bevor er dem Trauerzug folgte, um sich von seinem toten Vater zu verabschieden. Larior hingegen eilte, entgegen Marals Zurufen, hin zur Gerberei, um seine Mutter in den Trümmern zu suchen. Das verbrannte Gebäude stand noch, denn ein grosser Teil war aus Stein gebaut. Er trat in die verkohlte Werkstatt und sah nur unzählige verbrannte Leiber, doch kein Zeichen von seiner Mutter. Geschockt wollte er die Suche aufgeben und sich von diesem Anblick losreissen, als er in einer Ecke einen sonderbaren Glanz entdeckte und hinter einem herabgestürzten Balken jemanden liegen sah. Sofort eilte er dorthin und erkannte das reine Gesicht seiner Mutter, welches von einem seltsamen silbernen Glanz umgeben war. Es war nicht totenblass, sondern leuchtete und liess das Kettenhemd glitzern, das sie trug. Eine Blutlache hatte sich neben ihrem Arm gebildet, doch war es nicht normales Blut, nicht rot, sondern golden wie die Sonne, die sich im Meer spiegelt. Als Larior sich über sie beugte, schlug sie ihre Augen auf und sah ihm tief in seine tränenden klaren blauen Augen. Nach einem kurzen Schweigen öffnete sie den Mund und sprach zu ihrem Sohn: „Der Tod wird mich nehmen, doch sei gewiss, dass ich immer über dich und deinen Bruder wachen werde. Zusammen mit deinem Vater werde ich in Glückseligkeit das Sternenzelt durchschreiten können. Wir werden unsere Augen auf euch beide richten, solange wir getrennt sind. Ich spüre, dass er bereits auf mich wartet. Nimm mein Armband an dich, es ist ein Zeichen meines Volkes, dessen Blut ebenfalls in deinen Adern fliesst, das edle Blut der Eyilreä, vermischt mit jenem hohen Blute der Polariä."
Larior sah nach ihrem linken Handgelenk, wo sie tatsächlich ein glitzerndes Armband trug, eine einfache Kette, doch er-

kannte er, dass in fünf der Glieder kleine goldene Sterne eingearbeitet waren, während vorne ein kleiner blauer Edelstein glitzerte. Seine Mutter streifte sich das Armband ab und legte es um Lariors Handgelenk. Ihm war, als würde es sich genau anschmiegen, als wäre es auf ihn zugearbeitet worden
Erst als Larior weinend seinen Kopf über seine Mutter beugte und sie ihn sanft auf die Stirn küsste, fiel ihm auf, dass sie soeben jene seltsame edle Sprache gesprochen hatte, die noch wohlklingender war als jene der Jäger, die er auch ohne Mühe verstand, jene Sprache, in der er geschrien hatte, als er auf den Platz vor dem Goldenen Fuchs gerannt war.
„Äeyi faeyif gelibä, verlass mich nicht", flüsterte er, doch die Lider seiner Mutter schlossen sich nun für immer. Der Junge bemerkte, wie er seine letzten Worte ebenfalls in jener Sprache gesprochen hatte, jener wohlklingenden, die den Schmerz noch tiefer gehen liess und das Böse zu vertreiben schien. Mit seinen zitternden und immer noch blutbeschmierten Händen strich er seiner Mutter die goldenen Haare aus dem Gesicht, doch vermochte kein Schmutzkorn von seinen Fingern an ihrer zarten Haut hängen bleiben. Sogleich nahm er ihren schwachen Leib auf die Arme, während der Glanz, der von ihr ausging, immer schwächer wurde. Mit tränenden Augen schritt er aus der Gerberei auf den Platz hinaus. Kurz darauf hörte er hinter sich ein Krachen und sah, wie die Gerberei hinter ihnen zusammenbrach und die verbrannten Leichen begrub. Den Leib seiner Mutter legte er auf eine behelfsmässige Bahre, welche die fünf fremden Männer, welche schon Ariors Bahre zusammen mit den Jägern begleitet hatten, für seine Mutter, gefertigt hatten. Auf dieser brachten sie Auwalla nun zu Arior. Vier Männer trugen die Bahre, während der fünfte mit erhobenem Schwert

vor ihnen her schritt. Der weisse Stern auf rotem Grund glitzerte hell und entfachte Hoffnung in aller Herzen.
Als sie ausser Sicht waren, packte Maral den Jungen unsanft an der Schulter und zog ihn zur Schmiede, oder zu dem, was davon noch übrig war, den Mauerruinen, die schwarz vor Russ waren.
„Hole die Sachen, welche dir dein Vater vererbt hat!", befahl Maral Larior. Rasch ging dieser hinein. Das Dach war eingestürzt, doch war der Kellereingang wie durch ein Wunder frei geblieben. Rasch stieg Larior hinab, das Sonnenlicht flutete bis in den Keller. Sogleich erkannte er, dass die neuere Truhe noch offenstand. Er holte den Schlüssel für die alte schmucklose Truhe heraus. Erst als er diese mit einem leisen Klicken aufschloss, bemerkte er, dass Maral ihm gefolgt war. In der Truhe lag das Schwert mit der abgewetzten Scheide. Das Heft hatte dieselbe Form wie jenes, das Larior für sich selbst geschmiedet hatte. Es war unverziert, nichts Besonderes, als wäre es ein gewöhnliches Schwert. Er nahm es an sich und befestigte es rasch an seinem Gürtel. Danach ergriff er das Kästchen, welches in einer Ecke der Truhe lag. Vorsichtig öffnete er es und fand darin eine sorgsam gepflegte Halskette mit jenem Birkenblatt, das er auf den Helmen der fünf Fremden gesehen hatte. In einem vergilbten Leinensack daneben lag ein Kettenhemd. Larior hätte es gern begutachtet, bevor sie die Schmiede verliessen, doch liess ihm Maral nicht die Zeit dazu. Er packte ihn und schleppte ihn mit sich aus der Schmiede hinaus. Schweren Herzens schwang sich Larior das Bündel über die Schulter und warf einen letzten Blick auf die zerfallene Schmiede. Sie verliessen die Stadt so schnell es ging zwischen den Überbleibseln des Nebentors hindurch. Grindor sah ihnen gedankenverloren nach, dort ging sein Bruder neben dem alten Mann, zu beiden Seiten ein Schwert

und ein schweres Bündel auf der Schulter. Erst als er sie unter Tränen kaum mehr sah, trat Brem zu ihm heran und legte ihm den Arm auf die Schulter. Jetzt erst sah Grindor, wie die Bürger untereinander stritten und wie zwei der Reiter aus Cammal Larior und Maral nachritten. Als er näher zu den Bürgern herantrat, hörte er viele Stimmen in einem Gewirr. Irgendeine Stimme rief aus: „Sicher kein Fredinger mehr, die tragen die Schuld an unserem Leid, die Geldgier der Fredinger hat uns in diesen Untergang getrieben."
„Ja, soll doch ein Thoringer nun an unsere Spitze, schliesslich sind wir diejenigen, die am besten gekämpft haben", pflichtete eine Frau lauthals bei.
„Der Bürgermeister kann nichts dafür", entgegnete eine andere Frau, „er hat das Beste für unsere Stadt getan."
„Ja, ganz klar", erwiderte ein Mann in ironischem Ton, „er hat die Bauern so weit ausgebeutet, dass sie sich mit den Gesetzlosen verbündet und gegen Gar erhoben haben. Nein, kein Fredinger mehr!"
Da trat plötzlich einer der Jäger in die Menge und rief: „Ruhe! Ihr alle habt knapp überlebt und nun streitet ihr, welche Sippe die tauglichste sei. Ich sage Euch eines, es gibt unter Euch jemanden, der Euch führen kann, er gehört keiner Sippe an, er hat tapfer gekämpft und beide Eltern verloren. Zudem kennt er die Geschäfte Eurer Stadt bereits, er ist der Fähigste unter Euch für das Amt des Bürgermeisters. Ich habe gehört, er sei vom Bürgermeister als Nachfolger ausgebildet worden. Er mag noch jung sein, doch das braucht eure Stadt nun, Bürger von Gar, einen jungen Bürgermeister für einen neuen Anfang."
Er zeigte auf Grindor, welcher ganz verdutzt nebenan stand. Erneut brach ein Stimmengewirr los, das erst beendet wurde, als Bodgar, der Hauptmann, herantrat und brüllte:

„Ruhe! Ich mag ein wahrer Fredinger sein, doch liegt mir das Wohl unserer Stadt am Herzen. Der Jäger hat Recht, jetzt brauchen wir frisches Blut. Unsere Stadt ist zerstört und braucht neue Kräfte. Es ist ein Neuanfang, er soll mit dem Ende der Streitereien zwischen den Sippen beginnen. Grindor hat tapfer gekämpft in der Schlacht und ist ein durchaus fähiger Beamter, er soll neuer Bürgermeister werden!"

Grindor beobachtete die Leute, welche ihn alle erwartungsvoll ansahen. Ihm fiel nichts Besseres ein, als mit zitteriger Stimme zu sagen: „Wenn es der Wille Gars ist, so werde ich das Amt annehmen. Lasst uns unser Leben wieder aufbauen, wir haben alles verloren, aber wir können uns wieder alles aufbauen, ein Hoch auf Gar und seine Bürger!"

Da Grindor nichts mehr zu sagen wusste, übernahm Bodgar das Wort und liess seine kräftige Stimme über den Platz dröhnen: „Dank der Hilfe aus Cammal konnten wir die Schatzkammer verteidigen. Unsere Schätze sind immer noch da, wir können sie dazu einsetzen, Gar wieder zu errichten. Lasst uns die Erinnerung an diese grausame und dennoch siegreiche Nacht in Ehre und Würde halten. Wir müssen das Geschehene hinter uns lassen und in die Zukunft blicken."

Für kurze Zeit schienen die Leute froh zu werden, doch brachte sie ein Blick über die darniederliegende Stadt und das Elend rings um sie schnell in die Wirklichkeit zurück und sie erkannten, dass die Stadt von Grund auf neu erbaut werden musste. Überall lagen Leichen, niemand wusste genau, ob seine Angehörigen noch lebten. So begriffen sie langsam, dass nicht nur Gar neu aufgebaut werden musste, sondern ihr aller Leben.

Maral hielt Larior an der Schulter, während sich dieser immer wieder nach Gar umdrehte. Traurige Tränen liefen ihm die Wangen hinunter. Plötzlich hörten sie von hinten das gleichmässige Getrampel zweier Pferde, die sich rasch näherten. Als sie über die Schulter zurückblickten, war Larior anzusehen, dass er überrascht war, hingegen schien es, als ob Maral die beiden Reiter bereits erwartet hätte.

Mit einem leichten Knicks tat Maral so, als würde er sich verbeugen. Sobald Larior die Reiter erkannte, verbeugte er sich ebenfalls. Es waren Arak, Prinz von Cammal, und Lakalt, Ritter und Oberster der Hofgarde. Über Araks rechte Wange zog sich eine frische Wunde, doch schien sie nicht tief zu sein. Lakalts rotes Hemd war blutig, sein Umhang zerrissen. Arak sprang vom Pferd, er trat auf Maral zu und begann langsam in seinem höfischen Tonfall zu sprechen: „Seid gegrüsst Maral, Euch sehe ich auch nur auf dem Schlachtfeld, Ihr habt mir wiederholt das Leben gerettet und dafür bin ich Euch sehr dankbar. Sagt, wollt Ihr dieses Mal mein Angebot annehmen und nach Cammal an den Hof kommen?"

„Euer Angebot mag mich ehren, aber ich kann es nicht annehmen. Ich habe schon einige Jahre am Hofe eines Königs verbracht, doch das Leben dort entspricht nicht meiner Art", erwiderte Maral hinter seinem buschigen Bart.

„Darf ich fragen, wie dieser König hiess? Ich würde gerne wissen, wie er Euch damals dazu gebracht hat, an seinem Hofe zu leben", wollte Arak neugierig weiter wissen.

„Sein Name war Jarior, Ihr kennt ihn mit Sicherheit nicht, er ist schon lange nicht mehr unter uns", war die enttäuschende Antwort Marals auf die Frage des Prinzen. Dann wandte sich Arak an Larior und machte ihm ein Angebot: „Willst du nach Cammal kommen? Ich habe dich kämpfen sehen, du könntest einer unserer besten Soldaten werden."

„Tut mir leid", antwortete Larior mit gesenktem Kopf, „es ist der Wille meines Vaters, dass ich mit Maral gehe, sein letzter Wille, und den werde ich respektieren."

Daraufhin begann Lakalt neben Arak plötzlich in der Sprache der Jäger zu sprechen: „Mein Beileid, Larior, Sohn des im Heldentod gefallenen Arior. Ich wünsche dir alles Gute für die Zukunft, ich hoffe, du wirst deinen Weg finden, und ich glaube, dein Weg wird sich noch mehrmals mit dem meinen kreuzen."

Darauf sah Maral fragend zwischen Arak und Lakalt hin und her. Als Arak den fragenden Blick sah, erkannte man, wie sich sein Mund zu einem Lächeln verzog, bevor er Maral erklärte: „Ja, er hat mir von seiner Abstammung und Zugehörigkeit erzählt und nein, mein Vater weiss nichts. Er hat keine Ahnung davon, dass Lakalt nicht von adliger Abstammung Cammals ist, sondern von weit höherer Abkunft."

Daraufhin verabschiedeten sie sich voneinander, Larior trat vor Lakalt hin und verbeugte sich mit den Worten: „Auf Wiedersehen, rechtmässiger Erbe von Marsat."

Während Arak und Lakalt in die Ruinen der Stadt zurückkehrten, gingen Maral und Larior weiter auf der Strasse. Maral schlug den Weg nach Moordorf ein, und Larior folgte ihm niedergeschlagen. Er schaute noch ein letztes Mal zurück zu den schwarzen Ruinen Gars, jener Stadt, in der er sein ganzes bisheriges Leben verbracht hatte. Auf einmal kamen ihm die Erinnerungen an die letzte Nacht auf. Er sah die Gesichter derjenigen, die er getötet hatte, noch einmal vor sich, allerdings erfüllte es ihn mit Genugtuung, an die gefallenen Bestien zu denken, jene Kreaturen, die nur das Böse wollen. Vor ihm drehte sich Maral um und schaute ihn lange mit prüfender Miene an, worauf er plötzlich meinte: „Du denkst gerade an die Skralgas, nicht wahr? Du denkst daran, wie du sie besiegt hast. Diese Erinnerung solltest du noch lange im Gedächtnis behalten! Ich denke nicht, dass es das letzte Mal war, dass du ihnen begegnet bist."

Larior nickte stumm und trottete weiter hinter Maral her, bis dieser das Schweigen brach: „Du ähnelst deinem Vater in vielerlei Hinsicht, doch hast du das Gesicht deiner Mutter, das Gesicht eines Menschen des alten Volkes mit den Zügen der Eyilreä."

Larior schaute plötzlich auf und fragte Maral: „Kanntest du meine Eltern so gut?"

„Ja, schon ziemlich", entgegnete Maral in lockerem Tonfall, „ich kannte die beiden schon lange. Deinen Vater kannte ich, seit er ein Kleinkind war, deine Mutter, seit sie deinen Vater geheiratet hat. Ich kenne dich auch schon seit deiner Geburt, auch wenn du mich wahrscheinlich nicht richtig kennst."

Larior sah Maral ganz erstaunt an und fragte ihn dann plötzlich, was er ihn schon beim ersten Mal, als er ihn gesehen hatte, fragen wollte: „Nimm mir meine Frage bitte nicht übel, doch wüsste ich gerne, wie alt du bist."

„Ich bin älter, als alle anderen in der Umgebung, doch kenne ich mein genaues Alter nicht mehr, mit der Zeit sind einem solche Dinge nicht mehr wichtig", war Marals geheimnisvolle Antwort.

Darauf fragte Larior, nun etwas weniger niedergedrückt, weiter: „Ich habe gesehen, wie plötzlich Licht und ein Wind durch die Gasse schossen, hast du das bewirkt? Wie hast du das gemacht?"

„Ich werde es dir noch früh genug erklären", erwiderte Maral, nun etwas gereizt, „du solltest vorderhand nicht zu viel über mich, deinen Vater und dich selbst wissen, das bereitet dir nur unnötige Sorgen."

Nach diesen deutlichen Worten schwieg Larior und fragte nicht mehr weiter, er trottete wieder niedergeschlagen hinter Maral her. Sie kamen schnell voran, da der Weg trocken war, und schon bald kam Moordorf in Sicht. Das Haus im Moor sah man schon von weitem. Heute stieg kein Rauch aus dem schrägen Kamin wie damals, als Larior die Nachricht über einen gefallenen Soldaten in dieses Dorf getragen hatte. Sie kamen dem Haus im Moor nun immer näher, sie gingen am Dorf vorbei, dann auf den hölzernen Steg. Die Bretter knarrten unter ihnen und Larior befürchtete, sie könnten brechen. Endlich kamen sie zur Tür. Auf den ersten Blick sah sie alt und abgenutzt aus, doch sah Larior die vielen Verzierungen im Holz, seltsame Buchstaben, schön und schwungvoll geschnitzt. Maral zog einen alten Eisenschlüssel aus seiner Manteltasche und öffnete die Tür mit einem lauten Knarren.

Verwundert sah die alte Witwe Grerika zum Haus des komischen alten Mannes hinüber, während sie eine Kanne Tee aufsetzte und sich fragte, wieso der Junge, welcher vor einigen Tagen noch als Stadtwache Gars mit der Todesnachricht ihres Sohnes bei ihr vorbeigekommen war, nun zu diesem komischen alten Mann ging.

Marals Hütte war düster, in der Mitte hing ein verstaubter Kronleuchter, eigentlich zu edel für dieses Haus. Drei Türen führten in den hinteren Teil des Hauses, das von innen grösser erschien als von aussen. Maral und Larior betraten den Wohnraum. In einer Ecke stand ein Ofen aus Ziegelsteinen, daneben ein einfacher Tisch aus Fichtenholz. An den Wänden befanden sich Regale mit Büchern, unzähligen Büchern mit staubigen Rücken und den verschiedensten Titeln in den verschiedensten Schriften. Während sich Larior umschaute, zündete Maral im Ofen ein Feuer an, das sogleich heimelig

zu prasseln begann. Larior schaute ihm verwundert zu, denn Maral brauchte dazu keinen Feuerstein, sondern murmelte nur etwas vor sich hin, worauf die Flammen zu lodern begannen. Als er Wasser aufgesetzt hatte, kam er auf Larior zu und sagte kurz und bündig: „Folge mir!"
Daraufhin gingen sie zusammen in einen der drei Räume im hinteren Teil des Hauses. Dort stand ein Bett mit Wolldecke, der Rest des Zimmers war bis auf ein Regal und einen Tisch leer.
„Hier kannst du schlafen", sagte Maral nun müde zu Larior, „die Sachen deines Vaters verstaust du am besten hier."
Maral hob einige Bretter aus dem Boden, worauf darunter eine staubige Kiste zum Vorschein kam. Larior tat, was Maral ihm geraten hatte, doch musste er immer an seine Eltern denken. Der Junge öffnete das Fenster, feuchte Luft des Moores strömte herein und vertrieb die abgestandene staubige Luft aus der Kammer. Kurz darauf rief ihn Maral aus dem Wohnraum zum Essen. Larior roch den würzigen Duft der Gemüsesuppe bereits, bevor er sein neues Zimmer verliess. Maral schöpfte die Suppe in zwei Schalen. Als Larior einige Löffel gegessen hatte, begann Maral zu sprechen: „Ich kann mich selbst versorgen, doch reicht das Geld nicht, welches ich für meine Heilkunst erhalte, um ein zweites Maul zu füttern. Du musst hier in Moordorf einen Beruf finden, ich denke, der Schmied könnte einen Gehilfen brauchen, da sein Sohn im Krieg von Cammal gefallen ist."
„Ja, das kann ich", antwortete Larior unsicher, „doch befürchte ich, dass er nicht besonders gut auf mich zu sprechen ist, da ich ihm die Nachricht des Todes seines Sohnes überbracht habe."
Maral überlegte sich die Sache und fuhr dann fort: „Ich werde mit ihm sprechen, allerdings musst du immer dafür

sorgen, dass er dich nicht übers Ohr haut, der alte Derik ist ein gerissener Bursche, er hat eine grosse Ähnlichkeit mit den Thoringern aus Gar."

Endlich huschte erstmals wieder ein Lächeln über Lariors Gesicht und er erwiderte: „Keine Angst, ich bin in Gar aufgewachsen, ich musste das Handelswesen schon seit beinahe zehn Jahren erlernen."

Bei diesen Worten lächelte auch Maral zufrieden und fand: „Das ist gut, denn ich habe gehört, der Schmied könnte jemanden gut gebrauchen, der etwas vom Handelswesen versteht und trotzdem die Fertigkeiten eines Schmiedes besitzt, besonders diejenigen eines Waffenschmiedes in diesen schrecklichen Zeiten."

Nun sahen sich beide zufrieden an und Maral fügte noch hinzu: „Ich werde gleich morgen mit Derik sprechen, er wird dich einstellen, allerdings musst du damit rechnen, dass er dich die erste Zeit nicht besonders gut behandelt. Das wird sich allmählich ändern, denn er ist in seinem Wesen ein gutmütiger Mensch. Erst seit sein Sohn in den Krieg ziehen musste, ist er den ganzen Tag mürrisch und immer wieder jähzornig. Ich kann es verstehen, dennoch denke ich, dass ihr zwei euch mit der Zeit verstehen werdet."

Eine Weile schwiegen die beiden und assen ihre Suppe, während sich draussen der Himmel verdunkelte. Maral zündete mit seinem seltsamen Gemurmel eine helle Kerze auf dem Tisch an, woraufhin auch einige Kerzen auf dem Kronleuchter zu brennen begannen. Larior, welcher die letzte Nacht nicht geschlafen hatte, merkte plötzlich, wie müde er war. Maral wusch die Schalen ab, während sich Larior vor der Haustüre auf den Steg setzte. Die Nacht war klar, und das Sternenzelt erstreckte sich über die unendlichen Weiten des schwarzen Himmels. Larior blickte wehmütig in die Sterne und dachte über die Worte seines Vaters und seiner Mutter zu den Sternen nach, als plötzlich eine Sternschnuppe an den anderen Sternen vorbeiflog und hoch über Lariors Kopf stehen blieb. Dieser Stern war heller als alle anderen, eine weitere Sternschnuppe folgte ihm und blieb nahe neben dem ersten stehen. Er sah lange zu diesen Sternen hinauf, bis Maral erschien und ihn ermahnte ins Bett zu gehen. Larior trat über die Schwelle zurück ins Haus, doch Maral blieb noch eine Zeit lang draussen stehen und schien leise vor sich hin zu murmeln, während er in die Sterne blickte. Der Junge sah, wie sich seine Lippen bewegten, als würde er mit jemandem sprechen, allerdings wagte er nicht danach zu fragen. Er begab sich stattdessen in die für ihn hergerichtete Kammer und legte sich sogleich ins Bett. Lange wälzte er sich hin und her, lange hörte er noch, wie Maral im Nebenraum etwas schrieb, und lange dachte er noch an seinen Vater und seine Mutter. Dabei kullerten ihm Tränen über die Wangen und tropften auf das Strohkissen. Schliesslich schlief er ein, seine Träume waren wirr. Er sah immer die Gesichter von Sterbenden und hörte die zischende Sprache, welche der Mörder seines Vaters gesprochen hatte. Larior wusste nicht, ob er Maral alles erzählen sollte, was sich dort zugetragen hatte. Einerseits sass die Trauer noch zu tief und andererseits wusste er nicht, ob er dem seltsamen Mann vollständig vertrauen konnte.

Wilde Träume umfingen ihn, Stimmen schienen sich gegenseitig zu bekämpfen, immer wieder erschallte das böse mächtige *„Ak Gledkor enzke weldidek Monorka ek lakse, kargles, kengles pak Skargol"* und wurde von den Worten seines Vaters beantwortet *„Ain keni melair soi cablaie carai harai polaria wai milrea haleiar areyiticä wai raies keni"*, so verfolgten ihn seine Träume beinahe die ganze Nacht hindurch. Am nächsten Morgen schlief Larior, bis er von der

Morgensonne geweckt wurde. Er wollte gleich aufstehen und die Treppe hinuntergehen, als er merkte, dass er nicht zuhause war, er merkte, dass das Vergangene kein Traum gewesen war, sondern Wirklichkeit. Nun umfing ihn wieder Trauer, er konnte nicht fassen, dass sein bisheriges Leben von Grund auf zerstört war. Am liebsten wäre er wieder eingeschlafen und in seinem alten Leben aufgewacht, allerdings wusste er, dass er das nicht konnte.

Nachdem er sich angezogen hatte, begab er sich in den Wohnraum, wo ein Laib Brot und etwas Butter bereitstanden, dazu Honig aus dem Dorf. Neben dem Brot standen eine Tasse Milch und eine Schale mit einem braunen Pulver. Larior hielt den Finger hinein und schmeckte, dass es Kakao war. Er konnte sich nicht mehr erinnern, wenn er das letzte Mal Kakao getrunken hatte, es musste schon ewig her sein. Maral konnte er nirgends sehen, er schien nicht im Haus zu sein. Als Larior ganz allein am Frühstück sass, dachte er noch einmal über die Schlacht in Gar nach, und obwohl ihn dabei grosse Trauer umfing, war er auch stolz, denn er war einer jener, die gekämpft und überlebt hatten. Jedes Mal, wenn er an die Skralgas dachte, fühlte er Genugtuung in ihm aufsteigen. Er fühlte noch einmal das Feuer, das ihn erfüllt hatte, als er gegen diese grausamen Bestien kämpfte, den Hass auf diese Kreaturen des Bösen.

Auf einmal schreckte er auf, Maral trat leise herein. Unter dem Arm trug er ein Bündel seltsamer Pflanzen, deren Namen Larior unbekannt waren, obwohl er sie auch schon gesehen hatte. Er begrüsste Maral knapp mit einem: „Guten Morgen."

Maral erwiderte den Gruss: „Guten Morgen, Larior. Hast du gut geschlafen?".

„Geht so", gab Larior zur Antwort, „die Bilder der grausamen Geschehnisse in Gar haben mich in meinen Träumen verfolgt."

„Trinke heute Abend das hier", meinte Maral, während er Larior ein kleines Glasfläschchen gab, „es wird dir helfen deine Träume zu verdrängen."

Nachdem Maral all seine gesammelten Pflanzen verstaut hatte, kam er zurück zu Larior und meinte: „Ich werde gleich zu Derik gehen und mit ihm sprechen. In dieser Zeit kannst du dich hier mal umsehen. Von mir aus kannst du auch in den Büchern hier in diesem Raum blättern, allerdings will ich nicht, dass du in die anderen Räume gehst."

Als Maral das Haus verlassen hatte, begab sich Larior in sein Zimmer. Dort nahm er das alte Schwert aus der Truhe unter dem Boden. Die Versuchung war gross, es aus der Scheide zu ziehen, doch er widerstand. Als er das Heft fest umfasste, fühlte er sich plötzlich ganz anders, irgendwie vollständig und mächtig, er fühlte sich älter als er war und kräftiger. Bilder zogen an ihm vorbei, grosse Türme sah er verschwommen im Hintergrund, dunkle hohe Berge. Die Bilder schwammen an ihm vorbei, ohne dass eines davon klar wurde, Schrecken und Freude packten ihn, ein Gewirr von Stimmen umfing ihn. Nur schwer konnte er seinen Griff um das Heft lösen, welches sich in seiner Hand so gut geformt anfühlte. Er hörte plötzlich Marals Schritte von draussen und schreckte hoch. Schnell versteckte er das Schwert wieder in der Kiste unter dem Boden. Er wusste nicht, wie lange er in seinem seltsamen Traumzustand geschwebt hatte. Larior sprang sogleich auf und ging in den Wohnraum. Maral kam gerade zur Tür herein und sah, dass sein Gast bereits ungeduldig auf den Bescheid wartete. Maral musterte Larior eine Weile eindringlich und berichtete: „Derik will dich als Hilfsschmied einstellen, er wird froh sein, wieder einen Gehilfen zu haben, schliesslich ist er auch nicht mehr der Jüngste. Zudem sollst du ihn auch beim Verkauf seiner Ware unterstützen, denn er selbst hat kaum kaufmännische Erfahrung, geschweige denn eine Ausbildung dazu."

„Danke", entgegnete Larior als Antwort auf die gute Nachricht, „wann soll ich mit meiner Arbeit beginnen?"

„Morgen würde Derik dich gerne sehen und dir die Schmiede zeigen. Ich denke, übermorgen wirst du mit der Arbeit richtig beginnen können."

Der Mittag verging schnell und der Nachmittag kam, die Sonne begann bereits wieder dem Horizont entgegen zu sinken und zerriss die Nebelschwaden über dem Moor. Es war einer der ersten richtig warmen Frühlingstage. Die Osterglocken und die Wiesenblumen an den Hängen blühten und ein frischer Duft hing in der Landschaft. Als Maral sich auf den Weg zu einem kranken Mann in Moordorf machte, entschloss sich Larior, dem Moor entlang spazieren zu gehen. Es gab dort keinen richtigen Weg, aber die Wiesen waren gut begehbar und trocken. Obwohl vom Moor braune Dunstschwaden aufstiegen, war die Luft angenehm, der Duft der Blumen erfrischte wohltuend.

Larior kam an mehreren Bauern auf ihren Feldern vorüber, welche ihm jedoch keine Beachtung schenkten, zu beschäftigt waren sie mit Pflügen und Aussäen. Einzig ein älterer Bauer hinter einem Ochsen winkte ihm freundlich zu. Auf den Armen der Vogelscheuchen sassen bereits die Raben und beäugten gierig die von den Bauern auf den bereits gepflügten Feldern ausgestreute Saat. Nur der Klang der Werkzeuge, das Krähen der Raben und das Säuseln des Windes waren zu hören.

Neunzehntes Kapitel - Frühlingsrat

Grindor sah, wie Larior und Maral den Weg nach Moordorf einschlugen und bald aus seinem Blickfeld verschwanden. Kurz darauf trat jener Jäger neben ihn, welcher zuvor zu den Bürgern gesprochen hatte. Er sah noch mitgenommen und müde von den Kämpfen aus, dennoch meinte er mit klarer Stimme zu Grindor: „Mein Name ist Dreior, normalerweise bin ich weit fort von hier, allerdings will ich unbedingt wissen, wie die Skralgas hierher gelangt sind. Könntet Ihr mich darüber bitte informieren, sobald Ihr mehr wisst?"
„Natürlich", antwortete Grindor, „und ich habe auch noch eine Frage an Euch. Was würdet Ihr mit den Gefangenen tun? Ich weiss, das Gesetz verlangt den Galgen, allerdings wurden jene unter ihnen, welche Bauern sind, durch Banditen und noch üblere Gestalten in den Aufstand hineingezogen. Meint Ihr nicht auch, dass man Güte walten lassen sollte, um zu zeigen, dass wir besser sind als sie?"
Darauf entgegnete Dreior mit einem matten Lächeln: „Ich sehe, Ihr seid ein wahrhaft fähiger Bürgermeister, deswegen habe ich für Euch gesprochen. Ich finde auch, jene unter ihnen, welche ansonsten ehrliche Bürger sind, sollten verschont werden. Es würde den Feinden nur in die Hände spielen, wenn in Cammal nun eigene Bürger mit dem Tode bestraft würden. Ich habe einen Vorschlag."
„Und der wäre?", fragte Grindor neugierig nach.
„Als Strafe sollten jene, die mit dem Leben davonkommen werden, Euch beim Wiederaufbau Gars helfen. Ich denke,

das wäre ein gerechter Entscheid", antwortete Dreior nachdenklich. Grindor nickte zustimmend und meinte dazu: „Ich empfinde das ebenfalls als gerecht, doch benötige ich dazu die Zustimmung der Sippenoberhäupter und muss zuerst offiziell zum Bürgermeister ernannt werden. Zudem bin ich noch zu befangen, um gerechte Entscheidungen zu treffen, da sie am Tod meines Vaters mitschuldig sind."
„Die Schuld am Tod deines Vaters tragen keinesfalls die einfachen Bauern. Es waren Söldner, doch weiss ich nicht, woher sie kamen", erwiderte der Jäger ernst und besorgt.
Unterdessen begannen einige Bürger damit, notdürftige Unterkünfte zu errichten, um die nächsten Nächte darin verbringen zu können. Andere suchten immer noch nach Überlebenden in den Trümmern der einstigen Häuser. Die Suche schien erfolglos. Darweil und einige weitere Männer schafften Trümmer zur Seite, ein Haus nach dem anderen war zerstört. Immer wieder fanden sie die verkohlten Überreste von Leichen. Jedes Mal trieb ihnen dieser grausame Anblick die Tränen in die Augen, dennoch setzten sie ihre Arbeit fort. Doch plötzlich hörten sie ein Klopfen in einem Haus, welches bis auf die Grundmauern abgebrannt war. Es war eine kleine Schankstube in der Nähe des Haupttores gewesen. Sie verschafften sich hastig einen Weg durch die Trümmer hinein. Das Klopfen schien von unten zu kommen, von unten aus dem Keller des Hauses. Darweil versuchte zusammen mit den anderen, die schweren Balken hinfort zu schaffen. Es war mühsam, doch kam endlich ein Kellereinstieg zum Vorschein. Sie sahen eine Frau, deren Trauertränen sich nun in Freudetränen umwandelten. Sie blickte zu den Männern hoch, während sie ihr Kind im Arm hielt, welches zu schreien und zu weinen begann. Überglücklich half ihr einer der Männer aus dem Keller. Dann umarmten sie sich innig mit Tränen

in den Augen. So sah Darweil, dass ihre Suche auch Erfolg brachte und nicht ganz hoffnungslos war. Sie suchten voller Eifer weiter, stundenlang, bis die Hoffnung schwand. Sie fanden niemanden mehr, zudem begann die Dämmerung die Suche zu erschweren und es wurde kühl und dunkel. Grindor fragte sich, wo Larior jetzt wohl sei, während dieser vor der Tür von Marals Haus die Sterne beobachtete.

Der junge Schreiber begab sich auch in die Unterkunft, die vor dem Goldenen Fuchs hergerichtet worden war. Einige der Soldaten aus Cammal waren auch da und standen Wache, während andere die Schatzkammer und wieder andere die Gefangenen bewachten. Grindor wollte sich gerade hinlegen, als plötzlich ein Botenjunge mit Kraushaar zu ihm gerannt kam und keuchend berichtete: „Die Sippenoberhäupter wollen Euch sehen. Ihr sollt sofort in die Schenke des Goldenen Fuchses kommen, beeilt Euch!"

Grindor folgte dem gehetzten Jungen. Auf dem Weg fiel ihm auf, wie wenige Menschen da waren, keiner wusste genau, wie viele die Nacht überlebt und wie viele ihr Leben gelassen hatten. Auch im Goldenen Fuchs waren kaum Bürger zu sehen, die Schenke war beinahe leer. Einzig die Schmerzensschreie einiger Verwundeter, welche in den Zimmern des Gasthauses gepflegt wurden, waren zu hören. Grindor wurde es übel zu Mute, als er die Schreie hörte, und er fühlte sich auch nicht besser, als er die düsteren Gesichter der Sippenoberhäupter sah, an deren Tisch er sich nun setzte.

Fredargar, das Sippenoberhaupt der Fredinger und Vorsitzender des Rates, begann zu sprechen: „Wir haben gehört, dass Ihr, Grindor, Ariors Sohn, vom Volk als neuer Bürgermeister vorgeschlagen wurdet. Zudem heisst es, Ihr hättet in der Schlacht zahlreiche Feinde besiegt und Ihr wäret lange

Zeit der erste Arbeiter unter dem Bürgermeister Feldengar gewesen, er ruhe in Friede. Ist das wahr, Grindor?"

„Ja", antwortete Grindor knapp.

„Die Sippenoberhäupter sollen nun darüber befinden, ob Grindor zu unserem neuen Bürgermeister ernannt werden soll, wie es der Wille des Volkes ist", fuhr Fredargar fort. Grindor musste in einem Nebenraum Platz nehmen.

Es begann gleich ein wildes Diskutieren zwischen den Sippenoberhäuptern. Es schien, als würde jeder am liebsten jemanden aus seiner Sippe an Gars Spitze sehen. Allerdings konnten sie sich nicht einigen und kamen dann auf Grindor zu sprechen. Grindor hörte viele Wortfetzen heraus. So meinte Theor, das Oberhaupt der Thoringer, mit seiner tiefen rauen Stimme: „Er ist noch zu jung und zu schwach, er wird diese schwierigen Zeiten kaum durchhalten. Ein Thoringer war schon seit Jahrzehnten nicht mehr an der Spitze, unsere Sippe ist robust und würde Gar gut durch diese schwierige Zeit führen."

Darauf meinte Herald, das Oberhaupt der Herdinger: „Ich bin für Grindor, kaum einer kennt die Geschäfte unserer Stadt so gut wie er, zudem liessen sich unsere Sippenstreitereien möglicherweise beenden."

Arengar, das Oberhaupt der Aringer, stimmte Herald zu, während Orfrengar, das Oberhaupt der Oringer, sich eher kritisch äusserte und Grindor für zu jung hielt, um ein solches Amt zu übernehmen.

Sie berieten wild weiter, bis schliesslich Fredargar mit einem Holzhammer auf den Tisch schlug und rief: „Ruhe! Wir werden nun abstimmen, ob Grindor geeignet ist, oder ob wir einen anderen auserwählen sollen."

Die anderen schwiegen auf der Stelle und wagten nicht zu widersprechen.

„Wer für Grindor ist, hebe die Hand", fuhr der älteste und Vorsitzende der fünf Männer etwas ruhiger fort. Zugleich hob er seine rechte Hand, um für Grindor zu stimmen. Herald und Arengar hoben ebenfalls sogleich die Hand, während Orfrengar zögernd von Theor zu den anderen schaute und schliesslich seine Hand langsam in die Höhe hob. Darauf meinte Theor knurrend: „Wenn es der Wille der Sippenoberhäupter ist, so will ich mich ihnen trotz Zweifel anschliessen. Ich hoffe, wir machen keinen Fehler, wenn wir diese Last auf solch junge und schwache Schultern stellen."

Auch er hob nun die Hand, und es war nun offiziell, Grindor war der neue Bürgermeister Gars und des gesamten Garlandes.

Grindor durfte wieder in den Saal zurückkehren, wo ihm Fredargar zur Wahl gratulierte.

„Glückwunsch, Herr Bürgermeister! Morgen werdet Ihr vor die Bürger Gars treten und Euren Eid ablegen", erklärte Fredargar dem künftigen Bürgermeister, während er sich erhob.

Der neue Tag war angebrochen, und alle Bürger hatten sich auf dem Hauptplatz vor dem Rathaus eingefunden. Die fünf Sippenoberhäupter standen auf der Steintreppe vor den Ruinen des Rathauses. Zwischen ihnen stand Grindor, welcher nervös von einem Fuss auf den anderen trat und dabei auf seinen Lippen herumkaute.

Einige Soldaten brachten die Gefangenen weg, da sie die wütende Menge kaum noch von ihnen fernhalten konnten, obwohl sie sich selbst auch am liebsten an ihnen für die Gefallenen gerächt hätten. Ein wildes Durcheinander spielte sich ab, ein Gewirr von Meinungen und Vorwürfen. Ruhe kehrte erst ein, als Fredargar mit seiner rauen Stimme laut brüllte: „Ruhe, sofort Ruhe!"

Er wartete, bis endlich alle schwiegen und ihm, wenn auch widerwillig, ihre Aufmerksamkeit schenkten. Er selbst setzte nun eine noch strengere Miene auf als gewöhnlich, wenn das überhaupt noch möglich war.

Als er die gesamte Menge überblickt hatte, begann er endlich mit lauter klarer Stimme zu sprechen: „Wir haben uns alle hier versammelt, um unseren künftigen Bürgermeister in sein neues Amt einzusetzen. Der Rat der Sippenoberhäupter kam zum Schluss, dass Grindor dazu ausersehen werden sollte, denn er ist aus unserer Sicht der fähigste und neutralste Bürger, der erste sippenlose Bürgermeister. Wer einen Einwand hat, soll ihn nun vorbringen."

Einige der anwesenden Bürger wollten sich gerade melden, als sie bemerkten, dass fast alle ruhig dastanden und nicht den Anschein machten etwas einwerfen zu wollen, deshalb schwiegen auch sie. Fredargar fragte noch einmal nach: „Keiner?"

Keiner meldete sich, und der Ratsvorsitzende gab Orfrengar ein Zeichen, worauf dieser ein Buch unter seinem Mantel hervorzog. Er zeigte das Buch herum, damit es allen bestätigt wurde, was es war, nämlich das oberste Gesetzbuch Gars, das *Älteste Buch* Gars, wie es von den Bürgern genannt wurde. Der Rat behütete das Buch immer dicht verschlossen in einem Fach im Keller des Rathauses, wo der dicke Lederband glücklicherweise vor dem Feuer bewahrt worden war.

Nun legte Grindor seine Hand auf das Buch und Arengar begann ihm den Eid des Bürgermeisters vorzusagen. Darauf legte Grindor seinen Eid ab. Zuerst sprach er mit einer etwas zitterigen Stimme, doch mit der Zeit wurde er sicherer und sprach den Eid laut, deutlich und bestimmt, sodass ihn alle Bürger hörten:

„Ich, Grindor, Sohn des verstorbenen Arior, der ich ohne Sippe bin, schwöre hiermit feierlich auf das oberste Gesetz unserer geliebten Stadt Gar.

Ich werde alles, was in meiner Macht steht, tun, um das Wohl der Stadt und aller Bürger zu fördern.

Ich werde ehrenvoll die Gesetze achten und alles Erdenkliche tun, was zum Wohle Gars beiträgt, auch wenn es mir selbst nicht von Nutzen sein sollte.

Ich werde keine Entscheidungen aus Eigennutz oder anderen unmoralischen Gründen fällen.

Meine Treue gilt dieser Stadt so lange, wie ich das Vertrauen des Volkes und des Rates besitze und darüber hinaus.

Ich schwöre dies a kendram carai harai."

Der grösste Teil der Menge brach in Jubel aus und schrie im Chor: „Lang lebe der Bürgermeister, lang lebe Grindor, heldenhaft im Kampf, weise im Amt."

Grindor wurde es vor der ganzen Menge unwohl zu Mute, er fühlte sich ihr ausgesetzt wie ein Tier in einem Käfig, doch er fasste sich schnell wieder. Als sich der Jubel gelegt hatte, begann er mit aussergewöhnlich sicherer Stimme zur Menschenmenge zu sprechen: „Tage des Schmerzes liegen hinter uns, uns wurde vieles genommen, dennoch liegen auch Tage der Freude vor uns, Tage des Neuanfangs. Wir müssen zusammen die Stadt wiedererrichten. Wir sind vielleicht verletzt, verwundet und unserer Heime beraubt, jedoch ist unser Stolz noch heil, Bürger von Gar. Lasst uns nun eine Stadt erbauen, die stolzer ist als die alte, zusammengeschweisst durch gemeinsames Leid und gemeinsame Freud."

Die Menge brach erneut in Jubel aus, die Bürger fühlten den Stolz ins sich aufkommen. Ihr Respekt vor dem jungen Grindor stieg stetig an, er schien bereits jetzt eine gute Figur zu machen. Als sich die Menge wieder beruhigt hatte, setzte Grindor seine Rede fort: „Nun stehen wir vor einer der grössten Herausforderungen, vor der Gar jemals gestanden hat, wir müssen uns eine neue Existenz aufbauen, und zu unserem Wohle hat uns Prinz Arak von Cammal die Unterstützung des Königs zugesichert. Lasst uns unser Leben neu gestalten. Möglicherweise wird unsere neue Stadt etwas kleiner, doch wird sie mit der Zeit prächtiger als das alte Gar, eine blühende Stadt zwischen der Stadt des Königs und Brückstadt."

Als Grindor geendet hatte, sah ihn die Menge erwartungsvoll an und einige riefen, was alle dachten: „Was passiert mit den Gefangenen?"

Bevor Grindor antworten konnte, schrien alle durcheinander. Einige schrien: „Hängt sie!"

„Köpft sie!", schrien andere, und wieder andere brüllten unüberhörbar: „Vierteilt sie!"

Grindor stand unbeholfen vor der wilden Menge, bis endlich ein paar Männer, welche im Schatten hinter Grindor und dem Rat gestanden hatten, hervortraten.

„Ruhe", schrie einer von ihnen. Die Menge gehorchte sofort, denn alle sahen, dass es Prinz Arak war. Der Prinz wartete, bis es wieder ruhig war und begann dann mit seiner angenehmen Stimme laut und deutlich zu sprechen: „Noch wird hier niemand hingerichtet, so gross sein Verbrechen auch sei. Ich sowie der Bürgermeister Grindor und der Rat wollen die Gefangenen zuerst vernehmen. Ich kann Euch sagen, geschätzte Bürger von Gar, niemand wird ungestraft davonkommen, doch will ich auch betonen, wir sind auf alle helfenden Hände angewiesen, wenn wir Eure Stadt wiederaufbauen wollen. Wieso sollten die Gefangenen nicht Rathaus, Kaserne, Mauer und weitere Gebäude erstellen, wieso sollen sie nicht dazu beitragen, dass der Schaden wieder gut gemacht wird, welchen sie angerichtet haben? Sie sollen Euch dabei helfen, Eure Stadt neu zu errichten und wenigstens einen Teil ihrer Schuld abtragen. Unter Ketten versteht sich, sollen sie das in der ersten Zeit tun, bis sie die Güte Gars erkennen, denn für ihren Hochverrat könnten sie getötet werden. Das sollte aber nicht die einzige Strafe sein, sie sollen für ihren Hochverrat danach weitere Strafen in den Arbeitslagern unter Ketten verbüssen. Nicht jedem wird dasselbe Schicksal widerfahren, einige unter ihnen waren ehrliche Bauern, die aufgehetzt worden waren und deren Dienste auf dem Feld immer noch zum Wohle Gars und Cammals benötigt werden. Die Gräueltaten geschahen in Gar, darum wird Eure Obrigkeit das letzte Wort haben."

Einige Bürger murrten laut, während andere zufrieden Beifall klatschten, wieder andere schwiegen, sei es, weil sie nicht ganz verstanden hatten, was Arak sagen wollte oder dass sie sich noch keine Meinung gebildet hatten. Auf jeden Fall wagte es niemand, dem Prinzen von Cammal laut zu widersprechen. Nachdem jeder der Sippenoberhäupter noch ein paar Worte zum Volk gesprochen hatte, leerte sich der Platz langsam. Von überall her hörte man den Lärm von arbeitenden Bürgern, während sie unter sich ausmachten, wer aufräumen und wer zum Holzfällen in den Wald gehen sollte. Währenddessen gab Arak seinen Soldaten ein Zeichen. Kurz darauf kamen sie mit den Gefangenen zurück. Nun marschierten sie, Arak und seine Soldaten, Grindor und der Rat der Sippenoberhäupter, die Stadt hinauf zum Goldenen Fuchs, der vorübergehend als Haupthaus diente.

In der Zwischenzeit hatten einige Stadtwachen Ketten aus den Kerkern der Kaserne gebracht, welche die Gefangenen nun tragen mussten. Schwerfällig schritten diese mit rasselnden Ketten über das Pflaster. Von überall her wurden sie von Gars Bürgern beschimpft, einige warfen ihnen sogar Trümmerstücke entgegen, doch die Soldaten Cammals traten dazwischen.

In den Ritzen der Pflastersteine klebte immer noch vertrocknetes Blut. Grindor verfolgten auf einmal wieder die Ereignisse der grausamen Nacht. Er sah nun wieder vor seinem inneren Auge, wie die Ruinen gebrannt und wie sich die Leichname hinter den Strassensperren gehäuft hatten. Erst als Lakalt neben ihn trat, wurde er aus seinen Gedanken gerissen.

„Ihr denkt gerade an die Schlacht, nicht wahr?", meinte Lakalt halb flüsternd zu Grindor.

„Ja", nuschelte dieser, „woran seht Ihr das?"

„An Eurem Blick", antwortete Lakalt nachdenklich, „ich bin schon mit vielen jungen sorglosen Männern in den Krieg gezogen. Ihre Blicke waren fröhlich, und man sah die Jugendlichkeit in ihren Augen. Sobald sie jedoch ihre ersten Schlachten geschlagen hatten, blickten sie, als wären sie viele Jahre gealtert. Sie wurden von Sorge geplagt, ihre hellen Blicke wurden dunkler. Das geschieht, wenn gute Freunde fallen, während man selbst überlebt. Seht Euch Arak an, er ist kaum älter als Ihr. Der Unterschied ist nun kleiner. Jedoch hätte man eure Blicke zuvor verglichen, hätte man gesehen, was er bis dahin bereits erlebt hat und dass Ihr ein friedvolles Leben geführt hattet, bis Ihr aus ihm herausgerissen wurdet. Der Prinz sieht viel älter aus als er ist und das trotz seines Blutes."

Grindor schwieg, er wusste, dass Lakalt recht haben musste. Er sah ihm ins bleiche Gesicht, und seine grünen Augen blitzten im Sonnenlicht. Er erkannte aber nicht die Jugendlichkeit, welche man sonst bei Männern seines Alters sah, sondern die Ausstrahlung eines erfahrenen Kriegers. In gewissem Masse sahen sich die beiden ähnlich, sie unterschieden sich deutlich von den Räten und den Soldaten aus Cammal, einzig Arak hatte ebenfalls eine gewisse Ähnlichkeit mit ihnen. Nun begriff Grindor auch, was Lakalt mit dem Blut des Prinzen gemeint hatte, er erkannte, dass Arak ebenfalls ein ähnliches Aussehen und eine ähnliche Ausstrahlung besass wie er und Lakalt.

Eilig rannten Frauen aus dem Goldenen Fuchs um Wasser zu holen und wieder hinein, als der Trupp mit den Gefangenen ankam. Einige eilten mit blutüberströmten Tüchern wieder heraus und wuschen sie in einem Trog aus, um sie wieder hineinzubringen. Wütend spuckten sie den Gefangenen im Vorbeigehen vor die Füsse und schrien sie weinend an. Grindor wurde es übel, als er das rötliche Wasser im Trog sah, und er drehte sich mit einem Würgelaut rasch ab. Er blickte zum Wachposten hinauf, in dem er ohnmächtig geworden war. In dessen Stützen steckten immer noch Pfeile und Bolzen. Er war froh, als sie endlich in die heimelige Schenke des Goldenen Fuchses eintraten und sich an die Tische setzten, welche in einem Halbkreis angeordnet waren.

Als sich alle gesetzt hatten, befahl Arak einem seiner Soldaten: „Leutnant Grieak, bringt uns den ersten Gefangenen!"

Der genannte Leutnant ging darauf sofort mit zwei seiner Soldaten ins Nebenzimmer, wo die Gefangenen hingebracht worden waren. Kurz darauf kam er mit einem schmächtigen Mann mit zerzaustem Haar und geröteten Augen zurück. Der Leutnant befahl ihn auf einen Stuhl im Halbkreis derer, die nun als Richter walteten.

„Es war nicht meine Absicht, dass so etwas geschieht, ich wollte nur meine Meinung kundtun und dann, dann haben uns diese verdammten Banditen dazu angestiftet. Bitte, ich will nicht sterben, bitte lassen Sie mich am Leben. Ich habe eine Frau und vier Kinder, die ich ernähren muss. Ich darf nicht sterben, es wäre ihr Tod", weinte der hagere Mann verzweifelt und warf sich vor Arak auf die Knie.

Dann begann Arak zu sprechen: „Laut den Gesetzten von Gar und Cammal seid Ihr des Hochverrats angeklagt und Euer Leben ist somit verwirkt. Bei einem gewöhnlichen Urteil in diesem Falle wäre der Galgen die gerechte Strafe, doch wird dieses Gericht hier darüber entscheiden, zu was wir Euch verurteilen werden. Schwört Ihr, dass Ihr Familie und Hof habt?"

„Ich schwöre es", antwortete der Bauer zitternd, „ich habe niemandem etwas zuleide getan, ich war nur dabei. Ich habe einen Hof bei Flusswil, so glaubt mir doch, edle Herren."

Nun begann Theor zu schimpfen: „Das interessiert keinen, Ihr wart dabei und das reicht, lasst ihn hängen."

Theor war aufgestanden und beschimpfte den Bauern, welcher immer kümmerlicher vor ihnen kniete, aufs heftigste, wobei er kaum ein Schimpfwort ausliess. Erst als ihn Orfrengar energisch zurück auf den Stuhl zog, beruhigte er sich und sah nun mürrisch auf den Angeklagten hinunter.

Sie diskutierten nun heftig darüber, was sie mit ihm machen sollten. Es ging eine Weile, bis Grindor das Urteil verkündete: „Das Gericht verurteilt Euch zu Zwangsarbeit, um Gar wiederaufzubauen. Wenn diese verrichtet ist, werdet Ihr zu Eurer Familie zurückkehren können."

Der Bauer wirkte froh und erleichtert und dankte weinend dem Bürgermeister, dem Prinzen und den Räten. Daraufhin wurde er von den Wachen weggeführt.

Einer nach dem anderen wurde vor das Gericht gebracht. Nachdem fünf weitere Handwerker und Bauern ebenfalls zu Zwangsarbeit verurteilt worden waren, wurde ein grossgewachsener Mann mit vernarbtem Gesicht und gehässigem Blick auf einen Stuhl befohlen.
„Wie ist Euer Name?", fragte Arak misstrauisch.
„Man nennt mich den Stecher", antwortete der Gefangene höhnisch grinsend. Arak ignorierte das Grinsen und begann die Vorwürfe vorzulesen: „Ihr seid des Hochverrats, des Mordes, der Brandschatzung und des Diebstahls angeklagt."
Bevor Arak fortfahren konnte, begann der Stecher höhnisch zu lachen und sagte mit spöttischer Stimme: „So, So. Dann hängt mich, Ihr werdet es tun, es nützt Euch jedoch nichts. Wenn Ihr wüsstet, wie viele Verräter Ihr in Euren eigenen Reihen habt! Woher, denkt Ihr, haben wir unsere hervorragenden Waffen, etwa von diesen Nichtsnutzen von Schmieden und Schreinern auf dem Lande geklaut? Nein, Ihr werdet Euer Reich verlieren, bevor Ihr Euer Erbe antretet, Arak der Untaugliche."
Arak liess sich von diesen Worten nicht beirren und fuhr fort: „Habt ihr etwas zu Eurer Verteidigung vorzubringen?"
„Ja, vielleicht hilft es, wenn ich Euch sage, dass ich, als wir Gar niederbrannten, zehn Menschen erschossen und fünf erstochen habe", entgegnete der Angeklagte mit schallendem Gelächter, „ausserdem habe ich in meinem ganzen Leben schon mehrere Soldaten des Königs umgebracht, erinnert ihr Euch etwa nicht mehr an den Hinterhalt bei Grenheid, als Ihr auf dem Weg nach Salmarsat wart? Ich habe sogar einen Eurer Ritter getötet."
Nun funkelten Araks Augen und er sprang auf. Lakalt wollte ihn zurückziehen und beruhigen: „Tötet ihn nicht, das ist es, was er will."

„Ich weiss", schnauzte Arak ihn an, „allerdings habe ich dem, der Jelak hinterhältig erschossen hat, einen tiefen Schnitt über die Brust verpasst."

Arak ging mit energischem Schritt auf den Stecher zu. Dessen Gesicht wurde bleich, sein Hohn wechselte in Furcht. Arak packte die Hemdränder und riss das blutverschmierte Hemd auf. Auf der Brust des Stechers kam eine hässliche Narbe zum Vorschein, die sich quer über fast den gesamten Oberkörper zog. Arak holte darauf mit seiner Faust aus und schlug sie dem Verräter ins Gesicht. Dieser schrie auf, und Blut floss aus seiner Nase. Nun stand Arak vor das Gericht und begann mit wütender Stimme zu sprechen: „Dieser Mann soll nicht nur wegen Mordes an den Bürgern von Gar bestraft werden, sondern auch wegen des Angriffs auf die königlichen Ritter. Jelak war ein edler Ritter, er und sein Bruder Haldak haben unserem Reich grosse Dienste erwiesen. Der Feigling hier hat einen von diesen beiden Brüdern grundlos und auf die feigste Art erschossen. Ein Pfeil, abgefeuert aus dem Hinterhalt, darum gebührt ihm die härteste Strafe, denn wäre er nicht ein gemeiner feiger Mensch, würde er den gnädigen Tod erfahren. Dieser hinterhältige Barbar jedoch hat jegliche Würde, jegliche Ehre und jegliches Ansehen verloren. Er wird nach den Gesetzen Cammals den längsten und schmerzvollsten Tod sterben, den es gibt. Den Tod in Zwangsarbeit bis ins hohe Alter, Tag für Tag. Er wird in das Arbeitslager bei Meerschlossfels verbannt. Er soll dort unter den schlimmsten Verhältnissen bis zu seinem Tode unter Peitschenhieben schuften. Ich, Prinz Arak von Cammal, spreche dies bei der Macht des Könighauses aus. Diese Strafe soll alle betreffen, welche gleich grausame Taten begangen haben oder noch begehen werden."

Der Rat sass nun schweigend um den Angeklagten herum, bis schliesslich Grindors Augen zu glühen begannen und er den Banditen anschrie: „Was haben dann diese dunklen Wesen hier beabsichtigt, wie sind sie hierhergekommen?"
Der Stecher brach in höhnisches Gelächter aus und erwiderte: „Ich habe Euch bereits gesagt, der König hat Verräter in seinen Reihen. Denkt Ihr, diese Männer mit den Masken und den edlen dunklen Panzern wären einfache Banditen gewesen, denkt Ihr das wirklich? Sie werden das Königshaus ins Verderben stürzen, die Todesengel, die stärksten Söldner."
Nun sah sich der Rat fragend an und musterte den Angeklagten. Auch Lakalt und Arak sahen sich fragend an, keiner von ihnen wusste, was er nun sagen sollte. Ihnen war die Sache äusserst unangenehm. Arak seinerseits gefiel der Gedanke gar nicht, dass sein Vater von Verrätern umgeben sein könnte, er wollte es nicht wahrhaben, auch wenn er wusste, dass es stimmen musste. Mit diesen Gedanken flüsterte er leise zu Lakalt: „Ich denke, er sagt sogar die Wahrheit, wie sonst hätten die Skralgas unbemerkt nach Gar kommen können?"
Darauf erwiderte Lakalt ebenfalls flüsternd: „Um das „Wie?" können wir uns ein andermal kümmern, ich denke das „Weswegen?" ist nun wichtiger. Denn wieso sollten diese Bestien an einem Volksaufstand gegen ein ländliches Städtchen teilnehmen? Ich denke, die haben mit den maskierten Männern etwas oder jemanden gesucht."
„Du hast möglicherweise Recht", erwiderte Arak, „möglicherweise haben sie auch etwas gefunden, etwas, womit sie unseren Vormarsch in Richtung Sonnenberge stoppen können."

Nun merkten die beiden, wie sie vom Rat erwartungsvoll beobachtet wurden. Die Gesichter der Oberhäupter sahen ärgerlich aus, sie mochten es gar nicht, dass sie nicht in das Gespräch eingeweiht wurden, doch wagten sie es nicht, dem Prinzen von Cammal einen Vorwurf zu machen.

Nach einer kurzen Pause des Schweigens meinte Grindor zu Araks Erleichterung: „Sollten wir nun nicht die nächsten Gefangenen anhören?"

Der Rat und Arak stimmten ihm zu und der Leutnant holte zusammen mit seinen Männern weitere Gefangene. Sie verhörten einen nach dem anderen, bis es schliesslich dunkel wurde und der Vollmond am Himmel erschien, welcher die Schenke des Goldenen Fuchses zusammen mit dem Kerzenlicht erhellte. Von draussen drang immer noch der Lärm der Aufräumarbeiten herein, doch wurde er langsam leiser.

Auf einmal hörten sie noch einen anderen Klang, es war ein Klopfen an der Tür. Ein schweres, müdes Klopfen einer schweren Hand. Einer der Wachen öffnete die Tür und zog dann gleich sein Schwert, als er einem grossen Mann mit dunkler Kapuze gegenüberstand, dessen Blick ihn drohend zu durchdringen schien. Hastig warf der Mann seine Kapuze zurück und begann mit tiefer Stimme: „Ich würde gerne mit dem Rat und dem Prinzen sprechen."

Der Soldat sah fragend hinüber zu den Männern, welche sich müde über ihre Bierkrüge beugten.

Lakalt erkannte bald, wer eingetreten war und rief erfreut: „Lass den Mann durch, das ist Haldrior, Anführer derer, die Gar vor dem gänzlichen Untergang gerettet haben. Er ist der Anführer der Jäger in Cammal!"

Haldrior trat in seiner vollen Grösse ein. Er grüsste Lakalt nicht anders als alle anderen, doch in seinen Augen sah sein Sohn die Freude über ihr Wiedersehen. Er setzte sich zu den

Männern an den Tisch, sie bedankten sich zuerst zurückhaltend, doch im Laufe des Abends noch mehrmals für die Hilfe der Jäger. Sie unterhielten sich über die Verhöre des Tages und die weiteren Geschehnisse. Der Jäger wurde von den Sippenoberhäuptern immer wieder misstrauisch beäugt. Den fünf Garern missfiel es, dass dieser gefährlich wirkende Mann sich so gut mit den Hohen aus Cammal verstand.

Dann wandte sich Haldrior an Grindor und fragte ihn flüsternd, damit es sonst niemand hören konnte: „Lakalt hat mir gesagt, es wären Männer dabei gewesen, die irgendetwas bei deinem Vater gesucht hätten. Was könnte es sein? Hast du eine Ahnung?"

„Nein", antwortete Grindor, „mein Vater war ein geheimnisvoller Mann, wie du bestimmt weisst. Ich habe zu Anfang gedacht, sie wären an seinen Schmiedekünsten interessiert gewesen, doch glaube ich das nachträglich nicht mehr."

Nun stützte auch Haldrior müde seinen Kopf in die Hände, legte seine Stirn in tiefe Sorgenfalten und meinte zu Lakalt und Arak: „Ich war gerade auf der anderen Seite des Flusses von einem kleineren Gefecht mit den Skralgas zurückgekehrt, als ich die Nachricht erhielt, es sei diesseits des Flusses etwas entdeckt worden, das aussah wie die Feder eines Skralgaspfeils. Darauf bin ich gleich hierhergeeilt, doch leider zu spät."

Müde schliefen alle Räte noch auf ihren Stühlen ein, nur Lakalt und Haldrior konnten sich ihrer Müdigkeit erwehren. Die beiden setzten sich an den prasselnden Kamin und erzählten sich von ihren Erlebnissen. Lakalt erzählte seinem Vater, wie es seiner Mutter ging und dann redeten sie beide über den Krieg gegen die Skralgas. Lange Zeit sassen sie dort und sprachen miteinander, während die Nacht verrann, doch als bald der Morgen dämmerte, schliefen auch sie noch ein. Lakalt angelehnt an Haldrior, den Kopf an dessen breiter Schulter. So weckte sie Arak am Morgen. Er sah frisch aus und es schien, als hätte er sich soeben das Gesicht gewaschen, jeglicher Schmutz war fort.

„Wir müssen heute Mittag aufbrechen", meinte er an Lakalt gewandt, „dann werden die Verstärkung und der Wagen für den Gefangenentransport eintreffen. Wir müssen wieder nach Brückstadt reiten und unseren Männern beistehen."

Der Morgen verging schnell, zu schnell für Arak und seine Soldaten, bald waren das Hufgetrappel der herannahenden Pferde und das Rumpeln des Gitterwagens zu vernehmen. Rasch kam der Trupp auf Gar zu und führte dort sogleich seinen Auftrag aus. Arak und seine Gefolgsleute sattelten ihre Pferde, während einige Soldaten des Gefangenentransports jene Gefangenen, die in die Minen bei Meerschlossfels gebracht werden mussten, in den Gitterwagen sperrten. Die anderen Soldaten betreuten die eigenen Pferde und die ihrer Kameraden, welche den Gitterwagen bewachten. Die Gefangenen mit den leichteren Strafen arbeiteten bereits unter Bewachung an einem neuen Rathaus mit angrenzender Kaserne. Sie schlugen schwere Steine zurecht, die auf robusten Fuhrwerken den ganzen Tag hindurch aus dem Steinbruch gebracht wurden. Die Zimmerleute sorgten dafür, dass ein stabiles Gerüst erstellt wurde, sodass der Wiederaufbau rasch voranging.

Nun verliess der Gitterwagen in Begleitung einiger Soldaten und einem Ritter aus Cammal Gar wieder, während sich Arak und seine Männer auf den Weg nach Brückstadt begaben. Haldrior ritt mit ihnen, und ausserhalb von Gar stiessen ein paar weitere Jäger zu ihnen.

Grindor beobachtete das Ganze von einem Balkon des Goldenen Fuchses aus. Allerdings sah er nun auch wieder die

Zerstörung, welche über Gar gekommen war. Von der Schmiede, in welcher er aufgewachsen war, standen nur noch der Kamin und die Grundmauern. In Gedanken versunken machte er sich auf den Weg zu jenem Gebäude, in dem er aufgewachsen war. Rasch durchsuchte er die Schmiede nach Schwertern, als plötzlich Greiair neben ihm stand und sogleich mit mitleiderfüllter Stimme meinte: „Es tut mir Leid, Grindor. Wir werden Gar helfen, so gut wir können, doch sollten gewisse Schwerter hier die Jäger erhalten, damit sie nicht in falsche Hände geraten."

Rasch hoben sie ein paar verkohlte Balken zur Seite, sodass die edlen Schwerter zum Vorschein kamen. Jene, die Gar erhalten sollte, waren vom Russ geschwärzt, diejenigen für die Jäger waren noch in tadellosem Zustand und glänzten wie eh und je. Es waren nicht viele, und Greiair schnürte sie in ein Bündel, das er schwungvoll auf seine Schulter warf. Dann verabschiedete er sich von Grindor mit den Worten: „Dein Vater und deine Mutter werden unter den Guten ruhen, denn sie haben für das Gute gelebt und sind für das Gute gestorben. Auch wir müssen für das Gute kämpfen."

Dann drehte er sich um und verschwand aus den Trümmern der Schmiede. Als Grindor den Keller durchsuchte, sah er nur die leeren Truhen, und er verliess ihn sofort wieder, als er hörte, wie plötzlich Ziegel des Kamins auf den Boden fielen. Draussen sah er, wie der Kamin zusammenbrach und den Kellereingang verschüttete. Er war überglücklich und dankbar, dass er nicht im Keller eingeschlossen worden war.

Vom Goldenen Fuchs aus schweifte sein Blick über die grünen Hügel des Garlands, auf welchen bereits vereinzelt Tiere grasten, und hinüber in die weiten Wälder, die sich jenseits der Ebene erstreckten. Mehrere Kühe liessen es sich auf dem

Grünwasserhügel schmecken. Einige Schafe grasten am Hügel neben dem Sonnenweiher. Die Hirten bei ihnen blickten traurig auf die verkohlten Überreste jener Stadt, die für sie einst als Stolz des Garlandes gegolten hatte. Die Landschaft sah so friedlich aus, und ausser Gars Ruinen liess nichts an die vergangene Schlacht denken. Grindor hörte nur das Hämmern und Sägen aus der Stadt. Lange Zeit war ihm gar nicht bewusst gewesen, wie sehr er diese Stadt liebte, obwohl er mit seiner Familie einen Teil seiner Heimat verloren hatte. Gar blieb dennoch seine Heimat. Leise flüsterte er zu sich selbst: „Mein Blut stammt vom Volk der Jäger, doch im Herzen gehöre ich zu den Garern."

Zwanzigstes Kapitel - Sommerschmied

Larior war bereits wieder auf dem Rückweg zu Marals Haus, als er unter einer dicken Eiche Pilze fand. Er kannte sich nicht gut mit Pilzen aus, so nahm er alle und wickelte sie in die Felljacke ein, welche ihm Maral gegeben hatte. Voller Sehnsucht blickte er in jene Richtung, in welcher er wusste, dass Gar lag, doch sah er kurz darauf mit dem gleichen Gefühl in eine andere Richtung, und in seinen Augen erschien ein Hauch von Erinnerungen, als er nach Nordwesten zu den Sonnenberge hin blickte.

Erst nach einer Weile konnte er seinen Blick wieder Moordorf zuwenden. Aus vielen Kaminen der Höfe stieg Rauch auf. In manchen Fenstern brannte bereits Kerzenlicht, obwohl die Sonne noch nicht gänzlich untergegangen war. Die Strohdächer waren um die Kamine herum vom Russ schwarz eingefärbt, während sie an anderen Stellen im letzten Licht der roten Sonne golden glänzten. Larior sah Marals Haus schon von weitem, nicht nur, weil es alleine stand, sondern auch, weil der Rauch aus dessen Kamin nicht mit dem Wind davonzog, sondern sich spiralförmig zum Himmel wand. Erst nachdem Larior dieser seltsamen Erscheinung nachgeschaut hatte und den Blick wieder über Marals Haus gleiten liess, bemerkte er, dass der Rauch nicht aus dem Küchenkamin kam, sondern aus einem kleineren Kamin, welcher sich vermutlich direkt über dem mittleren der drei Räume im hinteren Teil des Hauses befand.

Neugierig ging er nun schneller dem Moor entlang. Als er in das Haus eintrat, war Maral wie erwartet nicht zu sehen, doch hörte Larior ein seltsames Gurgeln von Wasser aus dem mittleren der drei Räume. Lange überlegte er sich, ob er hineingehen sollte, doch liess er es bleiben, da er Maral auf keinen Fall verärgern wollte. Stattdessen nahm er ein dickes staubiges Buch aus dem Bücherregal, setzte sich an den Tisch und schlug es auf. Eine dicke Staubwolke kam ihm entgegen, und er musste mehrmals niesen. Das Buch schien seit einer Ewigkeit nicht mehr geöffnet worden zu sein. Larior sah sich die Buchstaben an, sie waren elegant in flachen Zeilen geschrieben und ihm unbekannt. Er schaute sie eine Weile lang an, bis er sie plötzlich lesen konnte. Verwundert sah er um sich, er fühlte sich genauso überrascht wie das erste Mal, als er die Sprache der Jäger ohne sie zu lernen verstanden hatte, denn nun waren es die Buchstaben, welche zu einer anderen Sprache gehörten, dieselben Buchstaben, in denen die Sprache des Volkes seiner Mutter niedergeschrieben wurde. Larior begann sofort im Buch zu lesen. Es waren Heldengeschichten, Märchen, so vermutete er zumindest, in welchen grosse Taten vollbracht wurden. Nach wenigen Abschnitten übersetzte er die gelesenen Worte gar nicht mehr in jene, mit welchen er aufgewachsen war, sondern begann in ihr zu denken, und es kam ihm vor, als hätte er sie von klein auf gesprochen.

Es erzählte ausnahmslos von Helden aus dem Volk der Jäger, dem alten Volk, den Polariä. Larior begegnete immer wieder Namen, welche ähnlich klangen. Dann las er plötzlich etwas, was ihn zutiefst aufwühlte. Es handelte sich um ein blaues Schwert. Obwohl er etwas wie Stolz fühlte, beunruhigte es ihn, er dachte daran, wie sein Vater das Geheimnis bis zu seinem Tode gehütet hatte.

Er wusste nicht, ob er Maral nach diesem Schwert fragen sollte, ob er ihm erzählen sollte, wie der maskierte Mann seinem Vater Angst eingeflösst hatte. Zu kurz kannte er den alten Mann, um ihm blindlings zu vertrauen. Der Abend kam, und Larior genoss das Essen zusammen mit Maral, welcher von einem der Jäger ein Reh erhalten und nun den Rehrücken an einer Pilzsauce aus den von Larior gefundenen Pilzen gekocht hatte. Es war köstlich, und die beiden liessen es sich schmecken.

„Nun", meinte Maral, während er sich die Saucenspritzer aus dem Barte säuberte, „du solltest ins Bett, schliesslich musst du morgen bei Kräften sein, wenn du deine Arbeit beginnst." Larior folgte Marals Aufforderung, denn er wollte am ersten Tag als Schmiedegehilfe keinen schlechten Eindruck machen, zudem war er auch unsagbar müde.

Er ging in sein Zimmer, legte sich hin und schlief gleich ein, ohne dass ihm wieder Albträume durch den Kopf jagten.

Am nächsten Tag wurde er früh von Maral geweckt, der bereits seit langem wach zu sein schien. Er fühlte sich wohl und ausgeruht, das erste Mal seit er Gar verlassen hatte. Auf dem Tisch stand bereits ein Teller mit Polenta bereit, welche er rasch ass und dazu eine Tasse Milch trank. Kurz darauf nahm er seine neue Jacke, welche ein Jäger am Tag zuvor für ihn vorbeigebracht hatte, und verliess das Haus.

Es war ein kühler Morgen, die Dunstschwaden verdeckten die helle Sonne etwas, doch schienen sie sich aufzulockern. Tau hing an den Gräsern und durchnässte Lariors Schuhe auf dem Weg ins Dorf. Manche Falter streckten ihre Flügel aus und schlürften den ersten Nektar des neuen Tages. Aus einigen Ställen hörte man bereits das Muhen von Kühen und das Blöken einiger Schafe. Der Dorfplatz war nicht so gepflegt wie bei Lariors erstem Besuch in Moordorf. Eine ältere Frau

zog soeben Wasser aus dem Ziehbrunnen, als Larior bei der Schmiede ankam. Er klopfte mit dem schweren Eisenklopfer an der Tür, ihm war völlig unwohl zu Mute. Es verging etwas Zeit, bis sich die Tür öffnete und Derik heraustrat. Es schien, als würde sein schlecht rasiertes Gesicht lächeln. Der Schmied schwieg und musterte den Ankömmling von Kopf bis Fuss, bevor er ihn endlich begrüsste: „So sieht man sich wieder. Dem Boten des Unheils ist ebenfalls grosses Unheil widerfahren. Mein aufrichtiges Beileid, Larior."
Deriks Stimme klang ehrlich und traurig, während er das sagte. Kurz darauf fuhr er fort: „Maral hat mir einiges über dich erzählt, von deinen Fähigkeiten als Schmied und als Kaufmann. Hast du in einem der beiden Dinge bereits Erfahrung?"
„Nicht grosse", antwortete Larior zurückhaltend, „als Kaufmann keine praktische und als Schmied nur das Fertigen von Schwertern."
„Wer Schwerter schmieden kann, der kann auch das meiste andere schmieden", erwiderte der grosse Mann mit den breiten Schultern erfreut, „ich werde aus dir noch einen richtigen Mann machen."
Er klopfte Larior mit seiner festen Hand freundschaftlich auf die Schulter. Nachdem er ihn noch einmal von oben bis unten gemustert hatte, gab er ihm das Zeichen, ihm in das Gebäude zu folgen. Ein grosser Ofen stand im hinteren Teil des Raumes, zu seiner Rechten ein Amboss und zu seiner Linken befanden sich verschiedene Hämmer und ein Regal mit Gussformen. Neben der Tür führte eine hölzerne Treppe in das obere Stockwerk, wo die Wohnung des Schmiedes und dessen Frau war. Die Treppe knarrte unter dem Gewicht des Schmieds, als dieser darauf trat und zu erklären begann: „Hier unten wirst du mir bei der Arbeit helfen, ich werde mir

vom Schreiner noch einen Schreibtisch für dich fertigen lassen, auf dem du den Papierkram erledigen kannst. In das obere Stockwerk darfst du nur, wenn ich dich dazu auffordere, denn dort ist meine Wohnung."

Er zeigte mit seinem muskulösen Arm nach oben und sah Larior mit einem strengen Blick an, während er zu ihm sprach. Nach einer kurzen Pause fuhr Derik fort: „Mit deinen kaufmännischen Fähigkeiten lässt sich für mich vielleicht sogar etwas Geld machen, vielleicht wird es irgendwann für ein schönes gemütliches Anwesen am Blauen See reichen, allerdings ist das gegenwärtig nur ein Traum von mir. Kümmere dich nicht darum, es sind nur die Worte eines alten Mannes."

Daraufhin schwieg Derik eine Weile und schaute sich verträumt in der Schmiede um, als würde er sich wundern, dass er überhaupt noch da war und nicht auf seinem erträumten Anwesen am Blauen See. Endlich riss er sich von seinen Gedanken los und zeigte Larior die Schmiede. Besonders stolz war er auf seine Gussformen. Er meinte: „Diese Steinformen wurden von den besten Steinmetzten der Region gearbeitet, zu ihnen musst du besonders Sorge tragen, sie sind zerbrechlich und teuer."

Danach zeigte ihm der Schmied seine vielen verschiedenen Hämmer. Es gab kleinere, welche ohne Mühe einhändig geschwungen werden konnten und auch grosse, welche Larior kaum zu halten vermochte. Dem Schmied huschte ein Lächeln über das Gesicht und er meinte, als er sah, wie schwer sich Larior mit dem Hammer tat: „Aus dir werde ich wirklich noch einen richtigen Mann machen müssen, diesen Hammer musst du irgendwann stundenlang auf den Stahl niederschmettern."

Larior dachte sehnsüchtig an die Schmiede seines Vaters, dessen Hämmer viel leichter waren und trotzdem dieselbe

Wirkung zeigten, Hämmer aus einem leichteren, doch ebenso harten Metall.

Er hörte Derik aufmerksam zu, als ihm dieser erzählte, wie man am besten auf das heisse Eisen hämmert. Das Feuer loderte heiss im Ofen und der Stahl glühte in der Hitze. Derik zeigte, wie er ein Hufeisen schmiedete, er zeigte Larior jeden einzelnen Schritt ganz genau, dann begann er ein weiteres Stück Eisen zu hämmern, welches schon längere Zeit im Feuer gelegen hatte.

„Mein Vater hat mir einst ein Lied beigebracht, welches man zum Schmieden singen kann, dann geht die Zeit viel schneller vorbei", meinte Derik und begann mit seiner Bassstimme zu singen:

„Ich stehe hier in der Schmied
Egal was auch immer geschieht
Der Stahl wird hart wie Stein
Er wird sogar diesen schlagen klein
Hohoho

Hammer und Amboss sind mein Element
Ich liebe es zu sehen wie das Feuer brennt
Wie der Stahl glüht
Während mein Weib die Suppe brüht
Hohoho

Ob für das Pferd oder den Kriegesmann
Ob Axt geschwungen gegen die Tann
Stark das Eisen, hart der Stahl
Schön die Klinge glatt und fahl
Hohoho

Zum Feierabend ein Bier
Geschuftet hab ich wie ein Tier
Müd die Arme, brennen wie Feuer
Doch diese Arbeit ist mir teuer
Hohoho

Die Zeit zum Schlaf`n kommt schon bald
Draussen in der Nacht wird es kalt
Stolz auf meine Arbeit geh ich z`Bett
Was ich auch noch mehr wet?
Hohoho"

Der Schmied hämmerte tüchtig und vergass in seinem Eifer beinahe seinen Lehrjungen. Mit einem Lächeln sah er sich nach Larior um und meinte: „Du magst dieses Lied selbst irgendwann singen, vielleicht findest du auch dein eigenes Lied."
Larior erwiderte das Lächeln gezwungen, denn ihm war nicht richtig froh zu Mute. Wie er da den Schmied hämmern sah, erinnerte er ihn an seinen Vater, der schweissgebadet den Stahl immer dünner geschlagen hatte, so dünn wie es nur möglich war. Ihm kamen die Beschwörungsworte seines Vaters in den Sinn, welche dieser anstelle eines Liedes gemurmelt hatte, Worte, die seine Arbeit zu verbessern schienen.
Nachdem Derik Larior bei ein paar Schlägen zugesehen hatte, war es bereits Mittag geworden. Die Sonne schien geradewegs durch ein kleines Fenster in die Schmiede, bis sie von einer Wolke verdeckt wurde. Aus dem oberen Stockwerk roch es fein nach Bratkartoffeln mit Speck. Als auch Derik der Geschmack in die Nase stieg, verabschiedete sich dieser rasch von Larior und meinte zum Abschied mit froher Stimme: „Man will seine Frau ja nicht warten lassen."

Als Larior auf den Platz hinaustrat, blendete ihn das Sonnenlicht, die Sonne verschwand jedoch daraufhin gleich wieder hinter einer Nebelschwade, welche vom Moor heranzog und vom Wind in Richtung Gar getrieben wurde. Auf dem Platz baute ein fahrender Händler gerade seinen Stand auf, er hatte Gemüse und Früchte in leuchtenden Farben bei sich, welche zu dieser Jahreszeit von der Meeresküste stammen mussten. Im Mund hielt er eine feingearbeitete Holzpfeife, welche regelmässig kleine Rauchwölkchen ausstiess. Auf dem Kopf trug der Händler einen Strohhut mit breiter durchflochtener Krempe. Jedes Mal, wenn sich der Händler bückte, um Gemüse- und Fruchtkisten auf den Tisch vor sich zu stellen, rutschte ihm der Hut über die Stirn hinab und bedeckte seine Augen. Sein Maulesel stand dicht neben ihm und frass Hafer aus einer Futterkrippe. Der Maulesel richtete dem Händler den Hut, wenn dieser beide Hände besetzt hatte, dafür bekam er einen Apfel aus einer der Kisten des Händlers.

Larior sah dem seltsamen Geschehen eine Weile lang zu und musste schliesslich grinsen. Auf einmal stellte der Händler eine Kiste mit seltsamen goldbraunen ovalen Früchten auf den Tisch wie sie Larior noch nie zuvor gesehen hatte. Es waren Ananas, die in dieser Gegend nicht wuchsen und auch am Meer selten vorkamen.

Larior wollte gerade seinen Geldbeutel aus seiner Jackentasche nehmen, als er merkte, dass er gar keinen mehr hatte, er lag in Gar, im abgebrannten Haus. Schnell rannte Larior zu Maral, welcher nicht mehr mit dem Jungen gerechnet hatte und gerade dabei war den Abwasch zu machen. Hastig begann Larior ihm von der seltsamen Frucht zu erzählen: „Ein fahrender Händler ist hier, er hat eine seltsame goldfarbene Frucht, die ich gerne einmal kosten würde. Sie sieht aus wie

ein übergrosser Tannzapfen. Leihst du mir vielleicht ein paar Münzen, ich werde sie dir bestimmt zurückzahlen."
„Was, Kari der Händler ist hier?", entgegnete Maral hoch erfreut, „und er hat Ananas dabei? Ich komme gleich mit dir zu ihm."
Der alte, sonst so gefasste Mann leckte seine Lippen, nahm seine Geldbörse und rannte los. Larior folgte ihm, überraschenderweise war Maral erstaunlich schnell und sein in der Sonne silbern glänzendes Haar flog hinter ihm her. Larior mochte ihm kaum zu folgen. Er hatte noch nie jemanden in diesem Alter so schnell rennen sehen. Während des Rennens fragte er sich einmal mehr, wie alt der komische Kauz wohl sei, denn unter seiner alten Schale schien ein junger Körper zu wohnen, uralt und doch im besten Mannesalter.
Als Larior verschwitzt beim Stand ankam, hatte Maral bereits einige Früchte ausgesucht, darunter fünf Ananas. Er tauschte eifrig Neuigkeiten mit Kari aus, welcher über die Brandschatzung von Gar ganz schockiert war. Maral seinerseits interessierte sich für die Ereignisse in Cammal und Periula, der Hafenstadt, bei welcher der Grosse Fluss ins Meer mündet.
Der alte bärtige Mann gab dem Händler klimpernd einen Silberling und einige Eisenmünzen, bevor ihm Kari seinerseits die Früchte in die Ledertasche legte. Nun sah Larior auch das Gesicht des Händlers. Es war braun gebrannt und man sah ihm an, dass er fast immer draussen war. Sein wettergegerbtes Gesicht war von einem schwarzen Stoppelbart eingefasst, während sein Kopf kahl rasiert war. Überrascht erkannte Larior nun, dass nicht mehr der Händler den Strohhut trug, sondern der Maulesel. Dieser kaute gerade auf einer

Rübe herum und blickte zufrieden zu Larior. Bei diesem Anblick musste der junge Schmied laut lachen. Der Maulesel seinerseits antwortete mit einem lauten: „I Ah, I Ah!"
Kari sah den Jungen verwundert an und fragte ihn: „Dann bist du wohl Larior, oder?"
„Ja", antwortete dieser zögernd.
„Mit deinem Bruder werde ich wohl noch Bekanntschaft machen. Nun, da Gar einen neuen Bürgermeister bekommen hat, erhalte ich vielleicht die Erlaubnis in der Stadt zu verkaufen und werde ihn dort antreffen. Der alte Bürgermeister liess ja, wie du möglicherweise weisst, nur seine eigenen Händler verkaufen, damit mehr Einnahmen an die Stadt gingen", erklärte der Händler mit gerunzelter Stirn, „ich werde heute hier im Grünen Eber übernachten, ich würde mich freuen, wenn ihr heute Abend mit mir speisen würdet, ich muss alle Neuigkeiten erfahren."
„Wir speisen gerne mit dir", entgegnete Maral nun wieder mit ernsterem Gesicht, „ich will ebenfalls wissen, was an der Küste läuft, schliesslich war ich seit mehreren Monaten nicht mehr dort."
Darauf verabschiedeten sich Maral und Larior vorübergehend von Kari und machten sich auf den Weg nach Hause. Eine Zeit lang schwiegen sie, bis Maral endlich freudig zu sprechen begann: „Ich liebe diese Früchte, sie sind die besten, die ich jemals gekostet habe. Zu warmen Zeiten in früheren Jahren wuchsen einige davon auch am Grossen Fluss, doch wurde das Klima hier in den letzten Jahren kälter und es gibt immer weniger davon. Es heisst sogar, einige würden mit Handelsschiffen von jenseits der Sonnenberge hergebracht."
„Das glaube ich gern", antwortete Larior, „sie sehen auch sehr lecker aus."

„Du kannst gleich von ihnen kosten", erwiderte Maral lachend, „ich werde uns gleich eine herrichten."
Kaum waren sie zur Tür eingetreten, machte sich der alte Mann daran, die Ananas zu bearbeiten, und es ging nicht lange, bis er sie auf zwei Teller verteilt hatte. Sie setzten sich zusammen an den Tisch, und während Maral munter zu essen begann, kostete Larior misstrauisch ein Stück davon. Er schmeckte das süsssaure Fruchtfleisch auf der Zunge, und der Saft lief über seine Zähne. Er hatte noch nie zuvor eine so leckere Frucht gegessen. Danach ass er Stück um Stück, Maral sah ihm schmunzelnd zu und meinte: „Es scheint dir zu schmecken, doch solltest du nicht zu gierig sein, geniesse jedes einzelne Stück."
Beide genossen die ganze Frucht, und Larior vergass, dass er seit dem Morgen nichts mehr gegessen hatte. Der Nachmittag verging, und es begann zu dunkeln. Larior sah die hohe Laterne vor Moordorf leuchten, an welcher der Dorfwächter soeben mit grossen Schritten vorbeiging.
Maral und Larior machten sich zusammen auf den Weg in den Grünen Eber. Als sie dort ankamen, sass Kari bereits an einem Tisch in der Nähe des Feuers. Er hatte einen schäumenden Krug Bier vor sich auf dem Tisch stehen und stand auf, als er die beiden durch die Eichentür kommen sah.
„Wären doch alle Wirtinnen so freundlich wie eure Esmeralda! Sie ist Gold wert", meinte er zu Maral, als dieser sich an den Tisch setzte. Die Wirtin, die hinter dem Tresen einige Bierkrüge sauber putzte, lächelte, als sie hörte, wie der Händler aus dem Süden so lobend über sie sprach. Sie lief rot an und schreckte auf, als ein Bauer ebenfalls einen Krug Bier bestellte und sie nach Pfeifenblatt fragte. Da sie keines mehr hatte, winkte Kari den schwarzbärtigen Mann zu sich und holte aus einem Beutel würzig riechendes Pfeifenkraut. Der

Bauer nahm es dankend an und meinte, nachdem er ein paar Züge aus seiner einfachen Holzpfeife getan hatte: „Ihr habt nicht zufälligerweise noch mehr von diesem Kraut in Eurem Sortiment?"

„Sicherlich", antwortete Kari, „ich habe noch einiges davon. Es heisst, es sei das beste im ganzen Reich. Es wächst an den Hängen bei Periula, wo im letzten Sommer eine wahrlich gute Ernte eingeholt wurde."

„Ich werde morgen zu Euch kommen", antwortete der Bauer und ging dann wieder zu seinen Freunden zurück. Auf dem Gesicht des älteren Mannes, der etwas ausserhalb des Dorfes einen Hof besass, zeichnete sich ein zufriedenes Lächeln ab, als er noch einige weitere Züge genommen hatte.

„Bitte zwei Bier für meine beiden Freunde hier", rief Kari der molligen Frau an der Bar zu.

„Überall wo ich hinkomme, verkauft sich dieses Pfeifenblatt wunderbar", fuhr Kari mit einem spitzbübischen Lächeln an Maral gewandt fort, „die Leute mögen in diesen schweren Zeiten kein teures Obst kaufen, doch schätzt jedermann das gute alte Pfeifenkraut besonders. Ich habe mir bereits überlegt, eine eigene Plantage zu kaufen, sobald ich mir einen Batzen zur Seite gelegt habe."

Lachend erwiderte Maral: „Du bist immer noch der selbe Krämer wie das erste Mal, als ich dich gesehen habe, doch habe ich das Gefühl, du bist weiser geworden und hast einiges an Lebenserfahrung gesammelt."

„Sicherlich, sicherlich", pflichtete der Händler dem alten Mann bei, nachdem er einen Schluck aus seinem Krug genommen hatte, „ich bin nicht mehr der Jüngste und im ganzen Reich rumgekommen und auch ausserhalb. Selbst in Gebieten zu Füssen der Sonnenberge verkaufte ich einst meine Ware, als dort noch Friede und Wohlstand herrschten. Direkt von Meerstadt hoch in die Dörfer, dort habe ich es verkauft, doch kann man in jener Gegend in diesen Tagen keinen Fuss mehr vor den anderen setzen, ohne dass man eine Klinge an der Kehle hat, geschweige denn, die Leute dort würden etwas kaufen. Allerdings reist man auch diesseits des Flusses nicht mehr so sicher wie auch schon, immer schlechter werden die Strassen bewacht, zu wenige Soldaten stellt der König dazu ab."

Nun schritt die Wirtin heran, servierte die beiden Bierkrüge und fragte mit freundlicher Stimme: „Was darf es für die Herrschaften zum Essen sein?"

„Wir hätten gerne einen Wildschweinrücken und drei Portionen Bratkartoffeln dazu, wenn das meinen Gästen recht ist", antwortete Kari mit einem freundlichen Lächeln. Maral und Larior nickten erfreut, und Esmeralda eilte in die Küche, welche gerade hinter dem Tresen war.

„Hier wirst du das beste Wildschwein essen, welches du jemals gekostet hast", meinte Kari nun zu Larior gewandt, „jedes Mal freue ich mich nur schon deswegen, nach Moordorf zu kommen."

„Wirst du ebenfalls ein Giftmischer wie Maral?", fragte der alte Händler Larior scherzhaft, „oder hast du dir einen normaleren Beruf ausgesucht als dieser bärtige Kauz?"

„He, he, Giftmischer ist ein ganz normaler Beruf", warf Maral mit einem starken Hauch Ironie ein, „schliesslich hat dich mein Gift vor Jahren von einer schweren Lungenentzündung geheilt."

„Ja, ich kann mich gut daran erinnern", erwiderte Kari, während er das Gesicht verzog, „ich dachte, mein letztes Stündchen hätte geschlagen, als ich triefend nass hier in diesem Haus ankam und mich Esmeralda zu pflegen versuchte. Alles

nützte nicht, bis du schliesslich kamst und mir diese übel riechende Flüssigkeit in den Mund gossest. Zuerst dachte ich, du wolltest mich vergiften und mir damit einen gnädigeren Tod bereiten. Allerdings, kaum war der grässliche Nachgeschmack verschwunden, fühlte ich mich besser denn je. Dafür bin ich dir bis heute noch äusserst dankbar. Ebenso glaube ich seit jenem Tag an Zauberkraft, auch wenn du es bestreitest."
Als Kari kurz nachfragte, wo das Essen blieb, sah Larior Maral mit einem breiten Lächeln an, das dieser mit einem geheimnisvollen Zwinkern erwiderte.
Nun brachte die Wirtin drei Teller mit Kartoffeln und anschliessend auf einer länglichen Silberplatte den Wildschweinrücken an einer fein riechenden Bratensosse. Die drei Gäste bedankten sich und begannen herzhaft zu essen. Besonders Larior, da dieser seit dem Morgen ausser der halben Ananas nichts gegessen und einen Bärenhunger hatte. Während die beiden Männer munter miteinander sprachen, ass Larior schon fast gierig, doch bändigte er seinen Hunger, er durfte den anderen beiden nicht alles Fleisch wegessen. Kari sah man an, wie er jeden Bissen genoss, und er meinte, während er sich Sosse von der Lippe leckte: „Von den Olivenhainen Calvieras bis zu den Ausläufern der Sonnenberge im Norden ist dies das köstlichste Mahl. Wenn es hier nicht den ganzen Winter durch so eisig kalt wäre, würde ich hierherziehen. Leider lassen die Meerberge keinen warmen Windstoss vom Meer hier herauf blasen, und so geniesse ich die kalte Jahreszeit lieber in Periula und vertreibe meine Ware dem Meer entlang bis Kielbergen."
„So schlimm ist es nun auch wieder nicht", erwiderte Maral, „ich lebe schon seit längerer Zeit hier und hatte noch nie eine Erkältung, auch war mir der Winter nicht zu kalt."

Darauf entgegnete Kari nur: „Du hast auch deine verzauberten Wundermittel oder sonst irgendetwas, was unsereins nicht hat, was ihn den Winter durch warm und gesund halten würde."

Maral brach nun in schallendes Gelächter aus und erwiderte nur: „Denke von mir, was du willst, jedoch habe ich noch nie selbst eine meiner Essenzen geschluckt. Du kannst mir glauben, es ist nicht so schlimm wie es immer heisst, ich habe schon viel kältere Zeiten erlebt. Ja, kalt war es, so kalt, dass selbst ich fror. Kein Mantel konnte einen warm halten, doch ist diese Zeit längst vergangen und ich spreche nicht gerne darüber, es war keine schöne Zeit."

„Schon gut", antwortete Kari entschuldigend, „es mag hier nicht so kalt sein wie ich meine, aber ich bin mir das Leben am Meer gewöhnt und werde mich nicht mehr umstellen."

„Ist dir auch nicht übel zu nehmen", stimmte ihm Maral zu, „schliesslich bist du nicht mehr der Jüngste."

Darauf musste Kari lachen und erwiderte: „Ich bin nicht annähernd so alt wie du. Willst du mir nicht einfach einmal anvertrauen wie alt du bist?"

„Ich weiss es selbst nicht genau, das weisst du", erwiderte Maral schon fast mit einem leicht genervten Ausdruck. Beide stiessen mit Larior an und nahmen einen kräftigen Schluck aus ihren Bierkrügen. Maral verschluckte sich und putzte sich nach dem Husten den Schaum mit dem Hemdärmel von seinem nun grau scheinenden Bart.

Kari sah Larior an, musterte ihn und meinte: „Eigentlich könnte ich einen solchen Hilfsburschen gebrauchen. Du würdest dich bestimmt gut machen, so glaube ich zumindest."

„Gibt es denn keine tüchtigen Burschen am Meer?", wollte Maral sogleich wissen. Karis Gesicht nahm nun einen traurigen Zug an, und er antwortete mit ausdrucksloser Stimme:

„Es gab sie, doch fahren die brauchbaren zur See oder wurden in den Krieg gesandt. Einzig die hochnäsigen Schnösel sind zurückgeblieben und feiern lieber ausgiebig Feste anstatt zu arbeiten. Sie nutzen es aus, dass es kaum mehr junge Männer in den Städten hat, sondern fast nur noch junge Frauen. Dann, wenn die Kriegshelden zurückkommen, mag sie Ehre und Ruhm erwarten, aber ihre Traumfrauen sind bereits mit irgendeinem Goldesel aus gutem Hause verlobt. Nein, Maral, ich kann keinen Burschen finden, der für mich arbeiten würde. Spätestens dann, wenn er vernehmen würde, dass wir im gesamten Reich herumreisen, würde er sich abwenden, lieber hausen sie in ihren schicken Häusern und trinken Unmengen an guten Weinen zusammen mit schönen Mädchen. Die einzigen aus gutem Hause, die noch brauchbar wären, sind jene aus den uralten Familien Periulas. Sie treten in die Palastwache ein oder verlassen die Stadt, wer weiss wohin."

„Tut mir leid", warf nun Larior ein, „ich habe hier bei Herrn Derik bereits einen Beruf angetreten."

Obwohl er noch keinen Tag gearbeitet hatte, empfand sich Larior schon als Schmied und wollte Deriks Vertrauen nicht missbrauchen, welches ihm der ehrwürdige Schmied entgegenbrachte.

„Kann ich verstehen", erwiderte Kari, „in deiner Situation würde ich ebenso entscheiden."

Maral und Kari redeten nun munter über das Treiben, das Kommen und Gehen und vieles weitere im Reich. Draussen war es schon lange dunkel geworden, und das Licht in den Laternen flackerte lebhaft vor sich hin, während die Nebelschwaden unter dem Sichelmond gespenstige Schatten warfen.

Als alle anderen das Gasthaus bereits verlassen hatten, verabschiedeten sich auch Maral und Larior von Kari und verliessen den Grünen Eber mit einem zufriedenen Lächeln.
Die Nacht war kühl, und Larior zog seine Jacke enger um sich. Maral jedoch machte nicht den Anschein, als würde er frieren, man sah ihm an, dass er abgehärtet war und sich von einem kalten Lüftchen nicht beirren liess. Er schien die Kälte nicht einmal zu fühlen.
„Pass auf den Brettern des Steges auf", ermahnte er Larior, „sie sind rutschig, wenn sie nass sind, und ich habe keine Lust, dich mitten in der Nacht aus diesem stinkenden Moor zu ziehen."
Vorsichtig gingen sie hintereinander über die rutschigen Bretter. Als sie im Haus waren, begab sich Larior sogleich ins Bett, wobei er sah, wie Maral noch ein Buch aus dem Regal nahm und darin wild blätterte, als würde er etwas Besonderes suchen. Er blätterte das Buch vorwärts und rückwärts durch, allerdings schien er das Gesuchte nicht zu finden. Erst als er sich den ledrigen, mit Metall verstärkten Buchumschlag genauer ansah, merkte er, dass es das falsche Buch war. Er stellte es wieder zurück ins Regal und nahm ein Buch dicht daneben heraus. Dieses sah dem anderen sehr ähnlich, doch war die Metallverstärkung mit vielen Verzierungen versehen. Er schlug eine Seite auf und begann zu lesen, bis er darüber einschlief und erst am nächsten Tag, mit dem Kopf auf dem Buch, von Larior angetroffen wurde.

Einundzwanzigstes Kapitel - Sommerzeit

Es war ein Tag wie jeder andere gewesen, als Larior müde aus der Schmiede zurückkehrte. Mehrere Wochen waren vergangen, seit er Gar verlassen hatte. Die Bäume trugen bereits erste Früchte. Die Bauern fuhren erste Ernten ein. Das Wetter wurde warm und hübsch, an manchen Tagen bereits etwas schwül.
Auf dem Tisch stand zum Glück schon eine Gemüsesuppe mit Wurst bereit. Larior wollte diese rasch essen und sich dann hinlegen. Nicht einmal lesen mochte er noch, obwohl er Marals Bücher in den letzten Wochen zu mögen begonnen hatte. Er las kaum mehr Bücher, die in der gewöhnlichen Schrift geschrieben waren, lieber las er jene mit den Buchstaben der Eyilreä, der Sprache seiner Mutter oder in jener des alten Volkes der Menschen, der Jäger, also in der Sprache seines Vaters.
Er schlief bereits, als Maral ebenfalls müde ins Haus kam. Dieser legte sich jedoch nicht hin, sondern nahm ein dickes, staubiges Buch aus dem Regal in jenem Raum, welchen er Larior verboten hatte und öffnete es in der Mitte. Dort waren Wappen, Flaggen und Banner zu sehen. Unter den Bildern befanden sich kurze Texte in Eyilreäis. Die Figuren auf den Bildern schienen sich im flackernden Lichtschein der Bienenwachskerze zu bewegen.
Dann öffnete er eine Seite, auf der eine schwarze Flamme zu sehen war, er murmelte nur vor ich hin: „*Sein* Zeichen. Hm,

Farlkors Zeichen, mehr als sechstausend Jahre, hm, bald siebentausend. Wie lange schon? Der Aufstand gegen den Schah, hm? Wo sind dann die Schrekbari, wann tauchen sie auf?"
Dann blätterte er auf die nächste Seite, auf der ein schwarzes Loch ins Papier gebrannt war.
„Hm, solange dieses Wappen nicht gesichtet wird, hm, solange sollten wir nicht verzweifeln, hm", murmelte der alte Mann schläfrig. Danach schob er das Buch zwischen die anderen Bücher. Schliesslich legte auch er sich in sein Bett. Sein Schnarchen hätte Larior bestimmt wach gehalten, hätte er nicht schon längst tief und fest geschlafen.
Als er am nächsten Morgen vom Gebimmel der Dorfglocke geweckt wurde, konnte er sich zuerst nicht aufrappeln. Er fühlte sich so müde und döste wieder ein. Etwa eine halbe Stunde später weckte ihn Maral, dessen Augen von dunklen Ringen unterlaufen waren: „Steh auf, Schlafmütze, du solltest bereits arbeiten!"
Larior sprang auf, zog sein Hemd und seine Hose an und schlüpfte in seine leichten Lederschuhe, bevor er Hals über Kopf zur Tür hinausstürmte. Als er bei der Schmiede ankam, machte er sich auf eine Predigt seines Meisters gefasst, doch dieser grüsste ihn mit dem üblichen: „Guten Tag, Larior. Gut geschlafen?"
Larior merkte, dass Derik seine Verspätung aufgefallen war, denn beim „Gut geschlafen?" musste Derik lachen, und als Larior rot anzulaufen begann, meinte Derik: „Keine Angst, mein Junge, das geschieht dann und wann. Ich habe mich bereits gewundert, dass es dir bis jetzt noch nicht passiert ist. Als ich Lehrjunge war, kam ich sicher jeden dritten Tag zu spät zur Arbeit."

Larior war erleichtert und musste selbst auch lächeln, bis er erwiderte: „Ich hatte mir die Arbeit weniger anstrengend vorgestellt, doch tut es gut, jeden Abend ins Bett zu gehen im Wissen, dass man etwas geleistet hat."
„Weisst du noch, als wir uns das erste Mal gesehen haben?", fuhr nun Derik fort, während er den schweren Hammer zur Seite legte, „ich habe dir und deinem Kameraden gesagt, ihr würdet weich sein, keine richtigen Männer, an euch wäre nichts dran. Kannst du dich noch daran erinnern?"
„Natürlich", antwortete Larior verlegen, „ich habe mir tagelang Gedanken darüber gemacht. Ich glaube, dass Ihr recht hattet."
Darauf musste der Schmied wieder schmunzeln und meinte nun: „Das hat sich geändert, deine Brust und deine Schultern sind breiter geworden, du wirst langsam ein richtiger Mann. Ausserdem wird es diesem Mädchen gefallen, das du mal erwähnt hast."
„Das nützt mir bei Anastasia nichts", erwiderte Larior, „ich kann nicht gegen einen Adligen halten, der bereits im Krieg war. Jedoch wird es mir helfen, sollte ich selbst irgendwann in Schlachten kämpfen müssen."
Darauf entgegnete Derik: „Du hast auch schon gekämpft, hat mir Arnold, ein Thoringer Schmied, am letzten Königstag erzählt, als ich in Gar war. Du kennst Arnold bestimmt, auf deinen Vater war er nicht immer besonders gut zu sprechen gewesen, da dieser ein Meisterschmied war, doch hielt er deine Familie für eine gute, rechtschaffene Familie. Er hat mir erzählt, wie du gegen mehrere Männer gekämpft hast und auch gegen die dunklen Kreaturen, von denen alle Garer sprechen. Selbst in den abgelegenen Dörfern wurde erzählt,

dass diese skrupellosen Bösewichte in Gar waren, doch halten das viele für Märchen, die der König verstreuen lasse, um sein Volk stärker hinter sich zu bringen."

„Ihr wart in Gar? Ist es wiederaufgebaut? Maral will nicht, dass ich selbst hingehe", sprudelte es nur so aus dem neugierigen Lehrjungen heraus. Ich habe nichts mehr erfahren von Gar, seit ich hierhergekommen bin.

„Viele Häuser stehen wieder", antwortete Derik, „sie haben sie wiederaufgebaut, die Bürger von Gar. Die Stadt ist viel kleiner als früher, doch sieht sie nun schmucker aus. Die Häuser sind ordentlich und geräumig gebaut, nicht wie zuvor, als die neuen Häuser zwischen die bestehenden hineingezwängt wurden. Das Rathaus hat nun Mauern aus Stein, die Kaserne auch. Die Gefangenen arbeiten richtig gut, sie wollen schliesslich so schnell wie möglich und mit heiler Haut nach Hause zurückkehren. Der neue Bürgermeister will sogar, dass die Stadt nicht nur von einer Holzwand geschützt wird, sondern von einer richtigen Mauer. Im Steinbruch wird eifrig gearbeitet, viele Wagen fahren Steine nach Gar, andere bringen Holz aus den Wäldern. Zudem sei der neue Bürgermeister ein sympathischer Mensch, er wird von der Menge bejubelt. Die Leute mögen ihn und er steht in der Gunst des Prinzen."

Dann unterbrach Larior seinen Meister und fragte: „Sicher ist wieder ein Fredinger Bürgermeister. Oder?"

„Nein", antwortete Derik, „sein Name ist Grindor. Ein junger Mann, sieht stattlich aus, wenn du mich fragst. Es heisst, er sei sippenlos."

„Grindor?", rief Larior überrascht aus, „klar ist er sippenlos, schliesslich ist er mein Bruder. Das hätte ich niemals gedacht, dass es jemand aus unserer Familie in eine Führungsstellung bringt. Wie hat er das nur geschafft?"

Nun sah Derik seinen Lehrjungen verwundert an, das hätte er niemals erwartet, dass Lariors Bruder Bürgermeister von Gar und des Garlands war.

„Ich habe gehört, die Jäger hätten die Bürger davon überzeugen können, Grindor als Bürgermeister zu wählen", erklärte der Schmied seinem Lehrburschen. Die beiden redeten noch weiter, bis sie endlich mit der Arbeit begannen. Das Fenster in der Steinwand war weit geöffnet, trotzdem war es heiss in der Werkstatt, kein kühler Luftzug strömte herein.

Da die Bauern während der Ernte immer wieder neue Werkzeuge brauchten, schmiedeten sie Hacken, Spaten und Sensen. Schweissgebadet hämmerte Larior, während der alte Schmied die Eisen auf den Amboss hielt. Langsam überliess er immer mehr der schweren Arbeiten seinem Gehilfen, der zuverlässig alles tat, um gute Arbeit zu leisten.

Derik schmiedete zudem Hufeisen, welche in der Umgebung gebraucht wurden. Während des Hämmerns spürte Larior den Krampf in seinen Armen, und mit jedem Mal, wenn er den Hammer wieder vom Amboss hochhob, fiel es ihm schwerer.

Der Tag verging langsam, die Hitze wurde stärker, und als der Mittag kam, war es für Larior erlösend, endlich an die frische Luft zu kommen und der unerträglichen Wärme des Feuers zu entrinnen. Müde schlenderte er nach Hause und wäre beinahe neben den Holzsteg getreten. Auf dem Tisch standen ein Laib Brot, Käse und Trockenfleisch bereit. Von Maral war nichts zu sehen. Er schien nirgends zu sein. Das beunruhigte Larior, doch war er zu müde, um nach dem Hausherrn zu suchen.

Als er satt war, machte er sich auf den Weg zurück in die Schmiede, wo Derik bereits vor der Esse stand. Nun war es

an Larior, die Hufeisen und die dazu passenden Nägel zu fertigen. Die Hitze des glühenden Eisens spürte er durch die dicken Lederhandschuhe hindurch. Er war jedes Mal froh, wenn er ein fertiges Hufeisen mit einem lauten Zischen in das kalte Wasserbecken tauchen konnte. Den Nachmittag hindurch bildete sich ein feiner Nebel im gesamten Raum, der nur langsam zum Fenster hinauszog. Der Feierabend nahte, und man sah durch das offene Fenster, wie sich der Himmel rötete. Als Larior die Schmiede verliess, waren die Wolken feuerrot. Es sah aus, als würde ein Feuer am Himmel lodern und die ersten Sterne begrüssen.
Der Abend war im Gegensatz zum Tag kühl, viel kühler, als man es sich für diese Jahreszeit gewohnt war. Maral war immer noch nicht zu Hause. Seit dem Mittag hatte sich nichts verändert. Es schien, als wäre Maral den ganzen Nachmittag fort gewesen. Larior schnitt sich mehrere Scheiben Brot ab und belegte sie mit frischem Rahmkäse und würzigem Trockenfleisch. Als Larior mit dem Essen fertig war und Maral immer noch nicht zuhause war, wurde Larior unruhig. Er ging rasch zurück ins Dorf zum Wirtshaus, um Esmeralda oder jemand anderen zu fragen, ob sie Maral gesehen hätten.
Als er auf das Dorf zuging, packte plötzlich eine kräftige knochige Hand seine Schulter. Es war Maral. Er zog ihn rasch mit sich in Richtung Haus und sie gingen zusammen hinein.
„Tut mir leid, dass ich den ganzen Tag weg war, ohne dir etwas zu sagen.", begann Maral, „Ich wollte unbedingt mit Haldrior sprechen, und der hält sich nie lange am selben Ort auf."
Während sie miteinander sprachen, langte auch Maral hungrig zu. Maral erzählte Larior mehr von seinem Treffen mit Haldrior, und Larior erzählte Maral stolz von seinem Gespräch mit Derik, der ihn nun langsam für einen Mann halte.

Nachdem sie eine Weile geschwiegen hatten, begann Larior: „In letzter Zeit geschehen viele komische Dinge. Du und Kari, ihr habt doch über die Kälte gesprochen. Heute Abend war es viel zu kühl, nicht so wie es nach einem so warmen Tag sein dürfte."

„Das soll dich vorerst nicht beunruhigen", meinte Maral, während er Larior die Hand auf die Schulter legte, „du hast schon recht, es geschehen besondere Dinge, doch bringt das Leben diese mit sich. Es gibt Zeiten, in welchen alles wie gewohnt seinen Lauf nimmt, doch gibt es auch Zeiten, in denen es keine Ordnung gibt. Es gibt Zeiten, in denen das Gute unbestritten herrscht, und es gibt Zeiten, in denen das Böse die Oberhand zu gewinnen scheint. Vieles ist nicht mehr wie es einst war, das ist der Wandel der Zeit, doch kann dieser Wandel zum Schlechteren oder zum Besseren ausfallen. Wenn das Böse die Überhand zu gewinnen scheint, kann es sein, dass genau diese Überhand dem Guten neue Kraft verleiht und es sich geeint gegen das Böse stellt. Niemand kann diesen Lauf voraussagen oder auch nur annähernd ahnen. Was heute ist, ist morgen vergangen, und was morgen sein wird, wird übermorgen vergangen sein. Das ist der Lauf der Dinge, das Gleichgewicht der Zeit, niemand wird sie jemals beherrschen können. Sie ist das einzige, das es immer geben wird und das niemals vergehen wird, auch wenn niemand mehr da ist um sie zu messen. Sie ist das Grösste, etwas Unzerstörbares, wir müssen uns ihr fügen."

Larior sah Maral ganz verwirrt an und wusste nicht, was er sagen sollte. Marals Worte machten einen grossen Eindruck auf ihn und verwirrten ihn.

Den ganzen Abend dachte er darüber nach, und es war ihm ständig ein Rätsel. Er konnte sich nicht vorstellen, dass es etwas seit jeher gibt und dass es die Zeit für immer geben wird.

Allerdings konnte er sich auch nicht vorstellen, dass alles irgendwann enden würde.

Larior begab sich ins Bett und las in einem dicken alten Buch, welches in der Sprache der Jäger geschrieben war. Im flackernden Licht der Kerze auf seinem Nachttisch sahen die Bilder gespenstisch aus, es sah aus, als würden sich die Krieger bewegen, sogar, als würden sie gegen die bösen dunkel gemalten Kreaturen kämpfen. Larior stellte sich vor, wie es gewesen sein musste, die edle Rüstung der Jäger zu tragen, jene Rüstungen mit dem Blatt, dessen Stiel ein Schwert war und gegen die bösen Kreaturen zu kämpfen. Dann schlief er ein. Die Bilder in jenem Buch jagten durch seinen Kopf, es war ein wirres Durcheinander ohne Ende. Er hoffte so tief zu schlafen, dass diese Bilder verschwanden, und das taten sie auch, doch machten sie jenen schrecklichen Bildern Platz, die Larior in Gar gesehen hatte, bevor er die Stadt mit Maral verlassen hatte. Sie endeten erst, als ihm das Leuchten des Armbandes seiner Mutter in den Sinn kam ebenso wie das Glitzern der mit Gold verzierten Saphire und der mit Silber geprägten Rubine auf den Helmen der Fremden.

Zweiundzwanzigstes Kapitel - Sonnenkälte

Die Sommertage vergingen, sie wurden immer wärmer, bis die Hitze schon fast unerträglich wurde und einzelne Pflanzen verdorrten. Das Moor schien auszutrocknen. Dort, wo vor mehreren Wochen wässriger Morast bis fast an die Unterseite von Marals Haus reichte, sah man nur noch den vertrockneten, rissigen Schlamm. Die Abende jedoch blieben weiterhin kalt, aber ebenfalls trocken. Es schien, als würde es nicht mehr regnen wollen. Nur vereinzelt brach dann und wann ein Gewitter los. Das Wasser weichte den Boden kurz auf und floss dann gleich wieder ab.

Als Larior an einem schönen Sommerabend noch ein bisschen über die Hügel streifte und seinen Gedanken nachhing, kamen ihm die Worte des Mörders seines Vaters wieder in den Sinn, und er fragte sich, was sie wohl bedeuteten. Dann, als er laut zu denken anfing und an das letzte Wort *„Skargol"* dachte, schauderte es ihn plötzlich. Er merkte, dass sich der Himmel über ihm verdunkelt hatte und ein kalter Wind übers Land wehte. Dieser hob Zauntore aus den Angeln und liess sie gegen den Zaun knallen. Blätter flogen von den Bäumen und man hörte Äste krachen. Die Bauern, welche soeben noch auf den Feldern gearbeitet hatten, rannten nach Hause oder brachten ihre Ernte in Sicherheit.

Ein heftiger Sturm schien aufzuziehen. Larior wollte nun schleunigst nach Hause, um in Sicherheit zu sein. Er fror durch sein dünnes Leinenhemd. Dann, er war schon fast zu Hause, begann es zu regnen, es regnete in Strömen, der

Junge war nach einigen Sekunden von Kopf bis Fuss völlig durchnässt, doch die Tropfen waren eiskalt, nicht wie gewöhnlich erfrischend, sondern schon fast gefroren, ausserdem waren sie nicht klar, sondern trüb. Kurz nachdem Larior ins Haus gekommen war und trockene Sachen angezogen hatte, kam Maral herein, ebenfalls durchnässt und ganz aufgeregt, auf seinem Hut hatte sich eine weisse Schicht gebildet.

Jetzt erkannte Larior, was geschehen war, ein weisser Flaum bedeckte die Landschaft, dicke Schneeflocken fielen herunter, doch nicht schön weiss, sondern mit einem leichten Grauton. Maral machte sofort Feuer im Herd, setzte Wasser auf und meinte dann zu Larior: „Das habe ich schon lange nicht mehr erlebt, mehrere Jahre nicht mehr, solch ein Schnee mitten im August, kurz bevor das neue Jahr im Königskalender beginnt."

„Hat das eine Bedeutung?", fragte Larior.

„Das weiss ich nicht", gab Maral knapp zur Antwort, „doch weiss ich, dass ich dir nun eine neue Sprache beibringen will, Eyilreäis, die Sprache der Eyilreä."

Larior blickte verwirrt in Marals Augen und konnte seine fragende Miene nicht verbergen, worauf ein kurzes Schmunzeln Marals Gesicht erhellte und der alte Mann meinte: „Dir ist bestimmt aufgefallen, dass du einige Bücher nicht lesen kannst, die hier in meinem Regal stehen. Der Grund dafür liegt darin, dass sie in Eyilreäis geschrieben sind. Es wird wichtig werden, dass du diese Sprache beherrschst."

Nun sah Larior Maral noch fragender an und erwiderte: „Wieso denn? Ich habe noch nie jemanden diese Sprache sprechen hören, ausgenommen meine Eltern."

„Waren es nicht einige der letzten Worte deines Vaters, dass du auf mich hören solltest und das tun, was ich für richtig halte?", erwiderte Maral gereizt.
„Aber ich beherrsche die Sprache und die Schrift bereits", entgegnete Larior, worauf Maral vor lauter Staunen der Mund offen stehen blieb. Marals Gesicht nahm einen seltsamen Zug an, und er flüsterte mit einem Lächeln, als hätte er soeben etwas Wichtiges erkannt:

„Die Sprache der Eltern
Gegeben der jüngsten Generation
Kämpft gegen das Böse
Hoch sei ihr Lohn."

Als Larior den alten Mann daraufhin fragend ansah, fand dieser, es sei höchste Zeit, zu Bett zu gehen.
Die Ereignisse des vergangenen Tages und das letzte Gespräch hatten Larior aufgewühlt. Noch lange sann er den letzten Worten seines Vaters nach, und er versuchte zu ergründen, was für einen Zusammenhang sie mit den Verrätern im Königshaus und mit dem blauen Schwert haben könnten.
Am nächsten Tag wurden Maral und Larior von einem Geschrei aus dem Dorf geweckt. Rasch zogen sie sich an und rannten zum Ausgangspunkt des Lärms. Er lag mitten in Moordorf beim Ziehbrunnen. Eine alte Frau mit Kopftuch schrie über den Brunnen gebeugt, während einige weitere Bewohner sich dem Brunnen näherten.
Rasch fragte Maral einen der Männer, was passiert sei, worauf dieser laut auszurufen begann: „Der Brunnen ist gefroren, das ist er noch nie, nicht einmal im tiefsten Winter war

das Eis so dick. Was sollen wir machen, sollen wir etwa verdursten? Unsere Tiere werden nicht genug zu trinken haben. Dass ich das im Hochsommer erleben müsste, hätte ich mir niemals gedacht."
Dabei verwarf der Mann beide Arme, und sein schwarzer Bart zuckte auf und ab. Larior wusste von Derik, dass es Faust war, ein Bauer vom Rande des Dorfes.
Maral versuchte ihn zu beruhigen und meinte, während er ihm die Hand auf die Schulter legte: „Wenn es so schlimm wird, können wir den Schnee über dem Feuer zu Wasser schmelzen. Zudem denke ich, dass ein paar Pickelschläge die Eisdecke des Brunnens zertrümmern werden und wir dann wieder Zugang zum Wasser haben."
Faust stiess Marals Hand fort und marschierte in grossen Schritten wütend davon. Viele der anderen Leute beruhigten sich allmählich, sie verschwanden mit der Zeit in ihren Häusern und einige kamen mit Pickeln zurück. Die schreiende Frau wurde von Esmeralda bei der Hand gepackt und ins Wirtshaus geführt, worauf sie sich bei einem heissen Tee beruhigte und über den ersten den Schrecken hinwegkam.
Bereits waren einige der Männer damit beschäftigt, die Eisdecke zu zertrümmern, als die Schneewolken verschwanden und die Sonne und der blaue Himmel leuchtend über dem Dorf zum Vorschein kamen. Plötzlich wurde es wieder warm, die Leute begannen in ihren Mänteln zu schwitzen und der Schnee schmolz nach und nach unter der warmen Sommersonne dahin. Erstaunt sahen sich alle gegenseitig an und keiner konnte sich den plötzlichen Witterungswechsel erklären. Die Männer, die bereits begonnen hatten, ihre Pickel auf das Eis des Brunnens zu schlagen, stellten ihre Arbeit ein. Innerhalb kürzester Zeit konnte man wieder Wasser aus dem

Brunnen schöpfen. Es schien, als wäre er gar nicht vereist gewesen. Das flachgedrückte Gras der Wiesen kam bis zum Mittag wieder zum Vorschein, und der Tag wurde wieder heiss. Einzig vereinzelte Schneereste erinnerten an die nächtliche Kälte, allerdings war der Grund noch ungeklärt und wilde Theorien wurden aufgestellt.

Als Larior am Abend aus der Schmiede zurückkehrte, sah er Maral in ein Buch versunken am Tisch sitzen und in Eyilreäis vor sich hinmurmeln, doch zu verwirrend und ohne Zusammenhang, als dass es der Junge verstanden hätte. Maral machte einen müden Eindruck, und seine Augen waren blutunterlaufen. Es schien Larior, als wäre selbst der alte Mann erschöpft.

Maral achtete nicht auf ihn, sondern blätterte hastig weiter in dem blau eingebundenen Buch mit den goldenen Lettern. Larior wollte nur noch schlafen gehen, denn die Müdigkeit stieg in ihm hoch und er vermochte es nicht, sich gegen sie zu wehren. Er schlief in seinem behaglichen Bett augenblicklich ein. Er merkte nicht einmal, wie Maral mit nachdenklicher Miene noch einmal nach ihm sah. Larior schossen in seinen Träumen verrückte Bilder durch den Kopf, welche selten einen Sinn oder eine einigermassen geordnete Reihenfolge ergaben. Die Bilder zeigten grosse Bauten, edle Gestalten und weite Länder. Einige Bilder kamen ihm bekannt vor, während ihm viele Geschehnisse in seinen Träumen völlig fremd waren. Maral hörte von nebenan, wie sich Larior hin und her wälzte und dabei Worte in Eyilreäis, der Sprache seiner Mutter, und in der Sprache des alten Volkes, der Jäger, flüsterte und lange keine Ruhe fand.

Treue – Zweites und Drittes Buch

Treue – Zweites Buch

Der Schatten kriecht aus den Bergen und kommt drohend näher, doch die Menschen Cammals treten ihm entgegen.
Der Feind besitzt nun ein Gesicht, doch ist dieses grausamer als alle Feinde, denen sie sich je gestellt haben.
Geheimnisvolle und grauenhafte Wesen treten in Erscheinung, die selbst dem alten Volk fremd sind.
Die Zeit ist gekommen, da grosse Heldentaten gefordert sind, um das Böse im Zaum zu halten.

ISBN: 978-3-741-28243-0

Treue – Drittes Buch

Der teure Sieg trägt keinen Frieden, die Machtgier stellt sich ihm entgegen und vergiftet die Herzen.
Treue ist ein seltenes Gut und jene die sie in Ehre leben, bezahlen teuer dafür.
Verschleierte Absichten zeugen von den Ausmassen der Verschwörung, während sich der Schatten über die Lande des einstigen Isulas legt.
Doch wo Schatten ist, ist auch Licht und wo leere Hallen sind, gibt es Erben.

ISBN: 978-3-741-28245-4

Luca C. Heinrich

Luca Curdin Heinrich wurde 1997 in Davos geboren. Schon früh begeisterte er sich für Fantasyliteratur. So baute er sich bald eine eigene Fantasiewelt auf.
Im Schreiben seiner Fantasygeschichten fand der junge ehemalige Leistungssportler und Eishockeygoalie seit seinem sechzehnten Lebensjahr einen Ausgleich zum Sport und eine neue Leidenschaft.
Der Freiheitsgedanke und das Streben nach individueller Freiheit, welches die Leitlinien in Luca Curdin Heinrichs gesellschaftlichem Denken sind, ziehen sich auch als roter Faden durch seine Bücher.

Über Rückmeldungen freue ich mich jederzeit:
luca.heinrich@gmail.com

Neuigkeiten und weitere Werke auf:
www.polaria.ch